Pletícha
Weltgeschichte

WELT-GESCHICHTE

MORGEN DER MENSCHHEIT
Vorgeschichte und frühe Hochkulturen

IM SCHATTEN DES OLYMP
Die Welt der Griechen und des Hellenismus

ROM UND DER OSTEN
Völker und Staaten Europas und Asiens

KREUZ UND HALBMOND
Europa und Asien im frühen Mittelalter

KAISER UND KALIFEN
Orient, Abendland und Afrika im hohen Mittelalter

NATIONEN, STÄDTE, STEPPENVÖLKER
Die Welt im späten Mittelalter

ENTDECKER UND REFORMATOREN
Die Welt im 16. Jahrhundert

AUFKLÄRUNG UND REVOLUTION
Europa im 17. und 18. Jahrhundert

ALTE VÖLKER, NEUE STAATEN
Die außereuropäische Welt im 17. und 18. Jahrhundert

FÜRSTENHÖFE UND FABRIKEN
Die Welt im Zeitalter des Imperialismus

DIKTATOREN UND IDEOLOGIEN
Die Welt zwischen zwei Kriegen

KRISE UND FORTSCHRITT
Die moderne Welt

MENSCHEN, DIE GESCHICHTE MACHTEN
Biographisch-historisches Lexikon

VON AFGHANISTAN BIS ZYPERN
Historisches Lexikon der Staaten und Regionen

ENTDECKER UND REFORMATOREN

Die Welt im 16. Jahrhundert

Herausgegeben von
Heinrich Pleticha

BERTELSMANN
LEXIKON VERLAG

Die Autoren dieses Bandes
Prof. Dr. Dr. h. c. Winfried Böhm – Werner Dettelbacher – Dr. Jürgen Eyssen – Manfred Firnkes – Johannes Glanz – Lothar Häusler – Dr. Karl Kunze – Prof. Dr. Heinrich Pleticha – Gerhard Schatt – Prof. Dr. Hermann Schreiber – Dr. Gerhard Steinborn – Franz-Josef Teufel – Dr. Roland Vocke

Zeichnungen und Karten
Hermann Schäfer

Projektleitung: Erhard Bethke
Redaktion: Erhard Bethke und Ursula Blombach-Schäfer
Schlußredaktion: Birgit Willmann
Bildbeschaffung: Ursula Nöll
Bildlegenden: Heike Otto
Graphische Gestaltung: Hans Roßdeutscher

Gesamtherstellung Mohndruck Graphische Betriebe GmbH, Gütersloh
Printed in Germany. ISBN 3-570-09657-2

Inhalt

Sigel

E. B. = Erhard Bethke
H. P. = Prof. Dr. Heinrich Pleticha
G. St. = Dr. Gerhard Steinborn

Hinter den Herrschernamen werden in der Regel die Regierungsdaten (R), hinter sonstigen Namen die Lebensdaten angegeben.

Ein Wort zu diesem Band

Während es noch einigermaßen schwierig war, im vierten Band unserer »Weltgeschichts«-Reihe eine Abgrenzung zwischen Altertum und Mittelalter zu ziehen, läßt sich der Übergang vom *Mittelalter* zur *Neuzeit* oder – wie man genauer sagen kann – zur *Neueren Zeit* wesentlich leichter festlegen. Freilich, so einfach wie es sich früher einmal Geschichtsbücher machten, indem sie das Jahr 1492, in dem *Christoph Kolumbus Amerika* entdeckte, als Grenzmarke festsetzten, ist es auch nicht. Längst hat sich die Geschichtsschreibung auch hier auf eine gewisse Übergangsphase festgelegt, die zwar verhältnismäßig eng, dafür aber um so ausgeprägter erscheint und nicht nur alle Lebensbereiche, sondern auch in einer nun schon universalen Schau die Alte und die Neue Welt gleichermaßen erfaßt.
Wer sich an Zahlen orientieren will, wird ohne besondere Mühe seit der Mitte des 15. Jahrhunderts ein paar wichtige Ereignisse und Zeitmarken finden, die eine gleichermaßen objektive wie, je nach Einstellung und Betrachtungsweise der einzelnen, auch subjektive Grenzziehung erlauben. Denn fast jedes Jahr weist in irgendeinem Bereich, sei es in Politik, Kunst, Kulturgeschichte, sei es in den Geistes- oder Naturwissenschaften, ein bemerkenswertes Ereignis auf, und manchmal sind Parallelitäten so augenfällig, daß sie Vergleiche geradezu herausfordern.
Solcher Versuchung ist schon *Alexander von Humboldt* (* 1769, † 1859) erlegen, wenn er in dem Werk »Kosmos« darauf hinweist, daß um die Zeit, als Christoph Kolumbus starb, *Nikolaus Kopernikus* seine neue Weltordnung zu entwickeln begann, und daß in dem Jahr, in dem der spanische Eroberer *Hernando Cortés* das aztekische Heer bei Otumba (7. 7. 1520) besiegte (und dadurch 1521 endgültig Mexico

erobern konnte), *Martin Luther* die päpstliche Bulle mit der Bannandrohung in Wittenberg verbrannte (10. Dezember 1520). In dem Marsch der Spanier in ein mächtiges indianisches Reich und der Kriegserklärung des Mönches gegen die älteste und höchste Obrigkeit der christlichen Welt lag, wie der Historiker Oscar Peschel es formuliert, die gleiche Vermessenheit.

Es bleibt ein eigenartiger Zufall, daß zur gleichen Zeit, als Konstantinopel von den Türken belagert und erobert wurde, in Mainz *Johannes Gutenberg* (* um 1400, † 1468) an seiner revolutionierenden Erfindung des Buchdrucks arbeitete. Das Ende des oströmisch-byzantinischen Reiches im Osten und des »Hundertjährigen Krieges« (1338–1453) zwischen England und Frankreich im Westen fielen zusammen, und beide Ereignisse schufen die Voraussetzungen für eine politische Neuorientierung. Auch der Fall der letzten maurischen Bastion in Spanien und die Entdeckung Amerikas hingen ursächlich zusammen. 1519, als die Kirche ihren Bannstrahl gegen Luther fällte und Zwingli die Reformation der Schweiz begann, lief der portugiesische Seefahrer Fernão de *Magalhães* (*Magellan, Magellanes,* * um 1480, † 1521) mit seinen fünf Schiffen zur ersten Weltumseglung aus.

Kein anderer hat wohl das Lebensgefühl dieser Jahre besser zum Ausdruck gebracht als der deutsche Humanist *Ulrich von Hutten* (* 1488, † 1523), als er ausrief: »O secolum! O literae! Iuvat vivere. – O Jahrhundert! O Wissenschaften! Es ist eine Lust zu leben.« Es sind die gleichen Jahre, in denen *Mathis Gothart Nithart,* genannt *Grünewald* (* um 1470/80, † 1528), an seinem »Isenheimer Altar« arbeitete, *Michelangelo Buonarroti* (* 1475, † 1564) den »Moses« und *Raffael (Raffaello Santi,* * 1483, † 1520) die »Sixtinische Madonna« vollendete.

In dieses Jahrhundert zwischen 1453, dem Jahr der Eroberung Konstantinopels durch die Türken, und 1543, dem Jahr, in dem die »Sechs Bücher über die Umdrehung der Himmelskörper« von *Nikolaus Kopernikus (Copernicus, Koppernigk)* erschienen, fällt jene »Große Wende« (so der Historiker W. E. Peukert) vom Mittelalter zur Neuzeit, fallen der Wandel des abendländischen Weltbildes, der Untergang der indianischen Kulturen, der Übergang zu einer kapitalistischen Wirtschaft, die Ausbreitung der Reformation in Europa, der Beginn der Negersklaverei, Höhepunkt und Niedergang der Renaissance und der Beginn der Mogulherrschaft in Indien.

Diese so bedeutsamen Jahre behandelt der vorliegende Band der »Weltgeschichte«. Das erste Kapitel setzt sich

mit den großen Entdeckungsreisen des 16. Jahrhunderts, ihren Ursachen, ihrem Verlauf und ihren Folgen auseinander. Wir lernen die Fahrten der Portugiesen entlang der afrikanischen Westküste, das Vorantasten zum Seeweg nach Indien, ebenso kennen wie die Unternehmen der Spanier, die Entdeckung Amerikas, die Zerstörung des Azteken- und Inkareiches, die Suche nach Eldorado und die erste Weltumseglung durch Magalhães. Damit eröffnet sich ein Themenkomplex, der dann im folgenden Band mit einem Kapitel über die Entdeckungen des 17. und 18. Jahrhunderts und im zehnten Band mit einem weiteren über die großen Reisen des 19. Jahrhunderts wieder aufgegriffen und fortgesetzt wird.
Dieser Themenkomplex steht teilweise in engem Zusammenhang mit Kapitel 2: Die *Geschichte Amerikas* vor den Entdeckungen haben wir am Schluß des vorangegangenen Bandes kennengelernt; hier in Kapitel 2 begegnen wir dem Amerika des 16. Jahrhunderts, während der neunte Band der »Weltgeschichte« ausführlich auf die weitere Entwicklung Nord- und Südamerikas eingeht und in eigenen Kapiteln auch die Geschichte der Karibik und der nordamerikanischen Indianer behandelt.
Mit den weiteren Kapiteln kehren wir wieder nach Europa zurück. Das 16. Jahrhundert ist die Zeit der großen religiösen Neuordnung, zugleich aber auch eine Zeit der Neubesinnung; beides wird in den zwei Kapiteln über die *Geschichte der Reformation in Europa* und über die *Entwicklung der katholischen Kirche* belegt. Das letztere schließt an den Beitrag über die Kirche im fünften Band der »Weltgeschichte« an. Damit haben wir den Weg der katholischen Kirche und des Papsttums bis zum Ausgang des 16. Jahrhunderts in einem Zusammenhang kennengelernt. Weitere Stationen in der Entwicklung der christlichen Religionsgemeinschaften werden erst im elften Band wiederaufgenommen.
Das Kernstück dieses Bandes bildet die Beschreibung der *Europäischen Geschichte des 16. Jahrhunderts.* Sie knüpft an das Kapitel über die Entstehung der Nationalstaaten im sechsten Band an und findet ihre Fortsetzung in den entsprechenden Kapiteln des folgenden achten Bandes. Bei der engen Verbindung von Reformationsgeschichte und politischer Geschichte im 16. Jahrhundert liegt es nahe, daß sich Verzahnungen mit Kapitel 3 ergeben. Selbstverständlich mußte bei der Darstellung der politischen Entwicklungen eine Gewichtung vorgenommen werden: Nebenschauplätze (wie etwa in Rußland) blieben zugunsten der langfristig bedeutenderen Entwicklungen hier unbe-

rücksichtigt. Sie werden im länder-lexikalisch geordneten Band 14 erfaßt.
Besonderer Wert wurde wieder auf die *Kultur- und Geistesgeschichte* des behandelten Jahrhunderts gelegt; sie umfaßt einen Komplex von fünf Kapiteln, in denen *Kunst, Literatur, Erziehung* und erstmals auch die *Musik* und Entwicklung der *Naturwissenschaften* in Schwerpunkten behandelt werden. Alles Themen, die uns auch in den folgenden Bänden wieder begegnen, so daß eine in sich geschlossene Übersicht gewährleistet erscheint. Dies gilt auch für das sich anschließende Kapitel, das den Überblick über die Entwicklung der abendländischen *Wirtschaft* fortsetzt, den wir im vierten und fünften Band mit der Wirtschaft des Mittelalters begannen und der seine Fortsetzung mit einem Kapitel über das europäische Wirtschaftsleben im 17. und 18. Jahrhundert im folgenden Band findet.
Die beiden letzten Kapitel dieses Bandes beschäftigen sich mit Geschichte und Kultur der *islamischen Welt*, in der sich ja in diesem Zeitraum drei neue politische und kulturelle Schwerpunkte herauskristallisieren, drei Großreiche, die an die Stelle der kleineren Staaten des islamischen Mittelalters treten. Im Westen erlebt nach der Eroberung Konstantinopels das *Osmanische Reich* eine glanzvolle Epoche. In Persien kommt 1502 die Dynastie der *Safawiden (Saffawiden, Sefewiden)* auf den Thron und erreicht hundert Jahre danach unter *Abbas I.* (R 1587–1629) den Höhepunkt ihrer Macht. In Indien begründet *Babur* (R 1526–1530), in der Nachfolge Timurs stehend, etwa zur gleichen Zeit das *Reich der Großmoguln.* Beide Kapitel schließen mit den Kulminationspunkten dieser Reiche und finden ihre Fortsetzung in den ersten drei Kapiteln des neunten Bandes der »Weltgeschichte«.
Unter den drei »Zentren der Zeit« begegnet uns diesmal *Tenochtitlán*, die Hauptstadt des Aztekenreiches, auf dem Höhepunkt ihres Ansehens und am Vorabend ihres Unterganges. *Madrid* steht am Beginn seiner Rolle als Hauptstadt des spanischen Weltreiches, und *Prag* wird unter Kaiser *Rudolf II.* (R 1576–1612) wieder einmal, wie schon einst unter Karl IV. (R 1346–1378), zum Mittelpunkt des Heiligen Römischen Reiches, drei in ihrer Art höchst unterschiedliche und doch gleichermaßen wichtige Zentren der politischen Macht und der kulturellen Entwicklung.
Wie in allen anderen Bänden, so setzen auch in diesem Band „Texte der Zeit", „Aspektbeiträge" und der Anhang mit seinen Themen zur „Kultur und Geschichte" besondere, weiterführende Akzente. Die „Übersicht identischer Personen- und Ortsnamen" versucht zu verdeutlichen, wie

viele Möglichkeiten der Schreibung und Benennung je nach Transkription, Zeit und regionaler Geschichtsschreibung für ein und denselben Namen möglich sind, wobei diese Möglichkeiten noch erweitert werden könnten.
Ebenfalls wie in allen anderen Bänden dolmetschen auch in diesem Band zusätzliche Begriffs- und Informationskästchen wesentliche oder interessante Benennungen und Vorgänge, und die Zeittafeln helfen, die Texte zeitlich einzuordnen.
Wesentlich war es auch hier wieder Verleger und Herausgeber, die beschriebenen politischen und kulturellen Vorgänge und Entwicklungen durch authentische Illustrationen aus der jeweiligen Zeit zu dokumentieren, um so Einblick in die Selbstdarstellung der Zeit zu geben. Daß bei der Fülle der Fakten hier wie auch in den speziellen Texten bewußt eine akzentsetzende Auswahl getroffen wurde, versteht sich von selbst.

Herausgeber und Verlag

Das Abenteuer der Entdeckung Amerikas. *Christoph Kolumbus: im Dienste des Christentums stehender »Erster Erfinder der Neuen Welt« inmitten antiker Götterwelt. Poseidon mit Dreizack und Streitwagen, im Gefolge von niederen Meeresgottheiten, verkörpert die Gewalt des Meeressturmes. Kupferstich in »Americae«, Bd. 4 von Theodor de Bry, 1594.*

Die Zeit der Entdeckungen

Neue Seewege und Welten

Die Güter des Orients – Wege nach Asien – Marco Polo – Der Seeweg nach Indien – Prinz Heinrich der Seefahrer – Entlang der Küsten Afrikas – Die Neue Welt des Kolumbus – Ehrungen und Niedertracht – Die Welt wird geteilt – Der Vertrag von Tordesillas – Rund um die Erde: Magalhães – Das gewaltsame Ende der Azteken und Inka – Cortés und Pizarro – »Eldorado« – Sklavenhandel – Neue Formen des Fernhandels und der Ausbeutung – Schwierigkeiten der Beherrschung – Der Missionsgedanke – Die Alten Kulturen Amerikas zerbrechen – Die Indianer – Die Rolle der Kirche – Neue Ordnung für die eroberte Welt – Die wirtschaftlichen Bindungen – Auch die Alte Welt verändert sich.

HEINRICH PLETICHA

Portugiesen und Spanier auf neuen Wegen

Moschus und Ambra, Lavendel und Rosenöl, Seide und Teppiche, Smaragde, Amethyste und Lapislazuli, der Luxus des Ostens, alle die Güter des Orients, besonders aber die verschiedenen Gewürze, die von Reich und Arm gleichermaßen begehrt wurden, weil sie das triste Leben erträglicher, die eintönigen Speisen und Getränke abwechslungsreicher und genießbarer machten, bildeten einen wichtigen Anreiz zu den großen Entdeckungsreisen, die im 15. und 16. Jahrhundert das Weltbild entscheidend veränderten.

Jahrhundertelang waren diese Güter auf den großen Karawanenwegen aus dem fernen China, aus Indien und Arabien an die Küsten des Mittelmeeres geliefert worden, wo sie die Händler aus dem Abendland übernahmen und weitertransportierten. Vor allem Venedig hatte auf diesem Zwischenhandel sein Wirtschaftsimperium aufgebaut. Selten nur gelang es einem Europäer, bis in die reichen Länder des Ostens vorzudringen. Der bedeutendste Landreisende des Mittelalters war der Venezianer *Marco Polo* (* 1254, † 1324), der als Siebzehnjähriger 1271 seinen Vater und seinen Onkel auf einer Reise an den Hof des Mongolenkaisers Kubilai Khan nach China begleitete und dort bis 1292 verblieb. Die nächsten zwei Jahre führten ihn nach Persien, wo er sich neun Monate aufhielt, und 1295 reiste er nochmals nach Persien und dann nach Armenien. Die in diesen vierundzwanzig Jahren gesammelten Erfahrungen und Beobachtungen legte er daheim in einem Buch nieder, mit dem Ergebnis, daß er als Aufschneider und Lügner verlacht wurde, so wenig nahm die abendländische Welt seine Berichte ernst. Dabei bot seine Reise für lange Zeit die letzte Gelegenheit, um Nachrichten über Ostasien einzuzie-

hen; denn mit dem Vordringen der Türken in Kleinasien und seit dem ausgehenden 14. Jahrhundert auf dem Balkan sowie der Errichtung des Osmanischen Reiches veränderte sich die geographische Situation von Grund auf. Die Türken legten eine Sperre über die Handelswege, der florierende Warenverkehr kam allmählich weitgehend zum Erliegen, und dementsprechend stiegen die Preise für orientalische Luxusgüter wie für die dringend benötigten Gewürze.
Ein Umdenken erfolgte ähnlich langsam wie die wirtschaftliche Abschnürung. Das geographische Wissen und die darauf basierenden kartographischen Kenntnisse, wie sie etwa der »Katalanische Atlas« des *Abraham Cresques* von 1375 oder die Weltkarte (»Planisphären«) des *Fra Mauro* von 1459 spiegeln, waren weit genug entwickelt, um einen Seeweg nach Indien als durchaus möglich erscheinen zu lassen, obgleich die Voraussetzungen dafür denkbar schlecht waren. Es gab weder verläßliche nautische Hilfsmittel noch geeignete Schiffe für derartige Unternehmen. Wenn man bedenkt, daß die ersten Entdeckungsfahrten entlang der afrikanischen Westküste mit sogenannten *barcas*, kleinen, nur teilweise gedeckten Fahrzeugen, unternommen wurden, auf denen gerade nur vierzehn Mann Platz fanden, die auf monatelangen, ja sogar jahrelangen Fahrten völlig von der Heimat abgeschnitten und oft ohne jede Kommunikationsmöglichkeit mit einer ihnen fremden Umgebung waren, erscheint ein Vergleich mit der psychischen Belastung moderner Astronauten in ihren Raumflugkörpern durchaus berechtigt.

PRINZ HEINRICH UND DER SEEWEG NACH INDIEN

Fast ein Jahrhundert lang führten allein die *Portugiesen* die Fahrten und die Suche nach einem Seeweg nach Indien durch. Dabei entschleierte dieses kleine Land mit nur einer Million Einwohner insgesamt rund 15 000 Kilometer afrikanischer Küste von Tanger bis Mombasa, in der Luftlinie also eine Strecke von Lissabon über Asien bis nach Australien!
Portugal verdankt seinen historischen Ruhm als Entdeckernation maßgebend der Energie und dem Organisationstalent des *Prinzen Heinrich* (* 1394, † 1460), der als jüngerer Sohn König *Johanns I.* ursprünglich nur Handelsverbindungen mit Guinea auf dem Landweg durch die Sahara vom portugiesischen Stützpunkt Ceuta aus anknüpfen wollte, dann aber bald eine direkte Kontaktaufnahme mit Indien auf dem Seeweg anstrebte. Zu den handelspolitischen Fernzielen kam noch die Hoffnung auf eine Verbin-

Begründer der portugiesischen Seemachtstellung. *Links: Prinz Heinrich »der Seefahrer«. Vincenz-Altar von Nuño Gonçalves, 15. Jh. – Rechts: Vasco da Gama, erster Weltumsegler, und 1524 Vizekönig von Ostindien. Gemälde von Gregorio Lopez, 16. Jh.*

dung mit dem sogenannten »Priesterkönig Johannes«. Hinter diesem Namen verbarg sich die Vorstellung von einem angeblich christlichen König in Afrika oder Asien. Die christlichen Herrscher Äthiopiens oder die nestorianischen Christen in China mögen die Ursache für eine solche legendäre Figur gewesen sein. Schon im 12. Jahrhundert tauchte erstmals der »Johannesbrief« auf, ein fiktives Schreiben eines solchen Königs, der darin von Größe und Reichtum seines Reiches berichtete und sich als möglicher Bündnispartner der abendländischen Christenheit im Rükken der Moslems anbot. Wie tief der Glaube an einen solchen Priesterkönig in der christlichen Vorstellung verwurzelt war, beweist nicht zuletzt die Tatsache, daß ein solcher Realpolitiker wie Prinz Heinrich ihn in seine Kalkulationen einbezog und zu einer Triebfeder seines Handelns machte.

In den vier Jahrzehnten von 1421 bis zu seinem Tode organisierte Heinrich in seiner Residenz in der Provinz Algarve nicht nur die wissenschaftliche Forschung und die nautische Ausbildung seiner Leute, sondern schickte von hier aus *barcas* an der Küste entlang südwärts. Als unüberwindliche Grenze galt dabei das südöstlich der Kanarischen Inseln weit in den Atlantik hineinragende *Kap Bojador.* 1433 wagte *Gil Eanes* (* um 1400, † nach 1445), ein ehemaliger Schildknappe des Prinzen, erstmals den Sprung um dieses Kap.

Es gehörte zu den Grundprinzipien Heinrichs, einen erfolgreichen Kapitän nur einmal auf große Erkundungsfahrt zu schicken. Die dabei gewonnenen Erfahrungen und Kenntnisse mußte er an seine Nachfolger weitergeben. Der Nachfolger *Antao Gonçalves* konnte aber erst 1441 ausfah-

Alltag im portugiesischen Kolonialreich. *Ein Markttag in Goa – seit 1510 portugiesisch. Aus dem Reisewerk des H. Linschotanus: »Navigatio in Orientem« (1599).*

ren; denn die Thronstreitigkeiten in Portugal, verbunden mit bürgerkriegsähnlichen Zuständen, zwangen den Prinzen zu einer Pause in seinem Unternehmen. Gonçalves brachte von dieser Reise erstmals zehn Eingeborene als Sklaven nach Portugal: Es war die Geburtsstunde des europäischen Sklavenhandels, der von nun an für vier Jahrhunderte nicht mehr abriß, ein Zeugnis der Menschenverachtung und eine Quelle beständigen Elends. Mit der Sklavenbeute bereicherten sich von nun an die Kapitäne auf ihren Fahrten. Das war um so eher möglich, als seit dieser Zeit erstmals die berühmten *Karavellen* eingesetzt wurden, ein mit dreißig Metern Länge und acht Metern Breite zwar immer noch erstaunlich kleiner, aber gegenüber den *barcas* doch schon wesentlich verbesserter Schiffstyp. Als Heinrich 1460 starb, hatten seine Schiffe schon Guinea erreicht, der weitere Weg nach Süden war erschlossen, und so scheint es nur gerecht, daß der Prinz, dessen unermüdlicher persönlicher Eifer diese Erfolge überhaupt ermöglicht hatte, schon von den Zeitgenossen den Beinamen »der Seefahrer« erhielt.

Seine Pläne, die er weitgehend als Privatmann und mit eigenen Mitteln verwirklicht hatte, wurden nun von der portugiesischen Krone weitergeführt, die endlich deren weittragende politische und wirtschaftliche Bedeutung erkannte. Die Eroberung Konstantinopels durch die Türken im Jahre 1453 sorgte für den nötigen politischen und wirtschaftlichen Druck, und die Suche nach neuen Möglichkeiten des Indienhandels ergab sich zwangsläufig. Dazu kam, daß sich der Handel mit tropischen Rohstoffen von der afrikanischen Küste und vor allem mit Sklaven erfolgreich ausweitete. Karavellen mußten nun nicht mehr zu den heimischen Ausgangshäfen zurückkehren, sondern konnten von neu angelegten Stützpunkten an der afrikanischen Westküste versorgt werden. Chronisten sprachen dabei von 500 Prozent Gewinn, den solche Fahrten erzielten, allerdings mit einem einschränkenden Hinweis, daß das Land wegen des Fiebers höchst ungesund sei und die Weißen dort sehr rasch stürben.

1482 erreichte *Diego Cão* (auch *Cam* oder *Camus,* † um 1486) das Königreich Kongo, bald danach vermittelte der Nürnberger *Martin Behaim* (* 1459, † 1507), der sich in Portugal niedergelassen hatte, die Verwendung des »Jakobsstabes« als neues nautisches, aber in seiner Funktion schon der Antike bekannt gewesenes Gerät, mit dessen Hilfe man die geographische Breite auch auf hoher See aus Sternabständen und Sternhöhen berechnen konnte. Da nun die Schiffe nicht mehr täglich an der Küste anlegen mußten, erleichterte und beschleunigte dieses Gerät zugleich auch die weiteren Vorstöße nach Süden. Schon im Winter 1487/88 umsegelte *Bartolomëu Diaz* (* um 1450, † 1500) als erster die Südspitze Afrikas, der er den kennzeichnenden Namen »Cabo tormentoso« (»Kap der Stürme«) gab. König Johann II. benannte sie aber in »Kap der Guten Hoffnung« um, da man nun zu Recht hoffte, nach siebzigjährigem Bemühen endlich den Seeweg nach Indien entdeckt zu haben.

KOLUMBUS ENTDECKT DIE NEUE WELT

Es dauerte allerdings noch einmal zehn Jahre, bis endlich der Sprung über den Indischen Ozean gewagt wurde. Das Unternehmen, an dem auch Diaz wieder teilnahm, leitete der erst dreißigjährige *Vasco da Gama (Graf von Vidigueira,* * 1469, † 1524), der mit vier Schiffen um das Kap und dann nordwärts bis zur ostafrikanischen Hafenstadt Melinde (Malindi) segelte und dann von einem arabischen Piloten hinüber an die indische Küste bis *Calicut* (heute: *Kozhikode, Koylikota*) geleitet wurde. Damit war das langersehnte Ziel endlich erreicht, der Seeweg von Afrika nach Indien entdeckt.

Spanien, dem sich ja infolge seiner geographischen Lage ähnliche Anreize wie Portugal boten, war das 15. Jahrhundert über noch zu stark mit sich selbst und mit seinen inneren Problemen beschäftigt. Erst die Vereinigung der beiden Königreiche Kastilien und Aragón und vor allem die Beendigung der jahrhundertealten »Reconquista«, des etwa achthundertjährigen Kampfes der Christen in Spanien gegen die Araber, durch die Eroberung Granadas im Jahr 1492 schufen die Voraussetzungen für eine neue Handels- und Seepolitik. Es war eine jener merkwürdigen Fügungen

der Geschichte, daß gerade zu diesem Zeitpunkt der aus Genua stammende Kapitän *Christoph Kolumbus* (span.: Cristóbal Colón, ital.: Cristoforo Colombo; * 1451, † 1506) dem spanischen Königspaar Ferdinand und Isabella den Plan unterbreitete, einen Seeweg nach Indien, d.h. in diesem Falle zuerst nach China und Japan auf einer westlichen Route über den Atlantik zu suchen.
Kolumbus war kein leichtsinniger Phantast, und so selbstverständlich, wie die bekannte Anekdote mit dem Ei seinen Plan hinstellt, war dieser keineswegs. Er verfügte über ausgezeichnete seemännische Erfahrung und hatte sich zehn Jahre lang eingehend mit dem Problem beschäftigt. Allerdings unterschätzte er dabei noch die Größenverhältnisse der Erde und damit die Entfernung zwischen Spanien und der jenseits des Ozeans gelegenen Küste. Ob Kolumbus jüdischer Abstammung war und mit seiner Fahrt ein groß angelegtes Rettungsunternehmen für die in Spanien durch die Inquisition bedrohten Juden plante, wie heute einige Historiker annehmen, wird man trotz beeindruckender Beweisführung von Salvador de Madariaga y Rojo letztlich nie sicher beweisen können.
Immerhin war der künftige Admiral klug genug, sich seine Rechte an den Entdeckungen förmlich verbriefen zu lassen. Mit den ihm zur Verfügung gestellten drei Schiffen war er keineswegs zufrieden. Über ihr Aussehen und ihre Größe ist viel theoretisiert worden. Tatsächlich dürfte das Flaggschiff »Santa Maria« nur zwischen 24 und 40 Meter lang gewesen sein, die »Pinta« noch kleiner, und die »Niña« wies wohl nur die Größe eines modernen Fischkutters auf. Trotzdem wagte sich Kolumbus mit diesen Nußschalen und 105 Begleitern auf den Ozean. Passatwinde begünstigten zwar die Überfahrt, die 71 Tage benötigte, trotzdem waren die Schiffe 33 Tage allein auf hoher See, ohne jemals Land zu sehen, eine bis dahin einmalige Leistung, die nicht einmal von den Portugiesen übertroffen wurde.

TRIUMPH UND NIEDERTRACHT

Am 12. Oktober 1492 ging Kolumbus auf der von ihm so benannten Bahama-Insel *San Salvador* (= Heiliger Erlöser, heute: *Guanahani, Watlingsinsel*) an Land. Er glaubte, daß er sich auf einer der Japan vorgelagerten Inseln befände, und meinte auch bei der Weiterfahrt nach Kuba und Haiti, sich China zu nähern, ein Irrtum, in dem er bis zu seinem Tode verharrte. In den folgenden Wochen kreuzte er innerhalb der Karibik, stets auf der Suche nach dem Reichtum, von dem Marco Polo in seinem Reisewerk gesprochen hatte. Als das Admiralsschiff bei *Hispaniola (Haiti)* auf ein

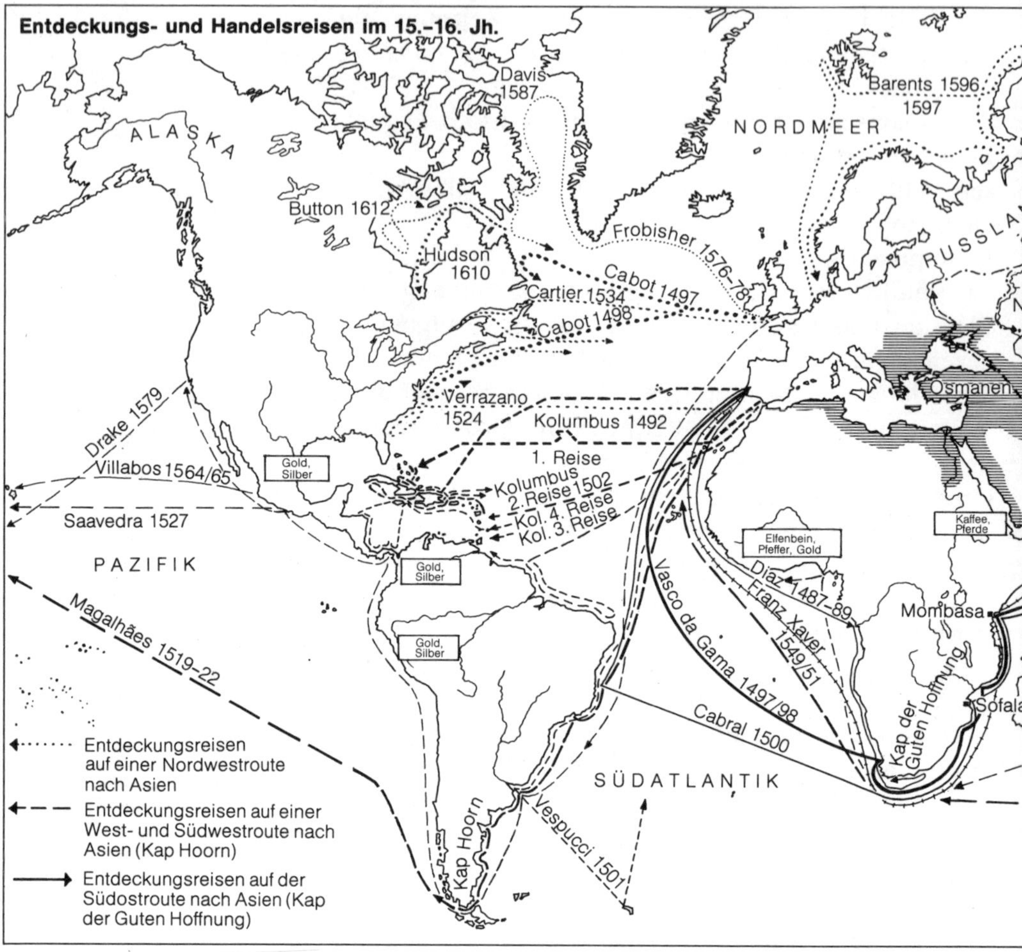

Riff lief, ließ er das Wrack und einen Teil der Besatzung dort zurück und segelte mit der überladenen »Niña« und der »Pinta« nach Spanien. Seine Heimkehr glich einem Triumphzug, die spanischen Majestäten bestätigten seine Privilegien und ernannten ihn zum »Vizekönig von Indien«.

Seine Nachrichten über die Friedfertigkeit der einheimischen Bevölkerung, die er »Indianer« nannte, und über tatsächliche und vermutete Goldvorkommen lockten sogleich Siedler wie Glücksritter an, und schon im September 1493 segelte er mit einer Flotte von 17 Schiffen erneut über den Atlantik. Diesmal benötigte er nur 21 Tage, bis er die Kleinen Antillen erreichte. Er entdeckte nacheinander einige der Inseln und gründete dann an der Nordküste von Hispaniola eine Kolonie. Es zeigte sich sehr bald, daß dies eine Quelle des Ärgers und der Unruhe war, da die Neuankömmlinge sich nicht mit der einheimischen Bevölkerung vertrugen und einzig und allein nach Gold strebten. Die

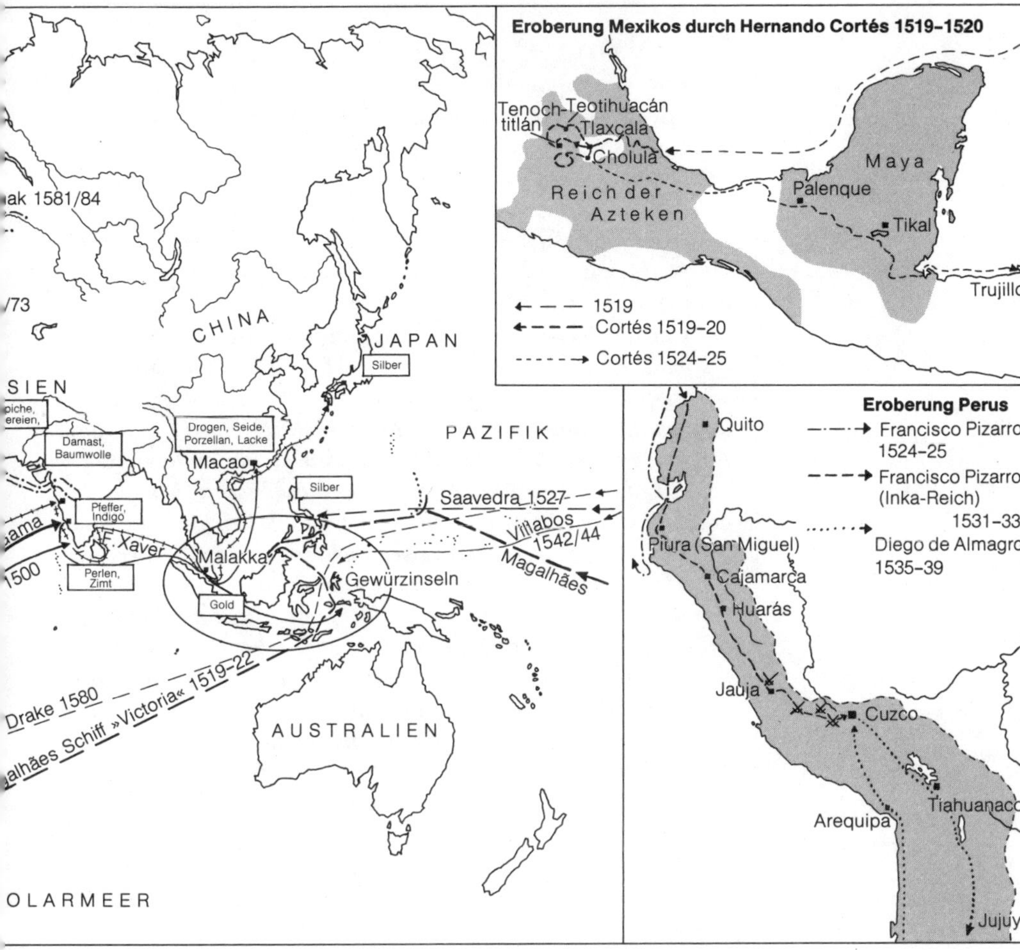

Lage verschärfte sich in den folgenden Jahren erneut, und als Kolumbus 1498 seine dritte Reise unternahm, bei der er erstmals an der Küste des heutigen Venezuela das amerikanische Festland erreichte, kam es während des anschließenden Aufenthalts auf Hispaniola zu einer schweren Meuterei. Die Unruhen veranlaßten das Königspaar, Kolumbus aller Privilegien und Ämter zu entheben und einen neuen Gouverneur zu ernennen. Dieser sandte den Admiral und seinen Bruder in Ketten nach Spanien zurück. Ferdinand und Isabella gewährten ihm zwar erneut ihr Vertrauen, bestätigten aber die alten Privilegien nicht mehr.
Als gebrochener, zugleich auch kranker Mann trat Kolumbus trotzdem 1502 eine vierte Reise an, auf der er erneut die Karibik erforschte. Zu allem bisherigen Unglück war es das aufreibendste und verlustreichste Unternehmen, bei dem er alle vier Schiffe verlor. Aber auch in den Mißhelligkeiten dieser Reise bewies Kolumbus noch einmal seine seemännischen Fähigkeiten. Und wenn auch die Voraussetzungen

Der Name »Amerika«. *Die Neue Welt verdankt ihren Namen weitgehend einem Zufall. Ihr Namenspatron war der aus Florenz stammende* Amerigo Vespucci *(*1454, †1512). Er kam als Kaufmann nach Spanien und nahm 1497 und 1504 an mehreren Entdeckungsfahrten spanischer Kapitäne teil. Die gelegentlich angezweifelten seemännischen Qualitäten muß er besessen haben; denn 1508 bis 1512 war er spanischer »Reichspilot«, d. h. zuständig für Ausbildung und Berufung von Steuermännern auf den Westindienfahrern.*
Über seine Reisen berichtet Vespucci in mehreren Briefen, die erstmals 1507 in einer etwas suspekten Sammlung in lateinischer Sprache von Martin Waldseemüller *herausgegeben wurden. In der Einleitung dazu schrieb Waldseemüller: »Da diese Regionen weiter durchforscht sind, und da ein anderer vierter (Erd-)Teil von Amerikus Vesputius entdeckt wurde, wie aus den nachstehenden Briefen ersichtlich ist, so sehe ich keinen Grund, warum er nicht gerechterweise nach seinem Entdecker [...] Amerigen oder Amerika genannt werden sollte.« Bald danach wurde Vespucci auch in deutschen Flugschriften als Entdecker Amerikas bezeichnet. Ein Einspruch gegen diese Benennung erfolgte weder von ihm selbst noch kam sie aus dem Freundeskreis und von den Nachkommen des Kolumbus. Nach Vespuccis Tod übernahmen deutschsprachige Gelehrte immer häufiger den Namen, der jetzt auch auf Landkarten auftauchte. Die nachweislich älteste dieser Karten stammt aus dem Jahre 1529, allerdings ist auf ihr nur Brasilien als »America Provincia« beschriftet. Erst im Laufe des 17. Jahrhunderts übernahmen auch andere europäische Länder den Namen Amerika für den gesamten Erdteil.*

und geographischen Ansichten, unter denen er seine Reisen ausführte, unrichtig waren, so schmälert das nichts an der Größe seiner Leistung, seiner Willensstärke und der Kühnheit, mit der er seine Pläne verwirklichte. Er schenkte Spanien eine neue Welt, und weder dieses Spanien noch die Neue Welt dankten es ihm. Vielmehr blieb es geradezu ein Treppenwitz der Weltgeschichte, daß der Erdteil nach dem Florentiner *Amerigo Vespucci* (* 1454, † 1512) benannt wurde, einem ehrenwerten Mann, als Forschungsreisender aber eher unbedeutend.

TEILUNG DER WELT ZWISCHEN PORTUGAL UND SPANIEN

Ferdinand und Isabella versäumten keine Zeit und ließen sich gleich nach der Rückkehr des Admirals alle Besitzergreifungen westlich des Atlantiks vom Papst bestätigen. Da die Portugiesen ihrerseits die Ansprüche auf alle afrikanischen Entdeckungen und den noch zu erkundenden Seeweg nach Indien ausschließlich auf der Rechtsgültigkeit älterer päpstlicher Belehnungsbullen begründeten, mußten sie diese päpstliche Belehnung anerkennen, wollten sie ihre eigenen rechtlichen Ansprüche nicht gefährden. *Papst Alexander VI.* (R 1492–1503) aus dem Hause Borgia, der selbst Spanier war, bestätigte Ferdinand und Isabella schon am 3. Mai 1493 durch eine Bulle die Herrschaft über alle Länder im westlichen Teil des Atlantiks, einen Tag später teilte er aus eigener Machtvollkommenheit und ohne jede nähere Kenntnis der tatsächlichen geographischen Verhältnisse die Erde in zwei Hälften, indem er in der Bulle »Inter caetera divine« eine Grenzlinie zog, die hundert spanische Meilen westlich der Azoren »vom arktischen zum antarktischen Pol« verlief. Den Spaniern sollte alles entdeckte und noch zu entdeckende Land westlich dieser Linie zufallen. Noch schien es, als wären die Portugiesen dabei gar nicht so schlecht weggekommen, doch sie wehrten sich trotzdem mit der Begründung dagegen, sie seien durch eine ältere päpstliche Bulle allein zur Entdeckung des Seeweges nach Indien legitimiert worden, und forderten von den Spaniern, bei ihren atlantischen Unternehmen niemals den Breitenkreis der Azoren zu überschreiten. Dann wollten auch sie eine Teilung der Erde in eine kleinere nördliche Hälfte der Spanier und eine weitaus größere südliche für die Portugiesen. Nach einer Reihe diplomatischer Aktivitäten, die in Säbelgerassel und Kriegsdrohungen gipfelten, einigten sich die Majestäten, noch bevor Kolumbus zum zweitenmal in die neu entdeckten Gebiete auslief, am 7. Juni 1494 in *Tordesillas* auf einen Vertrag, der die von Papst Alexander VI. willkürlich gezogene Linie um weitere 270 Meilen westwärts verschob, zugleich aber auch die Durchfahrt für spanische Schiffe durch das portugiesische Einflußgebiet genehmigte. Erst 1506 wurde dieser Vertrag dann durch eine päpstliche Bulle bestätigt.

MAGALHÃES: RUND UM DIE ERDE

Gerade aufgrund dieser Entscheidungen mußte Spanien daran interessiert sein, seine Kenntnisse und damit den Interessenbereich nach Westen hin auszuweiten. So verwundert es nicht, daß sich drei Jahrzehnte später Kaiser *Karl V.* (R 1516 König von Spanien, Kaiser 1519–1556) für den Plan, die *Molukken* – bedeutende Gewürzinseln – auf einer Fahrt nach Westen rund um die Erde herum zu erreichen, sehr aufgeschlossen zeigte. Dabei ging diese Idee von einem portugiesischen Kapitän aus. Der neununddreißigjährige Portugiese *Fernão de Magalhães* (span.: *Magallanes,* * um 1480, † 1521) hatte ähnlich wie Kolumbus vergeblich versucht, den portugiesischen König für den Plan einer Erdumseglung zu begeistern, und sich dann enttäuscht nach Spanien gewandt. Hier erhielt er 1519/20 den Oberbefehl über ein Geschwader von fünf Schiffen mit einer Besatzung von insgesamt 236 Mann. Nach zeitgenössischen Aussagen soll Magalhães fest vom Vorhandensein einer Durchfahrt am Südende des neuen Kontinents überzeugt gewesen sein. Ob er dabei wirklich auf eine heute verschollene Karte des Nürnbergers *Martin Behaim* (* 1459, † 1507) zurückgreifen konnte oder ob er einem Phantom nachjagte, das eine unerwartete Realität erlangte, wird sich letztlich wohl nie mehr beweisen lassen.

Schon bei den Vorbereitungen in Spanien hatte er mit dem Widerstand der Spanier zu kämpfen, die in ihm den lästigen Ausländer erblickten. Und dieser Widerstand setzte sich dann auch auf der Fahrt fort, da nur ein Teil der Kapitäne und der Mannschaft loyal zu ihm hielt. Im September 1519 brach die Flotte auf, segelte bis zur *La-Plata-Mündung* und von da aus südwärts, erreichte im März 1520 *Patagonien*, die Spitze Südamerikas, und überwinterte dort. Dabei kam es zu einer ersten Meuterei, die Magalhães ebenso entschlossen wie hart niederwarf. Nachdem schon ein Schiff gestrandet war, erreichte Magalhães mit den übrigen vier im Oktober 1520 die später nach ihm benannte Meeresstraße zwischen dem südamerikanischen Festland und *Feuerland*. Während der Durchfahrt blieb ein weiteres Schiff zurück und kehrte schließlich um, so daß nur drei nach siebenunddreißigtägiger gefährlicher Fahrt am 27. November den anderen Ozean erblickten, den sie nun in dreieinhalb Monaten überquerten. Das günstige Wetter und die ruhige See veranlaßten Magalhães, diesen unbekannten Ozean »Mare Pacifico« – das friedliche Meer (»Stiller Ozean«) – zu taufen.

Im März 1521 entdeckt die kleine Flotte die von Magalhães zu Ehren König Philipps II. benannte Inselgruppe *Philippinen*, wo die Seefahrer gastfreundlich aufgenommen wurden. Als sie sich aber in Stammesstreitigkeiten mischten, fand Magalhães im Alter von erst einundvierzig Jahren hier bei den Kämpfen den Tod. Die Flotte segelte daraufhin unter dem Befehl des spanischen Kapitäns *Juan Sebastián del Cano* weiter und erreichte tatsächlich die Molukken.

Während der Heimfahrt durch den Indischen Ozean und rund um Afrika gingen noch zwei Schiffe verloren, so daß nach ziemlich genau drei Jahren (20. September 1519 bis 8. September 1522) nur eines der fünf Schiffe mit dreizehn spanischen und drei asiatischen Matrosen an Bord wieder nach Spanien zurückkehrte. Die Gewürzladung, die es von

Aufbruch zur Eroberung neuer Welten unter dem Schutz der Kirche. *»Jungfrau der Seefahrer«. Altarbild von Alejo Fernández. Rechts im Vordergrund kniend Christoph Kolumbus (?). Die christliche Mission diente als wesentlicher Rechtfertigungsgrund für die Unterwerfung fremder Kulturvölker. Zwischen 1531 und 1536. Casa de Contratación, Alcázar/Sevilla.*

Revolutionäre Erweiterung des traditionellen Weltbildes. *Weltkarte des Martin Waldseemüller aus dem Jahre 1507, in der zum ersten Mal der Name »Amerika« erwähnt wird. Am oberen Rand der von symbolischen Darstellungen der Winde umrahmten Karte wird das Bild der alten Welt nach Ptolemäus (links) dem durch die Reiseberichte Amerigo Vespuccis geprägten Weltbild (rechts) gegenübergestellt. Den Abbildungen sind jeweils die Porträts ihrer Stellvertreter zugeordnet. In Vespuccis Karten war Südamerika erstmals in der Geschichte der Kartographie als eigenständiger Kontinent gezeichnet worden. Staatsbibliothek, Berlin.*

Zunehmende Bedeutung der Kartographie. *Der in der Seefahrt geführte Wettstreit um die Erschließung der »Neuen Welt« fand seine Fortsetzung in der Kartographie. Das Wissen der Kosmographen, die in Europa die praktischen Erfahrungen der Entdeckungsreisenden theoretisch auswerteten, erhielt den Rang eines Staatsgeheimnisses. Der aus Radolfzell stammende Martin Waldseemüller (*um 1477, †um 1521), der als Herausgeber der »Cosmographiae universalis introductio« den neuen Kontinent nach Vespuccis latinisiertem Vornamen benannte, entwarf u. a. auch die erste Europakarte größeren Maßstabes und die erste gedruckte Seekarte (1516).*

Zentrale Personen und Schauplätze der Entdeckungsfahrten.
Rechts: Zeitgenössische Darstellung des Christoph Kolumbus. Ein authentisches Bildnis des genuesischen Seefahrers in spanischen Diensten ist nicht bekannt. 16. Jh. Anonym. Museo de America, Madrid. – Unten: Joan Stadion verläßt Lissabon, einen der großen Ausgangshäfen, zu seiner ersten Reise nach Brasilien. Eindrucksvolles Bild der portugiesischen Segelschiffe (Karracken). Aus: de Bry »Americae« 1592.

den Molukken mitbrachte, reichte bei dem damaligen Höchststand der Gewürzpreise aus, um die Kosten der gesamten Expedition zu decken.
Um die Molukken kam es in den folgenden Jahren zu politischen und militärischen Auseinandersetzungen zwischen Spaniern und Portugiesen, da ihre genaue Lage an der durch den Vertrag von Tordesillas festgelegten Demarkationslinie strittig war. 1529 verpfändete Kaiser Karl V. schließlich die spanischen Ansprüche gegen 350000 Dukaten an Portugal.

STOLZ, HABGIER UND SENDUNGSBEWUSSTSEIN: DIE KONQUISTADOREN

Die ersten Entdeckungsfahrten nach Westen lösten sehr rasch eine todbringende Lawine aus. Das Ende der »Reconquista« hatte Kolumbus überhaupt erst die Chance für seine Fahrt geboten, es änderte zugleich auch die Lage in Spanien, setzte Kräfte frei, die bisher durch die militärischen Unternehmen gebunden gewesen waren. Soldaten, Glücksritter, verarmte Edelleute suchten nun nach einem neuen Betätigungsfeld, auf dem sie ihren Tatendrang befriedigen und gleichzeitig mit Ruhm und Ansehen auch Reichtümer gewinnen konnten. Die neuentdeckten Länder schienen ihnen das alles in überreichem Maße zu bieten. Die Männer, die in der ersten Hälfte des 16. Jahrhunderts nach Amerika gingen, wollten nicht kolonisieren, sondern nur kämpfen und Reichtümer erwerben. Eine Legitimation für ihr Vorhaben bot ihnen dabei die Kirche; denn so wie sie in der Heimat gegen die »ungläubigen« Mauren (siehe auch Band 6) gekämpft hatten, kämpften sie nun gegen die *Indianer.* Nur wenige Stimmen im christlichen Lager verteidigten die Eingeborenen der Neuen Welt gegen den Vorwurf, sie seien Barbaren. Der Zwang zur Christianisierung wurde noch verstärkt durch ein übersteigertes nationales Selbstbewußtsein, und »Christianisierung und Hispanisierung unterschieden sich nicht voneinander« (J. Höffner). So stand das 16. Jahrhundert weitgehend im Zeichen der »Konquista« (Conquista) – der Eroberung –, und der Charakter der Konquistadoren erwies sich als eine merkwürdige Mischung aus Nationalstolz, christlichem Sendungsbewußtsein, Brutalität und Habgier. Wenn die Spanier dabei auch dominierten, so erhielten sie doch Zulauf aus anderen Nationen wie Italienern, Franzosen und Deutschen, während die Engländer ein halbes Jahrhundert später ihren eigenen Weg gingen, der nicht in die Goldländer Mittel- und Südamerikas, sondern in die nördlichen Teile der Neuen Welt führte. Ihr Gold raubten sie nun von gekaperten Schiffen der Spanier.

Ankunft in der Neuen Welt – Begegnung mit den indianischen Völkern. *Rechts: Landung des Kolumbus. Im Vordergrund: König Ferdinand von Aragón. Holzschnitt, 1493. Österreichische Nationalbibliothek, Wien. – Unten: Die Franzosen in Florida am heutigen St. John's River.*

Festungsbau. *Die Franzosen, die am 1. Mai 1562 nach Florida kamen, siedelten u. a. am Maifluß (heute St. John's River, siehe auch links unten). Auf dreieckigem Grundriß errichteten sie 1564 das Fort Caroline beim heutigen Jacksonville. Aus: de Bry, »Americae«, Bd. 2, 1591.*

Einblick in die Lebensweise der Indianer. *Flußüberquerung mit Floß (hier aus getrockneten Kürbissen bzw. Binsen) und Seilbrücke – eine Methode, die vor allem im Andenbereich sehr verbreitet war. Aus: de Bry, »Americae«.*

Greueltaten der Konquistadoren unter den Eingeborenen. *Spanier metzeln die Bewohner eines Dorfes nieder. Die Langhäuser innerhalb der Palisadeneinfriedung waren typisch für indianischen Baustil. Aus: de Bry, »Americae«.*

Die bekanntesten spanischen Konquistadoren gehörten bereits der Generation nach Kolumbus an. Die ältere Generation hatte ihre Aufgaben mit den Entdeckungen erfüllt, ihre jüngeren Nachfolger schickten sich an, die Früchte in überreichem Maß zu ernten. Ihnen ging es nicht mehr um geographische Entdeckungen, um die Erschließung neuer Räume, sondern ausschließlich um Gewinn und persönliche Macht. Niemand wird die oft geradezu atemberaubende, fanatische Kühnheit dieser Eroberergeneration bestreiten, aber nur ganz wenige Konquistadoren hatten ein Gespür für die Größe und Bedeutung der indianischen Kulturen, auf die sie bei ihren Unternehmen stießen.

CORTÉS EROBERT DAS AZTEKENREICH

Das erste Ziel konquistadorischen Entdeckungsdrangs wurden die *Azteken.* Sie waren im 12. Jahrhundert von Norden her im heutigen Mexiko eingewandert, hatten allmählich die dort seßhaften Stämme unterworfen und ihre Herrschaft über das ganze Hochland ausgedehnt. Den Höhepunkt ihrer Macht und Kultur erreichten sie im ausgehenden 14. Jahrhundert. Nachrichten von den Reichtümern dieses Volkes lockten mehrfach kleinere spanische Unternehmungen an, die aber alle scheiterten. Da gelang es 1519 dem damals vierunddreißigjährigen *Hernando Cortés* (*Hernán Cortez,* * 1485, † 1547), einem verarmten spanischen Adeligen, der sich – völlig untypisch für seine Standesgenossen – als Pflanzer in der Neuen Welt ein Vermögen erworben hatte, eine Truppe von 550 Mann auszurüsten und von Kuba aus zum mittelamerikanischen Festland überzusetzen. Seine Landung und vor allem sein Vormarsch ins Landesinnere wurden anfangs wesentlich durch die Tatsache erleichtert, daß die Azteken in den weißhäutigen Fremdlingen die Nachfahren eines ihrer Götter erblickten, der nach einer Legende einst ausgewandert war und dessen Rückkehr sie erwarteten. So konnten die Spanier weitgehend ungehindert von den zahlenmäßig vielfach überlegenen kriegerischen Azteken bis zu deren Hauptstadt Tenochtitlán vordringen.

Statthalter und Generalkapitän von Neuspanien, *Hernando Cortés.*

Die Begegnung (1519) zwischen Cortés und dem Aztekenkaiser *Moctezuma II. (Motecuzoma, Montezuma,* genannt *Xocoyotzin,* R 1502–1520) gehört zu den tragischen Episoden der Weltgeschichte: auf der einen Seite der energische, rücksichtslose Spanier, auf der anderen der kooperationsbereite, verunsicherte und zugleich auch verängstigte zweiundfünfzigjährige Aztekenkaiser, der die Übermacht seiner Leute nicht nutzte, gefangengenommen wurde und schließlich bei einem vergeblichen Versuch, zwischen Spa-

Überwindung der Sprachbarrieren zwischen Eroberern und Eingeborenen. *Unterredung Motecuzomas II. mit Cortés 1519 in Tenochtitlán. Dolmetscherin ist Cortés' Geliebte Malinche (Marina), die die Sprache der Azteken (Nahuatl) und die der Maya beherrscht. Miniatur des »Lienzo de Tlaxcala«. 16. Jh.*

Angriff auf die Aztekenhauptstadt. *Der Sturm auf den großen Teocalli von Tenochtitlán im Jahre 1520. Einen Anschlag fürchtend, ließ Pedro de Alvarado in Cortés' Abwesenheit beim Toxcatl-Fest am 10. Mai die aztekischen Adeligen und Priester ermorden. Miniatur des »Lienzo de Tlaxcala«.*

niern und Azteken zu vermitteln, auf tragische Weise durch Steinwürfe seiner eigenen Untertanen tödlich verletzt wurde. Einen etwas versöhnlichen Ausgang erlangt dieses Geschehen nur durch die Tatsache, daß die überlebenden Kinder des Herrschers, ein Sohn und drei Töchter, zu Mitbegründern spanischer Adelsgeschlechter wurden.
Ein letzter Versuch der Azteken, unter der Führung eines jüngeren Bruders von Moctezuma die Spanier aus Tenoch-

Text der Zeit

Cortés in Mexico. *Unten: Der Konquistador überschreitet – geleitet von seinem tlaxcaltekischen Führer – mit seinen 16 Berittenen den Damm nach Tenochtitlán. Rechte Seite: Zweite Heimsuchung der Hauptstadt. Kämpfe des zurückgekehrten Cortés mit den Azteken: Beschießung der Indianer und spanische Schiffe auf dem Texcoco-See.*

Codex Florentino: Die Spanier in Mexico – 1521

Als die Spanier den königlichen Palast betreten hatten, ergriffen sie Motecuzoma, nahmen ihn in Gewahrsam, stellten ihn unter Aufsicht. Auch Itzcuauhtzin stellten sie unter Bewachung, den anderen Fürsten wurde erlaubt, sich zu entfernen.

Dann feuerten sie ein Geschütz ab, und große Verwirrung entstand in der Stadt. Das Volk stob auseinander, es floh ohne Sinn und Verstand, es rannte davon wie gejagt, als ob giftige Pilze oder Wundererscheinungen die Sinne verwirrten. Alle waren von Angst überwältigt, hatten feige Herzen. Und als die Nacht niederfiel, brütete Furcht über der Stadt, kroch in die Häuser und lauerte noch in den Träumen.

Am Morgen teilten die Spanier Motecuzoma mit, was sie an Verpflegung und Vorrat benötigten: weiße Maiskuchen, gebratene Truthühner, Eier, frisches Wasser, Feuerholz, Kohlen, dazu große saubere Kochtöpfe, Wasserkrüge, [...], Schüsseln und anderes Tongerät. Motecuzoma befahl, daß man es ihnen gäbe. Die Häuptlinge, die diese Befehle entgegennahmen, waren zornig auf den König. Sie gehorchten ihm nicht und achteten ihn nicht länger.

Aber die Spanier wurden trotzdem mit allem Nötigsten versorgt, sie erhielten Speisen, Getränke und Wasser und Futter für ihre Pferde.

Als die Spanier sich im Palast eingerichtet hatten, fragten sie Motecuzoma nach dem Staatsschatz aus, nach den Rangabzeichen der Krieger, nach den Schilden. Sie bedrängten ihn hart, und dann verlangten sie: Gold! Motecuzoma willigte ein, sie zu den Schätzen zu führen. Sie umdrängten ihn, kamen nahe an ihn heran mit ihren Waffen. Er ging in der Mitte, sie schlossen ihn ein, in einem dichten Kreis.

Als sie am Teucalco, dem großen Schatzhaus waren, wurden die Reichtümer ihnen gezeigt: der Goldschmuck, die Federn, der Federschmuck, die reichverzierten Schilde, die goldenen Brustscheiben, die Geschmeide der Götterbilder, die goldenen Nasenpflöcke, die goldenen Beinschienen, die goldenen Handgelenkriemen und die kostbaren Kronen. Die Spanier rissen sofort die wertvollen Federn von allen goldenen Schilden und Abzeichen weg. Alles Gold rafften sie zu einem Haufen. An die anderen Kostbarkeiten legten sie Feuer, und alles verbrannte. Das Gold schmolzen sie ein zu Barren, und von den wertvollen grünen Edelsteinen nahmen sie nur die besten, die anderen stahlen die Tlaxcalteken. Das ganze Schatzhaus durchwühlten die Spanier, sie drängten und fragten und griffen nach allem, was ihnen gefiel.

[. . .] Dann gingen sie nach Totocalco, dem Platz des Vogelpalastes, in Motecuzomas Schatzhaus, in dem seine eigenen Reichtümer waren.

Vor Vergnügen fletschten die Spanier die Zähne wie Tiere und beklopften einander vor Freude. Sie glaubten in ihrem Paradiese zu sein, als sie die Schatzhalle sahen. Sie durchsuchten alles und verlangten nach allem, sie waren Sklaven ihrer eigenen Gier. Alle Besitztümer Motecuzomas wurden hervorgeholt: die Halsketten mit den großen Gehängen, die kostbaren Oberarmringe, die Knöchelringe mit den goldenen Schellen, die Krone aus Türkismosaik mit dem dreieckig aufragenden Stirnblatt, die Königstracht und all der andere Schmuck, der dem König gehört und den nur er allein tragen darf.

Nach diesen Schätzen griffen sie, als ob sie ihr Eigentum wären, als ob dies kein Raub, als ob es ein günstiger Fund wäre.

Aus: Codex Florentino, Cap. 17. Übers.: Renate Heuer. In: »Die Rückkehr der Götter«, Gertraud Middelhauve Verlag, Köln 1962

titlán zu vertreiben, endete 1521 mit der Eroberung und der Zerstörung der Hauptstadt und zugleich der Vernichtung des Aztekenreiches. Die überlebende und versklavte Bevölkerung mußte den Spaniern helfen, die Stadt als Regierungssitz eines spanischen Vizekönigs neu aufzubauen.

PIZARRO: DIE VERNICHTUNG DES INKA-REICHES

Hatte die Eroberung des Aztekenreiches den Konquistadoren schon Reichtümer und Goldschätze erbracht, so sollten ihre Erwartungen bei der Eroberung des Inka-Reiches in Peru zwölf Jahre später noch übertroffen werden. *Francisco Pizarro* (*Marqués de los Charcas y de los Atabillos,* * 1478, † 1541), der uneheliche Sohn eines spanischen Hauptmanns, hatte schon mehrere Vorstöße entlang der südamerikanischen Westküste unternommen, bis er im Alter von schon 53 Jahren mit 183 Mann und 37 Pferden nach Peru aufbrach, um das Reich der Inka zu erobern, von dem die Spanier inzwischen Nachrichten erhalten hatten. Die Kühnheit dieses Unternehmens und die Größe der militärischen Leistung übertraf noch den Eroberungszug nach Mexiko. Die spanischen Konquistadoren marschierten Hunderte von Kilometern durch Wüste und Urwald, überquerten gewaltige Gebirgszüge mit Höhen bis zu 4000 Metern und kannten nicht einen Fußbreit dieses Weges im voraus. Sie traten gegen einen vielhundertfach überlegenen Gegner an und eroberten ein Reich, das nicht nur doppelt so groß war wie ihr spanisches Vaterland, sondern auch das bestorganisierte Staatswesen der Neuen Welt.

Pizarro erreichte im September 1532 *Cajamarca* (Caxamarca), Garnison und Quartier des dreizehnten und letzten Inka-Herrschers *Atahualpa* (R 1525–1533). Im Angesicht von dessen eigener riesiger Armee lockten sie den Inka in eine Falle und nahmen ihn nach einem kurzen Gefecht gefangen. Statt ihren Herrscher zu befreien, zog sich die kampferprobte Inka-Armee unverständlicherweise zurück. Atahualpa erbot sich, als Lösegeld für seine Freilassung einen großen Raum völlig mit goldenen Gefäßen und Geräten und zwei weitere mit Silber zu füllen. Die Konquistadoren nahmen das Angebot an, aber obgleich der Inka sein Versprechen erfüllte, ließ ihn Pizarro trotzdem nach einem Schauprozeß wegen angeblicher Verschwörung gegen die Spanier hinrichten. Ein von ihnen auf den Thron gehobener neuer Herrscher, *Manco Cápac II.,* empörte sich 1535 ebenfalls gegen die fremde Oberhoheit. Die Niederwerfung dieses Aufstandes und damit die Vernichtung des Inka-Reiches mündete in einen Rivalitätskampf der Konquistadoren.

IM GOLDRAUSCH ELDORADOS

Mexiko und Peru blieben trotzdem nur Zwischenstationen bei der Goldsuche der Spanier, die von einem ganz anderen, einem gigantischen Phantom verlockt wurden. El Dorado – der Goldene Häuptling (»der Vergoldete«) – wurde zum Symbol der Goldgier, zugleich aber auch wie ein Jahrhundert zuvor bei den Portugiesen der »Priester Johannes« zum imaginären Motor, der Antriebskraft für oft ungemein strapazenreiche und gefährliche Entdeckungsfahrten. So zog *Gonzalo Pizarro* (* um 1502, † 1548), ein Bruder des Eroberers, 1541/42 von Peru aus über die Anden, um nach Gold, aber auch nach Zimt zu suchen, den es in Eldorado (der Name wurde nun ganz allgemein auch auf das Land des »Goldenen Häuptlings« übertragen) geben sollte. Während er unverrichteter Dinge wieder nach Peru zurückkehrte, stieß *Francisco de Orellana* (* um 1505/11, † um 1546/50), der mit ihm ausgezogen war, weiter nach Osten vor, verfolgte den Río Napo bis zur Einmündung in einen großen Fluß, den Orellana wegen der dort angeblich angetroffenen weiblichen Krieger »Amazonas« (Amazonenfluß) nannte und den er bis zu seiner Mündung verfolgte. An der Ostküste Südamerikas erreichte *Pedro de Mendoza* (* 1487, † 1537) mit zwölf Schiffen die La-Plata-Mündung und gründete 1536 die Stadt Puerta de Nuestra Señora

Oben: ***Grausame Beseitigung des letzten Inkaherrschers.*** *Atahualpa, seit 1532 Alleinherrscher des Inka-Reiches, wird am 29. 8. 1533 auf Weisung Pizarros erwürgt. Illustration aus: »Historia novi orbis«, 16. Jh.*

Text der Zeit

Pedro de Cieza de León:
Die Straßen der Inkas – 1553

Das Reich der Inkas war so riesig, daß der Herrscher, wenn er an einem Ende des Reiches weilte, von den Ereignissen am anderen Ende durch Boten benachrichtigt werden mußte. Hätte ein solcher Bote die Strecke allein zurücklegen müssen, so wäre es, unbeschadet der Länge einer Tagesstrecke, für jede Entscheidung zu spät gewesen, wenn er die tausend Leguas hinter sich gebracht haben würde. Aus diesem Grunde und auch, um die Provinzen besser verwalten zu können, richteten die Inkas ein Postsystem ein, wie es nicht besser und zweckmäßiger gedacht werden kann. Unter der Regierung Pachacutis [R 1438–1471] wurden längs der Überlandstraßen in Abständen von einer halben Legua kleine, aber feste Häuser aus Holz und Stroh errichtet. In den Bergen standen sie an Abhängen oder unter Klippen. Die Straßen waren mit diesen kleinen Häusern dicht gesäumt. In jedem lebten ständig zwei Indianer aus der nächsten Ansiedlung, die von dort aus mit Vorräten versehen und von Zeit zu Zeit abgelöst wurden. Das war so sorgfältig geplant und verwaltet, daß es immer funktionierte, und solange die Inkas regierten, hat diese Einrichtung niemals versagt.

Die Einwohner jeder Provinz hatten die Posten ihres Gebietes zu versorgen, ob sie nun im Ödland, im verschneiten Hochland oder dicht an der Straße lebten. Wenn dem Groß-Inka in Cuzco irgendein Geschehnis mitgeteilt werden mußte, so machte sich von Quito, Tomebamba, Chile, Caranqui oder von irgendeinem anderen Ort ein Läufer auf und rannte, so schnell er konnte, ohne anzuhalten, zum nächsten Posten. Für diesen Dienst wurden die schnellfüßigsten Indianer ausgesucht. Wenn er an die nächste Station kam, begann er zu rufen und sagte zu dem dortigen Läufer: »Mach dich sofort auf, lauf da und da hin und sage: das und das ist geschehen, oder der und der Statthalter erlaubt sich, dem Inka zu berichten ...« – wie nun eben die Botschaft lautete. Und sobald der Ablösende das hörte, rannte er, so schnell er konnte, zum nächsten Posten. Der Abgelöste ging in die Hütte, aß und trank von den immer vorhandenen Vorräten, und der andere tat desgleichen, wenn er die nächste Station erreicht hatte.

So durcheilte eine Nachricht oder ein Befehl in kürzester Zeit dreihundert, fünfhundert oder achthundert Leguas. Die Boten waren so verschwiegen, daß weder Überredung noch Drohung sie veranlassen konnten, ihre Botschaft zu verraten, selbst wenn sie schon an den nächsten Boten weitergegeben war.

Aus: Pedro de Cieza de León »Crónicas del Peru«, Kap. 43. Übers.: K. H. Kosmehl. In: »Auf den Königstraßen der Inka«, S. Fischer Verlag GmbH, Frankfurt/M.

Santa María del Buen Aire, kurz: *Buenos Aires.* Über seine bunt zusammengewürfelte Mannschaft und die Ereignisse während seines Zuges sind wir besonders gut informiert, weil der aus Niederbayern stammende *Ulrich Schmidel* (* 1510, † 1579) an der Fahrt teilnahm und später einen Reisebericht darüber verfaßte. Von der Küste Kolumbiens aus drang 1538 *Gonzalo Jiménez de Quesada* (* um 1500,

† 1579) auf der Suche nach Eldorado in das Orinoco-Gebiet vor. Dabei traf er unterwegs auf einen anderen Suchtrupp unter der Führung des Schwaben *Nikolaus Federmann* (* 1505, † 1542). Dieser war im Auftrag des Augsburger Handelshauses der Welser unterwegs, das von Kaiser Karl V. einen Teil des heutigen Venezuela zu Lehen erhalten hatte und als privaten Kolonialbesitz. Dieser deutsche Traum von Gewürz und Gold war allerdings schon 1546 wieder zu Ende, als die Konzession für die Welser-Besitzungen von der spanischen Krone widerrufen wurde. Der Traum von Eldorado lebte allerdings weiter. Sogar der englische Seefahrer *Sir Walter Raleigh* (* um 1554, † 1618) und seine beiden Beauftragten *Kamys* und *Masham* wurden 1592 und 1596 bei ihren Forschungsfahrten im Orinoco-Gebiet von der Suche nach Eldorado motiviert.

Die überspannten Berichte des Paters *Marcos de Niza,* der 1539 von Mexiko aus nordwärts in das Gebiet des Rio Grande vorgestoßen war und nach seiner Rückkehr von »Sieben Goldenen Städten« gefaselt hatte, lösten in diesem Raum eine ähnliche Suche aus wie nach Eldorado. Sie erlebte ihren Höhepunkt zwischen 1540 und 1542 in einer großen Expedition des *Francisco Vásquez de Coronado* (* 1500, † 1544), der mit über zweihundert Spaniern und mehreren hundert verbündeten Indianern die Länder zwischen dem Großen Cañon des Colorado und dem Felsengebirge erforschte, ohne allerdings seine Träume vom großen Reichtum verwirklichen zu können.

ENT-DECKUNGEN – SKLAVEN – NEUER FERNHANDEL

Die Auswirkungen der Entdeckungsreisen zeigten sich in allen Lebensbereichen. Die geistige Wende, die im Abendland durch den Humanismus eingeleitet und im Reformationszeitalter vollendet wurde, erfuhr durch die Entdekkungen und die geradezu explosionsartige Erweiterung des geographischen Weltbildes Beschleunigung und Vollendung zugleich, und das in einem Tempo, das nur vergleichbar erscheint mit der technischen Entwicklung unseres atomaren Zeitalters. Wenn sich die portugiesischen und frühen spanischen Seefahrer noch auf die Autoritäten der Antike stützten, sprach *Antonio Pigafetta,* der Begleiter und Chronist des Magalhães, schon von den »verzeihlichen Fehlern der alten Geographen«. Als 1492 *Martin Behaim* (* 1459, † 1507) in Nürnberg an seinem Erdglobus arbeitete, segelte Kolumbus mit seinen Schiffen über den Atlantik, keine zehn Jahre später tauchte der neuentdeckte Erdteil schon auf den geographischen Karten auf.

Bis zur Mitte des 16. Jahrhunderts waren Nordamerika bis

etwa zu den Großen Seen, Mittel- und Südamerika in groben Umrissen und in einigen Gebieten sogar schon im Detail erforscht und bekannt, die Kenntnis der Geographie Asiens hat sich gegenüber früheren Zeiten nur geringfügig verbessert, die Fahrten Magalhães und erste Reisen von Mittelamerika aus in das »Südmeer« brachten Kenntnisse der Pazifischen Inselwelt; bei Afrika beschränkten sich die geographischen Kenntnisse auf die Küstengebiete südlich des Äquators, lediglich im Sambesi-Gebiet nahmen portugiesische Händler erste Kontakte mit afrikanischen Fürsten im Innern auf.
1498 hatte Vasco da Gama den Seeweg nach Indien entdeckt. Sieben Jahre danach beteiligten sich Florentiner, Genuesen und vor allem deutsche Handelshäuser mit erheblichen Summen an den gewinnversprechenden Indienfahrten. Trotzdem behielt der König von Portugal das Monopol für den Pfefferhandel fest in seiner Hand und trieb die Preise in die Höhe. Vor den Reisen da Gamas kostete ein Zentner Pfeffer in Lissabon 40 Dukaten, der Ertrag und die Ergebnisse der Reise ließen ihn auf 20 sinken, aber schon 1520 hatte ihn Portugal wieder auf 34 hinaufgetrieben. Nutznießer daran waren letztlich trotz aller gegenteiligen Beteuerungen auch deutsche Handelshäuser, insbesondere die der Fugger und Welser.
Zwar lösten die Entdeckungsreisen nicht den Sklavenhandel aus, sicher aber haben sie ihn gefördert und nach einer Periode weitgehender Stagnation im Mittelalter allein schon im 15. Jahrhundert einen neuen Auftrieb gegeben, der dann durch die unglückselige Idee des Paters *Bartolomé de Las Casas* (* 1474, † 1566), der zum Schutze der Indianer den Einsatz von Negern in Bergwerken Amerikas vorschlug, noch weiter verstärkt wurde.
Wie rasch sich der Schiffsverkehr in die Neue Welt entwikkelte, beweisen die Statistiken Sevillas. Liefen von dort 1504 nur drei Schiffe nach Amerika aus (von denen keines zurückkehrte), waren es 1510 bis 1514 bereits 132 (121 zurück) und in den folgenden fünf Jahren sogar schon 240 (160 zurück). Sie brachten in der Folgezeit neue Produkte wie Kakao aus Mexiko, die Kartoffel aus Peru. Den Spaniern ging es aber nicht um die landwirtschaftlichen Güter, sondern in erster Linie um die Edelmetalle. Allerdings dürfen die spektakulären Schätze der Indianer, von denen in diesem Zusammenhang berichtet wird, nicht überbewertet werden. Weder den einzelnen Glücksrittern noch dem Staat selbst blieb unter dem Strich etwas übrig. Auf den Antillen beispielsweise übertrafen vielfach die Kosten für Ausrüstung und Lebensmittel die Ausbeute des einzelnen,

und die riesigen Gold- und Silbermengen, die der Krone zufielen, wurden letztlich durch die Kriege verschlungen und wirkten nicht befruchtend auf den Staatshaushalt, sondern hinterließen nur immer ärgere Geldknappheit.
Gewinne erzielten die Handels- und vor allem die Schifffahrtsgesellschaften. Die handelspolitischen Schwergewichte verlagerten sich nun vom Mittelmeer- auf den Atlantikhandel und -verkehr, wobei Sevilla und vor allem Antwerpen zunehmende Bedeutung gewannen.
Über manchen positiven Auswirkungen der Entdeckungsreisen für Europa übersieht man nur zu leicht die geradezu katastrophalen Folgen für Amerika. Indianische Großreiche wie die der *Azteken* und *Inkas* wurden zerstört, ihre hochentwickelten Kulturen dabei vernichtet. In den neuentdeckten und eroberten Gebieten vollzog sich ein ungeheuerlicher Völkermord. Erschütterndes Beispiel ist *Zentralmexiko.* Dort schätzte man beim Eindringen der Spanier 1519 die einheimische Bevölkerung auf 25,2 Millionen, dreißig Jahre danach waren es nur noch sechs Millionen und zu Beginn des 17. Jahrhunderts eine Million.
Es ist das einmalige Verdienst des Dominikanerpaters *Bartolomé de Las Casas,* ein Menschenalter lang unermüdlich für die Rechte der indianischen Urbevölkerung gekämpft zu haben. Sein ursprünglich nur für Kaiser Karl V. bestimmter »Kurzer Bericht über die Verwüstung und Zerstörung der indianischen Länder« wurde zu einer flammenden Anklage vor der damaligen Gesellschaft und gewann auch Einfluß auf die »Indianergesetzgebung« durch Karl V., die der mittel- und der südamerikanischen Urbevölkerung wenigstens einen gewissen Schutz gewährte.

Literatur

Descola, Jean: Gold, Seelen, Königreiche. Die Geschichte der spanischen Eroberer, Stuttgart 1959

Huber, Siegfried: Pizarro und seine Brüder, Olten/Freiburg 1962

Landström, Björn: Knaurs Buch der frühen Entdeckungen, München 1969

Madariaga, Salvador de: Kolumbus. Entdecker neuer Welten, Bern/München 1966

Madriaga, Salvador de: Cortez. Eroberer Mexikos, München 1960

Schmitt, Eberhard (Hg.): Dokumente zur Geschichte der europäischen Expansion. Bd. 2. Die großen Entdeckungen, München 1984

GERHARD SCHATT

Amerika im 16. Jahrhundert

Amerika war noch nicht entdeckt, da teilten Spanier und Portugiesen die Welt im *Vertrag von Alcáçovas* (1479) auf. Eine südlich der Kanarischen Inseln von Osten nach Westen verlaufende Linie sollte die Grenze bilden, und die Gebiete nördlich davon sollten Spanien, der Rest aber Portugal gehören, das allerdings auch Marokko zugesprochen bekam und das Monopol der Seefahrt in der Südzone. Bald gab es jedoch Streit, und in den Verträgen von *Tordesillas* (1494) und *Saragossa* (1529) zog man mit päpstlicher Hilfe eine neue Grenze: Alles Gebiet diesseits etwa des 46. Grades westlicher Länge sollte portugiesisch, alles westlich davon aber spanisch werden. Afrika und Indien fielen damit in die portugiesische Interessensphäre.
Für den Bereich der Neuen Welt war die Teilung für Spanien ein guter Handel, denn nur Ost-Brasilien kam an Portugal, der Rest Mittel- und Südamerikas, zeitweise auch große Flächen Nordamerikas, wurden dagegen spanisch. Die Interessen anderer Länder blieben in den Verträgen unberücksichtigt, zumal England und Frankreich damals sich sowieso wenig an den überseeischen Unternehmen beteiligten. Die deutschen Territorien waren durch die Reformation gelähmt bzw. hatten als Binnenstaaten kaum einen Bezug zur Überseepolitik. Zwar waren Deutsche bei fast allen frühen Entdeckungsreisen und auch bei der Eroberung Lateinamerikas dabeigewesen; auch hatte Kaiser Karl V. (R 1519–1556) das Augsburger Handelshaus der *Welser* 1527 mit einem Teil Venezuelas belehnt und 1530 die ebenfalls in Augsburg beheimateten *Fugger* in Amerika Fuß fassen lassen, um sich für die riesigen Kredite zu revanchieren, mit denen sie seine Politik finanzierten (1563 hatten die Fugger 75 Prozent ihres Kapitals in spanischen Kredi-

ten stehen). Diese privatwirtschaftlichen Unternehmen brachen aber noch im 16. Jahrhundert zusammen.

KONQUISTADOREN UND BEAMTE

Die Spanier beeilten sich, das ihnen Zugestandene unter ihre Herrschaft zu bringen. Innerhalb von dreißig Jahren besetzten sie, zunächst in der Karibik, ein Kolonialgebiet, das nicht nur das Weltbild veränderte, sondern durch Größe und Entfernung vom Mutterland völlig neue Probleme aufwarf. Die nach Amerika ziehenden Abenteurer handelten zwar formal mehr oder weniger im Auftrag der Krone, vertraten aber in erster Linie eigene Interessen. Es ging ihnen allerdings nicht nur um das Plündern indianischer Schätze, sondern manche dieser Eroberer und die ihnen folgenden Kolonisten erkannten die Chancen, die darin lagen, sich fruchtbares Land und ertragversprechende Bergbaugebiete anzueignen und diesen Besitz unter Ausbeutung indianischer Arbeitskraft zu bewirtschaften. Denn mit einer großen Einwanderung war nicht zu rechnen, auch wenn Spanien sie schon 1495 freigab; sie blieb doch sehr kostspielig und mit unkalkulierbaren Risiken behaftet. Man wollte also reich werden, und zwar schnell und mit allen Mitteln, ohne dabei von Bürokraten behindert oder von Steuereinnehmern belästigt zu werden.
Dem stand das Interesse der Krone entgegen, möglichst bald geordnete Zustände herzustellen und dem in endlosen Kriegen gegen die Mauren erschöpften Land schnellstens regelmäßig und reichlich fließende Steuerquellen zu erschließen. Die Interessen von Einwanderern und Krone waren also entgegengesetzt.
Wie sollte der König über Tausende von Kilometern hinweg ein riesiges Gebiet kontrollieren, von dessen Bedingungen bei Hofe kaum jemand realistische Vorstellungen hatte? Auch dauerte es viele Monate, bis auf ein Schreiben überhaupt eine Antwort kam. Das ergab Fehlentscheidungen, viel berechtigtes wie unbegründetes Mißtrauen und Sand im Getriebe der Verwaltung. König *Ferdinand II.* (R 1479–1516) ernannte zwar schon *Kolumbus* zum Vizekönig der »Islas y tierras firmes del mar oceano«, wie die Neue Welt zunächst offiziell hieß. Der Vizekönig war Vertreter der Krone an Ort und Stelle; nur geschah es, daß auch Vizekönige und andere Beamte in die eigene Tasche wirtschafteten, Befehle aus Spanien ignorierten und gelegentlich die offene Rebellion wagten. Schon zwischen 1492 und Cortés' Angriff (siehe Seite 40) auf das Festland, in einer Zeit also, in der die Kolonien noch überschaubar waren, wurde das Problem deutlich.

Beginnende Kontrolle der eroberten Gebiete durch Verwaltungsbeamte. *Die Gattin des Königs von Cumaná bringt dem spanischen Landvogt Errera Geschenke. Mit den Landvögten setzte die Verwaltung der neuen Territorien ein. Aus: de Bry, »Americae«.*

KREUZ UND SCHWERT

Die spanischen Beamten hatten sich nicht nur mit ihren widerspenstigen Landsleuten, sondern auch mit dem passiven Widerstand der Unterworfenen auseinanderzusetzen. Konquistadoren, Beamte und Kolonisten sahen die Indianer als Heiden, und ein Heide zu sein, das war an sich schon ein gravierender Makel. Hinzu kam, daß diese Menschen mit dem Vorwurf behaftet waren, eine tatsächlich äußerst grausame Religion zu praktizieren. So trat man ihnen mit dem guten Gewissen des richtigen Glaubens und eines unbegrenzten Missionsauftrags entgegen – und mit der von zu Hause mitgebrachten Gewohnheit, mit Andersgläubigen und mit politischen Opponenten wenig Federlesens zu machen.

Was konnte man angesichts der Höllenvisionen in den Bildern eines *Pieter Bruegel* d. J., der religiösen Ekstase in der Malerei eines *Matthias Grünewald*, eines *Luis de Morales,* was konnte man in Anbetracht der Judenverfolgungen, des Hexenwahns, der Ketzerverbrennungen, der »Bartholomäusnacht« in Paris und anderer Ausbrüche des religiösen Fanatismus in Europa anderes erwarten als die unnachsichtige Verfolgung heidnischer Religionen in den Kolonien? Mit gutem Recht hat der Historiker Will Peukert in den Untertitel seines großen Werkes über die Reformationszeit (»Die Große Wende«, Darmstadt 1966) die Formel vom »Apokalyptischen Zeitalter« aufgenommen. Es waren nicht nur die Indianer, die ihm zum Opfer fielen. Sie waren jedoch in ihrer Wehrlosigkeit besonders ›dankbare‹ Objekte, zumal die alte Ordnung in Europa selbst immer mehr bestritten wurde. Aber nicht nur die religiösen Spannungen, sondern die Revolution des gesamten Weltbildes, an dem die Entdeckung Amerikas einen erheblichen Anteil

hatte, trugen zur wachsenden geistigen Verunsicherung und als Ausgleich zu entsprechend radikalem Auftreten der alten Kräfte bei. Wie groß muß angesichts der lockenden Gewinne die Versuchung gewesen sein, die Unterworfenen ›umzuerziehen‹, ihnen die »Segnungen geregelter Arbeit« als Buße für ihre Sünden zu bringen und sich dabei kräftig zu bereichern?
Andererseits sollte man seine Mitmenschen lieben, und auch die Indianer waren doch Mitmenschen. So lagen religiöses Sendungsbewußtsein, Habgier und das Streben nach geordneten Zuständen in beständigem Kampf miteinander. Die Krone bemühte sich, zwar meist vergeblich, die Indianer vor den schlimmsten Folgen dieses Gegeneinanders zu schützen, auch wenn dies oft eher aus Staatsräson als aus christlicher Nächstenliebe geschah. Und: man konnte die Indianer schließlich nicht zu sehr schützen, denn woher sollten die Steuern kommen, auf die man in Madrid so dringlich wartete, wenn nicht aus den mit Hilfe indianischer Arbeitskraft geschaffenen Gütern? Dem König standen ein Fünftel der Bergwerkserträge und die von den Eingeborenen entrichteten Naturalabgaben zu. Trotz der Kolonien war die Finanzlage des Staates so angespannt, daß es 1575 zum Staatsbankrott kam, denn die 1531 und 1548 entdeckten Silbervorkommen Amerikas deckten auch 1580, als ihre Ausbeutung schon in vollem Gange war, nicht einmal 10 Prozent der spanischen Staatsausgaben.

EINE WELT ZERBRICHT

Manche der Westindischen Inseln waren ein ideales Anbaugebiet für *Zucker*, der sich in Europa mit Gewinn verkaufen ließ. Europäische Arbeiter standen aber nicht zur Verfügung, der Import schwarzer Sklaven in großem Ausmaß hatte noch nicht begonnen, und die Indianer weigerten sich in der Regel, auf den Plantagen Lohnarbeit zu verrichten, lieferte ihnen die Natur doch freigebig, was sie zu ihrem Unterhalt brauchten. Reich konnte man also in Amerika nur werden, wenn man die Indianer zur Arbeit zwang, und warum sollte man sie eigentlich nicht zwingen, war man doch als Sieger ins Land gekommen? Die Kolonisten betrachteten es als ihr selbstverständliches Recht, kriegsgefangene Indianer und auch die Bewohner der ihnen zugewiesenen Gebiete zur Zwangsarbeit heranzuziehen. Je mehr man die Unglücklichen ausspreßte, um so schneller wuchsen die Gewinne, von denen ja auch der königliche Fiskus profitierte. Die Ausbeutung der Zwangsarbeiter nahm aber solche Formen an, daß die Bevölkerungszahl rapide sank, denn besonders die entkräfteten Arbeitssklaven

L
F
E
K
G
H
I
D
B
C
A

Alltagsszenen aus dem Leben der Indianer in Nord- und Südamerika.
Links: Das Indianerdorf Secota am Pamlico River, wie John White es sah. Gärten sowie sorgfältig angelegte Beete und Felder. Oben: Eindrücke aus der Welt der Inka. Verscheuchen der Vögel mit Wolfsfell und Schleuder (links) und Webarbeiten (rechts). Aus: Nueva Coronica y buen Gubernica des Poma de Ayala. – Darunter: Gütertransport auf Lamas in Peru. Aus: de Bry, »Americae«.

wurden von Epidemien heimgesucht, die erst die Europäer einschleppten. So kostete das 1567 ausbrechende *Fleckfieber* etwa 2 Mio. Menschenleben, und selbst relativ harmlose Krankheiten wie die *Masern* rafften die Indianer in Scharen dahin, da sie gegen solche in Amerika bisher unbekannten Krankheiten keine Abwehrkräfte besaßen. Der erstmals 1571 nach Amerika entsandte »protomedico«, ein spanischer Beamter für Gesundheitspflege, war angesichts der Größe und Art des Problems hilflos. Neue Zwangsarbeiter konnten aber immer schwerer rekrutiert werden, weil die frei gebliebene Bevölkerung in unzugängliche Gebiete flüchtete, wo sie ebenfalls von Epidemien dezimiert wurde. Dort verschlechterte sich ihre Lage in der Regel auch wirtschaftlich rapide. Man mußte also Gegenmaßnahmen ergreifen, um die Steuerkraft der Kolonien zu erhalten. Dazu bedurfte es leistungsfähiger Behörden.

Wir haben schon in dem vorangegangenen Kapitel dargestellt, welche Konquistadoren die indianischen Hochkulturen zerschlugen. Das Kreuz in der einen, das Schwert in der anderen Hand und den Beutesack auf dem Rücken, zogen sie von Stadt zu Stadt, zerstörten die Götzenbilder, plünderten die Tempelmagazine, töteten indianische Priester und Fürsten, zerschlugen, teils aus Unkenntnis, teils zur Schwächung der Gegner, mit deren Staaten auch die Straßenbaubehörden, Postdienste, Bewässerungsanlagen und Sozialeinrichtungen, kurz das meiste, was Hochkultur ausmacht.

Was an die Stelle der alten Ordnung treten sollte, das kümmerte sie wenig: Es hatte nichts mit schneller Beute zu tun. Die wenigen Einsichtigen aber konnten weder schnell genug eine neue Verwaltung aufbauen noch den Menschen einen neuen religiösen Halt geben, auch wenn Millionen formal getauft wurden; und so begann ein grandioser Verfall, denn mit der alten Religion hatten die Indianer allen Lebenssinn verloren. Die Tempel verfielen, die Pyramiden wurden vom Dschungel überwuchert, die alten Städte lösten sich auf. Geistig führungslos geworden, dämmerten die Menschen dahin.

Die neuen Herren führten die indianischen Bergwerke weiter und organisierten, teilweise in Zusammenarbeit und auch in Eheverbindungen mit dem einheimischen Adel (denn nur wenige Europäerinnen kamen in der Frühzeit nach Amerika), in kleinen und besonders verkehrsgünstigen Gebieten vor allem den Zuckerrohranbau. Die Indianer waren es schon unter eigenen, einheimischen Herren gewohnt gewesen, in den Bergwerken und bei Staatsbauten zu harter Arbeit gezwungen zu werden. Wir dürfen nicht

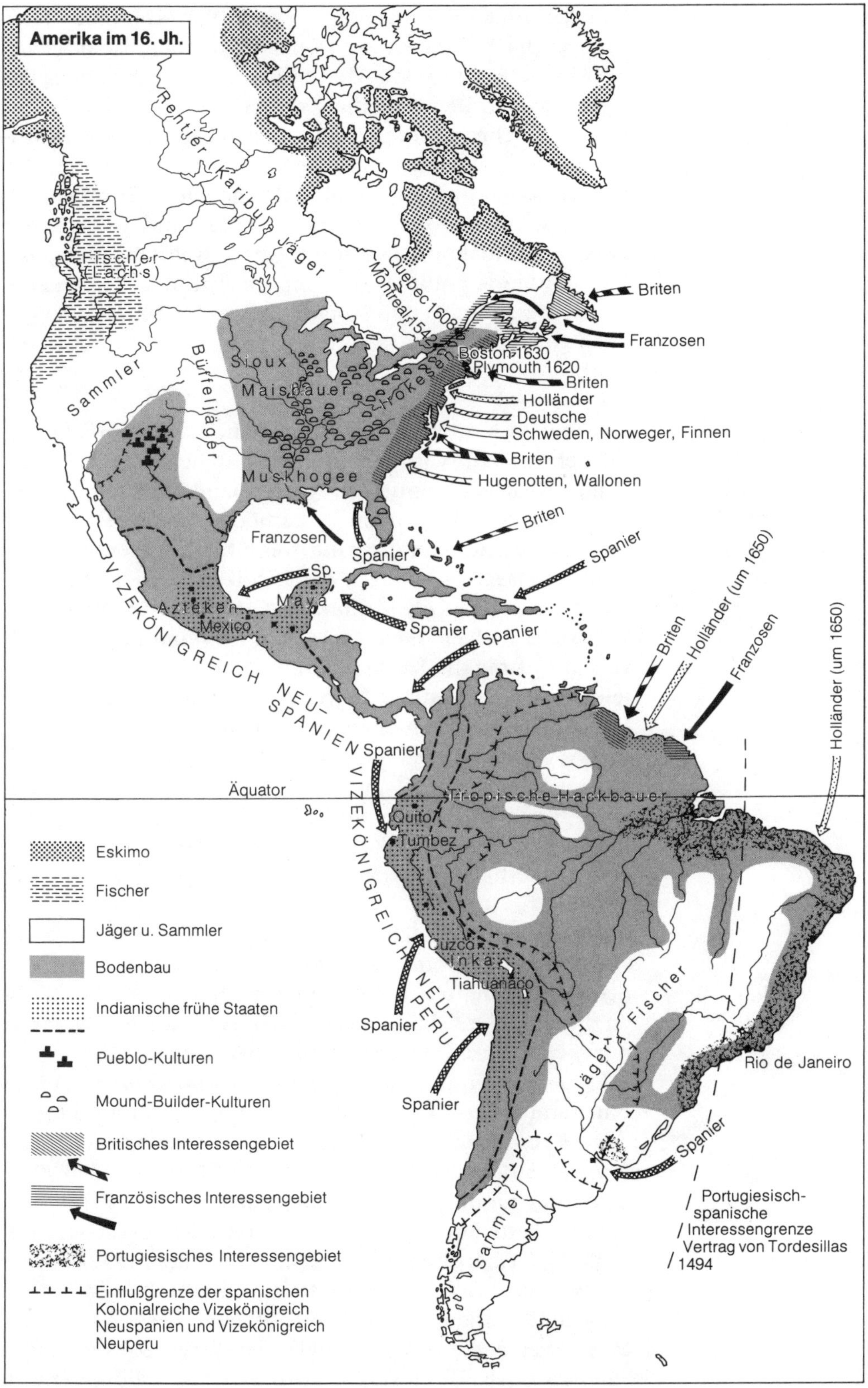
Amerika im 16. Jh.
Rentier (Karibu) Jäger
Fischer (Lachs)
Sammler
Büffeljäger
Sioux
Maisbauer
Irokesen
Muskhogee
Quebec 1608
Montreal 1542
Boston 1630
Plymouth 1620
Briten
Franzosen
Briten
Holländer
Deutsche
Schweden, Norweger, Finnen
Briten
Hugenotten, Wallonen
Franzosen
Spanier
Briten
Spanier
Sp.
Azteken
Mexico
Maya
Spanier
Spanier
VIZEKÖNIGREICH NEU-SPANIEN
Briten
Holländer (um 1650)
Franzosen
Holländer (um 1650)
Spanier
Äquator
Tropische Hackbauer
Quito
Tumbez
VIZEKÖNIGREICH NEU-PERU
Cuzco
Inka
Tiahuanaco
Spanier
Spanier
Fischer
Jäger
Rio de Janeiro
Spanier
Sammler
Portugiesisch-spanische Interessengrenze Vertrag von Tordesillas 1494
Eskimo
Fischer
Jäger u. Sammler
Bodenbau
Indianische frühe Staaten
Pueblo-Kulturen
Mound-Builder-Kulturen
Britisches Interessengebiet
Französisches Interessengebiet
Portugiesisches Interessengebiet
Einflußgrenze der spanischen Kolonialreiche Vizekönigreich Neuspanien und Vizekönigreich Neuperu

von der Illusion ausgehen, sie seien vor Kolumbus freie Menschen im Sinne eines europäischen Liberalismus gewesen. Es hatten zwar die Herren gewechselt, nicht aber die Last. Doch früher war die Zwangsarbeit im Dienste der Götter geschehen, diente also der akzeptierten Weltordnung, die jetzt verlorengegangen war. Demotivation, Arbeitsverweigerung, Aufstandsversuche, die in Strömen von Blut erstickt wurden, waren die Folge und wachsender Zwang die Reaktion darauf. Eine neue weltliche und geistliche Ordnung mußte geschaffen werden. Dies schien eine unlösbare Aufgabe, um so mehr, als weite Teile Amerikas noch gar nicht unter Kontrolle waren.

EIN SUBKONTINENT WIRD BESICHTIGT: NORDAMERIKA

Die Weiten Nordamerikas boten keine schnelle Beute und blieben deshalb von den Eroberern unbeachtet. Da noch keine Auswanderermassen Bauernland suchten, waren auch die hervorragenden Ackerböden uninteressant. So blieb dieser Subkontinent im wesentlichen Ziel von Forschungsreisen, die halfen, die Landkarten zu verbessern. Zwar hatte *John Cabot* (*Giovanni Caboto,* * um 1450, † 1499, wahrscheinlich ein Genuese) schon 1497 und 1498 in englischem Auftrag die Küste Neufundlands erkundet und vielleicht auch das Festland betreten, was den Engländern später zur Begründung ihres Anspruchs auf Nordamerika diente, doch erst 1583 folgte ein erster vergeblicher Kolonisierungsversuch auf Neufundland. Im Jahr darauf scheiterte *Walter Raleigh* (* um 1554, † 1618) mit einem Siedlungsunternehmen in *Virginia,* und erst 1607 entstand die erste dauerhafte britische Niederlassung in *Jamestown*/ Virginia.

Die Spanier schickten 1513 eine Expedition unter *Juan Ponce de Léon* (* um 1460, † 1521) nach *Florida,* um dort den märchenhaften Jungbrunnen zu finden, und 1521/24 an die südliche Atlantikküste der USA bis an den 37. Grad nördlicher Breite. Ein Siedlungsversuch unter *Lucas Vásques de Ayllón* an der Küste von *North Carolina* (1526) scheiterte ebenso wie in Florida (1521). 1533 entdeckte *Becerra Kalifornien,* 1542–1543 erreichten *Juan Rodriguez Cabrillo* und *Bartolomé Ferrelo* Niederkalifornien, 1540 stieß man zum Grand Canyon und zum Arkansas River vor. 1511 eroberten die Spanier *Kuba,* erkundeten von dort aus 1539/43 die nördliche Golfküste und nahmen 1542/43 von Mexiko aus Kalifornien in Besitz. Direkte Folgen hatten diese und andere Aktivitäten auf dem Festland jedoch ebensowenig wie jene der Engländer, deren Zahl in Nordamerika noch für das Jahr 1620 erst auf 2000 geschätzt

wird. Erwähnt werden müssen noch die Franzosen, die 1523/24 die *Hudson-Mündung* erkundeten und sich 1594 unter *Giovanni da Verrazano* abermals für Kanada interessierten, sowie die Portugiesen, die 1500–1503 neben den Franzosen auf den *Neufundlandbänken* zu fischen begannen. Die alteingesessenen Bewohner im allergrößten Teil Nordamerikas lebten aber noch lange ungestört durch europäische Kolonisten.

Seefahrer, Abenteurer und Gründer der Kolonie Virginia: *Sir Walter Raleigh. Überfall auf St. Joseph/Trinidad und Gefangennahme des Gouverneurs A. de Berneo. Aus: de Bry, »Americae«.*

RESTE ALTER KULTUREN IN LATEINAMERIKA

Auch in Mesoamerika gab es Regionen, die noch lange nach Cortés von keinem Spanier betreten wurden. Es waren dies vor allem die tropischen Urwälder, in denen sich Reste der alten Indianerstaaten halten konnten. Erst 1697 konnten die neuen Herren die letzte lokale *Maya-Dynastie* stürzen. Es gab also im 16. Jahrhundert noch keineswegs eine flächendeckende Herrschaft Spaniens über Mittelamerika, auch wenn die Fremdherrschaft schon die wertvolleren Teile des Landes erfaßt hatte.
Auch Südamerika bot noch kein überschaubares oder gar einheitliches Bild europäischen Einflusses: Die Gebirge des Westens entsprachen klimatisch europäischen Lebensbedingungen mehr als die Tiefländer, und ihre Boden-

schätze lockten die Eroberer an. Aber auch hier blieb das Netz europäischer Herrschaft voll großer Lücken. Nach dem Zusammenbruch des Reiches seiner Väter (1533) organisierte der – zunächst von Pizarro gestützte – Inka-Prinz *Manco Cápac* in den entlegeneren Gebieten einen Reststaat und einen bedeutenden Aufstand gegen die Spanier, deren Besatzung er ein Jahr lang in der Inka-Hauptstadt belagerte. Nach dem Zusammenbruch floh er 1537 ins Bergland von Vilcabamba, wo sich die Inka-Dynastie bis 1572 halten konnte. An das Inka-Reich erinnern u. a. die großartigen Ruinen der Inkastadt Machu Picchu, die erst 1911 von Hiram Bingham entdeckt wurden. Wir wissen nicht, ob sich Reste des Inka-Reiches noch länger halten konnten. Im 16. Jahrhundert müssen sie jedenfalls, zumindest von der Fläche her, noch beträchtlich gewesen sein.

DIE PORTUGIESEN IN BRASILIEN

Was die Tief- und Mittelgebirgsländer des südamerikanischen Ostens angeht, so nahm *Pedro Alvarez Cabral* (* um 1467/68, † 1526) am 22. April 1500 Ost-Brasilien nach den Bestimmungen des Abkommens von Tordesillas für die portugiesische Krone in Besitz. Da aber Portugal zugleich in Afrika und in Indien stark engagiert war, mußte es seine Kräfte zersplittern: Indien war wirtschaftlich interessanter, so kam in Brasilien die Kolonisierung wesentlich langsamer in Gang als in den spanischen Erwerbungen. Erst als auch Engländer und Franzosen sich für Brasilien interessierten, gründete man 1526 eine Faktorei in *Pernambuco* und 1532 erste Siedlungen; doch erst in der zweiten Hälfte des Jahrhunderts folgten wesentliche Schritte. Bis in das vorige Jahrhundert jedoch blieb das Landesinnere, von Forschungsexpeditionen, von denen viele Eldorado (siehe Seite 45) und andere Beute suchten, abgesehen, unberührt. Es ist bezeichnend, daß nicht die Portugiesen, sondern die Spanier *(Francisco de Orellana)* von Peru her 1541 den Amazonas entdeckten. Im La-Plata-Gebiet unternahmen die Spanier *(Pedro de Mendoza)* 1536/37 erste Kolonisierungsversuche, doch blieben auch sie unbedeutend. Die 1536 gegründete Stadt Buenos Aires ging wieder unter (Neugründung erst 1580).
Man kann sagen, daß Ende des 16. Jahrhunderts die Karibik, Mexiko, Kolumbien, Venezuela, Ecuador, Bolivien und Peru von den Spaniern streckenweise beherrscht wurden und daß die Portugiesen die brasilianische Küste kontrollierten, ferner an einigen begrenzten Stellen Keimzellen späterer Kolonialgebiete entstanden waren. Der Rest des Kontinents verharrte in den Zuständen der präkolumbi-

schen Zeit, und selbst im 20. Jahrhundert stießen Expeditionen in Südamerika noch auf Stämme, die nie zuvor Weiße gesehen hatten. Jene Gebiete aber, die man bereits beherrschte, bedurften einer völligen Neugestaltung.

AUF DER SUCHE NACH EINER NEUEN ORDNUNG

Die *Spanier* gründeten 1503 in Sevilla mit der »Casa de la Contratación« eine Behörde, die alle Interessen der Krone in Übersee wahren sollte. Doch von Anfang an konnte das riesige Territorium nicht zentral verwaltet werden, auch nicht von einem amerikanischen Mittelpunkt aus. 1511 entstand daher in *Santo Domingo* auf Haiti (Dominikanische Republik) die erste »audiéncia«: Dieses mit Gerichts- und Verwaltungsvollmachten ausgestattete Juristenkollegium regierte die neuen Gebiete. Nach seinem Vorbild entstanden weitere audiéncias in Mexico (1527), Panamá (1538), Guatemala und Lima (beide 1543), Bogotá und Guadalajara (beide 1548), La Plata (Chuquisaca, heute Sucre, 1559), Quito und Santiago de Chile (beide 1563). Die audiéncias kontrollierten die Räte der spanischen oder indianischen Städte. Sie unterstanden ihrerseits den Vizekönigen von *Neuspanien* (Mexiko 1535) und Lima (1542), die wiederum dem 1524 geschaffenen *Indienrat* (»Consejo Real y Supremo des las Indias«) verantwortlich waren, der dem König direkt berichtete. Die »Casa de la Contratación« wurde – als ein Handelshaus – auf rein wirtschaftliche Aufgaben beschränkt.

Damit war eine Staatsorganisation geschaffen, die die am Anfang unumschränkt herrschenden Konquistadoren entmachtete und daher auf heftigen Widerstand stieß, wie er sich in Peru im Aufstand des *Gonzalo Pizarro*, des Bruders Francisco Pizarros, manifestierte. Mit seiner Hinrichtung (1548) endete die Epoche der Konquistadoren.

Portugal versuchte zunächst einen anderen Weg. Von der Küste ausgehend, teilte man das Land in fünfzig Meilen breite Streifen und vergab die so entstehenden Gebiete bis 1536 als erbliche Lehen an zwölf Adelige, von denen sich König *Johann III.* (R 1521–1557) eine Erschließung des Landes versprach. Der Versuch schlug aber fehl, denn mit der mittelalterlichen Methode des Lehnswesens waren ›moderne‹ Probleme nicht zu lösen. Eine Änderung brachte 1549 die Einsetzung eines Vizekönigs in Bahia, der allen Lehnsträgern übergeordnet war. 1604 folgte dann die Schaffung des »Conselho da India« (Indienrat) in Lissabon, der nach spanischem Vorbild die ganze Verwaltung Brasiliens übernahm. Als drittes europäisches Land setzten sich 1579/80 die Niederländer in Guayana fest.

DIE INDIANER-FRAGE

Wir haben das Indianerproblem schon einmal angeschnitten. Es war eines der wichtigsten, da die innere Sicherheit wie die Entwicklungsmöglichkeiten der Wirtschaft eng mit ihm zusammenhingen. Die in den ersten Jahren übliche ungeregelte Versklavung der Indianer konnte aus praktischen Gründen nicht weitergehen, auch regten sich in der Kirche aus ethischen Gründen Proteste. Besonders die Dominikaner *Montesinos* und *Bartolomé de Las Casas* (* 1474, † 1566), auch Jesuiten und Franziskaner, predigten zugunsten der Indianer. Allerdings waren ihre Erfolge nur bescheiden. Vor allem Las Casas hat heute eine ›gute Presse‹. Es muß aber angemerkt werden, daß er sich wohl für die Indianer eingesetzt hat, andererseits aber, um deren Los zu erleichtern, den Import von Negersklaven propagierte und damit zum Mitverantwortlichen für neues Elend wurde. Die ersten schwarzen Sklaven kamen um 1509 nach Amerika, allerdings nur in kleiner Zahl. Erst 200 Jahre später setzte der Massenimport von Afrikanern ein.

1512 regelte ein erster königlicher Erlaß *(Gesetze von Burgos)* das Verhältnis zwischen Eingeborenen und Weißen. Es kam zum sogen. »requerimiento« von 1513, wonach neu entdeckten Völkern die Grundsätze der christlichen Religion erklärt und sie zur Unterwerfung und Bekehrung aufgefordert werden sollten. Weigerten sie sich, dann galt der Krieg gegen sie als gerecht, und sie durften versklavt werden. Es ist wohl hauptsächlich der kirchlichen Kritik zu verdanken, daß diese Bestimmung 1538 aufgehoben und die Indianersklaverei durch die »Leyes Nuevas« (die Neuen Gesetze) 1542 abgeschafft wurde. Allerdings konnten die Behörden die »Neuen Gesetze« in entlegenen Gebieten erst im 17. Jahrhundert durchsetzen. Die Freiheit hat das Jahr 1542 den Indianern nicht gebracht, denn sie erhielten wegen ihres Unglaubens (geregelte Mission begann erst um 1550), ihrer Unkenntnis des Spanischen und ihrer zivilisatorischen Rückständigkeit nur den Status Minderjähriger. Das hatte als positive Nebenwirkung, daß die Inquisition (in Lima seit 1569, in Mexiko seit 1571) die Indianer nicht belangen konnte. Nachfolgende Gesetze haben dann die Regeln von 1542 abgeschwächt und die Zwangsarbeit unter bestimmten Bedingungen wieder zugelassen. Da die Großgrundbesitzer die niedere Gerichtsbarkeit aus-

Requiriemento. *Wörtlich: Span. = Erfordernis. Im übertragenen Sinne: Kolonisten konnten nach Bedarf die auf ihrem Gebiet lebenden Indianer zur Zwangsarbeit rekrutieren.*

übten, waren der Ausbeutung Tür und Tor geöffnet. Beachten wir jedoch, daß auch in Europa zumindest die Bauern, und das war der Großteil der Menschen, meist in Unfreiheit lebten und unter drückenden Abgaben stöhnten.
Durch die geschilderte Ordnung entstand schon zu Anfang der Kolonialzeit ein krasses Sozialgefälle zwischen den nur etwa 4000 Großgrundbesitzern (um 1600) und den Millionen unterworfener Indianer, denn eine Zwischenschicht von Weißen oder Mischlingen gab es noch kaum. Die 1573 geschaffene spezielle spanische Justizbehörde (»Juzgado de Indios«), bei der Indianer gegen Ungerechtigkeiten klagen konnten, hatte genausowenig Wirkung wie die schon 1532 von den Portugiesen geschaffene »Mesa da Consciencia é Ordens«, ein kirchlicher Rat für Indianerfragen.

DIE ROLLE DER KIRCHE

Bis heute sind die Orden, allen voran Franziskaner und Jesuiten, in Lateinamerika die wichtigste und oft einzige Stütze der Menschen gegenüber Behörden und Großgrundbesitzern. Schon der heilige Franziskus hatte immer die Wichtigkeit *aller* Schöpfung betont; daher rührte das besondere Interesse der Franziskaner nicht nur für die Natur, sondern auch für fremde Völker und ihre Kulturen.
Die Franziskaner waren also aus Tradition weltoffen und volkstümlich. Sie haben deshalb auch von den ersten Tagen an die Sprache und Kultur der Indianer studiert und aufgezeichnet. Ohne ihr Bemühen wüßten wir heute viel weniger über Amerika vor Kolumbus. Ihr Wirken weckte ebenso wie bei Dominikanern und Jesuiten das Engagement für die soziale Lage der Unterworfenen. So bemühten sich die Mönche, den Indianern neben den Grundlagen des Glaubens auch Spanisch und fortschrittliche Agrar- und Handwerkstechniken zu vermitteln. Damit erzielten sie zugleich einen Werbeeffekt für die Orden, und besonders bei den Franziskanern finden wir schon um die Mitte des Jahrhunderts Indianer und Mischlinge, die sich wieder besonders für ihre Landsleute einsetzten.
In kirchlichen Fragen erhielt die spanische Krone die absolute Vollmacht des Papstes; 1508 übertrug er die Patronatsrechte über die Kirche in der Neuen Welt dem König. Der Monarch ernannte alle kirchlichen Würdenträger, womit die amerikanische Kirche zur Staatskirche geworden war. In Brasilien vollzog sich die Entwicklung im wesentlichen parallel.
Es dauerte einige Zeit, bis sich die Kirche auf die gewaltigen Aufgaben in Amerika eingestellt hatte. 1550 wurde das Bistum *Nueva Granada* (Neugranada) gegründet, und es

Text der Zeit

Amerigo Vespucci:
Die Indianer – 1504

Was ihre Lebensweise und ihre Sitten betrifft, so gehen sie, soweit wir sahen, Männer wie Frauen, vollständig nackt herum, ohne auch nur im geringsten ihre Scham zu bedecken, nicht anders, als sie aus dem Mutterleib gekommen sind. Sie sind von mittlerem Wuchs und ihre Glieder wohlproportioniert, ihre Hautfarbe neigt einem Rot zu, das dem des Löwenfells ähnlich ist; und ich glaube, wenn sie bekleidet gingen, so wären sie ebenso weiß wie wir. Auf dem Körper dulden sie nirgends ein Haar, es sei denn, daß sie ihr schwarzes Haupthaar lang herunterhängen lassen, insbesondere die Frauen, die diese Haartracht sehr hübsch erscheinen läßt. Ihre Gesichtszüge sind nicht sehr schön, denn sie haben ein breites Gesicht. Auch auf den Augenbrauen und Lidern oder sonstwo lassen sie keine Haare wachsen, denn sie halten diese für sehr häßlich. In ihren Körperbewegungen sind sie sehr flink, sowohl beim Gehen wie beim Laufen – dies können sie, wie wir zu vielen Malen sahen, auch über ein bis zwei Meilen – und sind in dieser Beziehung uns Christen sehr überlegen. Auch als Schwimmer entwickeln sie – die Frauen noch mehr als die Männer – eine unglaubliche Tüchtigkeit, denn wir haben sie vielen Malen getroffen und gesehen, wie sie zwei Meilen vom Lande entfernt im Meere ohne jede Unterstützung schwammen.

Ihre Waffen sind Bogen und Pfeile, die vorzüglich gearbeitet sind, nur daß sie kein Eisen oder sonst ein widerstandsfähiges Metall verwenden; statt der Eisenspitze nehmen sie Zähne von Fischen oder anderen Tieren oder ein einfaches Stück Holz, dessen Spitze recht ausgetrocknet ist. Sie sind sichere Schützen, die, was sie wollen, treffen. In einigen Teilen des Landes gebrauchen diese Bogen auch die Frauen. Andere Waffen, die sie tragen, sind Lanzen, deren Spitze gleichfalls sehr hart ist, und mit Nägeln sehr sorgfältig beschlagene Stöcke. Mit Stämmen, die nicht ihre Sprache sprechen, führen sie auch grausam Krieg, ohne jemandem das Leben zu schenken, es sei denn, um ihn für noch größere Qualen aufzusparen.

Aus: Amerigo Vespucci »Brief an Pier Soderini«. In: Leopold Ergens »Dichter und Denker Italiens«, Otto Müller Verlag, Salzburg 1954

entstanden die ersten Universitäten (Mexico 1551 und Lima 1551/53), vor allem zur Ausbildung von Priestern, das heißt von Missionaren. Da die Kirche über die Orden allmählich Einfluß auf die Indianer gewann und sich andererseits durch königliche Schenkungen und Erbschaften zum größten Grundbesitzer Lateinamerikas entwickelte, auch für das Schulwesen zuständig war, wurde sie allmählich zur wichtigsten Kraft in Lateinamerika.

EUROPA UND AMERIKA – WIRTSCHAFTS-ASPEKTE

Die frühe Entwicklung der amerikanischen Wirtschaft und deren Einfluß auf das Europa des 16. Jahrhunderts werden allgemein weit überschätzt. Sehen wir uns zunächst einmal den Agrarsektor an. So groß die Bedeutung von Kartoffeln,

Mais, Tabak, Rohrzucker, Baumwolle und Kautschuk auch später geworden ist, so langsam setzte die Nutzung dieser Pflanzen oder Naturprodukte meist ein. Teilweise erlangte sie erst mit der Industriellen Revolution Bedeutung. Die ersten *Kartoffelpflanzen* gelangten als botanische Kuriosa aus Südamerika zu uns. 1565 fanden sie ihren Weg nach Spanien, 1586 tauchten sie als Nutzpflanze in Irland auf und verbreiteten sich von dort aus sehr langsam über den Kontinent. Erst im 18. Jahrhundert werden sie auf massiven Druck der Fürsten im Deutschen Reich verbreitet genutzt. Die europäischen Kartoffelernten der letzten 150 Jahre haben dann den Wert aller jemals aus Amerika importierten Edelmetalle überstiegen, doch ist das eben erst eine Entwicklung der Neuzeit.

Ähnlich war es mit dem *Rohrzucker*. Zwar entstand schon 1573 in Augsburg die erste Raffinerie, dennoch blieb Zukker noch lange ein Luxusprodukt, vor allem weil die Zukkerrohrpressen von den Plantagenbesitzern hohe Investitionen verlangten, was das Angebot beschränkte. Noch lange blieben Honig und Fruchtsirup das Süßmittel der Massen.

Bei manchen Agrarerzeugnissen haben die Behörden den Anbau auch zum Schutz europäischer Produzenten behindert. Hier werden frühmerkantilistische Ideen ebenso sichtbar wie bei der Behinderung vieler Gewerbe in den Kolonien. Nur der Bergbau und die Viehzucht wurden uneingeschränkt gefördert.

Jean Nicot de Villemain (* 1530, † 1600), nach dem das Nikotin benannt wurde, brachte 1561 den *Tabak* nach Europa. Vom französischen Hof ausgehend, wurde er als Schnupftabak bekannt. 1586 führten dann aus Amerika heimkehrende Engländer das Tabakrauchen ein, doch als Massenlaster erfaßte das Rauchen die Alte Welt erst im 17. Jahrhundert. Für *Mais* waren die Transportkosten nach Europa in der Frühzeit viel zu hoch, und für *Baumwolle* fehlten noch konkurrenzfähige und für *Kautschuk* (erwähnt ab 1539) alle Verarbeitungstechniken. Eine Reihe anderer Produkte wie Kakao, der Truthahn, Farbstoffe wie Brasilholz, das dem Land den Namen gab, Edelhölzer, viele Blumen, Tomaten, Erdnüsse und Ananas haben das Leben zwar vielseitiger gemacht, blieben aber ohne große Bedeutung.

Auch die Rolle der *Edelmetalle* wird für die Frühzeit oft überschätzt. Die Beute aus den indianischen Tempelmagazinen hat einen ungeheueren psychischen Effekt gehabt und den einzelnen Plünderer manchmal reich gemacht, gesamtwirtschaftlich fiel sie nicht ins Gewicht. 1521–1530 be-

Zwangsarbeit und Sklavenhandel im Zuge der kolonialen Ausbeutung. *– Oben: Mißhandlung der Indianer durch die spanischen Eroberer. Mit Knüppelschlägen werden sie zur Arbeit angetrieben. Aus: de Bry, »Americae«. – Mitte: Negersklaven verarbeiten Zuckerrohr. Da die Indios den harten Arbeitsbedingungen auf den Plantagen nicht gewachsen waren, holte man aus Afrika verschleppte Sklaven ins Land. Mit der wirtschaftlichen Begegnung zwischen Europa und Amerika entstand ein Menschenhandel, der bis in die Moderne anhielt. Zeitgenössische Illustration aus: »d'Historia Americae«. Österreichische Nationalbibliothek, Wien. – Unten: Negersklaven im Erzbergbau. Hispaniola (Haiti). Überarbeitung, Mangelernährung und Seuchen führten zu einer dramatischen Dezimierung der Arbeitskräfte in den Bergwerken.*

Unerwartete Entdeckung einer »Schatzkammer«. *– Links: Das Perlenfischerparadies von Venezuela. Bei seiner Ankunft auf der Insel Cubagua in der Pariabucht trifft Kolumbus Perlentaucher an, die ihren Fang arglos zum Tausch anbieten. – Unten: Perlenfischer.*

trug im Jahresdurchschnitt der Silberimport aus Amerika 149 Kilogramm bei einer Eigenproduktion Europas von etwa 54 000 Kilogramm, davon alleine in Deutschland etwa 43 000 Kilogramm. Das wurde anders, als 1531 und 1548 in Mexiko und Südamerika, vor allem in Peru, große Silbervorkommen entdeckt, 1554 in Deutschland die Silbergewinnung durch Quecksilberamalgamation erfunden und 1556 von *Bartolomé de Medina* in Amerika eingeführt wurde. Argentinien verdankt diesen Funden seinen Namen (lat. argentum = Silber). Am Ende des Jahrhunderts kamen im Jahresdurchschnitt 2,7 Millionen Kilogramm Silber nach Europa. Davon floß ein Fünftel in die spanische Staatskasse, konnte aber den Niedergang des Landes nicht aufhalten. Die aus Amerika kommenden Edelmetalle haben wesentlich zur Durchsetzung der Geldwirtschaft beigetragen, sie haben in Europa aber auch eine Inflation ausgelöst, die zu erheblichen sozialen Spannungen und Strukturänderungen führte wie dem Zusammenbruch der alten Bankhäuser. Der französische Staatsrechtler *Jean Bodin* erkannte schon 1578 die Zusammenhänge, und der deutsche Bankier *Paul Welser* erklärte 1601, daß Gold und Silber, im Gegensatz zu einer verbreiteten merkantilistischen Meinung, keinen Wert an sich, sondern nur einen Vergleichswert haben. Dem Vorteil der Geldwirtschaft standen jedenfalls erhebliche Negativfaktoren gegenüber.

DAS ERGEBNIS

Globales Denken wurde in Spanien und Portugal im 16. Jahrhundert durch die Entdeckung Amerikas zum Gemeingut und erfaßte von hier aus im 17. Jahrhundert weite Teile Europas. Deutschland blieb davon bis in die Bismarck-Zeit ausgeschlossen. Für Europa entstanden in der Neuen Welt Wirtschaftspartner, die für spätere Zeiten unschätzbare Möglichkeiten bargen.

Die Eroberer zerstörten blühende Hochkulturen, beseitigten bluttriefende Kulte, brachten Millionen von Menschen unsagbares Leid und auch den Tod. Zugleich führten sie den Kontinent auf einen ›modernen‹ technischen Stand. Mit Amerika wurden der Katholizismus zur Weltreligion und die iberischen Sprachen zu Weltsprachen. Religion und Sprache führten schließlich die bis dahin mehr oder minder isolierten Indianervölker zu einer neuen kulturellen Basis und zur kulturellen Einheit, die, verstärkt durch die »Theologie der Befreiung«, wiedererwachendes Selbstbewußtsein und Rückgriffe auf vorkoloniales Kulturgut, heute noch ungeahnte Möglichkeiten bergen kann.

Literatur

Bitterli, Urs: Alte Welt – neue Welt, München 1986
Bitterli, Urs: Die ›Wilden‹ und die ›Zivilisierten‹, München 1976
Grande enciclopédia portuguesa e brasileira, Lisboa/Rio de Janeiro 1935ff., 2. Teil: Brasil, Lisboa/Rio de Janeiro 1968ff.
Hanke, Lewis (Hg.): History of Latin American civilization. Sources and interpretations; 2 Bände, London 1969
Kuehnelt-Leddihn, Erik v.: Lateinamerika. Geschichte eines Scheiterns?, Osnabrück 1967

Der Zusammenprall mit den Europäern: Untergang der amerikanischen Kulturen. *Eroberung Mexicos durch Hernando Cortés. Mit Hilfe der Tlaxcalteken, einem der wenigen von den Azteken noch unabhängigen Stämme, vernichtete Cortés das glanzvolle Aztekenreich (1519–1521). Anonyme spanische Malerei auf Holz. 16. Jh. Museo de America, Madrid.*

Mittelpunkt des spanischen Kolonialreiches in Nord- und Mittelamerika auf den Ruinen der Aztekenhauptstadt: Mexico. *Bereits ein Jahr nachdem Tenochtitlán, die Hauptstadt des Aztekenreiches, am 13. August 1521 durch Cortés erobert und in Schutt und Asche gelegt worden war, begannen die Spanier, auf den Trümmern eine neue Stadt zu errichten, der sie den Namen »Mejico« gaben. Aus Angst vor indianischen Überfällen verstärkte man die Gebäude der Stadt, die zum Sitz des Vizekönigs von Neuspanien bestimmt wurde, mit festungsartigen Mauern. 16. Jh. Aus Braun-Hogenberg »Civitates Orbis Terrarum«.*

Die ehemalige Hauptstadt des Inkareiches aus der Sicht der Konquistadoren: Cuzco. *Nach Schilderungen und Reiseberichten angefertigte Zeichnung von Cuzco/Peru aus dem Jahre 1573. Die streng geometrische Anlage ist ein typisches Merkmal der spanisch-amerikanischen Städte, die noch während des ganzen 16. Jh. einfache Siedlungen mit vornehmlich ländlichem Gepräge waren. Cuzco, das 1533 von Pizarro erobert worden war, wurde ebenso wie Quito im Jahre 1534 als spanische Stadt neu gegründet. Die Häuser dieser Zeit sind teilweise noch erhalten, aber überbaut. Aus: Braun-Hogenberg »Civitates Orbis Terrarum«.*

Stolzer und adliger Lebensstil der neuen Herrscher. *Palast des Vizekönigs in Mexico. 1535 wurde Antonio de Mendoza (*um 1490, † 1552) erster Vizekönig von Neuspanien. Er setzte dauerhafte Grundlagen für die spätere Kolonialverwaltung. Der amerikanische Kontinent verdankt seine unverkennbar spanische Prägung vor allem den »hidalgos pobres«, den besitzlosen jüngeren Söhnen aus den Adelsfamilien. Zwei Ausschnitte aus einer Wandschirmbemalung. 17. Jh. Museo de America, Madrid.*

HEINRICH PLETICHA

Tenochtitlán

Etwa zweihundert Jahre war Tenochtitlán alt, als 1519 die Spanier zum erstenmal die Hauptstadt des Aztekenreiches im heutigen Mexiko betraten. Wahrscheinlich zwischen 1345 und 1470 war der Ort auf einer Insel im Texcoco-See gegründet, ein paar Jahre später mit einer anderen Siedlung auf der benachbarten Insel *Tlatelolco* zu einer Doppelstadt vereinigt und 1473 von den Azteken erobert worden. Die Azteken hätten keine grandiosere Kulisse für ihre Hauptstadt gewinnen können: mitten in einer riesigen, rund 8000 Quadratkilometer großen Seenlandschaft in einem Hochtal, rings umgeben von Bergen, über allen die schneebedeckten Vulkangipfel *Ixtaccihuatl* und *Popocatépetl.*
Hier nun, auf einer Inselfläche von etwa 13 Quadratkilometern, wuchs die Stadt. Beim Eindringen der Spanier lebten an die achtzigtausend Menschen in ihr, fast doppelt so viele wie in Sevilla, der damals größten Stadt Spaniens. Drei Dämme führten vom umliegenden Festland auf die Inseln (Cortés spricht fälschlich von vier), alle dauerhaft aus Steinen errichtet und mit Zugbrükken versehen, breit genug, daß ein Dutzend Reiter nebeneinander Platz fanden. Den Nordteil der Doppelstadt nahm Tlatelolco ein, das sich trotz des Zusammenwachsens mit Tenochtitlán eine gewisse Eigenständigkeit bewahrte. Letzteres war dann systematisch in *vier Bezirke (calpulli)* geteilt. Die Hauptstraßen, die sie in schnurgerader Linienführung trennten, liefen an einem zentralen Punkt des *großen Marktes* zusam-

***Hochentwickelte Städtebaukunst.** Plan von Tenochtitlán, von dessen Aussehen man nur durch die Berichte der Konquistadoren Kenntnis hat, da es 1521 völlig zerstört wurde. Holzschnitt, 1524 zusammen mit dem zweiten Cortés-Brief in Nürnberg abgedruckt.*

men. Innerhalb dieser Bezirke bildeten Straßen und Kanäle ein buntes Gewirr. An den *Hauptkanälen* führten zu beiden Seiten gepflasterte Wege entlang, die als Anlegestellen für die zahllosen Boote dienten. Viele Brücken erleichterten den Verkehr. Alle diese Straßen wurden täglich von einem Heer von Straßenkehrern sorgfältig gesäubert, »so daß man ohne Gefahr barfuß gehen konnte, selbst wenn die Fußsohlen so empfindlich wie Handflächen gewesen wären«.

Hier lagen dichtgedrängt die Wohnhäuser. Die ärmeren Bürger wohnten dabei in niedrigen Gebäuden mit oft nur einem Raum, während die Reichen prächtige Häuser besaßen, bei denen sich zahlreiche Räume um einen Innenhof gruppierten. Die Dächer der Häuser waren durchwegs flach und dienten als Terrasse. Die meisten Gebäude verfügten über ausreichende Kanalisation, so daß auch das Regenwasser während der starken Regenperioden abgeleitet werden konnte. Die Fäkalien wurden täglich von Booten eingesammelt und als Dünge- bzw. Gerbmittel verwendet.

Der »Große Tempel«

Zwischen den Häusern erhoben sich die *Pyramiden der Tempelbauten*, die höchste dieser sogenannten *Teocalli*, der *»Große Tempel«*, lag im Herzen der Stadt, dort, wo sich die Hauptstraßen trafen. Die Berichte der spanischen Eroberer haben uns ein gutes Bild überliefert, das durch moderne Ausgrabungen bestätigt und erweitert wurde. In den zwei Jahrhunderten seit der Gründung der Stadt war das den beiden Göttern *Tlaloc* (Regengott) und *Huitzilopochtli* (Kriegsgott) geweihte Bauwerk mehrfach erweitert und vergrößert worden, indem man über den alten Bau gleichsam eine neue Schale setzte. So maß dieser schließlich an der Basis etwa 100 Meter. Nach Aussagen der Spanier führten 114 Stufen einer Freitreppe hinauf zu einer breiten, mit Steinen gepflasterten

Markt von Tlatelolco. *Links oben wird der »Große Sprecher« (Tlatoani) auf einer Sänfte getragen. Wenn man ihm auf dem Markt die Kleidung beschmutzte, erhöhte er sofort die Steuern. Um dies zu vermeiden, wurde der Markt immer sehr sauber gehalten. Rechts daneben eine der Straßen, die Tenochtitlán mit dem Festland verbanden. (Ausschnitt aus dem Wandgemälde Diego Riveras im Nationalpalast von Mexico City.)*

Plattform, an deren vorderem Rand ein Block aus Jaspis stand, auf dem die unglücklichen Opfer hingestreckt wurden, denen die Priester das Herz aus dem Leibe rissen. Dahinter erhoben sich die beiden turmartigen Heiligtümer der Götter. Vor jedem stand ein Altar mit einem ewigen Feuer, das nie erlöschen durfte. Von hier oben bot sich für die spanischen Besucher ein überwältigender Blick auf die Stadt, die Seen und Wälder und auf die gewaltigen Silhouetten der Vulkane.

Quetzalcoatl, rituelle Ballspiele und Montezumas Palast

Rund um diesen großen Tempel erstreckte sich der heilige Bezirk mit weiteren kleineren Tempeln. Ein zylindrischer Bau war dem Gott *Quetzalcoatl* (Gott des Windes, des Himmels und der Erde) geweiht, über dessen Eingang der bluttriefende Rachen eines Ungeheuers thronte, der die Spanier so erschreckte, daß sie die Anlage »Infierno«, die Hölle, nannten. Auch einen Spielplatz für die rituellen Ballspiele, die hier zu Ehren der Götter abgehalten wurden, gab es in diesem Bezirk, der mit einer zinnengekrönten Mauer umgeben war.

Davor lag ein Platz, an dessen Ostseite sich der Kaiser *Montezuma* (richtiger: *Motecuzoma II. Xocoyotzin* = Unser zorniger Herr, der Jüngere) einen neuen Palast hatte erbauen lassen, ein wahres Labyrinth von Räumen, Hallen und Höfen. »In Spanien gibt es nichts, was ihm vergleichbar ist«, schrieb Cortés an Kaiser Karl V.

An die Wohngebäude des Aztekenherrschers mit ihren prachtvoll eingerichteten Zimmern schlossen sich Verwaltungs- und Zweckbauten wie das Zeughaus, das mit Waffen- und Kriegsrüstung gefüllt war, und Lebensmittelmagazine für die Bedürfnisse des Hofstaates an. Neben diesem Palast lag das *»Vogelhaus«*, in dem die seltensten und schönsten Vögel des ganzen Reiches zusammengebracht worden waren. Allein dreihundert Diener waren mit der Sorge für sie beauftragt. Nicht genug damit, gab es noch eine *Menagerie* für Wildtiere, Reptilien und Schlangen – und ein Gebäude, in dem menschliche Mißgeburten untergebracht waren, die von den Azteken hoch geschätzt wurden. Rings um die Gebäude dehnten sich Ziergärten mit Springbrunnen und Fischteichen.

Überall in der Stadt gab es Herbergen und einfache Gasthöfe, jedoch keine Handwerker- oder Lebensmittelläden, da die meisten Waren auf den Märkten, insbesondere auf dem Großen Markt von Tlatelolco feilgeboten wurden. Seine Größe und das pulsierende Leben beeindruckten die Spanier so tief, daß der Historiker *Diaz del Castillo* (* um 1498, † 1582), der Cortés im mexikanischen Feldzug begleitet hatte, sich gar nicht genug tun kann in seiner begeisterten Beschreibung. Er erzählt von den zahlreichen Verkaufsständen, von den Gold- und Silberschmieden, den Juwelieren, den Händlern mit Luxusgütern, aber auch von den Ständen mit einfachen Waren für das Volk, den Gemüse-, Geflügel- und Wildbrethändlern, den Marktbezirken für die Kuchen- und die Wursthändler, den Verkäufern von Honig und Honigkuchen, den Möbel- und Holzhändlern. Er sieht die großen Kähne mit menschlichen Fäkalien, die von den Azteken zum Gerben benutzt wurden, besucht die Tabak- und Salbenhändler, die Hallen mit den Sämereien, er beschreibt den Sklavenmarkt, auf dem die Sklaven mit Halsbändern an lange Stangen geschnallt waren, damit sie nicht fliehen konnten, und ruft schließlich: »Ich finde kein Ende mit dieser Aufzählung und hätte doch fast die Handwerker vergessen, welche die Feuersteinmesser machen, das Salz, den Fischmarkt und die Brote, die aus getrocknetem Schlamm gemacht werden, den man in den Seen fischt, und die wie Käse schmecken [. . .]«.

Kein Wunder, daß die Spanier vermuteten, an Markttagen kämen hier an die vierzigtausend Menschen zusammen.

Ein so großes Gemeinwesen wollte auch versorgt sein. Die Lebensmittel wurden mit Booten aus den umliegenden Dörfern angeliefert, zwei Aquädukte leiteten das Trinkwasser aus dem Gebirge in große Zisternen, von denen es ebenfalls mit Booten zu den Häusern transportiert wurde.

Auf der Grenze vom Alten zum Neuen: Trennung zwischen weltlicher und geistlicher Macht. *Als Scholar gekleidet wendet sich der Narr als Warner an den Kaiser und sein Gefolge (rechts), um mahnend auf den Papst und die Vertreter der alten Kirche (links) zu deuten. Einzelblattholzschnitt eines unbekannten Augsburger Meisters. 1. Hälfte des 16. Jh.*

Europa im Zeichen der Erneuerung

Zwischen Luther und Ignatius von Loyola

Mißstände, Volksfrömmigkeit und konziliare Bewegung – Ablaßhandel – Luthers Thesen – Reichstag zu Worms – Bauernaufstand – Landeskirchen – Confessio Augustana – Die reformierte Kirche: Zwingli und Calvin – Skandinavien – Heinrich VIII. von England – Die Anglikanische Kirche – »Protestanten« – »Schmalkaldischer Krieg« – Calvinismus in Frankreich und England – John Knox – Reformation und ›Gegenreformation‹ in Polen – Rom und Luther – Der Kaiser, die Landesfürsten und Luther – Warten auf die Reformkonzile – Die Erneuerung der katholischen Kirche – Das Tridentinische Konzil – Ignatius von Loyola – Die Jesuiten – Bildung – Begriff und Wirken der ›Gegenreformation‹.

ROLAND VOCKE

Die Reformation in den europäischen Ländern

Längst vor der »Reformation«, die wir mit dem Namen Luthers verbinden, hatte sich die Kritik an der Kirche, an ihrer Lehre und an ihrer Hierarchie mit der Forderung nach einer allgemeinen Kirchenreform verbunden – vergebens freilich, wie uns das Scheitern früherer Reformversuche lehrt. Erinnert sei in diesem Zusammenhang an die Anstöße, die von dem Engländer *John Wiclif* (*Wycliffe,* * um 1320, † 1384) und von dem Böhmen *Jan Hus* (* um 1370, † 1415, als Ketzer verbrannt) ausgegangen waren (siehe auch Band 6).

REFORMBEDÜRFTIGE MISSSTÄNDE UND VOLKSFRÖMMIGKEIT

Was die Kritik der frommen Menge herausforderte, das waren Verweltlichung, Reichtum und üppiges Leben der Geistlichen, besonders in den oberen Rängen; waren Unwissenheit und Unbildung in den Reihen des niederen Klerus; war die Unmündigkeit der Laien im kirchlichen Raum. Die *konziliare Bewegung* des 15. Jahrhunderts hatte versucht, das *allgemeine Konzil,* an dem auch Laien teilhaben sollten, neben, ja über den Papst zu stellen. Sie war aber gescheitert, und die alte Hierarchie setzte sich noch einmal durch, wenn auch um den Preis, daß sie viele Gläubige vor den Kopf stieß. Allerdings war das religiöse Leben gerade auch in Deutschland völlig ungebrochen. Die Menge drängte in die Kirchen und Kathedralen; es gab genug Geistliche, die das rechte Wort trafen und die Menschen zu packen wußten, nicht selten Bettelmönche und Wanderprediger, die in auffallendem Gegensatz zu den prächtigen Prälaten standen; fromme Veranstaltungen wie lärmende Massenwallfahrten oder private Gebetsrunden in der Stille, die von den kirchlichen Oberhäuptern nicht immer

Daten zur Zeit der Reformation in Europa

1493–1519	Kaiser Maximilian I.
1509–1547	König Heinrich VIII. von England
1515–1547	König Franz I. von Frankreich
1517	Thesenanschlag Luthers an der Schloßkirche zu Wittenberg
1518	Zwingli nach Zürich berufen
1519–1556	Kaiser Karl V.
1521	Reichstag zu Worms. Der Kaiser verkündet das Wormser Edikt
1524–1525	Der große Bauernkrieg in Deutschland
1527	Die Reformation wird in Schweden eingeführt
1529	Marburger Gespräch zwischen Luther und Zwingli
1530	Reichstag zu Augsburg. Confessio Augustana
1531	Tod Zwinglis in der Schlacht bei Kappel
1534	Radikale Prediger aus Holland kommen nach Münster
1534	Heinrich VIII. Oberhaupt der englischen Kirche
1534	Calvin verläßt Frankreich
1535	Hinrichtung des Humanisten Thomas Morus in England
1536	Die Reformation wird in Dänemark eingeführt
1541	Beginn der Reformation in Genf durch Calvin
1545–1563	Konzil von Trient
1546	Tod Luthers
1546–1547	Schmalkaldischer Krieg. Niederlage der Protestanten
1547–1559	König Heinrich II. von Frankreich
1547–1553	König Eduard VI. von England. Gründung der Hochkirche
1549	Zwinglianer und Calvinisten einigen sich (Reformierte)
1553–1558	Königin Maria die Katholische von England
1555	Augsburger Religionsfriede
1556–1564	Kaiser Ferdinand I.
1558–1603	Königin Elisabeth I. von England
1562	Massenmorde an Protestanten in Frankreich
1562–1598	Hugenottenkriege in Frankreich
1572	Tod des schottischen Reformators John Knox

gerne gesehen wurden, fanden weithin großen Zuspruch. Nur: »Die Kirche«, so schreibt der Historiker Karl Bosl, »war den Deutschen nicht kirchlich genug.«

Mag sein, daß man sich noch länger mit den gegebenen Zuständen abgefunden hätte, wenn Rom nicht immer unverhüllter gerade Deutschland als eine unerschöpfliche finanzielle Quelle betrachtet und ausgebeutet hätte. All die Gebühren, die z. B. bei der Neubesetzung hoher Kirchenämter anfielen, die Türkenzehnten und Ablaßgelder, die in ununterbrochenem Strom nach Rom flossen, mußte das gläubige Volk aufbringen. Die Unzufriedenheit wuchs noch an, wenn Romreisende Sensationelles oder Skandalöses vom

Prunk- und Lasterleben am päpstlichen Hof, z. B. *Alexanders VI.* (*Rodrigo de Borgia,* R 1492–1503), zu berichten wußten.
Unzufrieden waren aber auch Kaiser und Reich. So mußte Kaiser *Maximilian I.* (R 1493–1519) zusehen, wie der große Ablaß, den der Medici-Papst *Leo X.* (R 1513–1521) im Jahre 1517 ausschrieb, ungeheure Summen nach Italien leitete, die der Kaiser selbst so bitter nötig hatte. Die Könige der westeuropäischen Staaten hatten sich mit der Kurie in Konkordaten arrangiert und wurden auf ihren Protest hin an dem Geldsegen aus ihren Reichen großzügig beteiligt. Großzügig beteiligt wurde auch das Augsburger Bankhaus *Fugger,* da es das internationale Ablaßgeschäft mit organisierte. Doch gerade dieser *Ablaß* von 1517 war das Signal für die Tat Luthers.

LUTHERS THESEN – BEGINN DER REFORMATION

Schon als Mönch bei den Augustinern in Erfurt (1505–1507/10) hatte der Reformator *Martin Luther* (* 1483, † 1546) um die Gewißheit gerungen, ob er vor der Strenge eines gerechten Gottes bestehen könne – Zweifel, die ihn auch nicht losließen, als er 1512 Professor an der Universität Wittenberg im Kurfürstentum Sachsen geworden war: »Auf Verdienste kann sich der Mensch nicht berufen.« Gewißheit fand er erst beim Studium der Schriften des Apostels Paulus. »Rechtfertigung findet der Mensch durch die Gnade Gottes und aus dem Glauben.«
Den bequemeren, wenn auch nicht billigen Weg zur Rechtfertigung wies im Jahre 1517 der Dominikanermönch *Johann Tetzel,* ein erfahrener Ablaßhändler, der im Rahmen des bereits angedeuteten Ablaßgeschäfts unterwegs war und für bare Zahlung Sündenablaß, auch für Verstorbene, anbot.
Luthers Landesherr, *Kurfürst Friedrich III., der Weise* (R 1486–1525), war aus finanziellen Gründen über dieses Treiben empört, Luther selbst aber aus theologischen. Am 31. Oktober 1517, so will es die Überlieferung, schlug er an

Ablaß. *Erlaß von Kirchenstrafen bzw. zeitlichen Sündenstrafen bei entsprechender Bereitschaft zur Buße oder bei Almosenspenden. In der Vorreformationszeit durch Ablaßhandel (schriftliche Lossprechung von Sünden und Strafen nach Zahlung eines entsprechenden Geldbetrages) mißbraucht. Einer der Auslöser der Reformation, nachdem diese Form des Ablasses von Luther angeprangert worden war.* *E. B.*

Streiter gegen den Ablaßhandel. *Martin Luther als »Junker Jörg«. Sein Protest entzündete sich u. a. am Freikauf von Sünden gegen Geld. Holzschnitt von Lucas Cranach d. Ä.*

der Tür der Schloßkirche zu Wittenberg die 95 Thesen an, keine revolutionäre Kampfschrift zunächst, sondern Herausforderung zu einer gelehrten Disputation. Doch die Disputation blieb aus, da die Gelehrten schwiegen. Dafür taten die Thesen, durch die junge Druckerkunst rasch verbreitet, draußen im Land ihre Wirkung, denn dort wurden sie als Kampfansage gegen Ablaß und andere Mißstände verstanden. Hören wir nur den einen Satz der These 66: »Die Schätze der Ablässe sind die Netze, mit denen man jetzt den Reichtum der Leute fischt.«

In ganz Deutschland begann es zu gären. Luther war mit einem Schlag ein berühmter Mann. In den folgenden Jahren, 1518 und 1519, traf Luther mit den Autoritäten der Kirche zusammen, mit dem Ergebnis, daß der Riß zwischen ihm und der Kirche nur tiefer wurde. Noch ehe der Gegenschlag aus Rom kam, entfaltete Luther einen wortmächtigen literarischen Kampf gegen Papsttum und kirchliche Institutionen und für eine »reformierte« Kirche – denn es ging ihm ja nicht darum, eine neue Kirche zu schaffen. Die reformatorischen Hauptschriften des Jahres 1520 sind die große Kampfansage gegen die Obergewalt des Papstes, gegen die Mönchsgelübde, gegen die Ehelosigkeit der Priester, gegen Heiligen- und Reliquienverehrung, gegen die Siebenzahl der Sakramente.

Inzwischen hatte auch Rom reagiert. Luther wurde 1520 mit dem *Kirchenbann* bedroht, und als er am 10. Dezember in Wittenberg einen Abdruck der Urkunde verbrannte, erfolgte der Bann. Der Popularität des Empörers tat das freilich keinen Abbruch.

Nach geltendem Recht mußte auf den Kirchenbann die *Reichsacht* folgen, die der Kaiser auszusprechen hatte, der

Aus den 95 Thesen Martin Luthers

1. Da unser Meister und Herr Jesus Christus spricht: »Tut Buße!« usw. will er, daß das ganze Leben seiner Gläubigen auf Erden eine stete und unaufhörliche Buße sein soll.
2. Und kann noch mag solch Wort nicht vom Sakrament der Buße, d.i. von der Beicht und Genugtuung, so durch der Priester Amt geübet wird, verstanden werden.
5. Der Papst will noch kann nicht einige andere Pein erlassen, außerhalb derer, die er nach seinem Gefallen oder laut der canonum, d. i. päpstlicher Satzungen, aufgelegt hat.
6. Der Papst kann keine Schuld vergeben, denn allein so fern, daß er erkläre und bestätige, was von Gott vergeben sei [...]
12. Vorzeiten wurden canonicae poenae, d.h. Buße oder Genugttuung für begangene Sünde, nicht nach, sondern vor der Absolution auferlegt, dabei zu prüfen, ob Reue und Leid rechtschaffen wäre.
20. Deshalb meinet noch verstehet der Papst nicht durch diese Worte [Vollkommener Erlaß aller Strafen], daß insgemein alle Pein [Strafe] vergeben werde, sondern meinet die Pein allein, die er selbst aufgelegt hat.
21. Deshalb irren die Ablaßprediger, die da sagen, daß durch des Papstes Ablaß der Mensch von aller Pein los und selig werde.
27. Die predigen Menschentand, die da vorgeben, daß, sobald der Groschen, in den Kasten geworfen, klingt, von Stund an die Seele aus dem Fegefeuer fahre.
35. Die lehren unchristlich, die vorgeben, daß die, so da Seelen aus dem Fegefeuer oder Beichtbrief lösen wollen, keiner Reue noch Leides bedürfen.

zwanzigjährige *Karl V.* (R 1519–1556). Auf Karls erstem Reichstag zu *Worms*, am 17./18. April 1521, sollte sich der berühmte Ketzer vor Kaiser und Reich verantworten; freies Geleit war ihm zugesichert.
Luther hatte Gelegenheit, seine Schriften zu verteidigen, aber der Kaiser verwarf seine Sache. Im »Wormser Edikt« verhängte der Reichstag nicht nur die Acht über den Gebannten, sondern er stellte auch jegliche Verbreitung seiner Schriften und jede Unterstützung Luthers unter strenge Bestrafung. Luther selbst war allerdings in Sicherheit. Sein Landesherr, Kurfürst Friedrich, hatte ihn auf die Wartburg bei Eisenach ›entführen‹ lassen. Dort nahm Luther sein größtes und dauerhaftestes Werk in Angriff und vollendete es in nur zehn Wochen: die Übersetzung des Neuen Testaments ins Deutsche (erschienen 1522). Mit ihr gab er dem

36. Ein jeder Christ, so wahre Reue und Leid hat über seinen Sünden, der hat völlige Vergebung von Pein und Schuld, die ihm auch ohne Ablaßbriefe gehöret.
37. Ein jeder wahrhaftige Christ, er sei lebendig oder tot, ist teilhaftig aller Güter Christi und der Kirche, aus Gottes Geschenk, auch ohne Ablaßbriefe.
41. Fürsichtiglich soll man von dem päpstlichen Ablaß predigen, daß der gemeine Mann nicht fälschlich dafür halte, daß er den anderen Werken der Liebe werde vorgezogen oder besser geachtet.
43. Man soll die Christen lehren, daß, der dem Armen gibt oder leihet dem Dürftigen, besser tut, denn daß er Ablaß lösete.
72. Wer aber wider des Ablaßpredigers mutwillige und freche Worte Sorge trägt oder sich bekümmert, der sei gebenedeiet.
79. Zu sagen, daß das Ablaßkreuz, das mit dem Wappen des Papstes herrlich aufgerichtet wird, gleichen Wert habe wie das Kreuz Christi, ist Gotteslästerung.
81. Solche freche und unverschämte Predigt vom Ablaß macht, daß es auch den Gelehrten schwer wird, des Papstes Ehre und Würde zu verteidigen vor derselben Verleumdung, ja vor den scharfen und listigen Fragen des gemeinen Mannes.
94. Man soll die Christen mahnen, daß sie ihrem Haupt, Christo, durch Kreuz, Tod und Hölle nachzufolgen sich befleißigen.
95. und also mehr durch viel Trübsal ins Himmelreich zu gehen, denn daß sie durch Vertröstung des Friedens sicher werden.

mündigen Christen die Möglichkeit, sich selbst in das Wort Gottes zu vertiefen. Denn für Luther war allein die Bibel, das geschriebene heilige Wort, Quelle des Glaubens.
Indessen bahnte sich die europaweite Auseinandersetzung Kaiser Karls V. mit dem französischen König *Franz I.* (R 1515–1547) an, die den Kaiser auf viele Jahre von den deutschen Angelegenheiten abzog, und als er 1530 wieder nach Deutschland zurückkehrte, fand er ein in vieler Hinsicht völlig verändertes Reich vor.

UNRUHEN UND BAUERN-ERHEBUNG

Trotz des »Wormser Edikts« war die religiöse Erregung im Volk nicht abgeklungen. Die kirchliche Organisation begann sich aufzulösen, die Priester wurden in die politischen Auseinandersetzungen hineingezogen, die Klöster began-

Bilderstürmer. *In strenger Anwendung des Bilderverbots im Alten und Neuen Testament zerstören Calvinisten Heiligenstatuen und Meßgeräte in einer Kirche. Stich von Hogenberg. Bibliothèque Nationale, Paris.*

nen sich zu leeren (Luther selbst heiratete 1525 eine ehemalige Nonne, *Katharina von Bora*), und – vor allem – einzelne Fürsten bekannten sich zur neuen Lehre.
Die Spannungen in den Städten entluden sich in blutigen Tumulten, die durch Flugschriften und radikale Prediger geschürt wurden. Der literarische Kampf nahm immer gröbere und ordinärere Formen an. Doch alle diese Unruhen blieben episodenhaft neben der Erhebung der Bauern im großen *Bauernkrieg* von 1524/25. Einzelne Forderungen der südwestdeutschen Bauern, zusammengefaßt in den »Zwölf Artikeln«, ließen auch den Einfluß der lutherischen Reformation erkennen. Doch Luther selbst hielt sich auf der Seite der Autoritäten, der Fürsten zumal, um zu verhindern, daß seine Sache mit der der Aufrührer vermengt werde. Die Rache der Sieger konnte sich auf den Reformator berufen, der sich dadurch einen beträchtlichen Teil seiner Anhänger entfremdete.

LANDESKIRCHEN UND »CONFESSIO AUGUSTANA«

Es schien an der Zeit, der Kirche in den lutherischen Gebieten eine neue Ordnung zu geben. Da die Bischöfe, die noch amtierten, dafür nicht in Frage kamen, wandte sich Luther an die weltliche Obrigkeit. Der jeweilige Landes-

Begriffe und Namen

Reichsacht. Der durch die Reichsacht Verfolgte galt auf dem Gebiet des Reichs als recht- und friedlos und konnte von jedermann verfolgt werden, da er als Feind des Volkes und seines Königs bzw. Kaisers angesehen wurde. Wurde ursprünglich nur vom König bzw. Kaiser, später auch vom Reichshofgericht oder anderen Institutionen ausgesprochen.

Kirchenbann. Von der Kirche durch eine päpstliche »Bulle« verhängte Strafe wegen kirchlicher Vergehen, die eine eingeschränkte oder umfassende Exkommunikation (Ausstoßung aus der kirchlichen Gemeinschaft) einschloß. Im hohen Mittelalter oft zusammen mit Reichsacht (siehe oben).

Wormser Edikt. Vom päpstlichen Legaten Aleander aufgesetzter Erlaß, von Kaiser Karl V. in Worms 1521 unterzeichnet, der über Luther die Reichsacht verhängte, die Herstellung, die Verbreitung und die Lektüre von Luthers Schriften verbot.

Confessio Augustana. Definition des Glaubens und der evangelischen Lehre sowie Darstellung der abgestellten Mißstände der alten Kirche durch die Protestanten. Versuch, die Übereinstimmung der evangelischen Lehre mit der ursprünglichen christlichen Lehre zu dokumentieren und dem religiösen Frieden zu dienen. Als entscheidendes Bekenntnis der neuen evangelischen Lehre auf dem Reichstag zu Augsburg am 25. Juni 1530 vorgetragen.

Thomas Morus (Sir Th. M., eigentlich More, * 1478 in London, † 1535 in London). Bedeutender Humanist, Staatsphilosoph und Politiker sowie Lordkanzler König Heinrichs VIII. von England. Freund des Erasmus von Rotterdam (siehe unten). Wegen der antipäpstlichen Politik des Königs und seiner Scheidungen in Opposition. Nach Verweigerung des Suprematseides (Anerkennung der kirchlichen Oberhoheit des Königs) enthauptet. Trat in seiner philosophischen, sozial-kritischen Schrift »Utopia« u. a. für eine auf Gemeineigentum beruhende Gesellschaft christlicher Prägung ein.

Erasmus von Rotterdam (Desiderius, * 1466 oder 1469 in Rotterdam, † 1536 in Basel). Augustiner und bedeutender Humanist, enger Freund des Thomas Morus, weltoffener Geist, gebildet durch Studien klassischer Werke und Reisen nach Italien, Frankreich (Paris), England, Deutschland (Freiburg) und in die Schweiz (Basel). Die von ihm veranstalteten Ausgaben klassischer Werke (Hieronymus, Aristoteles, Terenz), aber auch die erste textkritische Ausgabe des griechischen Urtextes des Neuen Testaments kennzeichnen ihn als die Autorität klassischen Wissens seiner Zeit. Luthers Übersetzung des Neuen Testaments ins Deutsche beruhte letztlich auf seiner Ausgabe E. v. R.s. Erasmus versuchte zwischen den konfessionellen Parteien zu vermitteln. E. B.

Kirchenpolitisches Ereignis von größter Bedeutung für den gesamten Protestantismus. *Übergabe und Verlesung der »Confessio Augustana«, des 28 Artikel umfassenden evangelischen Glaubensbekenntnisses. Kupferstich, 1530. Staats- und Stadtarchiv, Augsburg.*

herr sollte »Notbischof« werden und eine neue kirchliche Obrigkeit errichten. Das war die Geburtsstunde der evangelischen Landeskirche und des Bündnisses zwischen Thron und Altar. Erleichtert wurde das Handeln der Fürsten durch den Beschluß des *Reichstags von Speyer* 1526, der ihnen in religiösen Dingen zunächst freie Hand ließ. Doch diese Freizügigkeit endete, als Kaiser Karl V. ins Reich zurückkehrte und die Lutherischen – seit 1529 »Protestanten« genannt, weil sie gegen Beschlüsse der katholischen Stände auf dem zweiten Reichstag zu Speyer eine Protestation eingelegt hatten – auf einen neuen Reichstag nach Augsburg (1530) lud. Dort hatten sie zwar noch Gelegenheit, in einer ausführlichen Bekenntnisschrift, der von Luthers Mitstreiter und Berater *Philipp Melanchthon* (Philipp Schwarzerd, * 1497, † 1560) geprägten »Confessio Augustana«, ihren Standpunkt ausführlich darzulegen. Aber Kaiser Karl V. verwarf die Schrift und ließ das Wormser Edikt mit allen Konsequenzen erneuern. Hätten ihm die Auseinandersetzungen und Kriege mit Franzosen und Türken die Zeit dazu gelassen, hätte er sicher mit der ganzen ihm zur Verfügung stehenden Macht den alten Glauben wieder durchgesetzt.

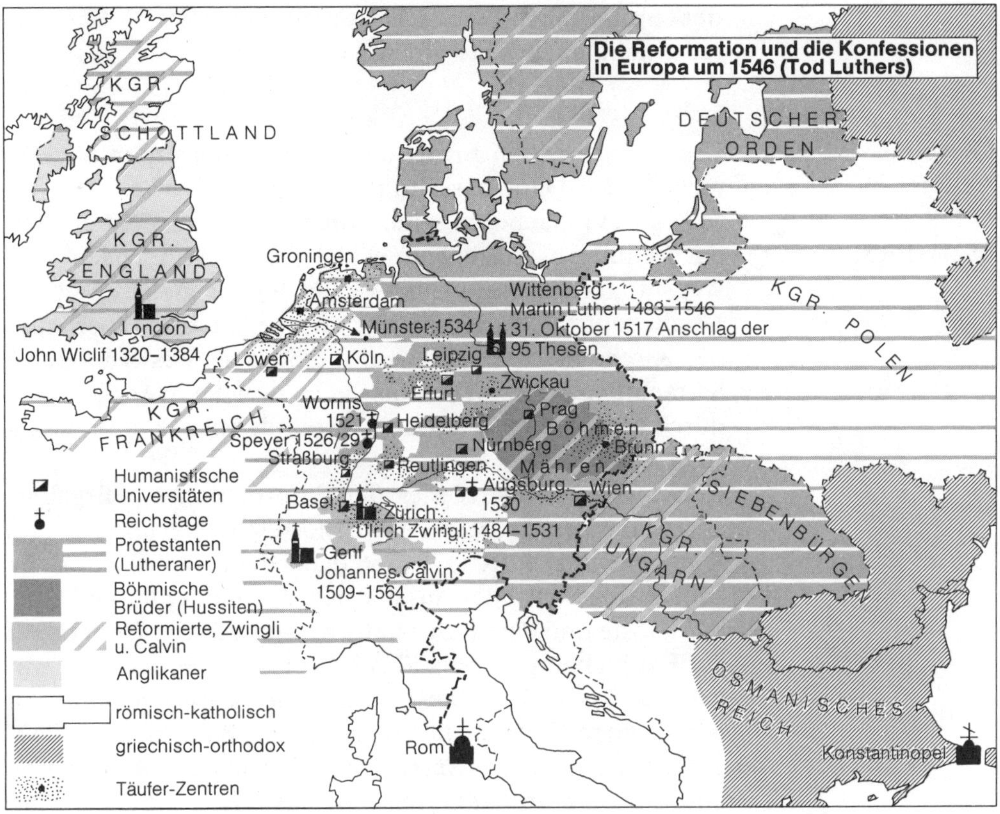

DIE REFORMATION IN DER SCHWEIZ

Im Gegensatz zu den Verhältnissen in Nord- und Mitteldeutschland, wo Luthers Einfluß eine Kirchenorganisation durch die Landesherren, die Fürsten, bewirkte, ging im Südwesten, z. B. in Straßburg, besonders aber in der Schweiz, so in Basel und Zürich, die neue Organisation der Kirche vielfach auf die Städte über, deren Bekenntnis dann auch für ihrem Einfluß unterworfene Territorien Gültigkeit erlangte. Religiöse Verkündigung und politischer Machtanspruch mischten sich in der Aktivität religiöser Führer; eine fürstliche Obrigkeit, der man die Politik überlassen konnte, gab es in der Schweiz ja nicht. Im übrigen hatte sich hier in den Städten schon seit alters der Rat auch um die kirchlichen Verhältnisse gekümmert und in kirchlichen Fragen mit entschieden.

Auch der große Schweizer Reformer *Ulrich (Huldrych) Zwingli* (* 1484, † 1531) wirkte nach seiner Berufung als Hauptpfarrer ans Großmünster zu Zürich (1518) als Politiker, denn seine Reformen im kirchlichen Leben zielten zugleich auf eine Reform des gesamten öffentlichen Lebens der Stadt. Er strebte nach einer sittlichen Erneuerung des Volkes, dessen Moral er durch fremde Einflüsse gefährdet sah, auch durch die *Schweizer Söldner*, die die Schlachten der europäischen Fürsten schlugen. (Zur weiteren Entwicklung siehe auch Seite 96 und 115.)

SKANDINAVIEN AUF DEN SPUREN LUTHERS

Durchschlagenden Erfolg hatte das Luthertum in Skandinavien. In Dänemark führte König *Christian III.* (R 1534–1559), nachdem seine Vorgänger noch nicht eindeutig Stellung bezogen hatten, die Reformation nach dem Augsburger Bekenntnis ein (1536). Da er gleichzeitig das Kirchengut säkularisierte und sich selbst zum Oberhaupt der Kirche machte, stärkte er die Stellung des Königtums beträchtlich, die vorher durch bäuerliche Unruhen und durch Machtansprüche der Hansestadt Lübeck in Frage gestellt worden war.

In Schweden war der Sieg der Reformation das Ergebnis eines längeren Prozesses während der Regierungszeit des Königs *Gustav I.* (R 1523–1560) aus dem Hause Wasa, der gleichzeitig Schweden aus der Bevormundung durch Dänemark löste und eine Reichsreform durchführte. Höhepunkt der Entwicklung war der *Reichstag von Västerås* (1527), auf dem übrigens, fast einmalig im Europa des 16. Jahrhunderts, neben Geistlichen, Adeligen und Bürgern auch Bauern und Bergleute vertreten waren. Nach heftigen Debatten und Abstimmungskämpfen entschied sich die Versammlung schließlich für die Vorschläge des Königs, die praktisch die endgültige Loslösung der Kirche von Rom und die Einführung der Reformation bedeuteten. Noch deutlicher als in den lutherischen Staaten Deutschlands dominierte in Schweden fortan der Staat über die Kirche.

ENGLANDS REFORMATION UNTER DEM EINFLUSS HEINRICHS VIII.

In England waren die Reformbestrebungen, die der Theologe *John Wiclif* schon über ein Jahrhundert zuvor ausgelöst hatte, noch nicht vergessen. So war zwar der päpstliche Einfluß auf die englische Kirche deutlich zurückgedrängt worden, und die Krone hatte im Unterhaus auch einen Bundesgenossen im Kampf um eine englische Nationalkirche; aber die Unzufriedenheit mit den kirchlichen Zuständen im Land war weit verbreitet. Sie konnte sich allerdings in der Zeit, als in Deutschland Luther auftrat, nicht artikulieren, weil König *Heinrich VIII.* (R 1509–1547) sich zunächst gegen jede reformatorische Bewegung sperrte. Ja, er erwarb sich durch seinen Eifer für die alte Kirche sogar den Titel »Defensor Fidei« – »Verteidiger des Glaubens«. Im übrigen war er unter dem Einfluß seines Staatskanzlers Kardinal *Thomas Wolsey* (* 1475, † 1530) ein enger Verbündeter des – romtreuen – Kaisers Karl V. im Kampf gegen

Vertreter der Reformation in England. *– Oben: Entwurf zum Familienbild des Thomas Morus. Skizze von Hans Holbein d. J., 1528. – Unten links: Titel der Cranmer-Bibel. British Museum, London. – Unten rechts: Porträt des Thomas Cranmer, Erzbischof von Canterbury, 1546. National Portrait Gallery, London.*

Heinrich VIII. und die Kirche

Die »Zehn Artikel« (»Ten Articles«). Die von Heinrich VIII. erlassenen Bestimmungen schränkten den katholischen Ritus für die Kirche in England erheblich ein. Während die ersten fünf Artikel die Glaubensinhalte selbst betrafen, regelten die Artikel 6 bis 10 das kirchliche Zeremoniell neu.
Die »Sechs Artikel« (»Six Articles«). Diese auch als »Blutiges Statut« bezeichneten Erlasse bestätigten zwar das katholische Dogma der Kirche Englands, nahmen aber zugleich Elemente der neuen evangelischen Lehre auf. Da die vom Parlament genehmigten Bestimmungen andrerseits die Priesterehe und den Laienkelch verbieten sowie die Transsubstantiation (Wandlung von Wein und Brot), die Meßfeier und die Ohrenbeichte bestätigen und schützen, wurden schwere konfessionelle Spannungen in der Bevölkerung vermieden. Die »Sechs Artikel« waren ein diplomatisch geschickter Akt, um die Frömmigkeit der Bevölkerung nicht zu verletzen und den König als Bewahrer christlicher Grundwerte erscheinen zu lassen. E. B.

Frankreich, den alten Widersacher Englands. Doch der Günstling Wolsey, von 1517–1527 nahezu uneingeschränkt regierend, stürzte, als sich der König aus politischen Gründen aus diesem Bündnis löste und aus dynastischen, aber auch sehr erotischen Gründen die Trennung von seiner spanischen Gemahlin *Katharina von Aragón,* die übrigens eine Tante des Kaisers war, anstrebte.
Heinrich VIII. vollzog die Trennung von Rom, weil sich der Papst unter dem Druck des Kaisers weigerte, die Ehe des Königs für ungültig zu erklären und eine Neuvermählung mit *Anna Boleyn* zu genehmigen. So wurde der König aus eigener Machtvollkommenheit im Jahre 1535 durch die sogenannte *Suprematsakte* »Oberstes Haupt auf Erden der Kirche von England unmittelbar unter Gott«. Der Papst war für England nur noch der Bischof von Rom. In Glaubensdingen änderte sich freilich zunächst noch nichts, doch folgten der Suprematsakte alsbald (1538–1540) und unter weitverbreiteter Zustimmung die Aufhebung der Klöster und die Verstaatlichung des Klosterbesitzes, an dem sich nun viele Hände bereicherten.
Wer sich dem königlichen Willen zu widersetzen wagte oder auch nur ein abfälliges Wort über Heinrich VIII. und seine neue Gemahlin fand, wurde mit barbarischen Strafen bedroht. Unter den zahlreichen Opfern der Blutjustiz war auch der Humanist *Sir Thomas More*, berühmt unter sei-

nem latinisierten Namen *Thomas Morus* (* 1478, † 1535), ein vertrauter Freund des großen humanistischen Theologen und Philosophen *Erasmus von Rotterdam* (* 1466/69, † 1536). Morus wurde im Jahre 1535 hingerichtet, weil er die Suprematsakte mißbilligt hatte.
Unklar, da dem Einfluß wechselnder höfischer Intrigen und außenpolitischen Rücksichten unterworfen, blieb weiterhin Heinrichs VIII. Einstellung zur Reform des Glaubens. An wahrer, tieferer Überzeugung mag es ihm überhaupt gefehlt haben. Die sogenannten »Zehn Artikel« von 1536 schienen England dem lutherischen Bekenntnis zu öffnen; doch die »Sechs Artikel« von 1539 wiesen wieder in die entgegengesetzte Richtung. Jedenfalls bewirkten die unberechenbaren Schwankungen des Gewaltmenschen Heinrich zwischen katholischen und protestantischen Einflüssen (die zum Teil auch von seinen wechselnden Ehefrauen ausgingen), daß das Volk bei seinem Tod religiös zutiefst zerrissen war und daß Unsicherheit und Heuchelei weit verbreitet waren. Das hatte die Furcht vor den harten Strafen bei Verstößen gegen den jeweiligen königlichen Willen erreicht.

KAMPF GEGEN DIE PROTESTANTISCHEN FÜRSTEN: DER »SCHMALKALDISCHE KRIEG«

Wir kehren nach Deutschland zurück, wo sich ja, wie wir gesehen haben, die Lage der Protestanten seit 1529 verschlechtert hatte und wo 1530 Kaiser Karl V. in Augsburg das »Wormser Edikt« von 1521 wieder in Kraft gesetzt hatte. Er selbst war zwar für gewisse Kirchenreformen nicht unempfänglich, ja, er drängte die Kurie zu einem Reformkonzil, aber eine Spaltung der Kirche wollte und konnte er, auch aus politischen Gründen, nicht hinnehmen. Alarmiert durch diese Haltung des Kaisers, schlossen nun 1531 die protestantischen Reichsstände, voran Hessen und Kursachsen, in dem thüringischen Städtchen *Schmalkalden* ein Verteidigungsbündnis, den »Schmalkaldischen Bund«, der sich in den folgenden Jahren rasch erweiterte. Auch fremde Mächte, wie England und Frankreich, selbst einzelne Politiker am päpstlichen Hof, suchten Verbindungen zur protestantischen Opposition, da sie in ihr ein Gegengewicht gegen den übermächtigen Kaiser sahen.
Doch die Pläne Kaiser Karls V., das Reich wieder auf eine einheitliche christliche, sprich katholische Basis zu stellen, mußten alsbald erneut verschoben werden; die Lage des Reichs und die gesamteuropäische Situation riefen Karl V. an alle möglichen Fronten gegen Türken, Franzosen und tunesische Seeräuber. Er brauchte jetzt den inneren Frieden und die Hilfe der protestantischen Fürsten.

Wiedertäufer. *Bewegung, die zunächst vor allem die Kindertaufe zugunsten der Erwachsenentaufe ablehnte und sich selbst Gemeinschaft der »Täufer« nannte. Erste Täuferbewegung in der Schweiz (unter Grebel und Manz), die aber wegen ihrer Ablehnung staatlicher Einflußnahme von den Zwinglianern verfolgt und unterdrückt wurde. Wegen ihrer Bezüge zum Bauernaufstand (Th. Müntzer) wurden die Täufer auch in Deutschland durch die Landesherrschaften verfolgt. Nur in Mähren gelingt den »Huterern« eine Stabilisierung ihrer Bewegung, und in Münster/Westfalen kommt es zur Bildung einer u. a. auch sozial-revolutionären, gegen die handwerklich-gewerblichen Aktivitäten der Kirche und Klöster gerichteten, schwärmerisch übersteigerten, schließlich terroristisch entarteten »Wiedertäuferherrschaft« im W.-Reich des »Neuen Zion«, das gewaltsam zerschlagen wird. Gemäßigte Wiedertäufer unter Menno Simons bewahrten und belebten Täufer-Ideengut in Ostfriesland, den Niederlanden, England und Amerika in der Sekte der Mennoniten.* *E. B.*

Die Unterstützung durch protestantische Fürsten brauchte auch der Bischof von *Münster*: In den Niederlanden verbreitete sich unter der Führung des Haarlemer Bäckers *Jan Mathys* die radikale Reformbewegung der *Täufer* oder *Wiedertäufer*, die u. a. die Errichtung des Gottesreiches auf Erden verkündete und sich anschickte, gegen die Gottlosen mit Gewalt vorzugehen. Einer der Apostel dieser Bewegung, *Johann Beuckels von Leiden*, genannt *Jan Bockelson*, gelangte nach Münster, das er als »Neues Jerusalem« ausersah und wo er, auch gegen die lutherisch Gesinnten, ein radikales »Reich Zion« errichtete, in dem Privatbesitz und Einehe abgeschafft und viele Bürger zum Verlassen der Stadt gezwungen wurden. Je mehr sich die Radikalen unter ihrem Wiedertäufer-Bürgermeister, dem Tuchhändler *Bernhard Knipperdolling*, bedrängt sahen, desto rücksichtsloser und blutiger verteidigten sie ihre Stellung. Grausam und blutig war dann allerdings auch ihr Ende, als der Bischof von Münster mit protestantischer Hilfe die Stadt zurückeroberte und die Anführer der Radikalen unter Martern hinrichten und in Käfigen an den Türmen der Lambertikirche aufhängen ließ (1535).

Der Kaiser hatte erst nach 1544, nach dem Friedensschluß mit Frankreich, wieder die Freiheit, sich um die deutschen Angelegenheiten zu kümmern. Zwar trat 1545 endlich das große *Reformkonzil in Trient* zusammen, das Karl immer wieder gefordert hatte, aber die »Schmalkaldener« lehnten es ab, daran teilzunehmen, weil das Übergewicht der Ka-

tholiken von vornherein eindeutig feststand. Diese Weigerung gab dem Kaiser den Anlaß, gegen die Protestanten gewaltsam vorzugehen. Deren Front war keineswegs so geschlossen, wie es angesichts der drohenden Gefahr geboten war. Vor allem war es der kaiserlichen Diplomatie gelungen, den ehrgeizigen Herzog *Moritz von Sachsen* (Herzog seit 1541, Kurfürst 1547–1553), der mit seinem Vetter, dem Kurfürsten *Johann Friedrich I., dem Großmütigen, von Sachsen* (R 1532–1547), im Streit lag, durch Versprechungen aus dem protestantischen Bündnis herauszulösen. Auch anderen protestantischen Fürsten standen machtpolitische Interessen höher als religiöse Bindungen.
Der folgende Kampf, der sogenannte *Schmalkaldische Krieg* (1546–1547), war kurz und endete mit dem völligen Sieg des Kaisers auf dem Schlachtfeld von *Mühlberg* an der Elbe (1547). Die Führer der Protestanten traf das Schicksal einer langen, harten Haft, während Moritz von Sachsen die Kurwürde und einen Teil der Territorien seines Vetters gewann. Das ganze protestantische Norddeutschland unterwarf sich; nur *Magdeburg* wagte zu trotzen. Luther selbst hatte die schlimme Wendung der Dinge nicht mehr erlebt; er war kurz vor Ausbruch des Kriegs am 18. Februar 1546 gestorben.

VOM »INTERIM« ZUM »AUGSBURGER RELIGIONSFRIEDEN«

Nun schien das Ziel des Kaisers, die Einheit des Glaubens in seinen Landen wieder herzustellen, greifbar nahe. Auf dem *Reichstag von Augsburg*, 1548, den man auch den »Geharnischten Reichstag« nannte, suchte er durch das sogenannte »Interim« zu vermitteln: Er gewährte den Protestanten Priesterehe und Laienkelch, wenn auch unter bestimmten Einschränkungen; im übrigen aber forderte er Rückkehr zum katholischen Glauben. Dieser Kompromiß genügte keiner der streitenden Parteien. Rom suchte das »Interim« zu hintertreiben, die deutschen Katholiken lehnten es rundweg ab, und bei den strengen Protestanten geriet Melanchthon, der sich für das »Interim« einsetzte, gar in den Ruf eines Verräters. Wir sehen, die Zeit für eine Wiedervereinigung im Glauben, gewaltsam oder durch Kompromiß, war vorüber. Karls großes Ziel, ein katholisches Universalreich wenigstens in Umrissen zu verwirklichen, erwies sich als unerreichbar, weil nicht mehr zeitgemäß.
Abgrenzung und Religionsfriede, das war angesichts der Verhältnisse in Deutschland das Ziel einer realistischen Politik. Kaiser Karl V. überließ es seinem Bruder *Ferdinand*, seit 1531 römisch-deutscher König, dieses Ziel zu erreichen. Enttäuscht durch die Treulosigkeit seines früheren

Bundesgenossen Moritz von Sachsen und entmutigt durch Mißerfolge in seinem letzten Kampf gegen Frankreich, zog sich der Kaiser zurück. So kam nach einem von Ferdinand herbeigeführten vorläufigen Frieden (»Passauer Vertrag« 1552) der *Augsburger Religionsfriede* (1555) zustande. Sein wesentlichstes Ergebnis war, daß die Augsburgische Konfession (Confessio Augustana, siehe Seite 86 f.) reichsrechtlich neben der katholischen anerkannt wurde. Anhänger anderer Bekenntnisse, darunter auch die Reformierten aus der Schweiz, wurden von den Friedensbestimmungen ausgeschlossen. Kaiser Karl V. legte die Kaiserkrone 1556 nieder; 1558 wurde Ferdinand I. zum Kaiser gekrönt.

Glaubensfreiheit hatten damit freilich nur die Fürsten, nicht aber die Untertanen. Wohl war eine gewaltsame Bekehrung untersagt; wer sich aber dem Bekenntnis seines Landesherrn nicht anschließen mochte, der war zur Auswanderung gezwungen oder erlitt Verfolgung. Besondere Bestimmungen gab es für geistliche Fürstentümer und Reichsstädte.

Gewinner waren also in erster Linie die Fürsten, katholische wic protestantische. In den lutherischen Staaten verfestigte sich das evangelische Landeskirchentum; den Katholiken wies 1545 das *Konzil von Trient* (siehe auch nächstes Kapitel, Seite 117) einen neuen Weg. Die sich anbahnende ruhige Entwicklung in den lutherischen Staaten verhinderte indessen nicht, daß sich die protestantischen Theologen noch jahrzehntelang erbittert um den rechten Glauben stritten, bis dieser schließlich in einer selbstgenügsamen Orthodoxie erstarrte. So verlor das Luthertum in der Enge deutscher Territorien allmählich seinen ursprünglichen Schwung.

KIRCHENZUCHT UND »PRÄDESTINATION«: CALVINS REFORMATION IN GENF

Neue reformatorische Impulse kamen indessen aus der Schweiz, und zwar aus Genf, wo *Johannes Calvin* (*Jean Caulvin*, * 1509, † 1564) wirkte. Calvin stammte aus Nordfrankreich und schien nach frühen literarischen Erfolgen eine große Karriere als Gelehrter vor sich zu haben. Doch da schloß er sich, vielleicht nach einer plötzlichen Bekehrung (um 1533/34) und wohl auch unter dem Einfluß Luthers, der evangelischen Bewegung in Frankreich an. Das aber bedeutete, daß er unter dem Druck der einsetzenden religiösen Verfolgungen aus seiner Heimat weichen mußte. Basel (1534), Genf (1536) und Straßburg (1538) waren die nächsten Stationen auf seinem Wege, bis er, inzwischen berühmt durch seine Schrift »Unterricht in der christlichen Religion« (1535), endgültig nach Genf berufen wurde

Politisch engagierter Reformator der französischen Schweiz. *Links: Porträt des Johannes Calvin. Zeichnung von Louise Henry-Claude. – Unten: Ansicht von Genf im 16. Jh. Unter einem theokratischen Regiment gab Calvin der Stadt eine neue kirchliche Ordnung und Verfassung. Stich aus der »Cosmographie« des Sebastian Münster. Französische Ausgabe, Paris 1575. Bibliothèque publique et universitaire, Genf.*

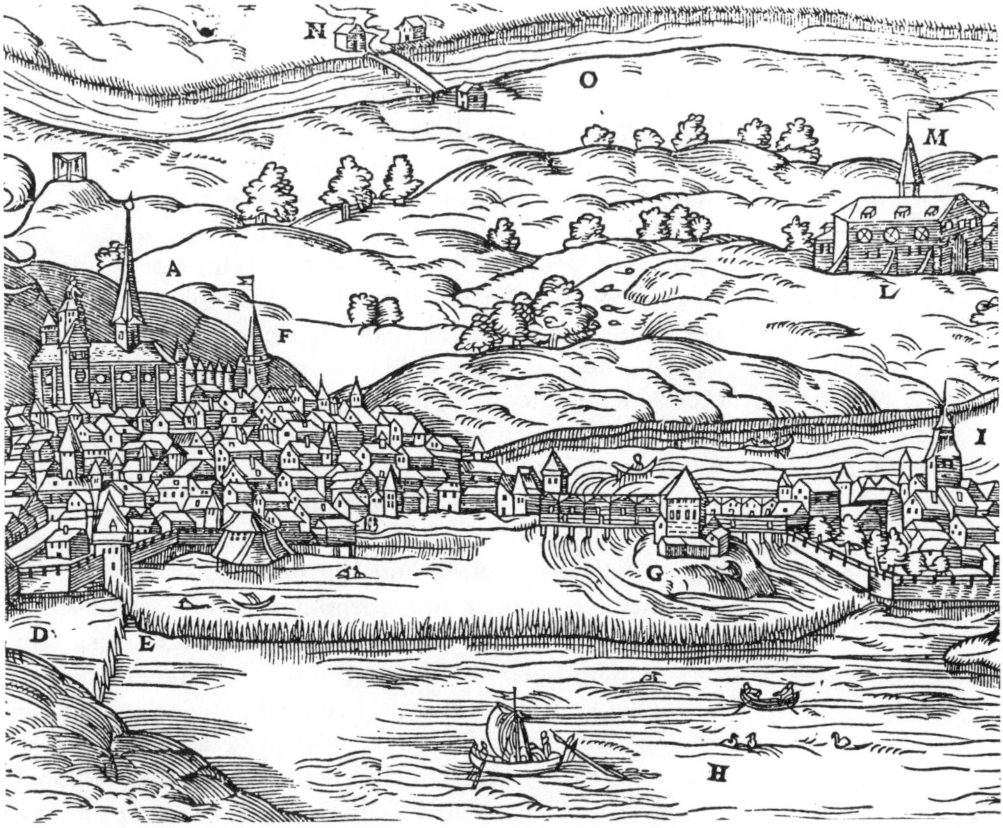

(1541), um dort nach inneren Unruhen das Kirchenwesen neu zu organisieren. Gegen heftigen Widerstand, vor allem von seiten der Patrizierfamilien, begann er seine Vorstellungen zu verwirklichen.

Die neue Kirchenverfassung Calvins sah vier Ämter vor: die *Prediger*; die *Doktoren*, die für das Schulwesen und die reine Lehre zu sorgen hatten; die *Diakone*, zuständig für die Krankenfürsorge; die *Presbyter*, die das christliche Leben der Laien zu überwachen hatten. Der Gottesdienst war ähnlich nüchtern wie in Zwinglis Zürich; nur der Psalmengesang bereicherte ihn. Was aber Calvins Kirchenregiment in Genf besonders auszeichnete, das war die rigorose Kirchenzucht, die er über die Stadt verhängte und für deren Überwachung das »Konsistorium« (aus Pastoren und Presbytern) zuständig war. Nicht nur daß man religiöse Abweichler, Katholiken, Zweifler und laue Christen aufzuspüren versuchte, um sie einer Strafe zuzuführen; überwacht wurde auch der regelmäßige Besuch der Gottesdienste; überwacht wurde auch das private Leben bis hin zur häuslichen Lektüre und zu privaten Vergnügungen. Öffentliche Vergnügungen wurden drastisch beschränkt, und Kinder konnten eingesperrt werden, wenn sie während des Gottesdienstes auf der Straße lärmten.

Freilich entsprangen diese und andere Maßnahmen zur Beschränkung der Lebenslust nicht persönlicher Tyrannenlaune, sondern der Überzeugung Calvins, daß »der Eifer für die Ehre Gottes allem Sorgen und Sinnen nach irgendwelchem Gut vorangehen« müsse.

Zum Bild des »majestätischen Gottes« gehört auch die Lehre von der »Prädestination« (Vorbestimmtsein), das heißt die Überzeugung, daß jeder einzelne von Anbeginn an entweder zur Gnade oder zur Verdammnis bestimmt sei. Die Gründe dafür seien dem Menschen zwar verborgen; doch brauche er sich nicht verzagt und hoffnungslos zurückzuziehen, denn am Erfolg seiner Anstrengungen in einem tätigen Leben könne er wenigstens mit einer gewissen Wahrscheinlichkeit ablesen, ob er zur Gnade oder zur Verdammnis bestimmt sei. So gingen vom Calvinismus auch enorme ›leistungsbezogene‹ Impulse für die Tätigkeit seiner Anhänger in Politik und Wirtschaft aus.

An innerer Festigkeit und lebendiger Energie war der Calvinismus der lutherischen Orthodoxie überlegen, insbesondere seitdem sich Calvinisten und Zwinglianer 1549 im »Züricher Consens« in der Abendmahlsfrage geeinigt hatten. Sie wurden später unter der Bezeichnung »Reformierte« zusammengefaßt. Ihre Lehre verbreitete sich noch vor dem Tod Calvins über Teile Deutschlands und Europas

Polen – Reformation und Gegenreformation. *In den Jahrzehnten nach dem »Wormser Edikt« von 1521, als Kaiser Karl V. sich vergebens bemühte, die lutherische Bewegung in Deutschland zu unterdrücken, fanden die reformatorischen Ideen auch Eingang in Polen. Das Königreich Polen erlebte unter der Regierung der Jagiellonenherrscher Sigismund I. (R 1506–1548) und Sigismund II. August (R 1548–1572) nicht nur machtpolitisch, sondern auch literarisch-künstlerisch eine glanzvolle Zeit, die vom Geist der italienischen Renaissance und des Humanismus geprägt war. Diese Einflüsse verstärkten die in Polen bereits vorhandene religiöse Toleranz, die gelegentlich sogar Züge einer gewissen Gleichgültigkeit gegenüber Rom trug. Hinzu kam, ähnlich wie in Deutschland, die Erbitterung über den Reichtum des Klerus und über die ständigen Geldforderungen der Kirche, über Ablaß und Ämterkauf. So fanden die reformatorischen Prediger, von denen sich einzelne schon in den zwanziger Jahren zu Wort meldeten, bereitwillige Hörer – die lutherischen Prediger vor allem beim deutschen Bürgertum der Städte, die calvinistischen stärker beim niederen Adel, den Schlachtizen. Der Hochadel hielt sich aus Gründen der Rivalität an die alte Kirche.*

Ein Verbot Sigismunds I., die lutherischen Schriften einzuführen, konnte nicht verhindern, daß die reformatorischen Einflüsse bis in die Kreise des Hofes reichten. Das Territorium des Deutschen Ordens (grob gesagt, dem späteren Ostpreußen entsprechend), das damals unter der Lehnsoberhoheit des polnischen Königs stand, trat 1525 zum Luthertum über. Stärker wurde die protestantische Bewegung noch unter Sigismund II. In den fünfziger Jahren, als man in Deutschland an den allgemeinen Religionsfrieden dachte, erreichte in Polen die Reformation ihren Höhepunkt. Gewährt wurden freie Religionsausübung, das Abendmahl in beiderlei Gestalt und die Priesterehe. Freilich war es den Schlachtizen vielfach weniger um den wahren Glauben zu tun als um die Erweiterung ihrer Macht und ihres Besitzes auf Kosten der Kirche. Im übrigen war die reformatorische Bewegung auch in ihrer besten Zeit durch innere Gegensätze zerrissen – auch darin den Zuständen in Deutschland nicht unähnlich. Diese Schwächen kamen der katholischen Sache zustatten. Vor allem aber gewannen die Jesuiten in den späten Jahren Sigismunds II. immer mehr an Einfluß; die Gegenreformation nach den Beschlüssen des »Konzils von Trient« konnte beginnen.

Sigismunds Nachfolger Stephan IV. Báthory (R 1576–1586) setzte das Werk energisch und erfolgreich fort. Die Rekatholisierung richtete sich nicht nur gegen den Einfluß des niederen Adels, sondern auch gegen das lutherische deutsche Bürgertum in den Städten. »Polonismus und Katholizismus wurden so aufs engste miteinander vermählt«, formuliert der Historiker Gerhard Ritter.

(u.a. Frankreich, Ungarn, Schottland, Niederlande) und wurde so unter den neuen religiösen Bewegungen die geschichtlich wirksamste.

DIE CALVINISTISCHE REFORMATION IN FRANKREICH

In Frankreich hatte es schon vor dem Auftreten Luthers eine kirchliche Reformbewegung gegeben, die allerdings keinen großen Widerhall in breiteren Kreisen fand. Auch die Prediger aus Deutschland und aus der Schweiz erreichten zunächst weniger die breiten Massen der Bauern als das akademisch gebildete Bürgertum, dem auch Calvin entstammte. Allerdings mußten in Frankreich alle, die sich zu einer protestantischen Bewegung bekannten, nicht nur mit dem Widerstand der Kirche rechnen, sondern auch mit der Ablehnung und Verfolgung durch den Staat, das heißt durch den nationalen Einheitsstaat. In Frankreich gab es ja nicht wie in Deutschland einzelne Fürstentümer und Reichsstädte, die dem neuen Glauben Unterschlupf und Unterstützung boten, und König *Franz I.* (R 1515–1547) stand, auch wenn er aus außenpolitischen Gründen gelegentlich mit den deutschen Protestanten zusammenarbeitete, stets auf der Seite der alten Kirche. Immer planmäßiger und grausamer wurden die Verfolgungen bis hin zur Vernichtung ganzer Dörfer mit ihren Einwohnern in Südfrankreich. Dieser Kampf, der unter König *Heinrich II.* (R 1547–1559) noch schärfere Formen annahm, führte allerdings nicht zur Niederlage der Protestanten, sondern zur Radikalisierung und Verhärtung des Widerstands, vor allem seitdem die Calvinisten immer stärker an Einfluß gewannen und die Lutherischen allmählich verdrängten. Von Genf aus planmäßig unterstützt und in aller Heimlichkeit fanden die Calvinisten für die rasch wachsende Zahl ihrer Gemeinden zu einer weitgespannten Kirchenorganisation, die in einer Nationalsynode gipfelte – und das alles ohne Aufruhr und Gewalttat, denn Calvin selbst gebot unverbrüchlichen Gehorsam gegenüber der Obrigkeit.

Als dann jedoch der Calvinismus Eingang beim Adel, insbesondere auch in den Kreisen des Hochadels fand, da verbanden sich die religiösen Leidenschaften auch mit den ständischen Interessen gegen den Herrschaftsanspruch der Krone. Die Gegensätze zwischen den Religionsparteien, den Calvinisten oder *Hugenotten*, wie man sie, abgeleitet von der französischen Bezeichnung für »Eidgenossen«, auch nannte, und den Katholiken spitzten sich zu und entluden sich in immer neuen Gewalttätigkeiten. Schließlich lösten die empörenden Massenmorde an Hugenotten im Jahre 1562 den allgemeinen Bürgerkrieg aus (*Hugenotten-*

kriege 1562–1598), der in die große westeuropäische Auseinandersetzung zwischen Spanien und England mündete.

ENGLAND ZWISCHEN PROTESTANTISMUS UND KATHOLIZISMUS

Dort in England war, wie früher gezeigt, die Sache der Kirchenreform beim Tod König Heinrichs VIII. (1547) noch nicht entschieden. Eine erneute Hinwendung zu Rom hatte der König völlig ausgeschlossen, freilich auch die Öffnung Englands für den Protestantismus. Unter seinem einzigen ehelichen Sohn und Nachfolger, dem noch unmündigen und kränkelnden *Eduard VI.* (R 1547–1553), tat die Reformation dann zwar einen großen Schritt nach vorne, aber die entstehende »Anglikanische Hochkirche« trug auch die Züge des Kompromisses, die später Anlaß für neue Streitigkeiten boten. In zentralen Fragen der Lehre folgte man dem Vorbild Luthers, aber die bischöfliche Verfassung und manche Formen des Gottesdienstes waren von der katholischen Kirche übernommen. Gegen diese Regelung wandten sich mit Vehemenz die radikalen Priester, die geistlich wohlgerüstet aus Genf nach England zurückkamen. Aber ehe ihr Kampf gegen das »papistische Götzentum« seine Früchte trug, starb König Eduard VI. am 6. Juli 1553 in London. Sein Testament schloß seine Halbschwestern Elisabeth und Maria von der Thronfolge aus und machte die Protestantin Lady Jane Grey, eine Urenkelin Heinrichs VII., zur Thronfolgerin. Aber schon 13 Tage später wurde Jane Grey mit Hilfe des Adels und der Stadt London abgesetzt und eine der legitimen Thronfolgerinnen, Maria, die Tochter Heinrichs VIII. mit Katharina von Aragón, zur Königin gewählt. Mit Maria »der Katholischen« (R 1553–1558), wie sie genannt wurde, kehrte der alte katholische Glaube zurück, zunächst mit kluger Vorsicht gefördert, dann mit einer Schärfe vorangetrieben, die der Königin auch den Beinamen »die Blutige Maria« eintrug. Als sie gar König Philipp II. von Spanien heiratete, schien sich ein katholisch bestimmtes Riesenreich abzuzeichnen, vor dem alle protestantischen Mächte nur Zwerge gewesen wären. Doch Maria starb kinderlos, und ihr folgte *Elisabeth I.* (R 1558–1603), Tochter aus Heinrichs VIII. zweiter Ehe (mit Anna Boleyn). Damit trat nicht nur eine Wendung in der Außenpolitik Englands ein, sondern auch in Glaubensfragen. Persönlich ohne tieferen religiösen Eifer, förderte Elisabeth die Anglikanische Hochkirche als eine Möglichkeit des friedlichen Ausgleichs zwischen den zerstrittenen Parteien, was im Hinblick auf ihre bewegte Regierungszeit politisch sicher günstig war.

Die Zahl der leidenschaftlichen protestantischen Bekenner hatte allerdings nach den wiederholten Religionswechseln der letzten Jahrzehnte abgenommen. Die wahrhaft ernsten Protestanten neigten eher zu der Lehre des von Calvin beeinflußten strengen schottischen Reformators *John Knox* (* um 1514, † 1572), dessen radikale Predigten die Schotten zum Aufstand gegen alles Katholische trieben. Auf ihn konnten sich später die englischen »Puritaner« (von lat. »purus« = rein) berufen. Ihr Einfluß auf die englische und später auf die amerikanische Geschichte kann hier abschließend nur erwähnt werden.

Literatur

Lahnstein, Peter: Auf den Spuren von Karl V., München 1979

Moeller, Bernd: Geschichte des Christentums in Grundzügen, Göttingen 1983³ (= UTB 905)

Oberman, Heiko A.: Luther. Mensch zwischen Gott und Teufel, München 1986 (dtv Biographie)

Ritter, Gerhard: Die Neugestaltung Europas im 16. Jahrhundert. Die kirchlichen und staatlichen Wandlungen im Zeitalter der Reformation und der Glaubenskämpfe, Berlin 1950

LOTHAR HÄUSLER

Die katholische Kirche im 16. Jahrhundert

Wer die kirchlichen Verhältnisse am Vorabend der Reformation charakterisieren will, kann dabei, wie es der Historiker H. Lutz formuliert, das »Syndrom krisenhafter Erscheinungen« nicht übersehen. Seit den Reformkonzilen des 15. Jahrhunderts war die Kirche »an Haupt und Gliedern« erneuerungsbedürftig. An der Kirchenspitze verschleppte sich der Defekt, da schlechte Päpste unwürdige Kardinäle ernannten, diese wiederum schlechte Päpste wählten

Auf einem kennzeichnenden Transparent, das 1513 beim Festzug zur Inthronisation des Medici-Papstes *Leo X.* [R 1513–1521] mitgeführt wurde, stand zu lesen: »Einst herrschte Venus [d.h. unter Papst *Alexander VI.*, R 1492–1503], dann Mars [*Julius II.*, R 1503–1513], nun führt das Zepter Pallas Athene.« Damit begrüßten die Künstler der Renaissance und die Humanisten den neuen Papst, mit dem die frivole Weltlichkeit und leichtfertige Sorglosigkeit der Renaissancepäpste ihre Fortsetzung finden sollte.

Das katholische Rom huldigte im kulturellen Wetteifer mit Florenz einer »Prunk- und Prestige-Ideologie«, die sich in nichts von der profanen Lebensphilosophie fürstlicher Höfe der Renaissance unterschied. Nicht ohne Grund läßt Papst *Hadrian VI.* (R 1522/23) auf einem Nürnberger Reichstag (1522) seinen Legaten das erschütternde Schuldbekenntnis ablegen: »Eine Krankheit hat sich vom Haupt auf die Glieder, von den Päpsten auf die Prälaten verpflanzt.«

Was man dem Kirchensystem schon damals vor allem anlastete, war die Tatsache, daß es seine an sich religiös verstandenen Strafen zu Druckmitteln umfunktionierte, mit

Gottesfurcht des Volkes. *Pilgergruppe. Aus: »Predigen Teutsch«, Augsburg, 1508.*

denen es seine Macht- und Herrschaftsinteressen durchsetzen konnte. Der Machtapparat »Kirche« ging dabei mit seinen Strafen nicht zimperlich um. Andrerseits erregte jene Praxis Ärger, selbst Gnadenmittel zu säkularen Zwekken zu mißbrauchen. Der Krebsschaden »totaler Fiskalisierung« (so der Historiker Seidlmayer) ließ viele durch die Studien der Humanisten kritikfähig gewordene Christen an der Glaubwürdigkeit der Kirche zweifeln.
Das schlechte Beispiel Roms machte beim hohen Klerus Schule. Wenn es um die Besetzung von Bischofsstühlen oder um Stellen in Domkapiteln ging, schienen die adlige Abstammung und Turnierfähigkeit wichtiger zu sein als die geistliche Qualifikation. Diese Posten wurden zu einem regelrechten Adelsmonopol. Eine Folge der häufig praktizierten Ämterhäufung und der mit ihr verbundenen Abwesenheit war die vielbeklagte Kluft zwischen »Hirt und Herde«.

VETTERNWIRTSCHAFT UND VOLKSFRÖMMIGKEIT

Neben dem Pfründenschacher und Nepotismus (Vetternwirtschaft) ist in dieser Zeit der Mangel an theologischer Bildung beim hohen Klerus auffallend. Ein geradezu unglaublicher Bildungsmangel herrscht beim niederen Klerus. Viele infolge frommer Stiftungen zum Meßpriestertum gelangte Geistliche leben in den Städten und auf dem Lande am Rande des Existenzminimums, und so mancher von ihnen geht ungeistlichen Nebenbeschäftigungen nach. Viele leben im Konkubinat, wie überhaupt die Klagen über unsittlichen Lebenswandel und über die Vernachlässigung der Gelübde bei Ordensleuten nicht abreißen wollen.
Freilich gibt es auch reformerische Neuansätze. So etwa bei den Benediktinern in Melk oder bei den Klarissen Nürnbergs. In diesen Jahren blüht eine neue *Volksfrömmigkeit*, entfaltet sich ein reges *Wallfahrtswesen* und eine buntfarbige *Heiligenverehrung* wie nie zuvor. Von einem Massenabfall der Menschen von Glauben und Kirche kann also nicht die Rede sein. Wieviele Kirchenbauten, Kunstschöpfungen und Stiftungen gehen auf das 16. Jahrhundert zurück!
Freilich drohte auch die Gefahr der »Verdinglichung des Sakramentenverständnisses«, und religiöses Volksbrauchtum grenzte vielfach an Aberglauben und Quacksalberei. Hinter allem versteckte sich eine unbeschreibliche Sünden- und Heilsangst. Es scheint, als hätten sich die Laien der kirchlichen Hierarchie entzogen. Wer wollte schließlich da unterscheiden, was noch rechtgläubig, was schon Häresie (Ketzerei) war?

***Sprecher der Reformforderungen seiner Zeit: Martin Luther.** Oben: »Der Weinberg des Herrn« mit Luther als Weingärtner. Gemälde von Lucas Cranach d. J. 1569. Stadtkirche Wittenberg. – Unten: Aktualisierung der Abendmahlszene: Luther und zeitgenössische Reformatoren werden mit den Jüngern Jesu identifiziert. Altarbild in der Stadtkirche Wittenberg.*

Spaltung der abendländischen Christenheit in Katholiken und Protestanten. *»Der Seelenfischer«, Agitationsbild des niederländischen Malers Adriaen Pieterszoon van de Venne aus dem Jahre 1614. Die ironisierende Darstellung überträgt den von Jesus an seine Jünger gerichteten Ausspruch »Ich mache euch zu Menschenfischern« auf die zeitgenössische Situation der Kirche: Auf einem Fluß versuchen Vertreter der reformierten Nordniederländer und der katholischen Südniederländer im Wettstreit gegeneinander, nackte Männer und Frauen – sie versinnbildlichen die einzufangenden Seelen – in ihre Boote zu ziehen. Die Besatzung des einen Bootes besteht aus protestantischen Geistlichen, die des anderen aus Priestern und Bischöfen. Das gesamte Bild wird von der Zweiteilung in ein protestantisches Lager (am linken Flußufer) und in ein katholisches Lager (am rechten Flußufer) beherrscht. Im Vordergrund stehen sich jeweils bekannte Theologen der beiden Seiten gegenüber.*

Religiöser Konflikt mit machtpolitischer Dimension. *Den politischen Konstellationen der Zeit entsprechend sind den Glaubensvertretern die europäischen Obrigkeiten der jeweiligen Bekenntnisse beigesellt. So finden sich auf der Seite der Protestanten, weiter hinten links, auf freiem Platz, Prinz Moritz von Oranien – er hält seinen Hut in der Hand – und sein Sohn Friedrich Heinrich (ohne Kopfbedeckung). Ferner lassen sich Jakob von England, Christian IV. von Dänemark und der damals noch minderjährige Ludwig XIII. von Frankreich identifizieren. Hinter den Regenten stehen ihre Berater. Am rechten Ufer sind die katholischen Staatsoberhäupter versammelt: Philipp III. von Spanien mit seiner Schwester Isabella, Regentin der Niederlande, und deren Gemahl Albrecht. Weiter hinten der Papst, umgeben von Kardinälen. Der Einheit symbolisierende, göttliche Regenbogen wird von den beiden rivalisierenden Gruppen ignoriert. Rijksmuseum, Amsterdam.*

Wandlungs- und Wiederherstellungsprozeß der katholischen Kirche. *– Oben: »Disputa di santissimo sacramento«. Wandgemälde von Raffael. 1547 wurden die sieben Sakramente endgültig zum Dogma erklärt. Stanzen des Vatikan, Rom. – Unten: Messe in einer katholischen Kirche. Gemälde von Hendrik Steenwyck d. J. (* 1550, † 1649). Louvre, Paris.*

LUTHER: SCHRIFT, GNADE, GLAUBE

Selbst viele Theologen wurden schwankend in ihrem Urteil, und das, obwohl der Zeitgeist des Humanismus nach den Quellen der Wahrheit drängte und schließlich die Menschen kritischer gegenüber der Kirche und ihren Amtsträgern machte. Wer aber am Beginn des Jahrhunderts den Ruf nach innerer Reform der Kirche besonders eindringlich vernehmlich gemacht hat, das war der Augustinermönch und Inhaber des biblischen Lehramtes *Martin Luther* (* 1483, † 1546). Er vertrat die Überzeugung, daß die Kirche nur dann glaubwürdig und wirksam bleiben könne, wenn sie die Mißstände beseitige. Darunter verstand er besonders die Welthaftigkeit der hohen Amtsträger, welche die biblischen Lehren und ihre Amtspflichten vernachlässigt hätten. Als Albrecht von Brandenburg, Kardinal von Mainz (seit 1518), sich weigerte, die marktschreierisch betriebenen Geschäfte mit dem Ablaß abzustellen, gelangte Luther, inzwischen wegen seiner 95 Thesen als Ketzer angegriffen, zu einer strengeren Kirchenkritik und begann mit den unbiblischen Entartungen der Kirche abzurechnen.

In seinen 1520 veröffentlichten drei Schriften stellte er die biblische Legitimität von *Papst* und *Konzilien* in Frage, wobei er der Kirche den Vorwurf machte, sich von ihrem biblischen Fundament entfernt zu haben. Eine biblische Lehr-

Schriften Luthers

95 Thesen (lateinisch), 1517
Sermon von Ablaß und Gnade (die Thesen auf deutsch), 1518
An den christlichen Adel deutscher Nation, 1520
Von der babylonischen Gefangenschaft der Kirche, 1520
Von der Freiheit eines Christenmenschen, 1520
Wider das Papsttum zu Rom, vom Teufel gestiftet
Übersetzung des Neuen Testaments ins Deutsche, ersch. 1522
Von der Deutung der zwei greulichen Figuren (zusammen mit Melanchthon), 1523
Von weltlicher Überkeit, wie weit man ihr schuldig sei, 1523
Ordnung eines gemeinen Kastens, 1524
Wider die stürmenden Bauern. Auch wider die räuberischen und mörderischen Rotten der anderen Bauern, 1525
Vom unfreien Willen
Großer und kleiner Katechismus, 1528/1547
Sendbrief vom Dolmetschen, 1530
Übersetzung des Alten Testaments, ersch. 1534
Gesamtausgabe der lutherschen Bibelübertragung, ersch. 1534
Von den Conciliis und Kirchen, 1539

E. B.

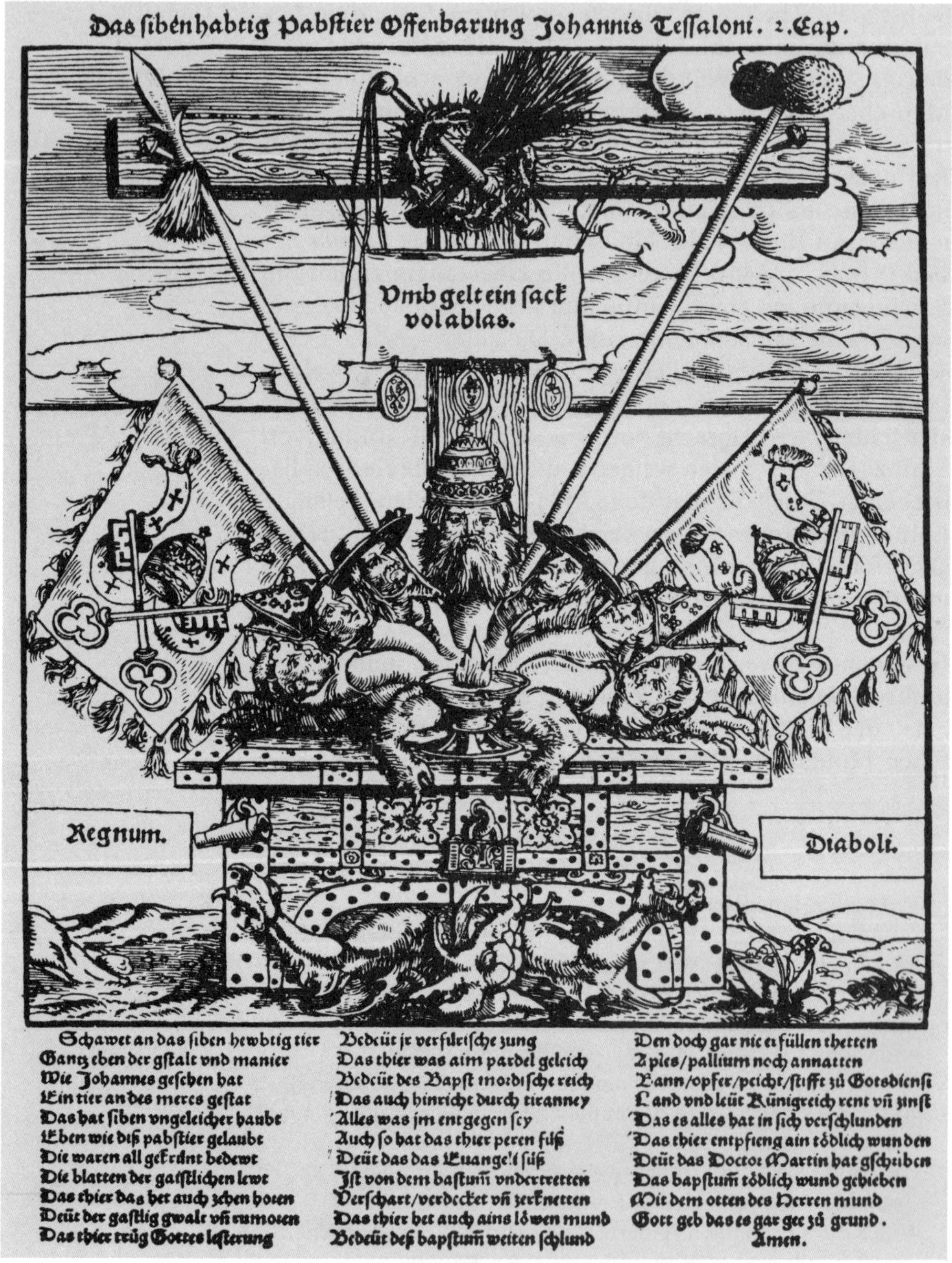

Das Reformationsgeschehen im Spiegel zeitgenössischer propagandistischer Flugschriften. *Das siebenhäuptige ›Papsttier‹. In bewußter Übertreibung wird die von den Protestanten vertretene Verteufelung des Papstes bildlich dargestellt. Das Kirchenoberhaupt mit seinen Nebenköpfen – Kardinäle, Bischöfe und Mönche – führt ein »Regnum diaboli«. Ein Text von Hans Sachs kommentiert die aus der Offenbarung des Johannes hergeleitete Karikatur. Flugblatt, um 1535/40.*

Konfessionelle Polemik. – *Links: Spottbild auf Martin Luther. Titelblatt einer Schrift von J. Cochläus. Leipzig, 1529. – Unten: Fuchsschwanz- und Brillenladen. Kritik an dem Egoismus und der Habgier der verschiedenen Ordensstände. Sieg der weltlichen über die geistliche Macht. Flugblatt, um 1546.*

Der Kaiser als Gegner der Reformation. *Kaiser Karl V. und die Kurfürsten auf dem Reichstag zu Worms, auf dem Luther am 18. April 1521 die von ihm verlangte Zurücknahme seiner Lehren verweigert. Kupferstich von Hans Sebald Beham.*

autorität komme dem Papst nicht zu. Nur die (Heilige) *Schrift* – so lautet Luthers erstes Grundprinzip – kann die Quelle des Glaubens sein. Aber er ging noch weiter, wenn er unter Bezug auf den Römerbrief (1,17) den Begriff »Gerechtigkeit Gottes« interpretierend, feststellte, daß »Gerechtigkeit« keinesfalls eine irdische Gerechtigkeit meine, weil der Mensch trotz aller »Werkgerechtigkeit« vor Gott nie und nimmer bestehen könne. Es sei vielmehr eine neue Gerechtigkeit, in der Gott in *reiner Gnade* den für »gerecht« erkläre, der im Vertrauen auf die Gnade Gottes lebe. Nur durch den *Glauben* werde dem Menschen der Weg zu Gott möglich. So verdanke der Mensch seine Rechtfertigung nicht eigenem Bemühen (= guten Werken), sondern einzig und allein der Gnade Gottes.
Luther gelangte aber auch zu einem neuen Kirchenverständnis. Die mittelalterliche Ständeordnung hinter sich lassend, in welcher »Kirche« als »Hierarchie und Kirchenvolk« verstanden wurde, umschrieb er »Kirche« als eine *Gemeinschaft der Gläubigen*, innerhalb der *Staat und Kirche gleichen Rang* besitzen, so daß die Entwicklung weltlicher Reiche und größere Glaubensfreiheit möglich werden. Einen gewissen Ordnungsrahmen glaubte Luther seiner Kirche durch eine rein rechtliche, also unsakrale Kirchenverfassung geben zu müssen. Weiter vertrat er ein allgemeines, *nichtsakrales Priestertum* und hielt nur die *Taufe* und

das *Abendmahl* für biblisch begründet. Dem *Papsttum* kommt nach Luther keine Heilsbedeutung zu, daher lehnt er es ab, daß der Papst sich zum Herrn über den inneren Menschen machen könne. Der »Christenmensch« sei viel mehr ein »freier Herr über alle Dinge und niemand untertan«.
Mit solchen Lehren hatte Luther den Boden der alten Kirchenlehren verlassen. So überrascht es nicht, wenn Bannandrohung und Exkommunikation folgten.

BANN UND REICHSACHT – BILDERSTÜRMER UND BAUERNAUFSTAND

Die Frage war jetzt, wie der nach einem leidenschaftlich geführten Wahlkampf gegen König *Franz I.* von Frankreich 1519 gewählte Habsburger Kaiser *Karl V.* (R 1519–1556) die »Sache Luther« zu Ende bringen würde. Da nämlich Papst *Leo X.* (R 1513–1521) sich für die Wahl des französischen Königs stark gemacht hatte, schien es möglich, daß Luther daraus Nutzen ziehen konnte. Immerhin hatten die Wahlumstände einen neuen Romhaß geschürt. Eine müßige Spekulation! Denn Karl verstand sich auf dem berühmten *Reichstag zu Worms* (1521) als Schutzherr der alten Kirche, deren Einheit es zu wahren galt. Für ihn war Luther ein Ketzer, der sich anmaßte, an einer jahrtausendalten ehrwürdigen Kirche zersetzende Kritik zu üben. Und Luther? Er widerrief nichts, verharrte standhaft auf Schrift und Gewissen und »gefangen in Gottes Wort«. Der Kaiser erklärte über Luther die Reichsacht und verbot dessen Lehren. Wenn dieses »Wormser Edikt« nie zur Durchführung gelangt ist, dann deshalb, weil Luthers Landesvater, der sächsische Kurfürst *Friedrich III., der Weise* (R 1486–1525), sich schützend vor seinen Wittenberger Professor stellte, wie überhaupt die Fürsten des Reiches über den Fortgang der Reformation von jetzt ab entscheiden sollten. Die in der Folgezeit von Luther in teilweise aggressiv-grobschlächtigem Ton gehaltenen und in Windeseile verbreiteten Reformationsschriften richteten sich gegen Papsttum, Mönchtum und Zölibat und suchten neue gottesdienstliche Formen und Katechesen (kirchliche Unterweisung, Religionslehre) abzuklären. Dieses Gedankengut fand oft ein vom Reformator nicht erwartetes Echo: Bilderstürmerei, Ordensflucht, Priesterheiraten gehörten nun zu den Merkmalen einer geistig-religiösen Revolution, mit der das Bauerntum und die Ritterschaft sogar politisch-soziale Motive verquickten. Luther hat all diese Vorgänge mit tiefer Sorge beobachtet und schließlich mit Leidenschaft gegen den Radikalismus der Bilderstürmer oder Bauernhaufen Front gemacht. Dabei stärkte er die Macht der Fürsten, wenn er sie während des Bauernaufstandes zu »Notbischöfen« erklärte.

LUTHER – KAISER – LANDESFÜRSTEN – RELIGIONSFRIEDE

Der Ausbreitung der Reformation kam der Umstand zustatten, daß die auf italienischem Boden von Kaiser Karl V. betriebene Machtpolitik die katholischen Führungsmächte untereinander so verfeindet hat, daß erst 1530 die Aussöhnung Karls V. mit Papst *Klemens VII.* (R 1523–1534) und die Kaiserkrönung in Bologna erfolgen konnten. Seit dem Wormser Reichstag hat es freilich immer wieder einmal Augenblicke gegeben, wo eine Möglichkeit zur Wiedervereinigung der konfessionellen Parteiungen aufleuchtete. Erwähnt sei vor allem der Versuch Philipp Melanchthons (* 1497, † 1560), des großen Humanisten und Freund Luthers, 1530 auf dem Augsburger Reichstag mit seiner »Augsburger Konfession« *(Confessio Augustana)* einen Brückenschlag zu wagen. Luther hat bekanntlich diesen Vermittlungsversuch getadelt, weil wesentliche Lehren des Reformators großzügig ausgeklammert worden waren. Die starre Haltung des Kaisers, theologisch mit Härte immer wieder von dem Ingolstädter Theologen *Dr. Johann Eck* (eigentlich Maier, * 1486, † 1543) vertreten, der sich schon in Disputationen in Leipzig (1519) und in Baden (1526) als einer der Hauptgegner der lutherischen Reformation profiliert hatte, führte nach der in Augsburg von Eck vorgelegten und durch den Kaiser favorisierten ›Widerlegungsschrift‹ »Confutatio pontificia« zu dem *Schmalkaldener* Trutzbündnis der protestantischen Fürsten (1531), die inzwischen zu kaiserfeindlichen Mächten (England, Frankreich, Ungarn) Kontakt aufgenommen hatten (siehe auch Seite 93). Karl V. mußte wegen der Türkengefahr mit den Schmalkaldenern einen »Waffenstillstand in Glaubenssachen« schließen, bis zum Konzil, so hieß es. Als dieses jedoch nicht zustande kam, neuerliche Religionsgespräche an der Sakramenten- und Kirchenlehre scheiterten, wußte der Kaiser, daß jetzt nur noch die Waffen entscheiden konnten. Ein Überfall der Schmalkaldener auf einen Freund Karls gab den Anlaß, mit den protestantischen Bündnern abzurechnen. Nach Karls V. Sieg bei Mühlberg an der Elbe (1547) trat im Reich wieder Ruhe ein. Es kam zu einer »Interims«-Lösung auf dem Augsburger Reichstag von 1548, die keiner Seite so recht gefiel. Als dann noch Kurfürst *Moritz von Sachsen* (R 1547–1553) in Absprache mit dem französischen König einen Fürstenaufstand anzettelte, dankte der Kaiser ab und überließ es seinem Bruder *Ferdinand I.* (R 1556–1564), die Religionsfrage zu lösen. Der »Passauer Vertrag« (1552) brachte zunächst die Duldung, der »Augsburger Religionsfrieden« (1555) schließlich die Gleichberechtigung der Konfessionen. Calvinisten und Zwinglianer blieben freilich von dieser Regelung noch ausgeschlossen.

ZWINGLI UND CALVIN

Werfen wir nun kurz einen Blick auf die Geschichte dieser beiden religiösen Gruppen, die in der Schweiz ihren Ausgang genommen haben und oft unter dem Begriff *Reformierte* zusammengefaßt werden. *Ulrich (Huldrych) Zwingli* (* 1484, † 1531), ein humanistisch gebildeter, mit Erasmus von Rotterdam befreundeter Züricher Pfarrer, konnte mit seinen Disputationen den Rat der Stadt *Zürich* von der Einführung der Reformation überzeugen. Dabei kam es zur Schließung der Klöster, zur Abschaffung der Messe, zum Verzicht auf Orgelspiel, Gemeindegesang und Bilderschmuck. Das Züricher Beispiel machte in Bern und Basel Schule. In dem berühmten »Abendmahlstreit« zwischen Luther und Zwingli wurde die Kluft zwischen beiden Reformatoren offenbar: Zwingli sah in Brot und Wein lediglich »Erinnerungszeichen« an Christus, während Luther die leibliche Präsenz des Herrn im Abendmahl betonte. So konnte es beim *Marburger Religionsgespräch* (1529) zu keiner gemeinsamen Glaubensformel kommen. Dem Versuch,

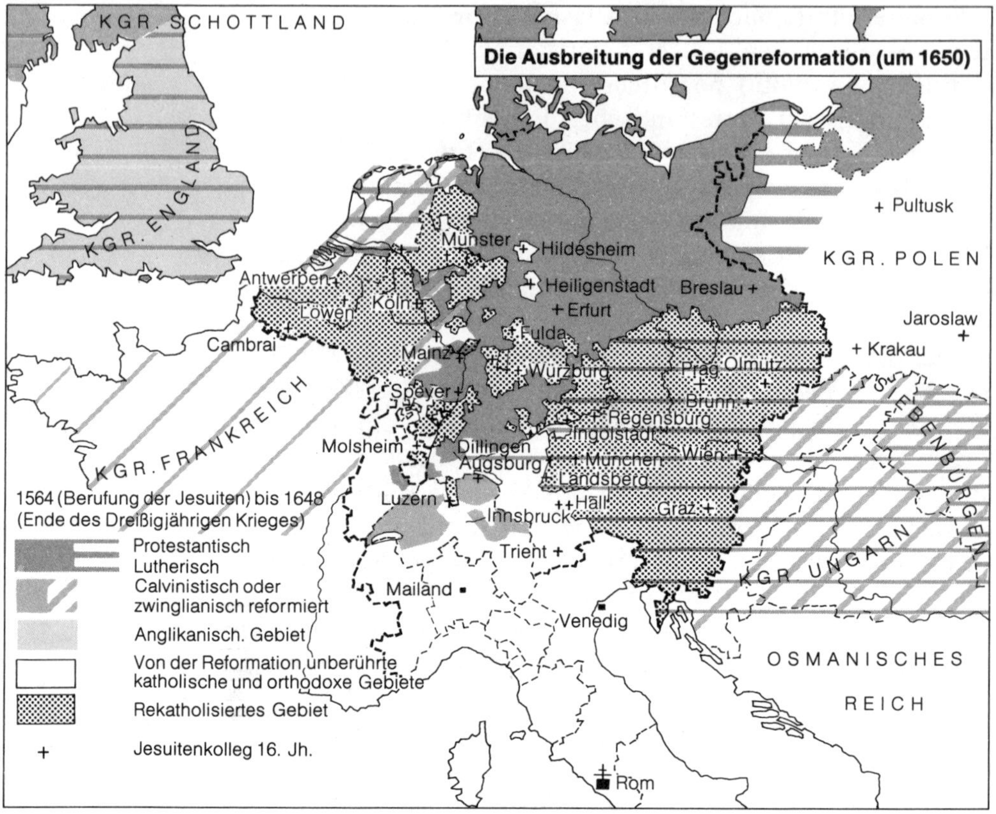

die gesamte Schweiz der Zwinglianischen Reform zuzuführen, widersetzten sich die katholischen Stände *Uris, Unterwaldens, Luzerns* und *Zugs* gewaltsam. Im Kampf gegen das Heer der katholischen Kantone fiel Zwingli als Feldprediger (1531). Nun stockte die Reformation in der Schweiz, bis sie durch den aus Frankreich geflohenen Theologen *Johannes Calvin* (* 1509, † 1564) in Genf neue Impulse bekam. Mit seiner auf dem »Großen Katechismus« Luthers aufbauenden »Christianae religionis Institutio« (= Unterricht in der christlichen Religion) von 1536 schuf Calvin die Grundlage zu einer neuen Glaubensform, für die eine unglaublich strenge Gemeindeordnung charakteristisch ist. Dazu gehörten die *vier* verschiedenen *Kirchenämter* (Prediger, Doktoren, Presbyter, Diakone), die *Überwachung des geforderten regelmäßigen Gottesdienstbesuches*, die *Pflicht der Bibellesung*, der *Verzicht auf Theater- und Kartenspiele*, sogar eine *Kleiderordnung*. Mit Zwingli stimmte der Calvinismus in der Gotteslehre überein: Der Mensch ist danach von der göttlichen Allmacht zum Heil oder Unheil *vorherbestimmt* (Prädestination). Durch sein Leben und Wirken muß der Gläubige sein Auserwähltsein unter Beweis stellen. Die Führungskräfte des reformierten

Protestantismus calvinischer Prägung studierten seit 1559 an der eigens dafür gegründeten Genfer Akademie. Rasch verbreitete sich der Calvinismus in Frankreich, den Niederlanden, in England, Schottland, Polen, Ungarn, aber auch in der Pfalz. Historische Bedeutung erlangten die »Hugenotten« und »Puritaner« in Westeuropa und Amerika.

WARTEN AUF DAS REFORMKONZIL

Wenn das langersehnte, von protestantischer Seite längst geforderte Konzil erst 1545 – wenige Monate vor Luthers Tod! – zusammentrat, dann hatte dies verschiedene Gründe. Papst *Leo X.* (R 1513–1521) hielt es z. B. für ratsam, keine Kirchenversammlung einzuberufen, weil er bei der Kaiserwahl 1519 nicht den Habsburger Karl V. unterstützt hatte. Außerdem lag das 5. Reformkonzil erst einige Jahre zurück, und es war zu befürchten, daß die Lutheraner auf ihrer Forderung einer »papstfreien Kirchenversammlung« beharren würden. Es schien ferner möglich, daß sich die Konziliaristen wieder stark machen könnten, um den Papst unter den Mehrheitsbeschluß der Konzilsväter zu stellen. Papst *Paul III.* (R 1534–1549) wiederum hat bereits 1537 ein Konzil angekündigt, mußte aber mit dessen Einberufung ganze acht Jahre warten, weil König *Franz I.* von Frankreich (R 1515–1547), im Einvernehmen mit den Protestanten und Türken mehrmals gegen Kaiser Karl V. Krieg führte, um zu verhindern, daß Karls Stellung durch das Konzil gestärkt würde. Als dann endlich am 13. Dezember 1545 im Dom zu *Trient* jene bedeutendste Kirchenversammlung vor dem 1. Vatikanischen Konzil von 1869/70 feierlich zusammentrat, waren nur wenig stimmberechtigte Konzilsväter erschienen, und die Protestanten fehlten, weil ihre Fürsten und Städte sich nicht zur Teilnahme entschließen konnten. Als sie sich schließlich 1552 doch für eine Teilnahme entschieden, handelten sie sich wegen ihrer Forderung, die Bischöfe vom Treueid zu entbinden und den Papst grundsätzlich dem Konzil unterzuordnen, ein päpstlich verfügtes Teilnahmeverbot ein. So unterblieb das ersehnte Religionsgespräch.

DAS TRIDENTINISCHE KONZIL – ERNEUERUNG DER KATHOLISCHEN KIRCHE

Im Verlauf der drei durch Seuchen, Krieg und politische Unruhen unterbrochenen Perioden (1545–1549 unter Papst Paul III., 1547 nach Bologna verlegt, 1551–1552 unter Papst *Julius III.* und 1562–1563 unter Papst *Pius IV.*) machte das »Tridentinum« in 24 Sessionen zu den Themen »Schrift und Tradition«, »Erbsünde und Rechtfertigung« sowie zur Sakramentenfrage folgende Hauptaussagen:

Päpste des 16. Jahrhunderts

Papstname	Pontifikatszeit	Familiennamen
Alexander VI.	1492–1503	Rodrigo de Borgia
Pius III.	1503	Francesco de Piccolomini-Todeschini
Julius II.	1503–1513	Giuliano della Rovere
Leo X.	1513–1521	Giovanni de' Medici
Hadrian VI.	1522–1523	Adrian Florisz
Klemens VII.	1523–1534	Giulio de' Medici
Paul III.	1534–1549	Alessandro Farnese
Julius III.	1550–1555	Giovanni Maria del Monte
Marcellus II.	1555	Marcello Cervini
Paul IV.	1555–1559	Giampietro Caraffa
Pius IV.	1559–1565	Gian Angelo de' Medici
Pius V.	1566–1572	Michele Ghislieri
Gregor XIII.	1572–1585	Ugo Buoncompagni
Sixtus V.	1585–1590	Felice Peretti
Urban VII.	1590	Giambattista Castagna
Gregor XIV.	1590–1591	Niccolò Sfondrati
Innozenz IX.	1591	Giovanni Antonio Facchinetti
Klemens VIII.	1592–1605	Ippolito Aldobrandini

Für die katholische Kirche ist die lateinisch gefaßte *Vulgata* der einzig *authentische Bibeltext.*

Nicht nur die Schrift ist (im Unterschied zu Luthers Auffassung!) alleinige Glaubensquelle, sondern *auch die dogmatische Überlieferung der Kirche*, die für sich in Anspruch nimmt, »über den wahren Sinn und die Auslegung der Heiligen Schriften zu entscheiden«.

Der Mensch ist nicht von Natur aus ein verderbtes Wesen, das keiner guten Werke fähig wäre, sondern vielmehr imstande, mit seinem von der *Gnadenkraft* Gottes gestärkten *Willen* am Heilsgeschehen teilzunehmen, insofern sein »freier Wille nicht zerstört ist«.

Der Mensch ist »gerecht *und* Sünder zugleich« und kann keine absolute Heilsgewißheit für sich beanspruchen, jedoch zuversichtlich auf sein Heil hoffen.

Die katholische Kirche hält an der *Siebenzahl der Sakramente* fest (= Taufe, Firmung, Eucharistie, Buße, Priesterweihe, Ehe und Letzte Ölung), welche der Stärkung des Glaubens dienen sollen und Gnade verheißen.

Der *geweihte* Priester (Luther hat ein sakrales Priestertum abgelehnt) ist Spender und Verwalter der Sakramente und steht im Dienste der Kirche.

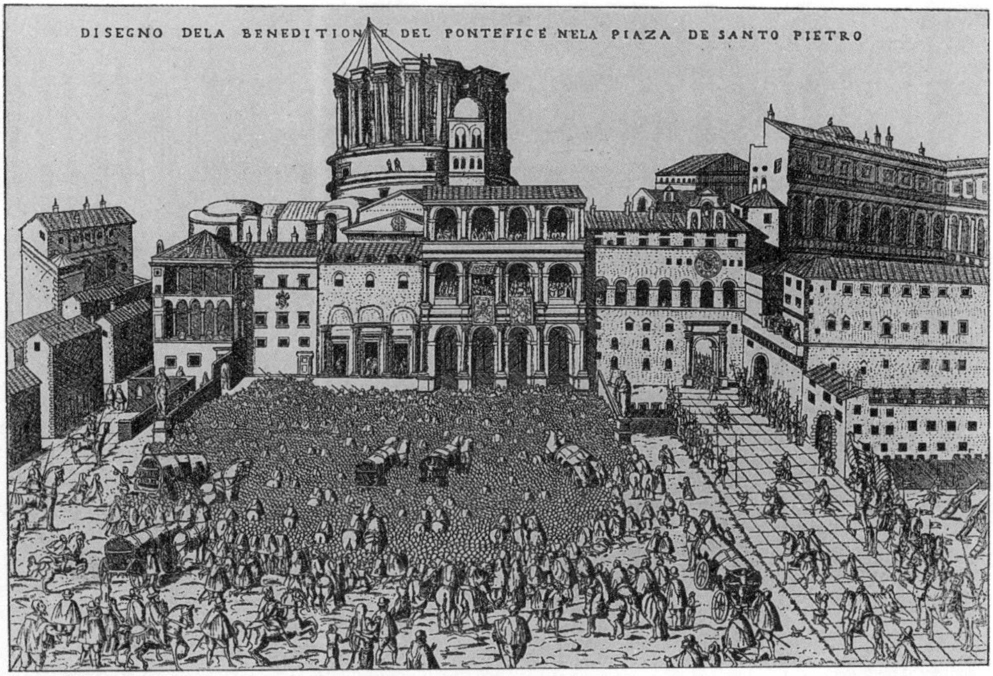

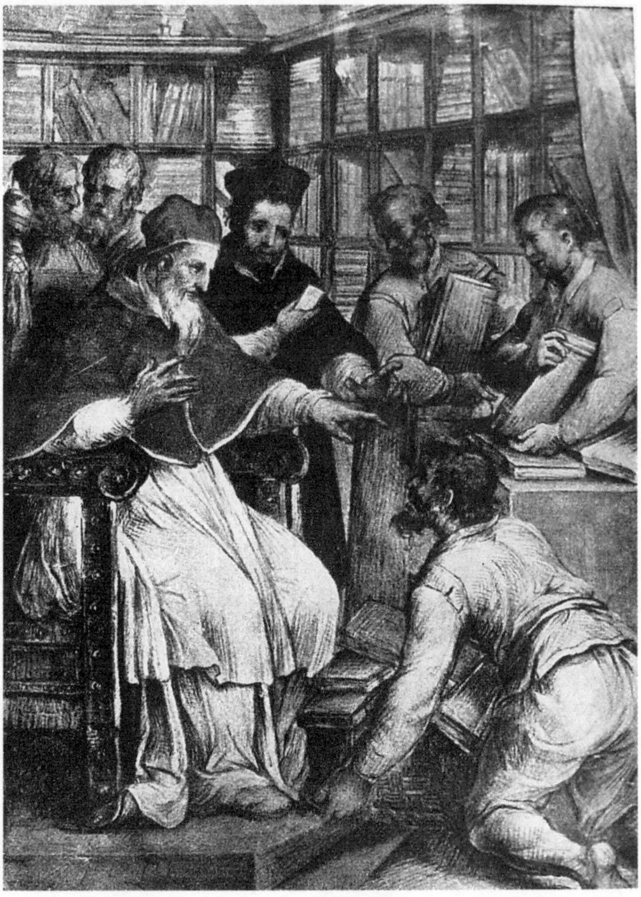

Selbstdarstellung des Papsttums. –*Oben: Das Wahrzeichen der katholischen Christenheit: Ansicht des im Bau befindlichen Petersdomes. Kupferstich von Duchetti. – Unten links: Papst Pius V. übergibt der Vatikanischen Bibliothek Bücher. – Unten rechts: Papst Julius II., Renaissancepapst und Mäzen, Zeichnung von Raffael, um 1511.*

Theologische und kirchliche Reorganisation des Katholizismus. *Eine Tagung während der dritten und letzten Sitzungsperiode (1562–1563) des Trienter Konzils unter dem Vorsitz von Papst Pius IV. Österreichische Nationalbibliothek, Wien.*

Sehr ausführlich hat sich das Konzil mit der *Eucharistie* (Feier des heiligen Abendmahls) beschäftigt und dazu erklärt: Nach der Konsekration (Weihung) von Brot und Wein ist Christus »wahrhaft, wirklich und der Substanz nach« unter den sichtbaren Gestalten von Brot und Wein gegenwärtig. Diese Realpräsenz könne nur eine »durch den Glauben erleuchtete Erkenntnis« fassen. Dem Abendmahl komme als »geistliche Speise für die Seele« die Kraft zu, als Gegengift gegen alltägliche Sünden zu wirken. Im Stande der Todsünde darf diese Speise nicht empfangen werden. Wenn das Altarsakrament im Tabernakel (Hostienbehälter auf dem Altar) aufbewahrt wird (wogegen sich die Protestanten gewandt hatten), dann zum Zwecke einer jederzeitigen Spendung der Krankenkommunion.
Das Konzil hat auch versucht, jahrhundertealte Ärgernisse zu beseitigen: Die Ämter- und Pfründenhäufung wurde untersagt, der Verkauf geistlicher Ämter verboten. Allen Klerikern sollte künftig eine hinreichende, möglichst kostenlose Seminarausbildung gewährt werden. Für Bischöfe und Priester wurde die Residenzpflicht auferlegt. Visitationen und Synoden sollten die Einhaltung der Dekrete überwachen. Der Ablaßhandel wurde beseitigt, bei der Eheschließung die Aufgebots- und Trauzeugenpflicht eingeführt.

Obwohl es der Kaiser empfohlen hatte, konnte sich die Kirchenversammlung zur Aufhebung des *Zölibats* (Ehelosigkeit der Priester) nicht entschließen. Auch ist die Frage nach dem Wesen der Kirche und der Stellung des Papstes im Verhältnis zu den Bischöfen offengeblieben.
Nach dem Konzil, das am 4. Dezember 1563 seinen Abschluß gefunden hatte, setzten die Päpste ihre Bemühungen um die innere Reform der Kirche fort. Zur »Reinerhaltung der katholischen Lehre« führte Papst *Pius V.* (R 1566–1572) den Gebrauch des »Römischen Katechismus für Geistliche«, das vereinheitlichte »Brevier« sowie das »Römische Meßbuch« ein. Papst *Gregor XIII.* (R 1572–1585) förderte die zentrale *Priesterausbildung* an den neu organisierten und neu gegründeten Kollegien in Rom. Der *Kurienreform* widmete sich Papst *Sixtus V.* (R 1585–1590). Seine Einrichtung fünfzehn selbständig arbeitender *Kardinalskongregationen* erwies sich als eine der wichtigsten Kirchenreformmaßnahmen. Dieser Papst war es auch, der die Zahl der Kardinäle auf 70 festgelegt hat, eine Verfügung, die bis 1958 in Kraft geblieben ist.

KATHOLISCHE AKTIVITÄT – JESUITEN – ›GEGENREFORMATION‹

Hatte die Erneuerung der Kirche bereits vor der Reformation in den alten Orden begonnen, so bildeten sich in der ersten Hälfte des 16. Jahrhunderts neue *Mönchs-Gemeinschaften*, die sich zu strenger Askese, aber auch karitativen Aufgaben verpflichteten. Erinnert sei an die italienischen *Oratorien*, die *Theatiner* oder *Kapuziner*. Freilich, eine innere Erneuerung der Kirche ohne die Gründung der »Gesellschaft Jesu« durch den baskischen Offizier *Ignatius (Iñigo) von Loyola* (* 1491, † 1556) läßt sich wohl kaum vorstellen. Von Papst Paul III. 1540 anerkannt, verpflichtete sich diese Ordensgemeinschaft der »Jesuiten« neben den herkömmlichen Gelübden zum besonderen Gehorsam gegenüber dem Papst.
Der Orden entfaltete unter anderem im höheren *Bildungswesen* seine besondere Aktivität. An seinen in rascher Folge gegründeten *Universitäten* und *Kollegienhäusern* bildete er eine geistige Elite heran, zu der Persönlichkeiten wie *Petrus Canisius* (* 1521, † 1597), *Aloysius von Gonzaga* (* 1568, † 1591), *Franz Xaver* (* 1506, † 1552) oder *Matteo Ricci* (* 1552, † 1610) gehörten, die sich als Erzieher, Wissenschaftler, Beichtväter oder Missionare in Japan, Indien und China einen Namen gemacht haben. Die sogenannte *›Gegenreformation‹* ist ohne den Jesuitenorden jedenfalls nicht denkbar. Seine Gründung aber wäre wiederum nicht erklärlich ohne den Hintergrund des spanischen Staatskir-

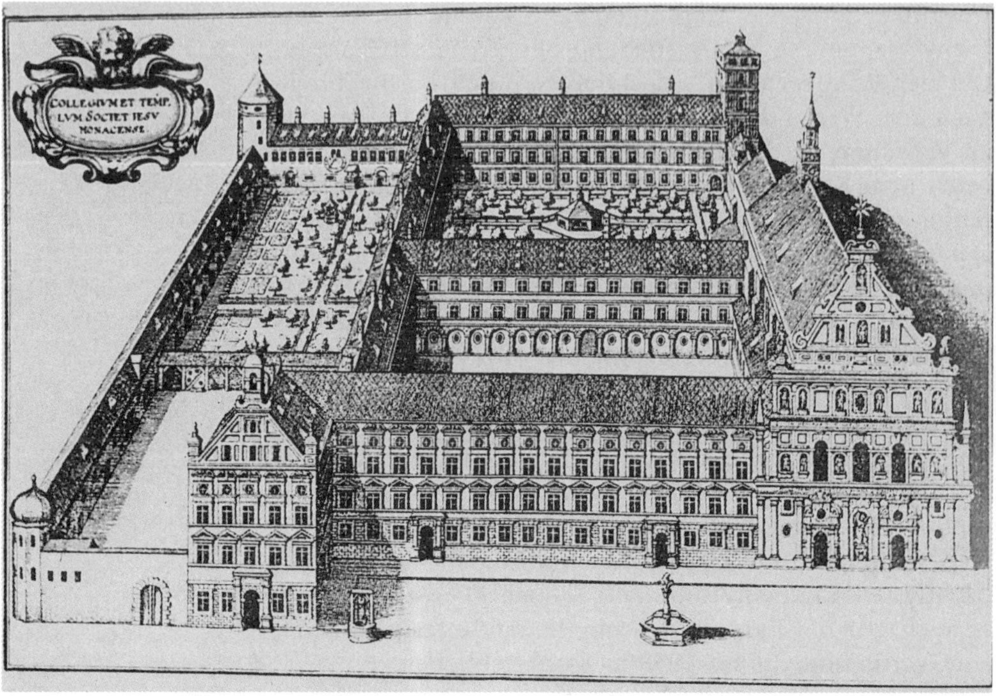

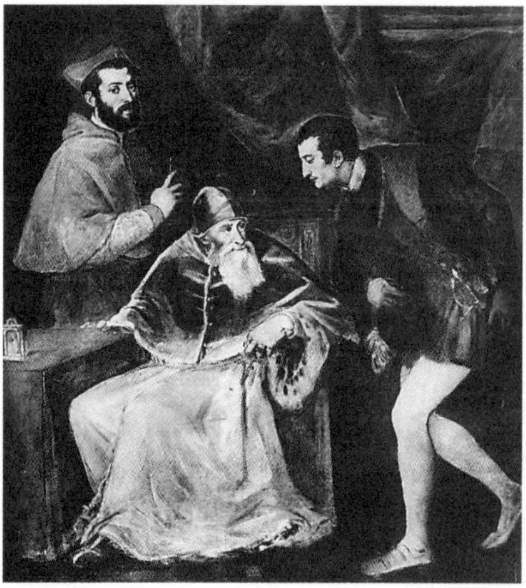

Stärkster Pfeiler der katholischen Reform: Der Jesuitenorden. *Oben: Jesuitenkollegium, München. Der militärisch straff organisierte Orden entwickelte eine umfassende, pädagogische Tätigkeit, wobei er neben dem Kolleg vor allem auch das Theater in den Dienst seiner Ideen stellte. Kupferstich von Merian in Topographia Bavariae. – Unten links: Papst Paul III. (Alessandro Farnese), der die »Gesellschaft Jesu« 1540 in der Bulle »Regimini militantis ecclesiae« anerkannte, mit seinen Enkeln Alessandro und Ottavio Farnese. Gemälde von Tizian. – Unten rechts: Ignatius von Loyola, der Gründer des Ordens.*

chentums, das der frühen Reformbewegung starke Impulse gegeben hat. Es wundert daher nicht, wenn spanische Bischöfe auf das Trienter Konzil entscheidenden Einfluß genommen haben, wenn an den spanischen Universitäten *Alcala* und *Salamanca* die Philosophie eines *Thomas von Aquin* (* 1225, † 1274; siehe auch Band 5) weitergeführt wurde. In Spanien verband sich im 16. Jahrhundert auch in einmaliger Weise Mystik, Kontemplation und tätiges Apostolat. Erinnert sei an eine *Teresa von Ávila* (* 1515, † 1582), an einen *Johannes von Gott* (* 1495, † 1550) oder *Johannes vom Kreuz* (* 1542, † 1591). In Italien wiederum sind seit dem Pontifikat Pauls III. universal gebildete, dem Idealbild der Renaissance entsprechende, reformfreudige Kardinäle wie *Cervini, Pole, Contarini* oder *Morone* sozusagen die tragenden Kräfte der Erneuerung im »Senat der Kirche«, der Kurie. Die nachtridentinische Kirchengeschichte wird freilich nicht nur von den inneren Reformen geprägt, sondern auch vom Wirken der ›Gegenreformation‹ im politischen Raum.

DIE EUROPÄISCHEN STAATEN IN DER ZEIT DER ›GEGENREFORMATION‹

Die heutige Kirchengeschichtsforschung versteht unter Gegenreformation die Gesamtheit aller Versuche katholischer Fürsten und Bischöfe, das verlorene Glaubensterrain mit politischen, prozessualen, ja selbst militärischen Mitteln wiederzugewinnen. Dieser Vorgang hält bis in die Mitte des 17. Jahrhunderts an und ist so komplexer Natur, daß hier nur einige Grundlinien aufgezeigt werden können.

Die Vorgänge in England haben wir bereits im vorangehenden Kapitel, Seite 101, kennengelernt, ebenso die Reformationszeit in Schottland und in Schweden. Am Bekenntnis zum Luthertum in den skandinavischen Ländern änderte sich im Zeitalter der Gegenreformation nichts, sieht man von dem Versuch König *Johanns III.* (R 1569–1592) ab, das Luthertum *Schwedens* zu »katholisieren«.

Zwischen 1562 und 1598 erlebte hingegen *Frankreich* acht konfessionelle Bürgerkriege zwischen der katholischen Partei und den *Hugenotten*, bis König *Heinrich IV.* (R 1589–1610), ehemals selbst Hugenotte, der zum Katholizismus übertrat, um die Einheit Frankreichs zu retten, 1598 im »Edikt von Nantes« den Hugenotten Gewissensfreiheit und Sicherheit zuerkannte.

Zu den bedeutendsten Führern der Gegenreformation gehörte *Spaniens* König *Philipp II.* (R 1556–1598), der Sohn Kaiser Karls V. Er verfolgte den Plan, eine katholische Weltmonarchie zu errichten, wobei er Spanien zum Bollwerk der katholischen Kirche machen wollte. Daß aber der

Kirchengeschichtliche Fachbegriffe zum 16. Jahrhundert

Hugenotten (vermutlich von franz. »iguenots« = Eidgenossen): Bezeichnung für französische Lutheraner, die sich im Laufe der Zeit Calvin angeschlossen haben und sich 1559 in Paris zu einer eigenen Französisch-Reformierten Kirche vereinigten.
Inquisition: Gericht für Glaubensangelegenheiten und zur Ketzerverfolgung; die Kirche stellt Schuld fest, der Staat muß am »Ketzer« Strafe vollziehen; im 16. Jahrhundert von Jesuiten gefördert.
Kapuziner: Reformzweig der Franziskaner; vom Armutsenthusiasmus bestimmter Reformorden, der 1528 teilweise, seit 1619 endgültig selbständig ist; Aktivität in der Aushilfsseelsorge, Volksmission, bei der Rekatholisierung der Alpenländer und in der Weltmission.
Katechismus: Buch, das in Fragen und Antworten Religionslehre vermittelt und bei lutherischen, reformierten und katholischen Christen Verwendung findet.
Konziliarismus: Zum erstenmal von Wilhelm von Ockham (Occam, * um 1285/95, † 1349) veröffentlichte Lehre, wonach das Allgemeine Konzil über dem Papst stehe und ohne oder gegen ihn Reformentscheidungen treffen könne.
Kurie: Oberste Zentralbehörde der römisch-katholischen Kirche.
Nepotismus: Begünstigung von Verwandten; in der Kirche der Renaissance schaffen Päpste erbliche Fürstentümer für die Nepoten aus Gebieten des Kirchenstaates; trotz Reformen bestand der »kleine Nepotismus« weiter.
Oratorium (Oratorio del divino amore = Verkünder der göttlichen Liebe): von Filippo Neri 1552 gegründete Priestergemeinschaft zur Förderung der theologischen Bildung; pflegt die musikalisch und dramatisch gestaltete Bibelexegese; Konkurrenz zu den Jesuiten.
Pfründe: Ein mit einem Kirchenamt verbundenes Einkommen (aus Gütern und Geldvermögen).
Presbyterianer: Anhänger der reformierten, streng calvinistischen Kirche Schottlands, die ihr Kirchensystem auf die Ältesten der Kirchengemeinden, Kreis-, Provinzial- und Generalsynoden aufbauen.
Simonie: Verkauf und Handel kirchlicher Ämter, Weihen, Sakramente und Sakramentalien.
Theatiner: Von Giampietro (Gian Pietro) Caraffa (dem späteren Papst Paul IV.) im Jahre 1524 gegründete Klerikergemeinschaft.
Ursulinen: 1535 von Angela Merici in Brescia gegründeter Verein von Jungfrauen; pflegt die kirchliche Mädchenbildung.

Anspruch mit der Inquisition und zwanzigtausend auf das Land verteilten Spitzeln, einer Art geistlicher Polizei, durchgesetzt wurde, versteht nur, wer weiß, daß die Spanier damals die Ansteckung durch die Ketzerei mehr fürchteten als die Inquisition, der bis zur Mitte des 17. Jahrhunderts zehn- bis fünfzehntausend Menschen zum Opfer gefallen sind. Philipps Versuch, mit seiner Armada die Seehegemonie der »ketzerischen Engländer« zu brechen, scheiterte mit dem Untergang der spanischen Armada (Kriegsflotte) 1588 im Kanal und 1596 bei Cádiz. Und schließlich konnte der König trotz der rigorosen Feldzüge seines *Herzogs von Alba (Fernando Álvarez de Toledo,* spanischer Statthalter in den Niederlanden, * 1507, † 1582) gegen die aufständischen Niederlande nicht verhindern, daß sich die nördlichen Provinzen von Spanien losrissen und an ihrem evangelischen Bekenntnis festhielten.

Im *Heiligen Römischen Reich Deutscher Nation,* wo um 1570 drei Viertel der Bevölkerung dem neuen Glauben zugehörten, erhielten die katholischen Reichsfürsten aufgrund des Augsburger Religionsfriedens (1555) die Berechtigung, ihre Untertanen entweder im katholischen Bekenntnis zu belassen bzw. sie wieder dahin zurückzuführen. Die katholischen Herzöge gingen dabei mit ihrem Beispiel voran. Herzog *Wilhelm IV.* von Bayern (R 1508–1550) holte die Jesuiten zu Hilfe, sein Nachfolger *Albrecht V.* (R 1550–1579) verlangte von den Geistlichen die Ablegung des Tridentinischen Glaubensbekenntnisses, und Herzog *Wilhelm V. von Cleve* (R 1539–1592) setzte im Erzstift Köln sogar Truppen ein, um den evangelisch gewordenen Oberhirten durch seinen Bruder *Ernst* abzulösen, der die Erzbischofswürde und damit die Kurstimme erlangte, so daß am Niederrhein und in Nordwestdeutschland der Katholizismus mit Hilfe Bayerns seine Position behaupten konnte. In den Hochstiften Bamberg, Würzburg, Paderborn, Mainz und der Fürstabtei Fulda stellten die Fürstbischöfe bzw. der Fürstabt wieder die katholische Glaubenseinheit her, wobei sie sich teilweise der Wirtschaftsblockade von Städten bedienten. Unter Einsatz von Militär, das den Pflichtgottesdienst überwachte, erfolgte die Rekatholisierung Österreich-Ungarns, während in Polen sich 1596 die Orthodoxen mit Rom unierten.

Da die protestantisch gewordenen Reichsfürsten im Norden Deutschlands eine der katholischen Restauration entgegengesetzte Politik verfolgten, kam es am Beginn des 17. Jahrhunderts zu jenen konfessionellen Bündnissen, mit denen sich die große Katastrophe des Dreißigjährigen Krieges ankündigen sollte.

Literatur

Fischer-Wollpert, Rudolf: Lexikon der Päpste, Regensburg 1985

Franzen, August/Bäumer, Remigius: Papstgeschichte, Freiburg 1974

Franzen, August: Kleine Kirchengeschichte, Freiburg 1965 (Herder 237/238)

Jedin, Hubert: Kleine Konziliengeschichte, TB (Herder) 1963

Jedin, Hubert: Geschichte des Konzils von Trient, 4 Bde., Freiburg 1949/75

Lenzenweger, Josef u. a. (Hg.): Geschichte der katholischen Kirche, Graz/Wien/Köln 1986

Lortz, Joseph: Geschichte der Kirche, Münster 1964

Meinhold, Peter: Kirchengeschichte in Schwerpunkten. Ein ökumenischer Versuch, Graz/Wien/Köln 1982

Rogier, Ludwig Jakob u. a. (Hg.): Geschichte der Kirche Bd. III. Reformation und Gegenreformation, Einsiedeln/Zürich/Köln 1965

Schmidt, Kurt D.: Die katholische Reform und die Gegenreformation, Göttingen 1975

Stupperich, Martin/Ohlemacher, Jörg: Zweitausend Jahre Christentum. Bd. II. Von der verfolgten Kirche bis zur Reformation, Göttingen 1984

Wallmann, Johannes: Kirchengeschichte Deutschlands II. Von der Reformation bis zur Gegenwart, Frankfurt/Berlin/Wien (Ullstein) 1973

HEINRICH PLETICHA

Madrid

Für ein Weltreich, in dem »die Sonne nie unterging«, war Madrid eine sehr junge, geradezu unbedeutende Hauptstadt. Dabei war es schon ein halbes Jahrtausend alt, als 1561 König *Philipp II.* (R 1556–1598) den Sitz des Hofes von Toledo hierher verlegte. Mauren hatten im 10. Jahrhundert eine kleine Siedlung *Majrita (Madschrit)* gegründet, an die noch heute das Moreira-Viertel mit seinen engen Gassen erinnert. Eine von ihnen angelegte Festung *(Al Kasr = Alcázar)* war dann 1083 von *Alfons VI.*, König von Léon und Kastilien (R 1072–1109), erobert worden und hatte in der Folgezeit manchem kastilischen König als Wohnsitz gedient. Einige von ihnen waren in der Stadt auch gekrönt worden. Aber Madrid blieb letztlich eine Kleinstadt, nicht größer als die schwäbische Reichsstadt Biberach, vermerkte um 1500 der weitgereiste Hieronymus Münzer nach einem Besuch.

Und doch erhob Philipp II. diesen verschlafenen Ort, der etwa 15 000 Einwohner gezählt haben mag, »Contra la Voluntad de Todos« – gegen den Willen aller – zur Residenz. Dafür mag er seine Gründe gehabt haben. Da war einmal die günstige strategische Lage im geometrischen Mittelpunkt des Landes, da gab es keine unmittelbare

Königliche Residenz, Kloster und Grabstätte Philipps II. *El Escorial bei Madrid, erbaut 1563–1584.*

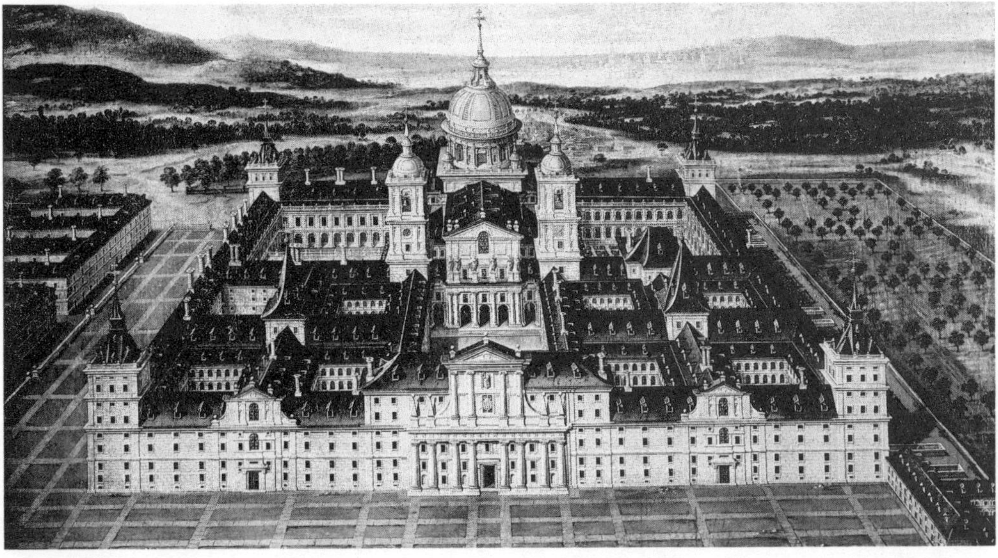

Nachbarschaft eines angesehenen Kirchenfürsten wie in Toledo, da war umgekehrt die Nähe zu Philipps Kloster-Schloß *»Escorial«*, dessen Wachsen er angeblich vom Südwestturm des Alcázar aus mit dem Fernrohr verfolgen konnte. Diese Festung wies auch ihre Vorteile auf; denn sie thronte am Rande der Stadt auf einem natürlichen Hügel, isoliert und aus der Landschaft herausgehoben, geradezu ideal für einen Fürsten, der die Abgeschiedenheit liebte und weder vom Volk bedrängt noch durch die Nachbarschaft seines Adels belästigt sein wollte. Bis 1734 blieb dieses mächtige Bauwerk königliche Residenz. Als es dann durch einen Brand völlig zerstört wurde, ließ König *Philipp V.* (R 1700–1746) hier den neuen königlichen Palast, den heutigen *»Palacio Nacional«* errichten, der den gewachsenen Bedürfnissen der königlichen Familie angepaßt war.

Östlich des Alcázar erstreckte sich die eigentliche Stadt. Madrid war zur Zeit Philipps II. nur »villa y corte«, Residenzstadt, gehörte nicht zu den angesehenen »ciudades«, den vornehmen Bischofssitzen des Landes mit ihren stolzen Kathedralen. Aber das zentralistische Verwaltungssystem des Königs zog Beamte und Diplomaten in die kleine Stadt. Das führte bald zu einem Mangel an Wohnungen, den der König zu steuern suchte, indem er von größeren Häusern jeweils das obere Stockwerk beschlagnahmen ließ. Die schlauen Bürger Madrids umgingen diese lästigen »regalia de aposentos«, indem sie nach Möglichkeit nur einstöckige Häuser bauten, die im Volksmund bald »Casas de malicia«, d.h. »Bosheits-

Stadtansicht von Madrid im 16./17. Jh. Musée Municipal, Madrid.

häuser«, genannt wurden. In der ersten Hälfte des 16. Jahrhunders waren von den etwa 10000 Häusern der Stadt 1600 beschlagnahmepflichtig, 1750 durch Privilegien von der Einquartierung befreit und etwa 5500 einstöckige »Bosheitshäuser«. Seine Eindrücke davon faßte der nachmalige *Papst Paul V.* 1594 mit den Worten zusammen: »Die Häuser sind arm und häßlich, fast alle sind aus Lehm erbaut. Unter anderen Dingen fehlt es an Bürgersteigen und Kloaken; für die Bedürfnisse werden Nachttöpfe benutzt, deren Inhalt nachts zum Fenster hinausgegossen wird.«

Kirchen, Plazas, Paläste

Ein Panorama aus dem 16. Jahrhundert zeigt den Blick von Süden her mit dem alten turmreichen Alcázar über dem Rio Manzanares, eine mächtige Stadtmauer, wie wir sie heute noch von Avila kennen, dahinter ducken sich, eng zusammengedrängt, die Häuser, überragt nur von den Kirchtürmen. Madrid besaß zwar keine Kathedrale, dafür aber an die fünfzig Kirchen, dazu noch zahlreiche Klöster. Zu den bekanntesten gehörte wohl der *»Convento de la Descalzes Reales«*, der aus einem Palast Kaiser *Karls V.* (R 1519–1556) hervorgegangen war. Seine Tochter Johanna hatte ihn in ein Klarissenkloster umgewandelt. Damit den Töchtern des hohen Adels, die hier von ihren Familien untergebracht wurden, der Abschied von der Welt nicht allzu schwer fiel, durften sie ihre reiche Aussteuer mitbringen. So vornehm und bequem ging es allerdings in den anderen Klöstern nicht zu. Die zahlreichen Mönche und Nonnen bildeten die frommen Statisten für die grausamen Glaubensspektakel der *Autodafés*, bei denen die Ketzer verurteilt und gerichtet wurden, und für die zahlreichen kirchlichen *Prozessionen* vor allem in der Osterwoche.

Mit der zunehmenden Bedeutung, die Madrid als Residenzstadt gewann, wuchs auch die Einwohnerzahl, die sich zu Beginn des 17. Jahrhunderts fast verdoppelte. Die ehemalige Kleinstadt gewann allmählich ein bessere Aussehen. So entstand die *»Plaza de la Villa«* in der Altstadt und 1617–1619 die berühmte *»Plaza Mayor«*, dieser »Saal im Freien«, auf dem gleichermaßen Turniere, Autodafés, Stierkämpfe oder Mysterienspiele abgehalten wurden. Hier fanden auch die feierlichen Seligsprechungen eines *Ignatius von Loyola*, eines *Franz Xaver* oder einer *Teresa von Ávila* statt.

Wer die Menschen kennenlernen will, die diese Plätze, die engen verwinkelten Gassen und die neuen Prachtstraßen bevölkerten, die Tagelöhner, kleinen Wirte, die Garköche, die Gaukler und Bettler, die Krämer und die reichen Kaufleute, Soldaten, Matrosen, die Kuppler, Diebe und Bettler, die Mönche und Prälaten, die Bauern aus den umliegenden Dörfern, die Schauspieler der Wandertheater, die Dirnen, die adeligen Herren, Offiziere und die Diplomaten, der muß nur die berühmten Schelmenromane vom »Guzmán von Alfarache« oder vom »Leben des Buscón« lesen, in denen die neue Hauptstadt um 1600 so farbig und lebendig dargestellt wird.

Die Sommer sind heiß in Madrid; kein Wunder, daß die spanischen Könige und mit ihnen der Hof dem Staub und der Hitze zu entfliehen suchten. So hatte schon Kaiser Karl V. nur vierzehn Kilometer nordwestlich Madrids das *Schloß »El Pardo«* erbauen lassen, das ihm und seinen Nachfolgern als Sommerresidenz diente. Philipp II. ließ im Süden das *Jagdschloß »Aranjuez«* mit einem Park umgeben und ausbauen. Als Refugium, Alterssitz und Residenz diente ihm dann vor allem der *Kirchenpalast »El Escorial«*, rund fünfzig Kilometer nordwestlich der Hauptstadt am Fuße der Sierra Guadarrama. Während Behörden und Diplomaten in Madrid verblieben, zog sich Philipp II. bald nach Fertigstellung der gewaltigen Anlage häufig für längere Zeit dorthin zurück, wo er selbst mitten im Prunk des Klosters nur ein paar einfache Zimmer bewohnte. Seine Nachfolger teilten diese Vorliebe für das »Mahnmal des ewigen Spaniens« nicht, für sie blieb in Zukunft der Alcázar und spätere Königspalast die Residenz, und Madrid behielt unangefochten den Rang der Hauptstadt des spanischen Reiches.

Neue Kräfte und Spannungen

Verlust der Einheit – Wachsende Macht der Landesfürsten – Neue Machtzentren – Wirtschaftswandel – Islam und Bedrohung durch die Türken – Scholastik und Humanismus – Mißstände und Reformen – Karl V.: Bewahrung des christlichen Universalreiches – Zerrissenheit in Deutschland – Vordringen der Türken in Ungarn – »Wie der Herrscher, so die Religion« – Zwischen Augsburg und Trient – Entwicklungen in Skandinavien – England: Elisabeth I. und Maria Stuart – Freiheitskampf der Niederlande – Seeschlacht von Lepanto – Frankreich im Zwiespalt – Hugenotten – Im Bündnis mit den Türken – Die Wirkungen der Reformation und ›Gegenreformation‹ im Reich.

Disz new Bockspyl ist gemacht zu lob und eren dem aller du
chtigosten großmächtigosten herren/ Herr Carle /erwölter Römischer Küng. Küng in Hyspanien vnd Neapel
Ertzhertzog yn Osterich ꝛc. Vnd wirt disz spyl wären biß das man zelt. M. CCCCC. xxxj. Jar; Diser zyt nemen
Darnach wirt sich der Bock verkeren / Vnd wirt der christen gloub sich meren. Lob vnd danck sy gott dem herren.

MANFRED FIRNKES

Die politischen Verhältnisse in Europa

Den Problemen unserer bewegten Zeit, in der die Vision eines Kollapses unserer Welt in echter oder taktischer Entrüstung beschworen wird und in der finanziell wie geistig das Geschäft mit der Angst blüht, hätten die Zeitgenossen des 16. Jahrhunderts, gemessen an ihren eigenen Erfahrungen und Leiden, eher ein mildes Lächeln denn tiefe Betroffenheit abgewonnen. Inmitten welch unfaßlich schneller Veränderungen lebten sie, inmitten welch politisch-religiösen Gegeneinanders sollten sie noch wissen, wo in ihrer Welt Wahrheit oder Recht zu finden waren?

Freiheit und gesicherte Existenz und wissenschaftliche Fundierung neuer Unternehmungen, Krankheitsvorsorge und Alterssicherung: Das macht im politisch-wirtschaftlichen Rahmen den rund vierhundertjährigen Abstand zumindest Europas zur damaligen Welt aus. Weltweit gesehen allerdings, unter Beachtung der Überbevölkerung, des Hungers, der Verschuldung, neuer Dogmen, der Bedrohung durch Vergiftung des natürlichen Lebensraumes und der Angst vor Massenvernichtungsmitteln sind viele unserer Verunsicherungen und das Schwinden sicherheitsgebundener Prinzipien den Ängsten der damaligen Zeit nur allzu ähnlich.

Und doch: damals, in diesem sturmreichen 16. Jahrhundert, hatte Europa erstmals und endgültig seine auf Christentum und antiker Tradition beruhende geistige, politische und soziale Einheit, seine Mitte verloren, die es bis heute so nachhaltig wie mühevoll wieder sucht. Dieser teils beginnende, teils endgültige »Verlust der Mitte« kennzeichnet, auf eine einfache Formel gebracht, das Schicksal Europas von 1500 bis 1600.

Linke Seite: ***Der Krieg als Spiel der Könige.*** *»Das neue Bockspiel zu Ehren Karls V.« Flugblatt, das im Machtkampf um Italien für den deutschen Kaiser gegen Frankreich und die Türken Partei ergreift. Einzelblattholzschnitt, um 1519.*

VERLUST DER GEOGRAPHISCHEN, POLITISCHEN UND RELIGIÖSEN MITTE

Der Verlust der Mitte ist durchaus auch wörtlich zu nehmen, in einem geographischen Sinne. Wie einstmals die Mittelmeerwelt, die »Welt« schlechthin, nach dem Ende des römischen Weltreiches eine erste Erweiterung durch Hinzugewinnung des zentralen Europas mit den neuen politischen Schwerpunkten der Franken, dann des Deutschen Reiches erfuhr, so ergab sich jetzt für die europäische Welt ein neues, um die atlantischen Gebiete erweitertes geographisches Weltbild, in dem Europa aus der Stellung in der Mitte herausgedrängt zu werden begann: Die drei Caravellen des *Christoph Kolumbus* (siehe Seite 26), der nach Indien wollte und in »Amerika« landete, eröffneten eine neue Dimension der Weltgeschichte, die nur anfangs europäisch zentriert blieb, nachdem in rascher Folge *Hernando Cortés* 1519–1521 Mexiko und zehn Jahre später *Francisco Pizarro* Peru erobert und dem so zur dritten Macht Europas aufsteigenden Spanien hinzugewonnen hatten (siehe Seite 44). Europas führende Handelsstädte Venedig, Pisa und Genua im Süden verloren nun ebenso ihr uneingeschränktes Monopol wie die deutsche Hanse ihren Einfluß im Norden Europas. Die spürbare Folge für Deutschland war die abnehmende Bedeutung so traditionsreicher Handelsstädte wie Hamburg, Bremen, Lüneburg oder Augsburg. Ihr wirtschaftliches Absinken war symptomatisch für Deutschland, dieses politische Gebilde aus einem Gemisch vieler Einzelstaaten, die sich gegenseitig den Weg zu einer einflußreichen Gesamtpolitik im Rahmen eines Nationalstaates verbauten. Ursache dieser Entwicklung war der das ganze Mittelalter hindurch anhaltende Kampf zwischen den partikularen Kräften und der Zentralgewalt des Königs. Schritt für Schritt hatte in Deutschland das Königtum den Territorialfürsten nachgeben müssen, deren einziges Sinnen auf Stärkung ihrer Hausmacht gerichtet war. Die politische Zukunft war damit schon jetzt über Deutschland hinweggegangen und gehörte Ländern wie England oder Frankreich, Spanien und später den Niederlanden, weil sie unter einem starken König oder unter einer entscheidungsstarken aristokratischen Oligarchie (Gruppenherrschaft) zu Nationalstaaten herangewachsen waren, wodurch sie sich auf lange Zeit das Übergewicht über ein zersplittertes Deutschland sichern konnten. »Verlust der Mitte« bedeutete politisch für dies schwache Deutschland also die Verlagerung der Macht im Reich auf die deutschen Länder und die Abwanderung des europäischen Machtzentrums von Mitteleuropa an die Peripherie, zu den Nationalstaaten. In Spanien hatten nach ihrer Heirat *Ferdinand II. von Aragón* (*der Katholische,* R 1479–1516) und *Isabella von Kastilien*

1479 beide Länder geeint, 1492 den letzten Vorposten des Islam im Westen, das *Königreich Granada*, beseitigt und den spanischen Nationalstaat vollendet. Dieses Land lag im Mittelalter im Windschatten Europas und war auch nicht erfaßt worden von der Grundfrage nach dem Verhältnis von politischer und geistlicher Gewalt. In kultureller Hinsicht jedoch hat es am Beginn der Neuzeit durch die berühmte *Übersetzerschule von Toledo* zur Einigung des politisch in der Auflösung begriffenen Europa beigetragen. Ohne den Einfluß des Islam in Spanien und seine Pflege der antiken griechischen Wissenschaften hätten etwa die Philosophie des Aristoteles, die Medizin und Naturwissenschaften durch spanische Vermittlung kaum so weite Verbreitung von Westen her in Europa finden und sich mit dem zweiten Strom der Bildung vereinen können, für dessen Weg von Osten ebenfalls der Islam der Auslöser war. In der *Eroberung von Konstantinopel* am 29. Mai 1453 ging nicht nur das byzantinisch-oströmische Reich unter, wurden die Türken die neue Großmacht des Südostens, sondern mit dem Fall der Stadt hatte auch die griechische Gelehrsamkeit ihr geistiges Domizil verloren und emigrierte in den Westen. Sie führte letztlich zur Blüte des *Humanismus*, der die Beherrschung des Griechischen und Lateinischen zunächst als Mittel zum Verstehen der Heiligen Schrift, der Bibel, im Urtext ansah, sich aber bald als zweckfreie Forschung verstand und sich statt des Glaubens der *Vernunft* bediente, statt der christlichen Ideale das Menschsein (humanitas) in seiner Vielfältigkeit und Freiheit forderte. Die einsetzende historische Kritik an der Heiligen Schrift wie die einseitige Rationalisierung führten in beiden Fällen weg von der Kirche und beschleunigten die Ablösung der mittelalterlichen *Scholastik* (siehe Band 5), die bis dahin Grundlage der Bildung gewesen war. Zwar wehrte sich die Kirche gegen die Umgestaltung der Theologie, aber die Verweltlichung, die Sittenverderbnis und Unwissenheit eines großen Teiles der Geistlichen, die nachlässige Erfüllung seelsorgerlicher Pflichten, die Vergabe hoher Kirchenämter an meistbietende Günstlinge oder unfähige Verwandte (Nepotismus, siehe Seite 124), die im großen Stil gepflegte, teure Hofhaltung der Päpste, die oftmalige Existenz zweier, sogar dreier gleichzeitig regierender Päpste (Schisma) hatten sie unglaubwürdig und den Ruf nach einer grundlegenden Erneuerung, nach einer Kirchenreform, immer lauter werden lassen. Warnzeichen hatte es genug gegeben. Reformatoren wie der Engländer *John Wiclif* oder der Tscheche *Jan Hus* hatten den Finger in offene Wunden der Kirche gelegt (siehe Band 6), Mystiker

Daten zur europäischen

	Deutschland	Frankreich	Schweiz
1517	Luthers Thesenanschlag	Franz I. 1515 König	
1518	Luther – Cajetan		
1519			
1520	Luthers Bruch mit d. Kirche Karl V. König und Kaiser		
1521	Reichstag zu Worms		
1522			Zwinglis Reformation in Zürich (1522–1525)
1524/ 1525	Bauernkrieg – Karl V. 1525 in Italien:	Niederlage Frankreichs bei Pavia	
1526	Reichstag zu Speyer		
1529 1530	Reichstag zu Speyer – Türken – Kaiserkrönung Karls in Bologna – Reichstag von Augsburg: Confessio Augustana	»Damen-Frieden« von Cambray	Zwingli und Luther in Marburg
1531	Schmalkaldischer Bund		Sieg der kath. Kantone, Tod Zwinglis
1534	Wiedertäufer in Münster	Calvins Flucht nach →	Genf: Calvinismus (seit 1541)
1545	Beginn des Konzils von Trient		
1547	Niederlage der Protestanten bei Mühlberg an der Elbe		
1548	Augsburger Interim		
1552	Passauer Vertrag – Fürstenverschwörung gegen Karl V.		
1555	Augsburger Religionsfriede		
1558	Tod Karls V. – Ferdinand I. seit 1556 Kaiser (bis 1564)	Calais wieder französisch	
1560		Tod Franz II., verheiratet mit Maria Stuart	
1566			
1568			
1572		Bartholomäusnacht	
1576	Tod Kaiser Maximilians II. – Rudolf II. Kaiser		
1579			
1580	Konkordienformel		
1581			
1583	Kölnischer Krieg (bis 1585)		
1588			
1598		Edikt von Nantes	
1609	Jülich-Klev. Erbfolgekrieg Union (1608) und Kath. Liga (1609)		
1618			BEGINN DES DREISSIG

Geschichte im 16. Jh.

Schweden	England	Spanien/span. Niederlande
		Cortez (Cortés) erobert Mexiko (1521)
Stockholmer Blutbad		
Gustav I. Wasa König		
		Pizarro erobert Peru (1531–1533)
	Suprematsakte	
Bruch mit Rom, Niederlage des Katholizismus		
	Tod Heinrichs VIII. (1547)	
		Philipp II. König (1556)
	Elisabeth I. (bis 1603)	
	Maria Stuart Königin in Schottland (1561)	
		1566 Bildersturm, Geusenbund, Alba 1567 Statthalter der Niederlande
	Flucht Maria Stuarts zu Elisabeth (1568)	Hinrichtung Egmonts, Hoorns
		Aufstand der Nordprovinzen Pazifikation von Gent
		Union von Arras – Utrechter Union – Don Juan d'Austria Statthalter der Niederlande (1576) Unabhängigkeitserklärung der »Generalstaaten«
	Tod Maria Stuarts 1587 Sieg über span. Armada (1588)	Armada unterliegt engl. Flotte (1588)

JÄHRIGEN KRIEGES IN EUROPA

wie *Thomas von Kempen* oder *Johannes Pupper von Goch* forderten die Verinnerlichung der Religion und bereiteten den Boden für das Kommende. So schien es nur eine Frage der Zeit zu sein, wann Europa auch seine *religiöse Mitte* verlöre, die einzige Klammer, die ihm noch verblieb, seit das deutsche Kaisertum den Machtkampf mit dem Papsttum verloren und den Gedanken eines politisch-religiösen Anspruchs über Europa hatte aufgeben müssen. Freilich der Preis, den die Kirche für ihren Sieg zahlte, war hoch, die Übernahme weltlicher Aufgaben überstieg ihre Kraft und lenkte von der eigentlichen Aufgabe ab. Das Grundproblem des Mittelalters, die Regelung des Verhältnisses der politischen Macht zur religiösen Herrschaft, einst schon zuungunsten des Kaisertums entschieden, stellte sich erneut in der Auseinandersetzung des Papsttums mit den entstandenen Nationalstaaten. Doch die Entwicklung im 16. Jahrhundert mündete zunächst nicht in die Auseinandersetzung zwischen politischer und religiöser Macht, sondern spitzte sich im innerkirchlichen Bereich zu, um von dort in die Gesamtpolitik Europas zurückzustrahlen. Zurück blieben, als sich der Rauch des religiös-politischen Streites nach rund hundert Jahren verzogen hatte, der Verlust der religiösen Mitte Europas, ein machtpolitisch in die Schranken gewiesenes Papsttum, eine zu spät reformierte katholische Kirche, gegenüber dem Papst unabhängige Nationalstaaten und ein politisch und religiös gespaltenes Deutschland, das aber trotz politischer Zersplitterung die europäische Geschichte des 16. Jahrhunderts entscheidend mit beeinflußt hatte.

DIE POLITISCHE ENTWICKLUNG IM SCHATTEN DER BEGINNENDEN REFORMATION

Der innerkirchliche Konflikt begann, als der Medici-Papst *Leo X.* (R 1513–1521), um Geld für den Bau der Peterskirche zu bekommen, einen Ablaß (der Sünden) ausschrieb. Mit der Organisation wurde gegen eine Mitbeteiligung *Albrecht von Brandenburg,* Erzbischof von Mainz, beauftragt, der seinerseits Ordensgeistliche gewann, die in Deutschland umherzogen und die Vergebung der Sünden gegen bestimmte Geldbeträge verkauften. Nur einer der vielen, die in Worten Anstoß an dieser Praxis nahmen, rang sich zur Gegentat durch, der Theologieprofessor an der Universität Wittenberg, Dr. Martin Luther. Am 31. Oktober 1517 schlug er öffentlich an der Schloßkirche der Universitätsstadt seine 95 Thesen an (Seite 84/85). Luther wurde in seiner Kritik von Menschen in allen Volksschichten unterstützt: von Bauern, Bürgern, niederem Adel, von Humanisten, aber auch von bedeutenden Reichsfürsten (Fried-

***Deutsche Kaiser zur Zeit der Glaubenskämpfe.** Links: Karl V. als 48jähriger im Jahr des Reichstages von Augsburg. Porträt von Tizian (Ausschnitt) 1548. Alte Pinakothek, München. – Rechts: Ferdinand I., Karls Bruder und Nachfolger. Stich von Barthel Beham.*

rich III., der Weise, von Sachsen; Philipp I., der Großmütige, von Hessen; Albrecht von Brandenburg-Ansbach). Die religiöse Auseinandersetzung wurde dadurch zum Politikum, das sie die weltliche Macht in Deutschland auf den Plan rief.

DEUTSCHLAND UND EUROPA ZUR ZEIT KARLS V.

Johanna (*die Wahnsinnige,* Königin von Kastilien, R 1504), Ferdinands von Aragón und Isabellas von Kastilien Tochter, Erbin der spanischen und neuentdeckten »westindischen« Länder, war mit *Philipp dem Schönen,* Sohn Kaiser Maximilians I. (R 1493–1519), dem Erben Burgunds und der habsburgischen Erblande, verheiratet. Ihr Sohn war *Karl V.,* Erbe Habsburgs, der spanischen Besitzungen, der Niederlande, Neapels und Siziliens, seit dem 28. Mai 1519 Kaiser durch Wahl in Frankfurt am Main und gekrönt durch den Papst in Bologna 1530. Dieser Kaiser, in dessen Reich die Sonne nie unterging, konnte, mit einer solchen seit dreihundert Jahren nicht mehr erlebten territorialen Machtfülle ausgestattet, noch einmal den universalen Anspruch des Kaisertums erneuern und versuchen, den »Verlust der Mitte« Europas zu verhindern. Das hieß, sich vor allem auch gegen Papst und Nationalstaaten durchzusetzen, im eigenen Reich für Ordnung zu sorgen. Um die Religionskrise zu lösen, lud Karl V. daher Luther am 17. April 1521 auf einen Reichstag nach Worms. Als Luther auch hier einen Widerruf ablehnte, verfiel er der Reichsacht, denn, so der Kaiser, »es ist sicher, daß ein einzelner Bruder irrt, wenn er gegen die Meinung der ganzen Christenheit steht, sonst müßte die ganze Christenheit tausend Jahre und mehr geirrt haben«.

Text der Zeit

Adam Reissner:
Die Gefangennahme Franz I.
bei Pavia – 1525

Franciscus der König, als er seines Volkes und aller Hilfe entblößt und so viele neben ihm erschlagen und so viel kaiserliche Reiter, weil er königlich gekleidet war, ihm nachsetzten, hat sich immer mit seinem Schwerte gewehrt, und ob er wohl Wunden empfangen, doch Widerstand getan und hat wollen bei seinem Volke tot bleiben. Als er über eine Brücke wollte, ist ihm sein Pferd erschossen worden und gefallen. Niclas Graf Salem hat sich mit seinen Reitern hart an den König gehalten, ihm seinen Hengst erstochen und ihm die rechte Hand verwundet; dagegen hat der König den Grafen Niclas durch den Schenkel gestochen und sich heftig gewehrt. Als aber der Hengst unter dem König gefallen, kam der von Motta Auvarius, derer von Bourbon Hofmeister; der kannte den König von Angesicht, wiewohl er ganz blutig war, und ermahnte ihn, er solle sich dem Herzog von Bourbon gefangengeben. Der König war ob dieses Namens unwirsch und sprach: »Ich kenne keinen Herzog von Bourbon denn mich selbst und will mich niemandem gefangengeben, denn dem römischen Kaiser; eher will ich sterben.« Da ist ein Spanier hinzugerückt, hat ihn beim Helm erwischt und ihn wollen vom Pferde reißen, den hat der König von sich gestochen, daß ihm ein Teil von des Königs Ärmel und die Feder vom Haupthelm in der Hand geblieben sind. Der König befahl, man sollte den Viceroi heißen kommen, Carl von Lannoy (Vizekönig von Neapel). Der kam bald, hat die Reisigen, die um den König standen, abweichen heißen und den König mit der rechten Hand vom Pferd gezogen und aufgerichtet. Dem hat der König anstatt des Kaisers Gefängnis gelobt und den rechten Panzerhandschuh zum Zeichen der Gefängnis gegeben. Die andern Spanier und Deutschen haben sich um des Königs Kleider und Kriegsrock gerissen, etliche den Gürtel, andere die Sporen davongebracht, und ein jeder hat etwas vom König haben wollen.

Aus: A. Reissner »Historia Herrn Georgen ... von Frundsberg«. Übers.: K. Kaulfuß-Diesch

Fast zehn Jahre lang verhinderten Krisen und Kriege in und mit Italien und Frankreich, daß sich Karl V. den deutschen Problemen zuwenden konnte. *Franz I.*, seit 1515 König von Frankreich (bis 1547), hatte die Eroberungspolitik *Ludwigs XII.* (R 1498–1515) in Italien fortgesetzt und nach seinem Sieg über Herzog *Massimiliano Sforza* Mailand eingenommen. Bei *Pavia* 1525 geschlagen und gefangengenommen, mußte Franz auf Italien, Burgund, Flandern und Artois verzichten, und als 1529 endgültig Frieden geschlossen wurde, war Habsburgs Einfluß in Italien gesichert, Frankreichs Ausgreifen abgewehrt.
Im folgenden Jahr wurde Karl als letzter deutscher Kaiser vom Papst – in Bologna – gekrönt, dann kehrte er nach Deutschland zurück, um sich auf dem *Reichstag zu Augsburg* erneut mit der Religionsfrage zu befassen. Während

Diplomatische Beziehungen zwischen den Herrschern der rivalisierenden europäischen Mächte. *– Oben: Die Begegnung von Karl V. und Franz I. beim Waffenstillstand von Nizza im Juni 1538. Nach drei Kriegen um Italien einigten sich der deutsche Kaiser und der König von Frankreich für zehn Jahre auf eine Anerkennung des Status quo. Fresko von Taddeo und Federico Zuccari. 1561. Palazzo Farnese, Caprarola. – Unten: »Das Treffen im Goldstofflager (Val d'Or)« zwischen Franz I. und Heinrich VIII. im April 1527, eine Bemühung Frankreichs und Englands um den Frieden in Europa. Kopie eines Gemäldes des 16. Jhs. von F. Bouterwek. Schloß Versailles.*

Der Kampf um die politische Vorherrschaft im Zeitalter der Glaubensspaltung. *– Rechts: Die Schlacht von St. Quentin. Sieg der Spanier unter Lamoral Graf von Egmont und Herzog Emanuel Philibert I. von Savoyen über die Franzosen am 10. August 1557. Der seit 1556 andauernde spanisch-französische Krieg endete 1559 mit dem Frieden von Cateau-Cambrésis: Philipp II. von Spanien gewann die Freigrafschaft Burgund und Neapel. Ausschnitt aus einem Wandgemälde im Escorial, Madrid. – Unten: Die erste Konfrontation der spanischen Armada (rechts) mit der englischen Flotte vor Plymouth am 21. Juli 1588. Im Vordergrund Mitte links die Explosion auf der »San Salvador«. Mit der Vernichtung der aus 130 Schiffen bestehenden »Großen Armada« begann Englands Aufstieg zur Weltseemacht. Kupferstich von J. Pine nach einem Gobelin, 1739. National Maritime Museum, Greenwich.*

Die Seeschlacht von Lepanto: Niedergang der moslemischen Vorherrschaft im Mittelmeer. *Flottenparade vor Misia/Lepanto, Golf von Patras. Am 7. Oktober 1571 gelang der Flotte der »Heiligen Liga« – einem Bündnis zwischen Spanien, Venedig und Papst Pius V. – unter der Leitung von Don Juan d'Austria der entscheidende Seesieg über die Osmanen. Das christliche Aufgebot bestand aus 192 Galeeren, 6 Galeassen und etwa 100 leichten Booten. Gemälde von Bruno del Priore, das den Ausgang der Schlacht als Triumph päpstlicher Politik deutet: Links im Vordergrund eine allegorische Darstellung der Gestalten der »Heiligen Liga«, in der Mitte eine Karte Griechenlands mit der geographischen Bestimmung des Kampfgeschehens und rechts ein verzweifelt am Boden kniender Osmane mit der Personifikation des Todes. Sala Regia, Vatikan.*

Ausbau der königlichen Machtstellung durch die Trennung der englischen Kirche von Rom: Heinrich VIII. *Rechts: Porträt des wegen seiner sechs Ehen weltweit berühmten Monarchen von Hans Holbein d. J. 1540. Galleria Nazionale, Rom. – Unten: Heinrich VIII. deutet auf seinen Nachfolger Eduard VI. Der Papst siecht dahin. Nachdem sich der König wegen einer nicht sanktionierten Ehescheidung vom Heiligen Stuhl gelöst hatte, machte er sich 1534 durch die »Suprematsakte« zum Oberhaupt der englischen Kirche. National Portrait Gallery, London.*

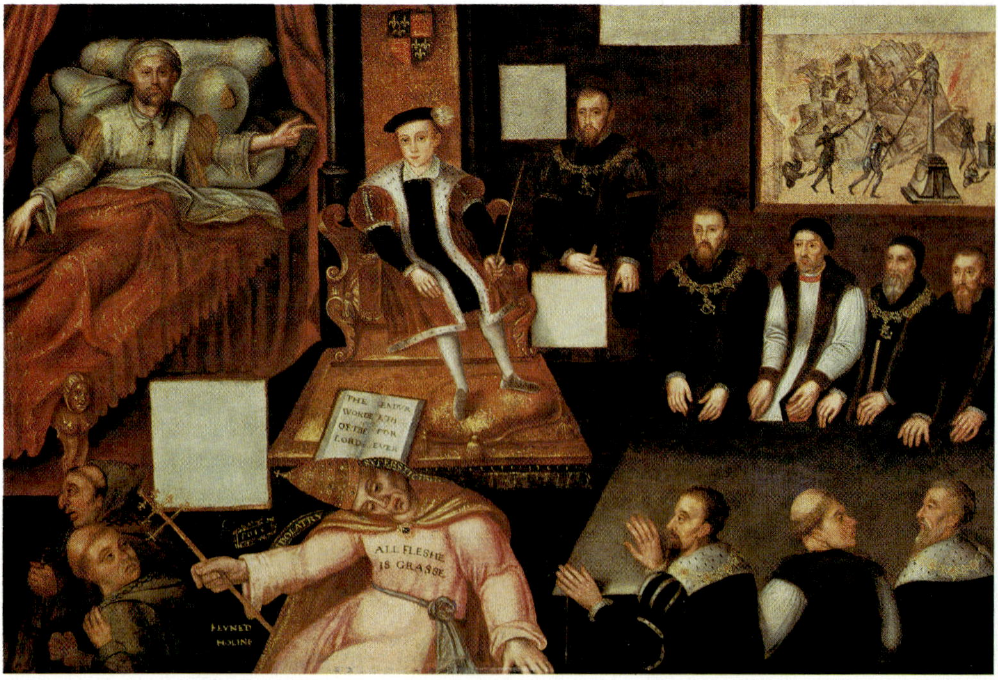

seiner Abwesenheit hatte die evangelische Bewegung trotz Luthers Acht und Bann alle Kräfte erfaßt, denen es mit dieser Erneuerung der Kirche von unten her ernst war oder die in der Reformation eine Möglichkeit sahen, ihre eigenen politischen Ziele zu erreichen. Die Glaubensfrage war so in Deutschland zum Hauptinhalt der Politik der Reichsstände, aber auch der Ritter und sogar der Bauern geworden und damit endgültig päpstlicher Einflußnahme entzogen.

Ritterschaft wie Bauern versuchten im Südwesten zwischen 1522 und 1525 vergebens, auf der Basis reformatorischen Engagements ihre durch die Fürstenmacht bedeutungslos gewordene Stellung zu verbessern bzw. im Mißverstehen von Luthers Schrift zur »Freiheit eines Christenmenschen« politische Freiheit gewaltsam durchzusetzen. Die großen – von Luther unterstützten – Gewinner in diesem Reichsritteraufstand (1522/23) und Bauernkrieg (1524/25) blieben die Fürsten, da der Reichsverweser während Karls V. Abwesenheit, sein Bruder Ferdinand I. (König von Böhmen und Ungarn), vor Gewalt nicht zurückschreckte und die Aufständischen niedermetzeln ließ. Vor dem Hintergrund dieser Ereignisse führte Kurfürst *Johann der Beständige von Sachsen* (R 1525–1532) ungehindert in seinem Land die Kirchenreform durch; Landgraf *Philipp der Großmütige von Hessen* (R 1509–1567) folgte 1525, und im gleichen Jahr gab *Albrecht von Brandenburg-Ansbach* (* 1490, † 1568), Hochmeister des Deutschen Ordens, seine geistliche Stellung auf und wechselte im Krakauer Vertrag das Ordensland ungestraft in ein weltliches, erbliches Herzogtum unter Lehnshoheit des polnischen Königs um.

Obwohl der *Reichstag von Speyer* 1526 verabschiedet hatte, daß »jeder Reichsstand bezüglich der Religion es halten könne, wie er es gegen Gott und kaiserliche Majestät zu verantworten sich getraue«, einigte sich nach Absprache der katholischen Stände der Reichstag von Speyer 1529 dahingehend, daß die Reichsacht gegen Luther erneuert und die Verbreitung seiner Lehre verboten wurde. Fünf Fürsten (von Sachsen, Brandenburg, Braunschweig-Lüneburg, Hessen und Anhalt) und vierzehn Reichsstädte legten darauf feierlichen Protest ein, der Name »Protestanten« für die Anhänger der neuen Lehre war geboren.

DIE TÜRKEN IN UNGARN

Eher in den Hintergrund war der eigentliche Anlaß dieses Reichstags getreten: das Vordringen der Türken. Begünstigt durch die Uneinigkeit der Christen, die innere Zerrissenheit Polens und Ungarns und veranlaßt durch König

Franz I. von Frankreich, der zu seiner Entlastung während der Kämpfe in Italien die »Ungläubigen« rief, war *Sultan Süleiman II., der Prächtige* (R 1520–1566), nach der Eroberung Belgrads 1521 und der Vertreibung der Johanniter von Rhodos 1522 bis Ungarn vorgestoßen und hatte dessen König *Ludwig II.* (R 1516–1526) bei *Mohács* 1526 geschlagen. In dieser Not war es für Europa ein Glück, daß Karls Bruder *Ferdinand*, zum König von Ungarn und Böhmen gewählt, die Habsburgermacht als christlichen Eckpfeiler den Türken entgegenstemmte und durch seine Verteidigung Wiens Einnahme 1529 verhinderte. Freilich, Ferdinands ordnende Hand fehlte Deutschland.

DIE PROTESTANTEN UND DER KAISER

Die Versäumnisse gedachte Karl V. persönlich wettzumachen, als er nach den beiden siegreichen Kriegen gegen Frankreich in Italien (1521–1529) erneut zu einem *Reichstag nach Augsburg* lud. Die Protestanten, in der Offensive, überreichten Karl das in achtundzwanzig Artikel gegliederte Glaubensbekenntnis, die »Augsburgische Konfession« (Confessio Augustana); Karl V. blieb nur das schon erwähnte Gegengutachten *Dr. Ecks* (Seite 114/115) und die Verkündung einer letzten Frist zur Rückkehr der Protestanten in die Gemeinschaft der heiligen katholischen Kirche. So endete auch dieser Reichstag wie alle vorausgehenden: Die Entscheidung über den Protestantismus wurde weiter aufgeschoben. Aber das Religionsproblem hatte sich immerhin geklärt: Protestanten hatten mit ihrem Bekenntnis einen großen Schritt in Richtung auf die eigenständige Konfession getan, weiter weg von der noch immer Kaiser Karl V. vorschwebenden universalen Einheit von Religion und Staat. Im Grunde genommen war damit der Zusammenbruch der universalen Kirche, der »Verlust der Mitte« im Glauben, markiert. Diesen Weg zu sichern, schlossen sich die protestantischen Stände 1531 im Verteidigungsbündnis des »Schmalkaldischen Bundes« zusammen, um für die eigentliche Entscheidung gerüstet zu sein, die im politisch-militärischen Rahmen fallen mußte, wenn die theologische Einigung nicht doch noch in letzter Sekunde gelingen sollte.

Äußere Gefahren, erneut waren es Türken und Franzosen, verhinderten den frühen Bruch, weil der Kaiser auf die Hilfe der Protestanten angewiesen war. Sowohl der »Nürnberger Religionsfrieden« 1532 als auch die »Regensburger Religionsgespräche« 1541 ließen noch alles offen. Karls Taktieren war zu dieser Zeit weniger von den deutschen als von europäischen Interessen bestimmt: Sein Konzept eines

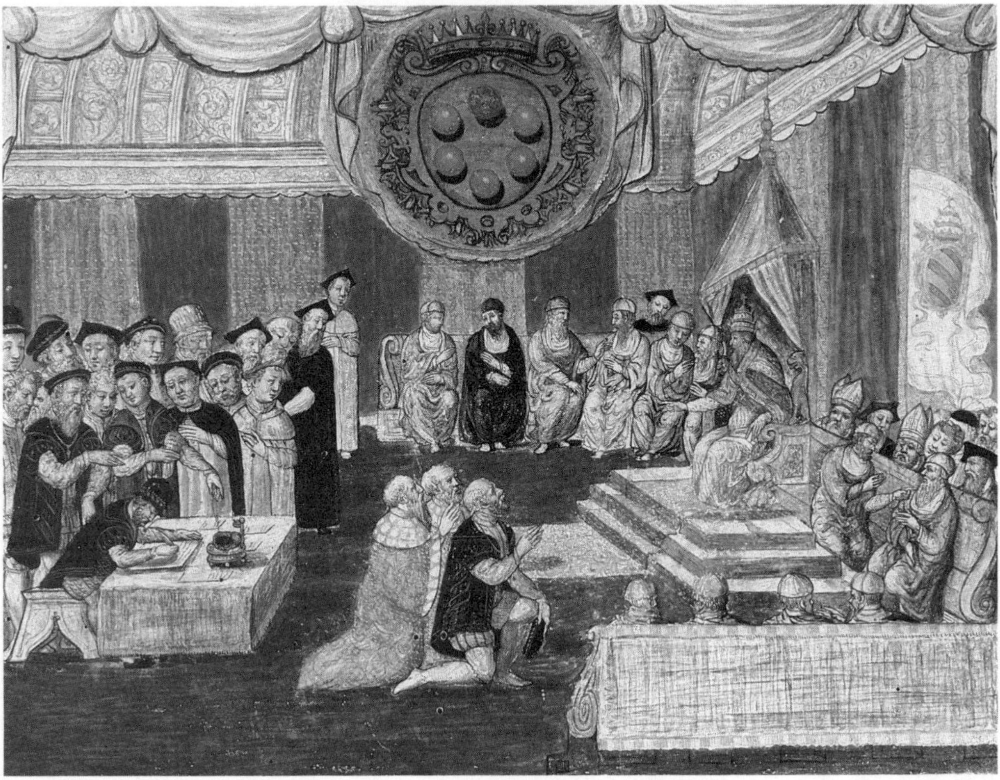

universalen katholischen Kaisertums mußte bei einem Auseinanderbrechen der religiösen und kirchlichen Einheit Deutschlands einen schweren Rückschlag erleiden, ganz abgesehen davon, daß auch der angestrebte kaiserliche Vorrang über die immer mächtiger werdenden Landesfürsten nicht mehr zu erreichen war.

Gegen Protestanten und Türken: Papst Pius V. *Gründung der »Heiligen Liga« gegen die Türken 1571.*

VERÄNDERUNGEN IN EUROPA UND IM REICH

Die weiteren Entwicklungen, das Trientinische Konzil, die Konfrontation mit dem »Schmalkaldischen Bund«, die »Interimslösung« und den Weg zum Religionsfrieden haben wir bereits kennengelernt (siehe Seite 93–96).
Dieser vom *Augsburger Reichstag* 1555 verkündete »Immerwährende Religionsfrieden« bestätigte den Protestanten die Souveränität in Glaubensfragen gemäß dem Grundsatz: *cuius regio, eius religio* (= wessen Herrschaft, dessen Religion oder der Glaube des Landesherrn bestimmt die Religion der Untertanen). Damit war in Deutschland reichsrechtlich die Glaubensspaltung abgesegnet. Die Fürsten hatten zum Nachteil der Zentralgewalt gesiegt, freilich unter Einsatz bedenklicher Mittel. Die Reichslande Metz, Toul und Verdun wurden in einer Fürstenverschwörung gegen den Kaiser unter Federführung Moritz' von Sachsen

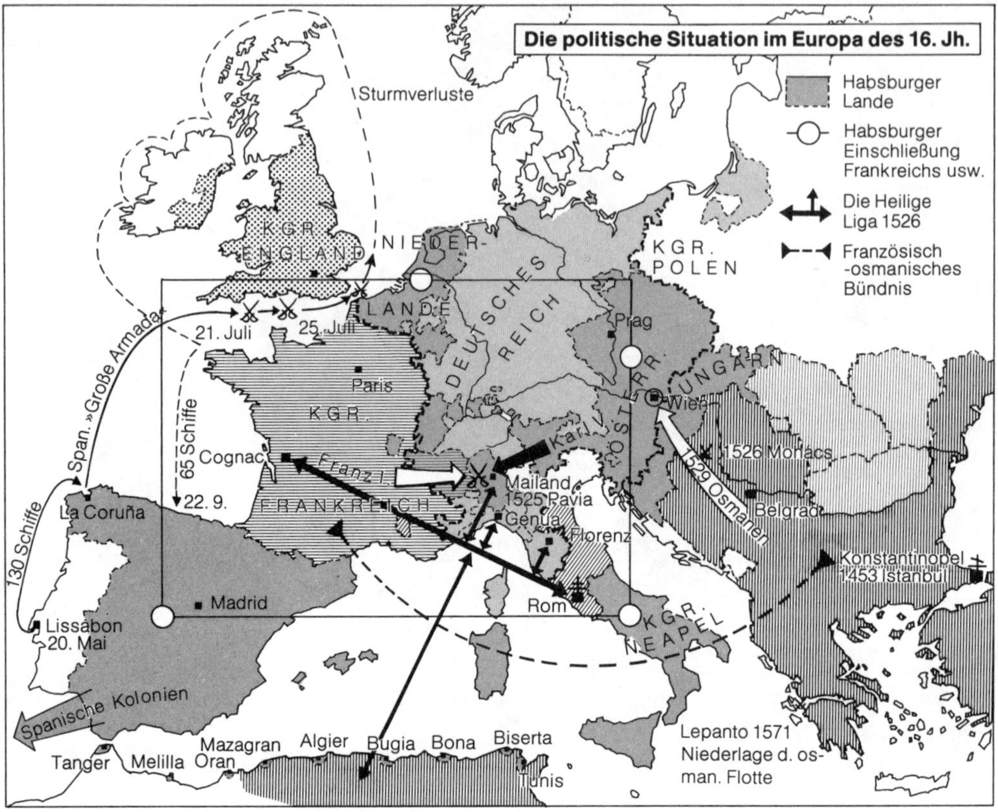

im Vertrag von Chambord 1552 regelrecht an König Heinrich II. von Frankreich verschachert. Kaiser Karls Reaktion war das Eingeständnis des Scheiterns seiner Pläne. Noch im gleichen Jahr übergab er seinem Sohn *Philipp II.* (R 1556–1598) die Regierung über die Niederlande, im folgenden Jahr über Spanien und Neapel und trat von der politischen Bühne ab. In der Stille des Klosters von San Yuste verbrachte er die beiden letzten Lebensjahre, am 21. September 1558 ist er gestorben. Mit ihm zu Grabe getragen wurde endgültig die mittelalterliche Idee der politischen, geistigen und religiösen Einheit Europas: Karl hatte weder den großen politischen Rivalen Frankreich besiegen noch die Reformation verhindern können. Mehr als alle Zeitgenossen hatte er durchlebt, was er als politisches Testament dem Sohn vermachte: »Der Friede hängt weniger von euch ab als von den andern, und am schwersten ist er für den, dem die Güte Gottes so viele und große Reiche und Herrschaften verliehen hat wie euch.«

Die Nachfolger hatten mit diesem Erbe zu leben: Philipp II. in Spanien und den Niederlanden, Karls Bruder *Ferdinand* als Kaiser (R 1556–1564) nun auch in Deutschland.

Und Karls Erfahrung wurde auch die ihre, weil die Reformation, vom deutschen Zentrum ausstrahlend, ganz Europa in religiöse, und das bedeutete immer auch politisch-militärische Kämpfe verstrickt hat.

POLITISCHE AUSWIRKUNGEN IN SKANDINAVIEN

Seit der »Kalmarer Union« 1397 (siehe auch Band 6) waren die drei nordischen Länder Norwegen, Schweden und Dänemark unter dem dänischen König vereint. Als *Christian II.* (R 1513–1523) seine in *Schweden* gefährdete Herrschaft durch die Hinrichtung oppositioneller Adeliger, Geistlicher und Bürger im »Stockholmer Blutbad« 1520 mit Gewalt festigen wollte, erhoben sich die Schweden, verjagten mit Hilfe der Hanse die Dänen, wählten 1523 – Zwingli begann in Zürich mit der Reformation, Christian II. wurde in Dänemark gestürzt – *Gustav I. Wasa* (R 1523–1560) zu ihrem König und schufen einen selbständigen Staat, dessen Schicksal sich knappe hundert Jahre später als Großmacht mit Deutschlands Schicksal eng verflechten sollte. 1540 vollzog Gustav I. Wasa den Bruch mit dem Papsttum, und 1544 war der Katholizismus überwunden. Die lutherische Kirchenreform wurde im ganzen Land durchgeführt und fand, wie anschließend in Finnland, zu jener Geschlossenheit und Lehreinheit, die ihr in Deutschland wegen der territorialen Zersplitterung so lange fehlte.

In *Dänemark* wurde nach Christians Vertreibung Herzog *Friedrich von Holstein* zum König (R 1523–1533) gewählt. Er ließ die Reformation durchführen und errichtete nach schwedischem Vorbild durch die Einziehung der katholischen Kirchengüter ein zuverlässiges finanzielles und personales Fundament für den Staatsaufbau. Da Norwegen und Island weiterhin zu Dänemark gehörten, wurde auch das dortige Kirchenwesen entsprechend umgestaltet, so daß bis zur Mitte des 16. Jahrhunderts der Norden als feste und geschlossene Bastion des Luthertums anzusehen war, während an der gegenüberliegenden Ostseeküste nur in Preußen seit 1525 durch den Deutschen Orden die Reformation eingeführt worden war, sich von dort aus aber nach Estland, Livland, Kurland und Polen hineinverbreitete. Sobald Gustav I. Wasa die strategische und wirtschaftliche Bedeutung dieses Ostseeraumes erfaßt und mit dem Ausbau der Seemacht begonnen hatte, mußte die wirtschaftlich starke, aber politisch schwache deutsche *Hanse* (siehe auch Band 6) der inneren Geschlossenheit Schwedens unterliegen. Zielstrebig suchte Gustav im Nordwesten Europas die Absicherung durch Handelsverträge mit den Niederlanden

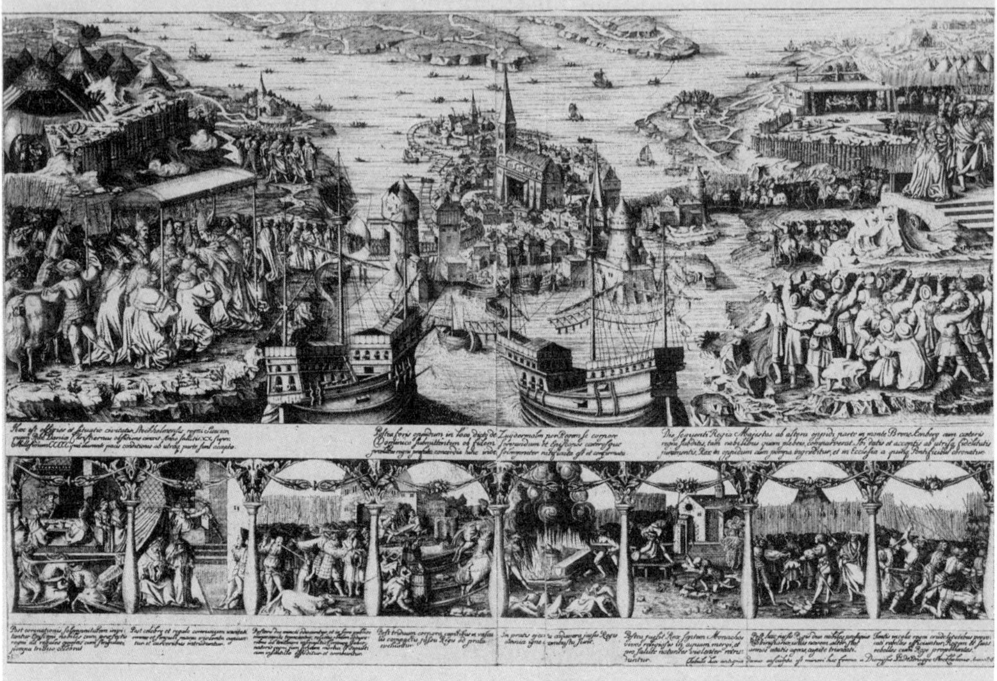

Auslöser der Freiheitsbewegung in Schweden. *Das Blutbad von Stockholm (8. 11. 1520). Schloß Gripsholm.*

und England, Ländern, die, zeitlich versetzt, ebenfalls die Reformation durchliefen, wobei in den Niederlanden, wie in Deutschland, Adel und Volk, in England, wie in Schweden, der König die entscheidende Rolle spielten. Die Anlässe allerdings waren hier wie dort völlig verschieden.

ENGLAND – ELISABETH I. UND MARIA STUART

Englands König, *Heinrich VIII.* (R 1509–1547), verzichtete, wie wir schon gesehen haben (siehe Seite 90), seltsamerweise auf die Einführung des Protestantismus und beließ alles beim alten Glauben, der alten Liturgie und Hierarchie, zog aber nach der Trennung von Rom anstelle des Papstes selber alle letztinstanzlichen Entscheidungen an sich und schuf also ein romunabhängiges katholisches Kirchensystem, das nach dem Tod des Königs 1547 vielfachen Glaubenswechseln ausgesetzt war, ehe sich die »anglikanische« Kirche herausbildete.

Ohne große Gewissensbisse wechselte England erneut die Konfession, als *Elisabeth I.*, Tochter aus der Ehe Heinrichs mit Anna Boleyn, 1558 den Thron bestieg und in ihrer langen Regierungszeit bis 1603 für immer mit Hilfe des Parlamentes der Reformation zum Sieg verhalf, deren »anglikanische« Version im Gegensatz zu den anderen protestanti-

Text der Zeit

Sebastiano Giustinian:
Heinrich VIII. von England – 1520

Seine Majestät ist neunundzwanzig Jahre alt und außerordentlich schön. Die Natur hätte nicht mehr für ihn tun können. Er ist weitaus schöner als irgendein anderer Herrscher der Christenheit, weit mehr als der König von Frankreich. Er hat eine sehr helle Hautfarbe und ist von wunderbar wohlproportioniertem Wuchs. Nachdem er gehört hat, daß [König] Franz I. [von Frankreich] einen Bart trägt, hat er den seinen wachsen lassen, und da er rötlich ist, hat er nun einen Bart, der wie Gold aussieht.

Er besitzt viele Talente, ist ein guter Musiker, komponiert sehr artig, ist ein hervorragender Reiter, ein geschickter Fechter, spricht gut Französisch, Latein und Spanisch, ist sehr religiös, hört drei Messen am Tage, wenn er zur Jagd geht, und manchmal fünf an den anderen Tagen. Jeden Tag wohnt er im Zimmer der Königin der Vesper und Complet bei. Er liebt sehr die Jagd und übt diese niemals aus, ohne nicht acht oder zehn Pferde zu strapazieren, die er auf dem Wege, den er nehmen will, für sich bereithalten läßt; wenn das eine ermüdet ist, besteigt er ein anderes, und bevor er zurückkehrt, sind alle erschöpft. Er liebt sehr das Tennis, und es ist die schönste Sache der Welt, ihn dabei zu sehen, wenn seine weiße Haut unter einem Hemd von feinstem Gewebe schimmert. [. . .]

Er trug eine Kappe aus karmesinrotem Samt nach französischer Mode, deren Rand ringsum mit Goldverschnürung und Nadeln aus Goldemail gehalten war. Sein Rock war nach Schweizer Manier aus rot und weiß gestreiftem Satin, und seine Beinkleider waren scharlachrot und vom Knie an aufwärts ganz geschlitzt. Um den Hals trug er einen goldenen Halskragen, von welchem ein ungeschliffener Diamant von der Größe einer Nuß, die ich je gesehen habe, herabhing, und an diesem hing eine herrliche, sehr große Perle. Sein Mantel war aus purpurnem Samt, mit weißem Satin gefüttert. [. . .]

Über diesem Mantel trug er eine sehr schöne goldene Halskette mit einem Sankt Georg als Anhänger, der ganz aus Diamanten gefertigt war. Unter diesem Mantel hatte er eine Tasche aus Goldstoff, die einen Dolch umhüllte, und seine Finger waren eine einzige Menge von juwelenbesetzten Ringen.

Aus: Memorandum für den Dogen von Venedig. In: J. S. Brewers u. a. »Letters and Papers, Foreign and Domestic, of the Reign of Henry VIII.«, Vol. 3, Nr. 402.
Übers.: E. Hort

schen Kirchen darin bestand, daß sie, wie ihr Vater, am katholischen Bischofssystem festhielt, als Oberhaupt der Kirche sich aber die Ernennung und Einsetzung der Bischöfe vorbehielt. Elisabeths I. entschiedener Kampf gegen den Katholizismus (nach ihrem Glaubensübertritt zum »Anglikanismus« erst anläßlich der Thronbesteigung) trug alle Züge politischen Taktierens angesichts ständiger Bedrohung durch die hochgebildete und als Schönheit gerühmte Königin von Schottland, *Maria Stuart* (R 1542–1567).

Nicht nur die Religionsverschiedenheit und Marias vorteil-

England zwischen den konfessionellen Fronten. *Eine Sitzung des englischen Parlaments (Anfang 16. Jh.). Zwei Parlamentsgesetze von 1559 gaben der Anglikanischen Kirche ihre Selbständigkeit zurück. Nach einem Gemälde. Royal Library, Windsor Castle.*

haftes Aussehen sowie ihre Erbberechtigung im Falle von Elisabeths Ableben ließen beide als Rivalinnen gnadenlos gegeneinander agieren, sondern vor allem auch die gesamtpolitische Konstellation führte zur Konfrontation: Die beiden führenden katholischen Mächte, Spanien und Frankreich, unterstützten, als gemeinsame Gegner Englands, Maria, Frankreich überdies wegen verwandtschaftlicher Bindungen: Maria war mit König *Franz II.* von Frankreich (R 1559–1560) verheiratet gewesen und hatte nach dessen Tod mit dem Anspruch, Königin von England zu sein (Elisabeth war nach katholischer Auffassung illegitime Tochter Heinrichs), den Thron in Schottland bestiegen, den bis dahin ihre Mutter, *Maria von Lothringen (Guise),* Französin aus einflußreichem Adel, innegehabt hatte. Marias Versuche, das calvinistische Schottland zum ›wahren Glauben‹

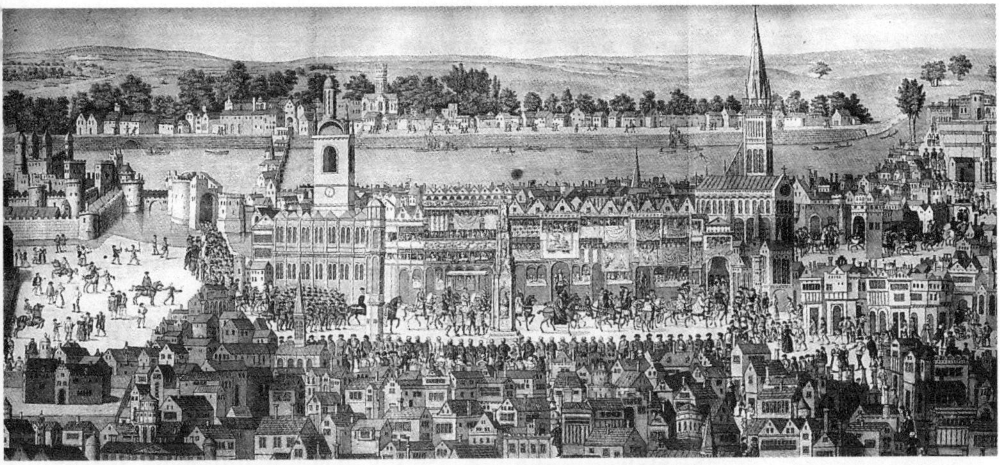

Das Ringen um eine nationale Kirche.
Oben: Einzug Eduards VI. (R 1547 bis 1553) in London im Jahre 1547. Unter seiner Regierung wurde die englische Reformation wesentlich in die calvinistische Richtung vorangetrieben. Stich nach einem Gemälde im Cowdreay House. – Mitte: Hinrichtung der Maria Stuart in Fotheringhay. Kupferstich, 1588. – Unten: Königin Elisabeth I. mit ihrem Gefolge vor dem Blackfriars Theater. Gemälde von Robert Peake, d. Ä.

zurückzuführen, und ihre unglücklich geschlossenen Ehen führten zu solch schweren Verwicklungen mit dem Adel, daß Maria Stuart 1568 ausgerechnet zu ihrer ärgsten Feindin floh. Fast zwanzig Jahre lang suchte fortan Elisabeth I. eine Lösung zwischen ihren geheimen Wünschen – Tod der Gegnerin – und ihrem Gewissen – Gnade für die Gefangene –, bis sie sich aufgrund zunehmender Verschwörungen und ständiger Drohungen Spaniens zu einem ›vorläufigen‹ Todesurteil durchrang, das aber sofort an der 45jährigen Maria Stuart am 8. Februar 1587 vollstreckt wurde, obwohl die Königin bis zuletzt ihre Unschuld beteuert hatte. Als späte Wiedergutmachung, aber auch als menschlicher Zug ihres so oft im Vergleich zu Maria Stuart negativ bewerteten Charakters, ist die testamentarische Verfügung Elisabeths zu verstehen, Marias Sohn Jakob zu ihrem Nachfolger zu bestimmen.

SPANIEN KONTRA ENGLAND – UNTERDRÜCKUNG DER NIEDERLANDE

Maria Stuarts Hinrichtung löste in Spanien wütende Empörung und militärische Aktionen gegen England aus. Elisabeth hatte nämlich nicht nur zwei Jahre zuvor, 1585, den Aufstand der Niederlande gegen Spanien mit Truppen unterstützt, sondern auch im folgenden Jahr durch den Weltumsegler *Francis Drake* (* 1540, † 1596) die spanischen Besitzungen in Amerika angreifen lassen, so daß Philipp II. eine Flotte gegen England zusammenzog. Als Elisabeth nach dem Todesurteil gegen Maria Stuart dreist genug war, durch Drake einen Überfall auf Cádiz durchführen zu lassen, um die Flottenrüstung Spaniens zu stören, erklärte Philipp II. England den Krieg. Die Expedition seiner unüberwindlichen »Großen Armada«, der mächtigen Kriegsflotte, stand von Anfang an unter einem ungünstigen Stern, und auch die mitsegelnden Mönche, die nach der Beseitigung der »Ketzerin« Elisabeth die Engländer bekehren sollten, konnten das Blatt nicht wenden. Am 8. August 1588 verlor Spanien nicht nur die Seeschlacht im Kanal, seine Niederlage zeigte erneut die Grenzen dieser Weltmacht auf, wenn sie auf entschlossenen Widerstand traf. Philipp II. hatte entsprechende Erfahrungen schon seit 1566 in den Niederlanden sammeln können.

Die *Niederlande* waren Philipp II. von Kaiser Karl V. 1555 übergeben worden; sie gehörten also nicht mehr zum habsburgischen Deutschland und bildeten jetzt eine »Außenstation« des spanischen Reiches ohne territoriale Verbindung zum Mutterland. Diese geographische Trennung hätte nicht unbedingt zu politischen Selbständigkeitsbestrebungen führen müssen, wenn Philipps II. Absolutismus die ge-

Versöhnliche und unversöhnliche spanische Politik in den Niederlanden. *– Links: Margarete von Parma, Generalstatthalterin der Niederlande, durch ihre beiden Ehen Herzogin von Florenz sowie von Parma und Piacenza. Porträt von Anthonis de Moor, um 1562. – Rechts: König Philipp II. von Spanien.*

wachsenen Rechte der Stände, über die sich in Deutschland auch sein Vater nicht einfach hinwegsetzen konnte, als Realität anerkannt und die Gleichberechtigung zweier Bekenntnisse – in den Niederlanden hatte sich von Frankreich her der Calvinismus verbreitet – nach dem Beispiel Deutschlands geduldet hätte. Sicher war es ein Fehlschluß Philipps II. zu glauben, er könne die Niederlande behandeln wie eine spanische Provinz, als er der seiner Meinung nach zu weichen Statthalterin *Margarete von Parma* (* 1522, † 1586), seiner Halbschwester, den Kardinal *Antoine Perrenot Granvelle* (* 1517, † 1586) an die Seite stellte. Dessen Verschärfung der »Inquisition«, des Prozesses gegen »Ketzer« durch von der Kirche bestellte Richter, forderte den Widerstand des Volkes geradezu heraus, so daß der Ausgang der Reformation nicht wie in anderen europäischen Ländern vom Willen der Könige oder Landesherren bestimmt wurde, sondern vom gesamten Volk. Geführt wurden die Niederländer von angesehenen Adeligen wie *Wilhelm I. von Oranien* (*Graf von Nassau,* * 1533, † 1584), von *Egmont* (*Lamoral Graf von E., Fürst von Gavre,* * 1522, † 1568) und von *Hoorn* (*Philipp von Montmorency-Nivelle, Graf von H.,* * 1524, † 1568), die sich ihrerseits mit Gesinnungsgenossen 1566 im »Geusenbund« zusammenschlossen. Den Aufruhr suchte zunächst die Statthalterin Margarete von Parma durch eine Einschränkung der Inquisition zu unterdrücken, als aber die Calvinisten einen Bildersturm entfesselten, schickte Philipp II. 1567 einen erprobten und vor allem gefürchteten Feldherrn als neuen Statthalter, den *Herzog von Alba* (Fernando Álvarez de Toledo, * 1507, † 1582). Er rechtfertigte das königliche Vertrauen mit einer Schreckensherrschaft von sechs Jahren, an deren Anfang

Text der Zeit

Emanuel Van Meteren:
Der »Rat der Unruhen« – 1568

Als Herzog Alba nun das Regiment übernommen hatte, legte er sein Kriegsvolk rund um sich her in die nächsten Städte. Aber statt der Versammlung des Rates der allgemeinen Landstände berief er einen neuen Rat von zwölf Personen, dem er Vollmacht gab, über alles, was die Empörung betraf, zu erkennen und zu urteilen. Dieser Rat wurde auf französisch »Le Conseil des Troubles«, auf deutsch aber der Blutrat genannt. Er war gemischt aus Einheimischen und Ausländern, über die der Herzog selbst Präsident sein wollte, doch danach wurde Vargas Präsident, ein Tyrann über alle Tyrannen, der nichts als Geld und Blut suchte, aber die Spanier sagten, daß der Niederländer räudige Köpfe einer solchen scharfen Lauge bedürften. In den ersten zwei oder drei Monaten kam der Herzog selbst mit den Herren nach Mittag zusammen, ganz nach des Herzogs Gutdünken, der haben wollte, daß diese ihn nur beraten, aber nicht zu beschließen hätten, und alles nur von ihm allein abhinge. Durch diesen Rat, ja durch den Herzog allein wurden allen anderen Landräten ihre Autorität und Macht völlig genommen, und die Einwohner ihrer ordentlichen Jurisdiction und Rechte beraubt, so daß des Herzogs freier Wille an kein Gesetz gebunden, sondern absolut und frei war.

Anfang des Jahres 1568 begann Herzog von Alba durch diesen Blutrat gar greulich gegen die vorzugehen, die auch nur einigermaßen beschuldigt waren, daß sie zur Predigt gegangen seien, Prädikanten oder dergleichen beherbergt oder sonst was mit ihnen zu schaffen gehabt hätten, und das in allen Provinzen ohne Ansehen des Adels oder Nichtadels, insbesondere aber gegen die reichsten, die nach Brüssel oder anderswo hinzitiert wurden. Nur wenige erschienen, die nicht gefangengesetzt wurden. Die aber nicht erschienen, denen konfiszierte er von Stund an ihr Gut. Die nicht viel Besitz hatten, ließ er nicht zitieren, sondern straks einfangen. Sie alle ließ er in großer Zahl nach grausam angelegter Marter und Pein inner- und außerhalb der Städte enthaupten und hängen. Reichen Bürgern, die vierzig-, sechzig-, hunderttausend Gulden hinterließen, ließ er die Hände auf den Rücken binden und sie an einem Pferdeschwanz zum Galgen hinausschleifen. Dieses strenge Vorgehen erweckte allenthalben von Tag zu Tag größeren Schrecken unter dem Volk und verursachte große Flucht.

Aus: Nach Emanuel Van Meteren »Historie der Niederlandscher« von 1614, Vol. 53. Neu übertragen und bearbeitet: H. Pleticha

die Einsetzung eines »Rates der Unruhen« stand, eines »Blutrates«, wie ihn das Volk nannte, weil Alba mit den calvinistisch-niederländischen Freiheitskämpfern kurzen Prozeß machte und den Aufstand unter Greueln in einem Meer von Blut ertränkte.

Nach der Hinrichtung der Grafen Egmont und Hoorn 1568 – Wilhelm von Oranien war rechtzeitig geflohen und organisierte von außen den Widerstand – schienen Albas brutale Maßnahmen zu wirken. Als er aber 1572 daranging,

Blutige Unterdrückung der niederländischen Unabhängigkeitsbewegung. *Links: Karikatur auf die Verfolgung der Protestanten unter der spanischen Herrschaft Philipps II. bzw. Herzog Albas und Kardinal Granvelles sowie auf die Hinrichtung der Grafen Egmont und Hoorn. – Unten: Die Enthauptung der Grafen Egmont und Hoorn am 5. Juni 1568 in Brüssel. Anonym. Zeitgenössischer Kupferstich.*

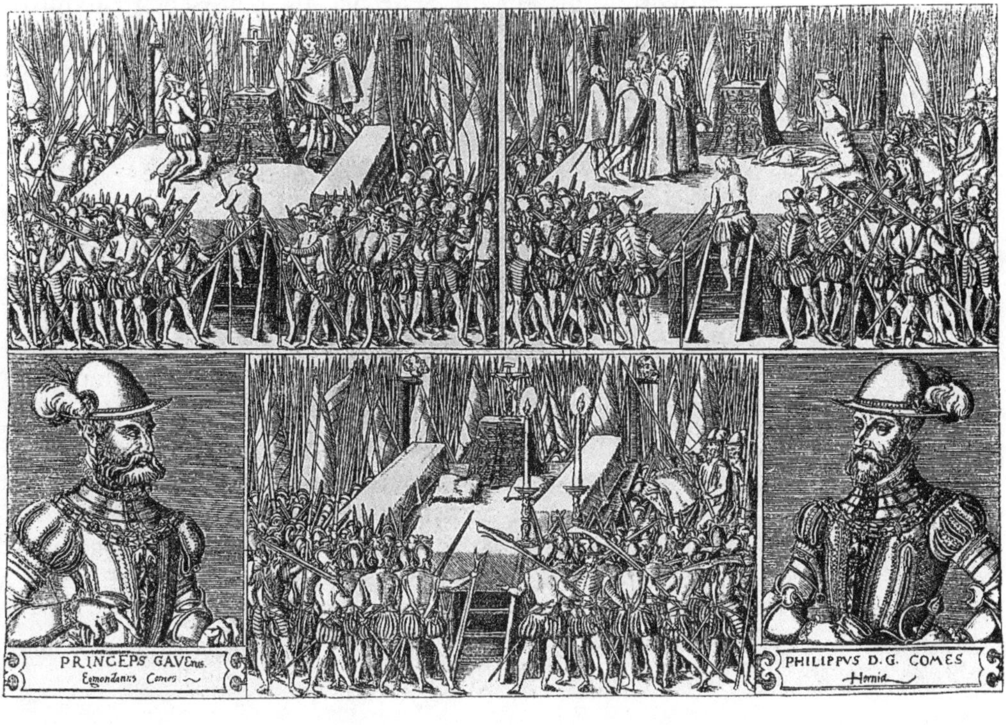

auch steuerpolitisch die Schraube anzudrehen, und den Handel mit England untersagte, verprellte er auch das bis dahin noch spanienfreundliche mittlere und gehobene Bürgertum und erweiterte den religiösen Konflikt endgültig zu einem politischen.

Den bewaffneten Widerstand, der nun auf breiter Front einsetzte, vor allem in den nördlichen Provinzen Holland, Seeland, Friesland, bekam Alba nicht mehr unter Kontrolle. König Philipp versuchte den zweiten Aufruhr zu unterlaufen, indem er Alba abberief. Es nützte nichts, und der Verschleiß von Statthaltern setzte sich fort, weil Philipp trotz toleranter Beamter in der Sache hart blieb, weder Religionsfreiheit noch Steuererleichterung gewährte und auf die Überlegenheit der spanischen Truppen hoffte. Selbst sein Schachzug, Wilhelm von Oranien zum Statthalter von Seeland und Holland zu erheben, brachte keine Befriedung, im Gegenteil. Die Spannungen verschärften sich, weil mit Wilhelms Zustimmung in *Dordrecht* 1574 ein eigenes Glaubensbekenntnis entworfen, der »Heidelberger Katechismus« angenommen und der Calvinismus zur Landesreligion erklärt wurde.

Dem politischen Ziel, alle Provinzen der Niederlande bei Duldung der verschiedenen Glaubensrichtungen in einer Föderation zusammenzufassen, war Wilhelm recht nahegekommen, als nach scheußlichen spanischen Übergriffen im reichen Antwerpen sich auch die südlichen katholischen Provinzen mit auf die Seite der aufständischen calvinistischen Nordprovinzen schlugen – in dem gemeinsamen Ziel, die spanischen Truppen zu verjagen und bis zur Entscheidung durch einen Reichstag Toleranz in religiösen Fragen walten zu lassen (»Pazifikation von Gent« 1576).

Don Juan d'Austria (*Johann von Österreich,* * 1547, † 1578), Philipps Halbbruder, unehelicher Sohn Kaiser Karls V. und einer Regensburgerin, 1571 glänzender Sieger über die Türken bei *Lepanto*, seit 1576 neuer Statthalter der Niederlande, unterlief diplomatisch geschickt diese herrschaftsbedrohende Übereinstimmung durch politische Zugeständnisse an die katholischen Südprovinzen, das spätere Belgien, und sicherte ihnen im »Ewigen Edikt« 1577 im Tausch gegen die Beibehaltung des Katholizismus und Anerkennung spanischer Oberhoheit den Abzug der Truppen und weitgehende Selbständigkeit zu. Erleichtert worden war dieser Schritt den »Südstaaten« durch die Unduldsamkeit der Calvinisten, die neben sich nur schwer andere Bekenntnisse dulden wollten, wie der schon von ihnen ausgelöste Bildersturm von 1566 mit der Vernichtung von über vierhundert Klöstern gezeigt hatte.

Nach Don Juans Tod 1578 behielt auch der neue Statthalter, *Alessandro Farnese von Parma* (* 1545, † 1592), dessen politische Linie bei und war bereit, im Tausch gegen die Rekatholisierung den Niederländern weit entgegenzukommen. Bei den zehn Südprovinzen hatte er Erfolg, sie schlossen sich in der »Union von Arras« Januar 1579 zu den Bedingungen des »Ewigen Edikts« zusammen, während Wilhelm von Oranien die sieben reformierten Nordprovinzen (Geldern, Seeland, Holland, Friesland, Utrecht, Groningen und Oberijssel) ebenfalls im Januar 1579 zur »Utrechter Union« zusammenführte, einem »ewigen Bund« gegen jeden auswärtigen Feind, gegen jede Einschränkung ständischer Freiheit. Philipp II. ächtete Wilhelm und setzte 25 000 Dukaten auf seinen Kopf aus. Die Mitglieder dieser »Utrechter Union« antworteten 1581 als »Vereinigte Generalstaaten« auf die spanische Anmaßung mit der Absetzung Philipps II. als König der Niederlande, erklärten sich für unabhängig und wählten Wilhelm von Oranien als ersten »Generalstatthalter«, nach seiner Ermordung 1584 dessen Sohn Moritz. Die Unterstützung der jungen Republik durch das protestantische England und die daraus resultierenden militärischen Verwicklungen Spaniens in Auseinandersetzung mit England zwangen den Statthalter Farnese, Schiffe und Truppen für die »Große Armada« zur Verfügung zu stellen, was ihn an einer wirkungsvollen Rückeroberung des reformierten Nordens hinderte. Nach der Vernichtung der »Großen Armada« 1588 war daran erst recht nicht mehr zu denken.

Weder Philipp II. noch seinen Nachfolgern gelang es je wieder, die nördlichen Provinzen spanischer Herrschaft zu unterwerfen. Die niederländischen Generalstaaten behaupteten sich in den Auseinandersetzungen, bis nach dem Dreißigjährigen Krieg (1618–1648, siehe Band 8) der »Westfälische Friede« 1648 endgültig ihre Unabhängigkeit garantierte.

FRANKREICH IM ZEICHEN INNERER SCHWIERIGKEITEN

Angesichts der spanischen Schwierigkeiten im niederländischen Außenposten und des spanischen Prestigeverlusts stellt sich die Frage nach der Rolle Frankreichs und dessen Gründen für die politische Enthaltsamkeit Spanien gegenüber. Der französische Staat war der gefährlichste Konkurrent der Habsburger um die Vorherrschaft in Europa, seit er in den erfolgreichen Auseinandersetzungen (siehe Band 6) mit England, dem nur noch Calais als Brückenkopf auf dem Festland verblieb, zu einer unter dem König zentralisierten Nation gefunden hatte. König *Franz I.*

Text der Zeit

Théodore Agrippa d'Aubigné:
Die Bartholomäusnacht – 1572

Nun erscholl die Sturmglocke, und schleunigst zogen der Herzog von Guise und der Ritter von Angoulême, welche die ganze Nacht überall Anordnungen getroffen hatten, aus und kamen mit dem Herzog von Aumale zur Wohnung des Admirals, der, als er den Lärm hörte, meinte, es sei eine Empörung gegen den König selbst. Aber er erkannte seinen Irrtum, als Cosseins, nachdem er sich das Eingangstor hatte öffnen lassen, den Schlüsselträger niederstach, vor den Augen der Schweizer, von denen einer getötet wurde, als er das Tor wieder versperren wollte. Darauf eilten einige Schweizer herbei, die der König von Navarra dem Admiral zugeteilt hatte, zusammen mit andern Bedienten; sie stießen die Pforte wieder zu und türmten Kisten dahinter auf. Ein junger Mann, namens Certon, der eine der Kisten hatte herbeischleppen helfen, eilte nach dem Zimmer des Admirals zurück. Cornaton, der junge Yolet, Merlin, der Sekretär Belon, der Haushofmeister Bruneau und der Chirurg Thomas hatten dieses bereits verlassen, um ihr Heil in der Flucht zu suchen. Zurückgeblieben war nur Nicolas Mousche, der Dolmetscher, der sich nicht retten wollte, trotz der ausdrücklichen Bitte seines Herrn, der ihnen gesagt hatte: »Meine Freunde, mir nützt menschliche Hilfe nichts mehr; das ist mein Tod, vor dem ich nie Furcht hatte, da er ja bei Gott liegt: rettet euch!« Nachdem Cosseins mit etwelcher Mühe die Türe hat aufbrechen lassen, fand er den Admiral; er war neben seinem Bette in die Knie gesunken und erblickte nun Cosseins sowie Bême, der Cosseins beiseite schob und Coligny anfuhr: »Bist du der Admiral?« Die Antwort lautete, nach dem Bericht Atains, der mit Sarlaboz-Cardillac und einem Italiener hinter Cosseins her das Zimmer betreten hatte: »Junger Mann, ehre mein Alter!« Und dann, beim ersten Streich: »Könnte ich doch durch die Hand eines Ritters sterben,

(R 1515–1547), nicht weniger auf Ausdehnung bedacht als seine Vorgänger, hatte gegen Kaiser Karl V. Italien zum Objekt seiner Eroberungspolitik gemacht und hier den Hebel gegen die Macht Habsburgs angesetzt. Selbst drei gegen Karl V. verlorene Kriege hielten ihn nicht vom Ziel ab, erste Macht Europas zu werden. 1542 bis 1544 versuchte er ein viertes Mal, dieses Ziel doch noch zu erreichen: *Dänen, Schweden* und selbst ein deutscher Fürst, Herzog *Wilhelm V. von Cleve*, wurden als Bündnispartner gewonnen und außerdem Habsburgs schlimmster Feind im Südosten, der Türkensultan *Süleiman II., der Prächtige* (R 1520–1566). Der Augenblick war gut gewählt, als Süleiman gegen Deutschland und Franz I. gegen die Niederlande vorrückten: Der Kaiser, innenpolitisch durch die Reformation gelähmt, schien schnell in die Zange genommen werden zu können. Aber er durchhieb den gordischen Kno-

nicht durch die Hand dieses Buben!« Auf diese Worte stieß ihm Bême, zum zweitenmal ausholend, den Degen durch den Leib, zog ihn wieder heraus und versetzte ihm mit der Scheide einen mächtigen Streich auf den Kopf.

Die Herzöge von Guise und von Aumale und der Ritter von Angoulême, welche schon im Hofe angekommen waren, fragten, ob die Sache besorgt sei; als Bême dies bejahte, befahl man ihm, den Leib zum Fenster hinauszuwerfen, was er tat, und der Admiral, noch nicht tot, klammerte sich ans Gitterwerk des Fensters, wovon er ein Stück mit sich riß. Man sagt, daß sie ihm mit einem Tuche das Blut am Gesichte abwuschen, um ihn zu erkennen, auch daß der Herzog ihm einen Fußtritt in den Leib versetzte, bevor er weiter durch die Straßen ritt, um überall anzufeuern, zu einem guten Ende zu führen, was so glücklich angefangen war. Das Volk, durch die Palastglocke aufgeweckt, eilte zur Wohnung des Toten und schnitt dem Leichnam alle Glieder ab, die man abzuschneiden vermochte, insbesondere den Kopf, der bis nach Rom gebracht wurde. Sie schleppten ihn durch die Straßen, wie er, ohne daran zu denken, vorausgesagt hatte, warfen ihn ins Wasser, zogen ihn wieder heraus, hängten ihn in Montfaucon an den Füßen auf und zündeten Feuer darunter an, um alle Elemente für ihre Rache zu gebrauchen.

Am Tore des Louvre und drinnen wurden getötet: Pardaillon, Saint-Martin, Beauvais und Pilles; als dieser letzte seine Gefährten tot sah, rief er: »Ist das der Friede, den der König mit seinem Treuwort uns zugesichert hat? Räche, o Gott, diese Treulosigkeit!« Mit diesen Worten zog er seinen Mantel aus und starb unter den Streichen der Halbarten.

Der Vicomte de Léran stand nach den ersten Streichen wieder auf und stürzte sich auf das Bett der Königin von Navarra; die Kammerfrauen retteten ihn.

Aus: Théodore Agrippa d'Aubigné »Histoire universelle«, Bd. III. In: Gottfried Guggenbühl »Quellen zur Geschichte der Neueren Zeit«, Schulthess Polygraphischer Verlag AG, Zürich 1956

ten auf seine Weise: Nach außenpolitischer Anlehnung an England und innenpolitischen Zugeständnissen an die Protestanten zwang er durch einen Vorstoß auf Paris Franz I. 1544 im »Frieden von Crépy« zum endgültigen Verzicht auf *Mailand, Piemont, Neapel, Flandern* und *Artois*.

Frankreich mußte zwar Italien endgültig an die Habsburger abtreten, hielt sich aber unter *Heinrich II.* (R 1547–1559), Franz' Sohn, an deutschem Besitz schadlos, an Metz, Toul und Verdun, dem »Judaslohn« der deutschen Fürsten im Aufstand gegen den Kaiser 1552. Nach der Abdankung Kaiser Karls V. konnte Frankreich nicht nur diese ehemals deutschen Besitzungen behaupten, sondern 1558 den Engländern auch ihre letzte Bastion, Calais, entreißen.

Auf solcher Basis schien Frankreich das Ringen mit Habsburg wiederaufnehmen zu können, ja zu müssen, da es sich

durch Philipps II. Besitz, Spanien und die Niederlande, bedroht fühlen mußte. Aber der Verzicht auf die Auseinandersetzung, sogar bekräftigt durch die Verheiratung der Tochter Heinrichs (Elisabeth von Valois) mit Philipp II., wandelte sich in der Folgezeit aus zwei Gründen zur totalen Unfähigkeit, sich gegen die spanischen Habsburger durchzusetzen. Zum einen waren die drei Söhne Heinrichs II. aus der Ehe mit Katharina von Medici zur Regierung völlig ungeeignet, zum andern mußte sich auch Frankreich mit dem Protestantismus auseinandersetzen. Die Folge war, wie in den übrigen europäischen Ländern auch, der Verzicht auf eine dynamische Außenpolitik, da im Innern die ausbrechenden bürgerkriegsähnlichen Religionskämpfe (Hugenottenkriege) auf lange Zeit, von 1562 bis 1598, alle Kräfte absorbierten.
Seit der Protestantismus durch Calvins (siehe Seite 96) einflußreiches Wirken im Volk, im Adel und selbst bei Prinzen auf große Sympathie gestoßen und auch durch grausame Verfolgung unter Franz I. (die Calvin 1534 zur Flucht nach Genf veranlaßt hatte) nicht zu unterdrücken gewesen war, suchte er sich eine Kirchenverfassung zu geben und Religionsfreiheit zu erreichen. Diese Aktivitäten der *Hugenotten* – wie die Anhänger Calvins in Frankreich hießen – und ihres Anführers, des Admirals *Gaspard de Coligny* (* 1519, † 1572), trafen auf den erbitterten Widerstand des katholischen Adels unter Führung der lothringischen Herzogsfamilie der *Guisen.* Die Folge war, daß alle Vertreter dieses religiös gespaltenen Adels durch Intrigen und Mord Einfluß auf Heinrichs II. schwache Söhne, *Franz II.* (R 1559–1560), *Karl IX.* (R 1560–1574) und *Heinrich III.* (R 1574–1589) und die Königsmutter *Katharina de Medici* (* 1519, † 1589) nahmen, um der eigenen Religion die Ausschließlichkeit zu erhalten. Somit polarisierte sich in Frankreich ebenso wie im übrigen Europa die Bekenntnisfrage, immer wieder unterbrochen durch Waffenstillstände und Duldungsedikte. Hatten zunächst die Guisen das Übergewicht, da Franz' II. Gattin, Maria Stuart, mit ihnen verwandt war (ihre Mutter war eine Guise), so suchte nach dessen Tod seine Mutter Katharina de Medici den Ausgleich mit den Hugenotten und hob 1562 im »Edikt von St. Germain« ihre Verfolgung vorübergehend auf. Doch die Guisen verletzten absichtlich diese begrenzte Duldung und provozierten erneut den Konflikt, der aber im Friedensschluß von *St. Germain-en-Laye* 1570 den Hugenotten sogar die völlige Religionsfreiheit außerhalb von Paris brachte. Die Guisen mußten vom Hofe weichen, und der Einfluß des Admirals Coligny auf König Karl IX. ver-

Glaubenskriege in Frankreich. *Das Blutgericht von Amboise – das Ende der Verschwörung von 1560, bei der die Hugenotten vergeblich versucht hatten, König Franz II. zu entführen, um ihn dem Einfluß der katholischen Guise zu entziehen. Nach einem Stich der Zeit.*

stärkte sich so sehr, daß Katharina de Medici und Herzog *Heinrich I. von Guise (Henri de Lorraine)* zunächst die Ermordung Colignys, dann aller Hugenotten beschlossen. Dieser Entsetzen verbreitenden Bluttat, der sogenannten »Bartholomäusnacht«, fielen in Paris in der Nacht vom 24. auf den 25. August 1572 mit Coligny zweitausend Hugenotten zum Opfer, die fünf- bis zehnfache Zahl wurde im Lande ermordet. Doch die Verfolgung gebar nur neue Gläubige und führte zu immer härteren Auseinandersetzungen. Mit diesem schrecklichen Erbe sahen sich auch Karls IX. Nachfolger konfrontiert.

Weil Karl IX. den Guisen zu nachgiebig gegenüber den Reformierten erschien, gründete Herzog Heinrich I. von Guise die »Heilige Liga«, um alle Hugenotten zu vernichten, und setzte König Heinrich III. unter Druck. Prompt nahm dieser die Zusicherung allgemeiner Religionsfreiheit zurück und untersagte den Hugenotten die Ausübung ihrer Religion. Erst als eine Verschwörung der Guisen Heinrich III. um Thron und Leben fürchten ließ, handelte er und befahl den Mord an Heinrich I. von Guise und dessen Bruder Ludwig, einem Kardinal, Weihnachten 1588. Doch knapp ein Jahr später, im August 1589, war auch Heinrich III. tot, ermordet von einem Dominikanermönch. Der nächste

Thronanwärter war ausgerechnet Colignys Nachfolger als Führer der Hugenotten, *Heinrich IV. von Navarra* (R 1589–1610) aus dem Hause Bourbon. Am Ende der Religionskriege war – Ironie der Geschichte – den Hugenotten der katholische Königsthron zugefallen, nicht unumstritten allerdings, denn auch Philipp II. von Spanien meldete für seine Tochter Isabella, Enkelin Heinrichs II., Ansprüche an und fiel mit seinem Heer zweimal in Frankreich ein, diese Ansprüche zu untermauern. Da aber einerseits die Furcht vor einer Übermacht Spaniens allgemein war, andererseits ein Hugenotte als König mit dem katholischen Übergewicht nicht zu vereinbaren war, tat Heinrich IV. von Navarra einen spektakulären Schritt, weil es ihm nicht nur um die Festigung der Herrschaft und um einen dauerhaften Frieden in Paris, sondern in ganz Frankreich ging: Er trat zum katholischen Glauben über und wurde als Heinrich IV. der nationale König aller Franzosen, der Katholiken wie Hugenotten, denen er 1598 im »Edikt von Nantes« volle Gleichberechtigung verbriefte. Als Heinrich IV. 1610 ermordet wurde, hinterließ er ein gefestigtes Frankreich, in dem, wie in Deutschland, Gleichberechtigung zweier Bekenntnisse herrschte, bis ein gewisser Armand Jean du Plessis weitgehend die Einheit im katholischen Glauben wiederherstellte: Es war der Herzog und Kardinal *von Richelieu* (siehe Band 8).

DEUTSCHLAND IM WECHSELSPIEL VON REFORMATION UND ›GEGENREFORMATION‹

Kehren wir nach Deutschland zurück. Im Gegensatz zur Einheitskirche des anglikanischen England, des lutherischen Schweden und zu der später wiedergewonnenen katholischen Einheit Frankreichs blieb im Mutterland der Reformation die Zweiteilung des Bekenntnisses erhalten. Seit dem *Augsburger Reichstag* von 1555 war nach den Religionskämpfen der ersten Hälfte des 16. Jahrhunderts ein leidlich gesicherter Friede eingekehrt, den die anderen europäischen Staaten zeitversetzt erst gegen Ende dieses Jahrhunderts nach ebenfalls schmerzhaften innenpolitischen Konfessionskriegen erlangten. Von der Einwirkung dieser religiös-politischen Auseinandersetzungen im Westen und Norden Europas verschont, lag Deutschland gleichsam im Windschatten der europäischen Entwicklungen, es hatte sich mit der Weitergabe der Reformation begnügt, ohne nach außen wesentliche missionarische Aktivitäten zu entfalten. Um so mehr versuchten im Innern die Landesfürsten, deren religiöse Autonomie durch die Bestimmung des »Augsburger Religionsfriedens« durch das »cuius regio, eius religio« (siehe Seite 96) bestätigt worden war, die konfessionelle Entwicklung entweder im evangelischen oder katholischen Sinne zu stabilisieren und in die Nachbarterritorien hineinzuwirken. Die auf Kaiser Karl V. folgenden Kaiser, sein Bruder *Ferdinand I.* (R 1556–1564), dessen Sohn *Maximilian II.* (R 1564–1576) und *Rudolf II.* (R 1576–1612) machten da keine Ausnahme. Den Habsburgern lag der Eigenbesitz mehr am Herzen als das Reich. Sie hatten genug zu tun, in ihren eigenen Erbländern, vor allem in der Steiermark und Oberösterreich, dann auch in Ungarn, Böhmen und Mähren, die protestantische Opposition des Adels und der Bauern einigermaßen wirksam unter Kontrolle zu halten. Kaiser Ferdinand I., religiös ein toleranter Mann, soweit es das Reich betraf, suchte in den Erblanden den Katholizismus zu erhalten, während sein Sohn Maximilian II. ein eher gespaltenes Verhältnis zu den Konfessionen hatte. Persönlich dem Protestantismus nahestehend, zwang ihn doch die Staatsräson, gegen seine Neigung zu handeln. Gradliniger gab sich sein Sohn Rudolf II., wie überhaupt die Kaisersöhne in der Religion einen ihrem Vater entgegengesetzten Weg einschlugen. Rudolfs Maßnahmen gegen den Protestantismus waren weitaus kämpferischer und direkter als die seines Vaters und Großvaters, doch im Reich bewegte auch er nichts, weil eben anders als in Frankreich, England, Schweden oder Dänemark das Kaisertum, gegenüber dem Landesfürsten zur Ohnmacht verurteilt, keine zentrale Entscheidungsinstitution mehr war, auch nicht in der Glaubensfrage.

So kam zur politischen Gespaltenheit des Reiches die konfessionelle Zerrissenheit hinzu. Diese Gegensätze setzten sich sogar unter den Protestanten selbst fort und boten der beginnenden ›Gegenreformation‹ der erneuerten katholischen Kirche genügend Angriffsflächen (siehe auch Seite 123). Dem weitgehend protestantischen Norden stand eine konfessionell unterschiedlich geprägte Mitte Deutschlands gegenüber, und im Süden war nur Bayern wieder ein fast ganz geschlossener katholischer Block, während der Südwesten teils lutherisch, teils calvinistisch war. Das führte zu erheblichen Spannungen etwa zwischen der calvinistischen Pfalz und den umliegenden lutherisch-protestantischen Territorialherren, und alle Versuche einer Einigung beider Richtungen zu einer einzigen protestantischen Kirche verschärften nur die Kluft, die ja nicht einmal Luther und Zwingli in einer persönlichen Unterredung 1529 in Marburg hatten überbrücken können. Diese Feststellung gilt auch für den letzten Einigungsversuch, die 1577 entworfene »Konkordienformel« (von lat.: concordia = Eintracht), veröffentlicht 1580 im »Konkordienbuch«. Durch die schärfere Festsetzung des lutherischen Lehrbegriffes schuf sie zwar die Grundlage der evangelischen Orthodoxie, grenzte sich aber dadurch vom Calvinismus so scharf ab, daß der Kurfürst der Pfalz sogar ein Bündnis mit Frankreich, England und den Niederlanden schloß, weil er um das religiös-politische Überleben der deutschen Reformierten fürchtete!

Solcher Zerrissenheit und der Unfähigkeit, über die Grenzen der Territorien hinweg den Protestantismus als Ganzes im Auge zu haben, setzte die katholische Kirche nach der Erneuerung durch das *Konzil von Trient* (1545–1563) die gestärkte Einheit des katholischen Glaubens und seiner Lehre entgegen. Doch ihre geistige Erneuerung konnte ebensowenig wie das Anliegen der Protestanten der politisch-militärischen Unterstützung entbehren. Religiöse Ziele waren ohne politische Maßnahmen nicht durchsetzbar, die politische Macht andrerseits bediente sich, oft über Religionsfragen hinweg, des Protestantismus wie des Katholizismus zur Erlangung handfester Vorteile oder zur Entmachtung der Stände. Glaubensprobleme waren das ganze 16. Jahrhundert hindurch immer auch politische Probleme gewesen und umgekehrt. Das galt nicht nur für die Territorien in Deutschland, sondern für alle europäischen Staaten.

Auch um den Katholizismus wieder zu festigen, kam es also weniger auf Papst, Bischöfe und Priester als auf weltliche Fürsten und darauf an, wieweit sie die geistige Erneuerung der Kirche auch politisch umzusetzen bereit waren: »Wenn aber die Welt nicht folgen oder – wie es jetzt geschieht – gegen Gott und sein Kirchenregiment einen öffentlichen Aufruhr anfangen will«, so schrieb der bayerische Herzog Albrecht V. an Kaiser Rudolf II., »so können Papst, Bischöfe und Seelsorger allein nichts ausrichten. Man bedarf da des Beistandes, der Handreichung und Hilfe Ihrer Majestät, des Kaisers.«

Mit eben diesem Herzog *Albrecht von Bayern* (R 1550–1579) begann auch die erneute politische Erstarkung des Katholizismus in Deutschland und die Ausbreitung der ›Gegenreformation‹. Seine Maßnahmen in Bayern, Vorbild für die anderen katholischen weltlichen und geistlichen Fürsten, machten ihn bei den »Lutherischen verhaßt, weil er die Neuerer in seinem Gebiet unterdrückt, die Sektierer aus dem Lande weist und die Vornehmsten des Adels gefangen hält. [. . .] Sicher ist, daß diese Strenge gegen einige Adelige den meisten Furcht eingejagt und die Bayern in der Erfüllung ihrer religiösen Pflichten gewissenhafter gemacht hat. [. . .] Schon kehrt das Volk nach und nach zur

heiligen Messe zurück und gibt die falschen Glaubenslehren auf. Zugleich werden mit Genehmigung des Bischofs Klöster und Schulen visitiert.«
Der Verfasser dieses Textes war das geistig-geistliche Haupt der katholischen Erneuerung in Bayern und Deutschland, ein Angehöriger des Jesuitenordens, *Petrus Canisius* (*Pieter Kanijs,* * 1521, † 1597). Ihm hatte in einem Schreiben *Ignatius von Loyola* (* 1491, † 1556), der Gründer des die Rekatholisierung vorantreibenden Jesuiten-Ordens (siehe auch Seite 121), folgende Aufgabe gestellt: »Das Ziel, das Ihnen vor Augen liegen muß, ist jenes, das Ihr Auftraggeber, der Papst, im Sinne hat, nämlich zunächst die Universität Ingolstadt zu fördern und, soweit möglich, Deutschland überhaupt in dem, was zum wahren Glauben, zum Gehorsam gegen die Kirche und zu einer soliden und gesunden Lehre gehört.«
Eine wieder gut fundierte Glaubensgrundlage zu schaffen und solide Kenntnisse in erfolgreiche Glaubensverkündigung einzubringen, bedurfte einer entsprechenden Wissensvermittlung. Die Jesuiten förderten folglich konsequent und entsprechend katholischen Grundprinzipien die Wissensvermittlung und die Bildung. Ihre Schulen, vielfach Vorläufer unserer Gymnasien, und die neugegründeten Jesuiten-Universitäten und -Kollegien (in Bayern *Ingolstadt, Dillingen, Würzburg*) sowie Ordensniederlassungen in religiös noch schwankenden Gebieten aktivierten schnell das katholische Leben und verliehen der Gegenreformation jene geistige Stoßkraft, die von den ungebildeten Pfarrern und Mönchen nicht erwartet werden konnte. Von Bayern aus strahlte die Wirkkraft der Jesuiten weit in den übrigen deutschen Raum und die habsburgischen Territorien hinein.
Eine entscheidende Etappe der Gegenreformations-Phase markierte der »Kölnische Krieg« (1583–1585), als der 1582 durch den Übertritt *Gebhards Truchseß von Waldburg* (Erzbischof und Kurfürst, R 1577–1583) zum Protestantismus drohende Verlust des Erzbistums Köln auch die katholische Stimmenmehrheit im Kurfürstenkollegium in Frage stellte, was alle katholischen Kräfte im Ringen um die Erhaltung dieses Eckpfeilers zusammenschweißte. Es kam zwischen ihm und seinem ernannten Nachfolger zum Krieg, der von der katholischen Partei gewonnen wurde: Ihr Erfolg 1584 – Gebhard ging in die Niederlande – verhinderte nicht nur den Zusammenbruch des Katholizismus im Nordwesten, er stützte gleichzeitig auch die inmitten protestantischer Territorien gelegenen Bistümer Münster, Paderborn, Osnabrück und Minden und verstärkte den

habsburgisch-wittelsbachischen Einfluß, da der neugewählte Kölner Erzbischof *Ernst von Wittelsbach,* Prinz von Bayern (* 1554, † 1612), ein Bruder des Herzogs Albrecht V. von Bayern war.

Ähnliche Konflikte wie in Köln hatte es im Reich öfter gegeben, sie waren aber weitgehend mit unkriegerischen Mitteln beigelegt worden. In Köln aber war zum ersten Mal eine entscheidende Wende eingetreten, die für die Zukunft nichts Gutes ahnen ließ. Spanische, niederländisch-spanische, bayerische und päpstliche Truppen auf der einen, lutherische Protestanten und Reformierte auf der anderen Seite »internationalisierten« den Streit und setzten ein Signal, daß die Zeit des seit dem »Augsburger Religionsfrieden« garantierten Nebeneinander zu Ende ging und daß verstärkt das europäische Ausland in innerdeutsche Händel hineingezogen wurde. In den »Jülich-Klevischen Erbfolgekrieg« (1609–1614) griffen auch Frankreich und England ein: Die Konstellationen des kommenden Dreißigjährigen Krieges (siehe Band 8) waren vorgegeben. Noch ließ sich diesmal der Streit nach fünf Jahren beilegen. Aber nicht zu übersehen war die zunehmende Bereitwilligkeit auf protestantischer wie katholischer Seite, sich weniger auf ausgleichende Verhandlungen als vielmehr auf die

Literatur

Görlich, Ernst Joseph: Grundzüge der Geschichte der Habsburgermonarchie und Österreichs, Darmstadt 1980²

Mandrou, Robert: Introduction à la France moderne, Paris 1961

Matuz, Joseph: Das osmanische Reich. Grundlinien seiner Geschichte, Darmstadt 1985

Meissner, Paul: England im Zeitalter von Humanismus, Renaissance und Reformation, Heidelberg 1952

Meyer, Enno: Grundzüge der Geschichte Polens, Darmstadt 1977²

Mieck, Ilja: Die Entstehung des modernen Frankreich 1450–1610, Stuttgart 1982

Neander, Irene: Grundzüge der russischen Geschichte, Darmstadt 1976²

Ritter, Moritz: Deutsche Geschichte im Zeitalter der Gegenreformation und des Dreißigjährigen Krieges, 3 Bde.; Darmstadt 1962

Stone, Lawrence: Social change and revolution in England 1540–1640, London 1967³

Trevelyan, George Macaulay: Kultur- und Sozialgeschichte Englands, Hamburg 1948

Waffen zu verlassen und auf »supraterritorialer« und außerdeutscher Ebene die Kräfte zu bündeln. Was den Protestanten 1608 im militärischen Zusammenschluß der »Union« recht war, war den Katholiken 1609 mit der Gründung der »Liga« billig. Zur politischen und religiösen Zerrissenheit war endgültig die militärische Blockbildung hinzugekommen, womit die Gefahr heraufbeschworen wurde, daß selbst aus lokalen Konflikten in Folge der Bündnisverpflichtungen unkontrollierbare Flächenbrände entstehen konnten. Nur vier Jahre nach dem »Jülich-Klevischen Erbfolgekrieg« trat diese Situation 1618 ein, und ein zweites Mal innerhalb von hundert Jahren zogen die Vorgänge in Deutschland auch viele andere Staaten Europas in den Strudel des Konfliktes hinein.

Martin Luthers Thesenanschlag hatte 1517 Deutschland und die Länder religiös erschüttert und verändert, 1618 weitete sich der lokale Zusammenstoß der beiden Bekenntnisse in Böhmen zu einem »Reichskrieg« aus, erfaßte nach und nach Europa, und seit dem Jahre 1623 brandete die Welle aus jenen europäischen Ländern zurück, die militärisch den drohenden Untergang des Protestantismus in seinem Ursprungsland zu verhindern versuchten. Auf deutschem Boden spielte sich der Religionskrieg Europas ab.

HEINRICH PLETICHA

Prag

Prag um 1600 – wieder einmal, wie schon zu Zeiten der Luxemburger, war die alte Hauptstadt des Königreiches Böhmen zugleich auch der Mittelpunkt des Heiligen Römischen Reiches Deutscher Nation und damit eine der wichtigsten Städte Europas. 1571 hatte der Habsburger *Rudolf II.* (R 1576–1612) als deutscher Kaiser seine Residenz von Wien hierher verlegt. Zwar prägte er nicht so deutlich das Bild der Stadt wie zweihundert Jahre zuvor Kaiser *Karl IV.* (R 1347–1378), aber noch heute läßt die *Kleinseite* mit ihren Adelspalästen und Kirchen, lassen die engen Gassen der *Altstadt* und die letzten erhaltenen Denkmäler des ehemaligen *Judenviertels* etwas vom Geist dieses rudolfinischen Prags verspüren.

Als Residenz bot sich dem Kaiser die alte Königsburg auf dem *Hradschin* an. Hier war eine alte Anlage aus dem 11. Jahrhundert mehrfach umgebaut und von Kaiser Karl IV. erneuert worden. Die Habsburger schließlich gaben ihr jenes Gesicht, das wir auch heute noch kennen. Unter Rudolf wurden der »Spanische« und der »Neue Saal« eingerichtet.

Das Kernstück des Hradschins bildet der *St.-Veits-Dom*, den schon Karl IV. hatte erbauen lassen. Hier wurden die böhmischen Könige mit der Krone des heiligen Wenzel gekrönt, hier fanden sie ihre letzte Ruhestätte, hier wurde 1612 Rudolf beigesetzt.

Unmittelbar hinter der Burganlage noch im Bereich des Hradschins entstand an der Burgmauer jenes »Goldene Gäßchen«, dessen kleine Häuser in der Volksüberlieferung bis heute mit Rudolf in Verbindung gebracht werden, weil hier angeblich die Alchimisten und Goldmacher wohnten, die er an seinen Hof gerufen hatte. In Wirklichkeit dienten die kleinen Häuschen aber den vierundzwanzig Burgwächtern als Wohnung, während die Alchimisten ihre Werkstätten im *Mihulka-Turm*, einem der drei mächtigen Burgtürme an der Nordmauer, hatten.

Kleinseite, Karlsbrücke, Altstadt

Zu Füßen der Burg erstreckt sich zwischen dem Hradschin und dem Laurenzi-Berg die *Kleinseite (tschech.: Malá Strana)*, eigentlich eine Stadt für sich, nicht nur ein Stadtbezirk. Noch zeigen die Prager Ansichten des ausgehenden 16. Jahrhunderts hier weite Grünflächen. Der böhmische Adel nutzte die sich bietende Möglichkeit und erbaute in diesem Bereich seit dem 16. Jahrhundert seine Stadtpaläste, so daß aus der »Kleinen Stadt Prag« die Stadt des Adels wurde.

Als 1620 nach der *Schlacht auf dem Weißen Berg* und der Niederwerfung des böhmischen Ständeaufstandes der große Besitzwechsel unter dem Adel stattfand, kamen neue Familien, entstanden neue Paläste, der berühmteste unter ihnen war wohl das »Pa-

Prags zweite Blüte im 16. Jh. *Hradschin (oben) mit Veitsdom und Stadtansicht mit Karlsbrücke (unten). Aus: Braun-Hogenberg »Civitates Orbis Terrarum«.*

lais Waldstein«, das sich der Feldherr 1623 erbauen ließ, nachdem er insgesamt dreiundzwanzig Häuser an dieser Stelle hatte niederreißen lassen. Lange konnte er sich allerdings an dem aufwendigen Prachtbau nicht erfreuen, denn er überlebte den Abschluß der Bauarbeiten selbst nur um zwei Jahre.

Von hier aus sind es nur wenige Schritte bis zur Moldau und zu jener steinernen Brücke, die schon Karl IV. erbauen ließ und dessen Namen sie auch trägt und die bis heute mit ihren Figuren und den beiden Türmen an ihren Ufern zu den schönsten Brücken Europas gehört. Jahrhundertelang bildete sie die einzige Verbindung zwischen den beiden Teilen Prags. Sie führt von der Kleinseite hinüber in die Altstadt, in das eigentliche alte Prag mit seinem Mittelpunkt, dem *Altstädter Ring.* Es war der Hauptmarkt und Versammlungsort, der Platz großartiger bürgerlicher Feste, aber auch die düstere Gerichtsstätte, und nur ein Jahrzehnt nach Rudolfs Tod Schauplatz der spektakulären Hinrichtung jener böhmischen Herren, die sich auf der Seite der Protestanten gegen den Kaiser empört hatten. Das *Rathaus* auf diesem Platz war schon unter Karl IV. begonnen worden, seine heute noch weltberühmte *astronomische Uhr* stammte aus dem 15. Jahrhundert. Hier in der Altstadt lag auch die berühmte *Universität,* die als älteste *deutsche* Hochschule 1348 von Karl IV. gegründet worden war. Unter Rudolfs Einfluß wurde an ihr besonders die Astronomie gepflegt. Ihre Konkurrenz fand sie im *Kollegium der Jesuiten.* Die Mitglieder des Ordens lauerten nur darauf, ihr den Rang ablaufen zu können. Zeitweilig begünstigte Kaiser Rudolf auch ihre Pläne, und schon 1578 begannen die Patres mit dem Bau des »Clementinums« zwischen Altstädter Ring und Karlsbrücke. Als es 1722 endlich vollendet war, bildete dieses Jesuitenkolleg neben der Burg den größten Gebäudekomplex in der Stadt und verfügte schließlich über drei Kirchen und fünf Höfe.

Nördlich davon, in einem später im 19. Jahrhundert sanierten Gebiet, lag das

__Zeugnis jüdischer Kultur in Prag.__ Der älteste der insgesamt etwa 12 000 Grabsteine des Alten Judenfriedhofes stammt aus dem Jahr 1439, der jüngste von 1787. Neben dem Eingang des Friedhofes steht die Pinkas-Synagoge – seit 1958 Gedenkstätte.

Ghetto. In diesem von einer eigenen Mauer mit sieben Toren umschlossenen Bezirk lebte die Judengemeinde der Stadt, eine der bedeutendsten und angesehensten des ganzen Abendlandes. Nach Zeiten der Not und Verfolgung ging es den Prager Juden unter dem milden Regiment Rudolfs gut. In *Mordechai Meisel* hatte die Judengemeinde damals einen Vorsteher, der wie keiner seiner Vorgänger tatkräftig für sie sorgte, sich um das Schulwesen kümmerte, das Judenviertel pflastern ließ, das Rathaus, ein Hospital und neben der »Altneusynagoge«, der ältesten, heute noch bestehenden Synagoge Europas, eine weitere bauen ließ, die seinen Namen trägt. Es war aber auch die Zeit des berühmten *Rabbi Löw* (* 1525, † 1609), eines großen Gelehrten und Menschenfreundes, den die Sage als den Schöpfer des *»Golem«* nennt, jener unheimlichen Gestalt, die zu Prag gehört wie die Figuren der Karlsbrücke oder die Apostel der astronomischen Uhr. Noch heute kann man auf dem *Alten Jüdischen Friedhof* unter den zahlreichen kleinen Grabsteinen, die sich hier im Lauf der Jahrhunderte gesammelt haben, den Sarkophag des großen Rabbi und Gelehrten sehen.

Die Neustadt und Wyschehrad

Ein Wassergraben, dessen Linienführung heute noch durch die Straße »Am Graben« gekennzeichnet ist, bildete die Grenze zur *Neustadt*, die von Karl IV. als eigenständiger Stadtteil mit Markt und Rathaus geplant und gegründet worden war. Den alten *Roßmarkt* (heute »Wenzelsplatz«) hatte der Kaiser in einer für seine Zeit wahrhaft kühnen Vorausschau so anlegen lassen, als ob er geahnt hätte, daß er sechshundert Jahre später einmal zum Mittelpunkt einer modernen Großstadt werden würde.
Südlich dieser Neustadt lag an der Moldau der *Wyschehrad (tschech. Vyšehrad)*, der einmal Sitz der böhmischen Fürsten gewesen, im 16. Jahrhundert aber längst zur Bedeutungslosigkeit herabgesunken war.

Unter Kaiser Rudolf II. erlebte Prag eine erstaunliche Blüte. Seine Einwohnerzahl wird auf 60 000 geschätzt. Tschechen, Deutsche und Juden lebten einträchtig nebeneinander in den rund 3300 Häusern, Palästen und Klöstern der Stadt. Gerade den Deutschen kam dabei das Verdienst zu, ihr jenes kosmopolitische Gepräge gegeben zu haben, das sich auch auf die wirtschaftliche Konjunktur und die künstlerische Entwicklung auswirkte. Das Zusammenleben gerade der einfachen Leute war zu dieser Zeit noch frei von den nationalen Spannungen, die vom 19. Jahrhundert an zu Belastungen und Problemen unter den Bürgern führten, als wachsender Chauvinismus und Sozialspannungen wirksam wurden.

Künste, Wissenschaften, Wirtschaftsleben

Stadt und Bürger als Träger der neuen Kultur – Neubewertung der Antike – Das Trecento – Das Quattrocento – Die großen Künstlerpersönlichkeiten – Das Cinquecento – Die literarischen Werke und Entwicklungen des 16. Jahrhunderts – Sonett und Versepos, Roman und Essay, Lyrik und Drama – Befruchtung durch Humanismus und Reformation – Von Petrarca bis Shakespeare – Schelme und Träumer – Cervantes – Die Musik der Renaissance – Von der Notre-Dame-Schule bis zum großen Orchester – Pädagogik des Humanismus und der Reformation – Ignatius von Loyola – Von den Artefici bis zu Kopernikus, Kepler und Galilei – Umorientierung des Handels – Neue Gewerbe.

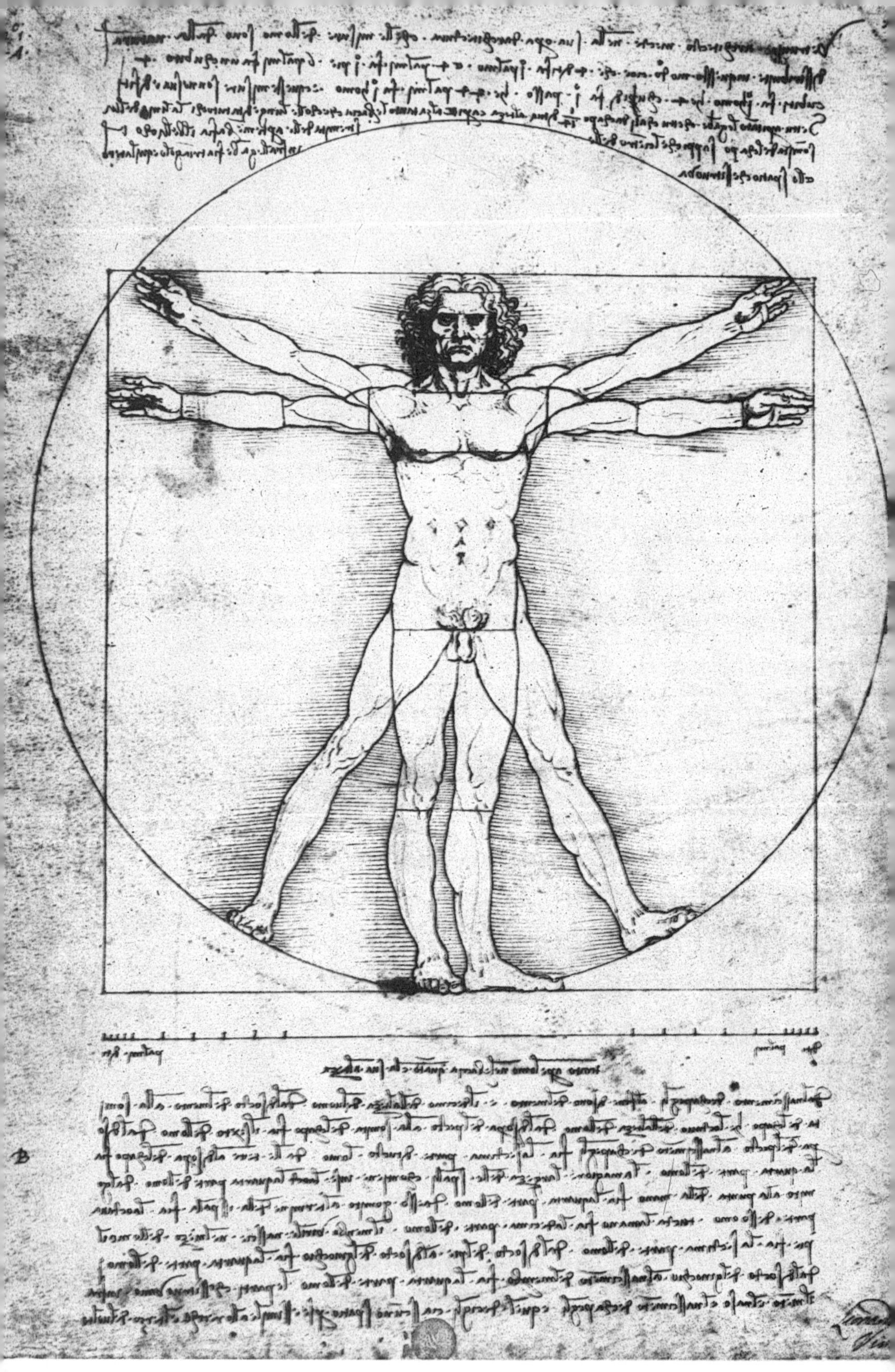

HERMANN SCHREIBER

Kunst und Kultur der Renaissance

Das französische Wort *renaissance* bedeutet Wiedergeburt und wird seit dem 18. Jahrhundert für jene umfassende Erneuerungsbewegung des europäischen Geistes- und Kulturlebens gebraucht, die künstlerisch hauptsächlich von Italien, literarisch-philosophisch aber von verschiedenen mitteleuropäischen Zentren ihren Ausgang nahm. Sie ist so vielgestaltig und so außerordentlich fruchtbar gewesen, weil äußere und innere Ursachen und Anstöße in ihr zu geistigen und allgemein kulturellen Entwicklungen geführt haben. Eben darum aber herrschten und herrschen über die Bedeutung der auslösenden Faktoren und der wirksamen Kräfte erhebliche Auffassungsunterschiede.

War die mittelalterliche europäische Geistes- und Kunstwelt – in der Karkasse der christlichen Religion – weitgehend in sich geschlossen und von stabilen Schichten wie dem Adel und der Geistlichkeit getragen, so ergaben sich neue Verhältnisse, als die Kreuzzüge diese geschlossene Welt nach Osten und die Entdeckungsfahrten sie nach Westen öffneten. Dieser geographischen Horizonterweiterung, die lange Zeit in ihrer Bedeutung überschätzt wurde, ging eine von Generation zu Generation deutlicher werdende gesellschaftliche und wirtschaftliche Veränderung innerhalb der kontinentaleuropäischen Oberschichten vor sich, die später auch nach England und zuletzt nach Rußland übergriff.

Linke Seite:
Der Mensch im Zentrum des Denkens
(»Homo ad circulum«). Proportionszeichnung von Leonardo da Vinci; er gilt als beispielhafte Verkörperung des von der Renaissance geforderten Universalmenschen. Um 1485–1490.

BÜRGERTUM UND STADTKULTUR

Geführt vom gewandten, merkantil engagierten italienischen Stadtbürgertum, entwickelten sich Fernhandel, Geldverkehr, Kapitalbildung und staatliche Wirtschafts-

Bürgerliche und adelige Baukunst der Renaissance in Europa

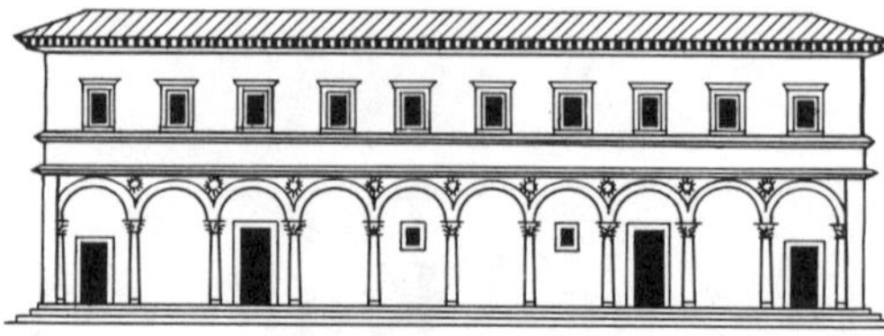

Florenz, Findelhaus von Brunelleschi. Erstes wirkliches Renaissancegebäude, leicht und zart gegliedert bei deutlicher horizontaler Betonung und Trennung von Arkaden und Obergeschoß.

◁ Paderborner Rathaus von H. Baumhauer. In Stein umgesetzter und überhöhter Typ des Ackerbürgerhauses. Weserrenaissance.

Antwerpen, Rathaus von Cornelius. Repräsentative Selbstdarstellung des wohlhabenden Bürgertums. Vermischung von spätgotischen Stilelementen und französischer Palast-Renaissance.

Wollaton Hall/Nottinghamshire (England) von R. Smithson. Elisabethanisches Herrenhaus, Verschmelzung von britischen, niederländischen und flämischen Formen. ▷

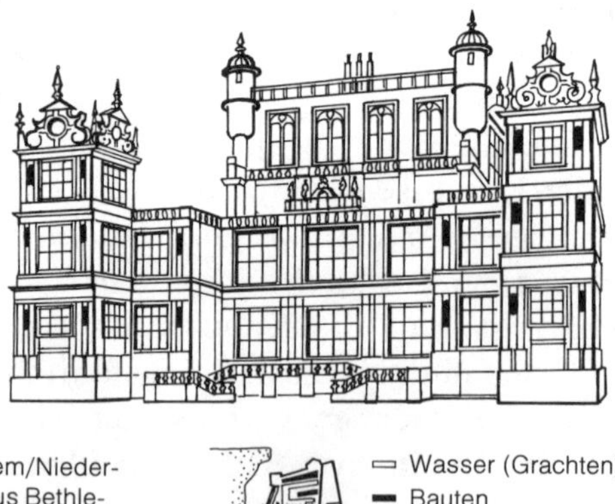

◁ Gorinchem/Niederlande, »Haus Bethlehem«. Gotisch schmaler Giebel, Backstein mit Naturstein gefaßt und mit Renaissance-Elementen wie Voluten, Bögen, Pilastern. Bürger- und Handelshaus der Zeit.

Amsterdam/Niederlande. Planmäßiger Renaissance-Grundriß. ▷

interessen weit über die Möglichkeiten der bis dahin tragenden Schichten der Grund besitzenden und Steuern einziehenden Kirche und des Rittertums hinaus. Während Mission und christliches Rittertum in einem voll christianisierten Europa keine echten Aufgaben mehr fanden, blühte das weltliche Heldentum des *merchant adventurers,* des wagemutigen Kaufmanns, auf. Neben den Kirchenfürsten und den Gelehrten trat der Handelsherr als Persönlichkeit und Machtzentrum mit einem Gefolge, in dem sich die Jünger neuer Wissenschaften (Geographen, Navigatoren, Physiker) fanden, aber auch lobredende Dichter und für ihn arbeitende Maler, Bildhauer und Architekten.

Der Umstand, daß das kleinräumige Krämer- und Handwerkerdasein nun durch überregionale Interessen aufgebrochen wurde, weitete den Horizont, schuf Neugierde und erzeugte Wissensdrang als Voraussetzung für den persönlichen Bildungserwerb und den Kulturaustausch. Da Italien für Handel, Verkehr und Geldwesen besondere Bedeutung erlangt hatte, verbreitete sich auch die Kenntnis der italienischen Sprache längs der Handelswege, und der Zustrom zu Italiens alten Hochschulen verstärkte sich. Die Italiener selbst schwärmten aus, weit hinein nach Deutschland, ja bis nach London, und im sprachverwandten Frankreich bildeten sie ganze Kolonien von Händlern, Künstlern und Gelehrten. Begabte Familien etablierten sich in Lükken und Nischen der noch unzureichenden Infrastruktur, wie die *Taxis* aus Bergamo mit der Einrichtung von *Postlinien.* Mächtige *Bankhäuser* wie die der *Bardi, Strozzi, Medici* und *Chigi* beseitigten durch ihre Macht- und Glanzentfaltung das alte Odium auf dem Geldgeschäft, das dieses im Mittelalter so gut wie ausschließlich den Juden überantwortet hatte. Während der Adel der meisten Länder nach wie vor nur der Krone dienen durfte (Cervantes hat beredt darüber geklagt), eroberte sich das Bürgertum nun den weiten und ertragreichen Bereich grenzüberschreitenden Güteraustausches.

Die großen Handelsherren und die in ihrem Sog zu Reichtum gelangten Kaufleute und Statthalter setzten die erworbenen Vermögen zu allem ein, was die persönliche Geltung und den Glanz der Familie dokumentieren konnte: Sie bauten Paläste, erwarben Bildung und Kunstgegenstände und leisteten sich schöne Frauen von Geist und Anspruch. Und es ist ein Hauptcharakteristikum des neuen Zeitalters, daß diese Frauen als Anregerinnen, als Briefeschreiberinnen, als Dichterinnen und in der Kunst eine große Rolle zu spielen beginnen und sich der Geistesgeschichte einprägen: *Alessandra Macinghi,* verehelichte Strozzi, mit ihrer

Der bürgerliche Mensch als selbstbewußt handelndes Individuum. – *Rechts: Bildnis einer vornehmen Dame. Die wachsende gesellschaftspolitische Bedeutung des Bürgertums fand auch in der Kunst ihren Ausdruck. Gemälde von Jacopo da Pontormo (* 1494, † 1557). – Unten: »Die Gesandten«. Bildnis des französischen Botschafters Jean de Dinteville und seines Freundes Georges de Selve. Wissenschaftliche Geräte, Musikinstrumente und Bücher als Zeichen der Vertrautheit mit Wissen und Kunst der Zeit. Hans Holbein d. J. (1533). National Gallery, London.*

Rückbesinnung auf antike Gestalten. *Landschaft mit dem Sturz des Ikarus. Gemälde von Pieter Bruegel d. Ä., in dem der natürliche »Gang der Dinge« – das Pflügen gehört dazu – mehr wiegt als der kühne Flug-Versuch. Um 1565. Musées Royaux des Beaux Arts, Brüssel.*

unschätzbaren Korrespondenz, *Eleonara Cibò* und *Vittoria Accorombona* mit ihrem politischen Verstand, die vielseitige *Irene di Spilimbergo*, die auch malte, und die Dichterin *Vittoria Colonna* als bekannteste Ausprägung der Renaissance-Frau.

Bemerkenswert an dieser wirtschaftlich-kulturellen Entwicklung war, daß geschlossene Nationalstaaten wie England und Frankreich, die in der mittelalterlichen Gelehrsamkeit eine große Rolle gespielt hatten, nun zunächst in den Hintergrund treten, einerseits, weil der lange (›Hundertjährige‹) Krieg sie geschwächt hat, andererseits aber, weil die maritimen Stadtstaaten Italiens den tatkräftigen Fernhändlern schneller und elastischer zur Seite stehen konnten als die Königtümer. Auch in der deutschen Mitte des Kontinents sind es nicht Fürsten, sondern Städte, die dem Handelsherrn mit dem Hansebund eine taugliche Organisation bieten.

Während es in Italien *alte* Städte sind, die im Trecento (= 1300, 14. Jahrhundert) zu neuem Leben erwachen, kann man an der Ostsee im Vorgang der *Stadtgründung* mitansehen, wie der *Fernhandel* Grund und Boden wertvoll macht, Grenzen überwindet, Engländer, Schotten und Niederländer bis an die Newa bringt und Deutsche nach London, Bornholm und Norwegen. Damit sind Fenster aufgestoßen, und wenn das europäische Mittelalter auch gewiß nicht stumpf oder unschöpferisch war, so führt der erweiterte Horizont doch nun zu einer neuen Nutzung und zu einem selbstbewußteren Umgang mit den vom Mittelalter bewahrten Erbgütern griechisch-römischen Geistes.

ERWACHENDES INTERESSE FÜR DIE ANTIKE

Das, was den schwertschwingenden Adel so wenig interessierte, daß er den Klerus damit unbeeinflußt schalten ließ, das gewaltige Erbe antiker Literatur, Kunst und Philosophie, dieses Kulturgut steht nun in einem weltlichen Licht da, für jeden sichtbar und verständlich, der nach Vermögen und sozialer Position in der Lage war, Bildung zu erwerben und den Umgang mit Bildungsgütern zu versuchen. Die Renaissance, die Wiedergeburt des antiken Kulturgutes, erfolgt im Staunen, in der dankbaren Begeisterung eines neuen Menschen und hat ihn, den freien, selbstbewußten Menschen der Epoche, als Voraussetzung. Das ist und bleibt entscheidend, auch wenn das neu erwachte und intensivierte Interesse für die Antike nun zu einer manifesten Vermehrung der vorhandenen Materialien, der Abschriften, der Kunstschätze, ja zu den ersten Ausgrabungen und ihrer Neubewertung führt.

ITALIEN: FRUCHTBARES TRECENTO

Das Wunderland, aus dem die begehrten Dinge und Geistesgüter kamen, war zunächst *Italien*, bald aber kamen – in friedlichen Zeiten – die seit alters wohlhabenden und kunstliebenden *Niederlande* hinzu. Die Kunstwerke aus dem neuen Lebens- und Daseinsgefühl, aber auch die Bücher, die es dokumentierten und kommentierten, reisten auf den Wegen des Handels, so wie tausend Jahre zuvor das junge Christentum auf den Römerstraßen West-, Mittel- und Osteuropa erobert hatte. Und es waren Sonder-Ereignisse aus dem Leben der Kirche, die diesen bürgerlich-bedächtigen Kulturtransport erheblich beschleunigten: Die »Babylonische Gefangenschaft« (siehe auch Band 5) des Papsttums, das die südfranzösische Stadt *Avignon* (Residenz der Päpste 1309–1377) und ihr Umland durch zwei Generationen in engste Verbindung mit Italien brachte und neben den Kardinälen von der Halbinsel auch bedeutendste Geister der neuen Richtung anzog, wie etwa *Francesco Petrarca* (* 1304, † 1374) und *Giovanni Boccaccio* (* 1313, † 1375). Daneben aber stehen das *Konzil von Konstanz* (1414–1418) und das von *Basel* (1431–1449), Kirchenversammlungen, die eine durch Jahre blühende italienische Pflanzkultur nördlich der Alpen ins Leben riefen und führenden Renaissancedenkern wie etwa *Enea Silvio de' Piccolomini* (dem späteren Papst *Pius II.*, R 1458–1464) deutsche Wahlheimaten schufen.

Die Blüte einer neuen Kunst und einer Literatur mit neuen Inhalten hatte in Italien schon im 14. Jahrhundert eingesetzt, das die Italiener *Trecento* nennen; es ist die erste und reizvollste Phase der ganzen, heute Renaissance genannten Bewegung, deren beste und schönste Schöpfungen nicht nur nördlich der Alpen, sondern auch in Italien selbst mit zunächst ungläubigem Staunen und beglückter Überraschung aufgenommen wurden. Literarisch waren es die Werke Boccaccios und Petrarcas, die vor allen anderen die Ausbildung eines neuen Selbstbewußtseins und die universelle Bildung der Persönlichkeit beschreiben und feiern: in den bekannten Gesprächen und Novellen der Sammlung »Il Decamerone« (um 1470), in den zahlreichen Arbeiten über *Dante*, die Boccaccio für wichtiger hielt als seine Novellen, aber auch in den Gedichten und großen Sendschreiben des Petrarca, der mit Boccaccio befreundet war.

ENTFALTUNG DES HUMANISMUS

Trotz dieser suggestiven Wortführer des Trecento in der Literatur stellte sich die große Welle der Erneuerung, die dann den heute stark diskutierten Namen *Humanismus* erhielt, vergleichsweise langsam ein. Es war eben nicht mit Nachahmung getan, und es ging auch nicht nur um eine Mode: Ein Lebensgefühl mußte sich wandeln, eine neue Sicht sich entwickeln, das mit mittelalterlichem Fleiß zusammengetragene Erkenntnisgut aus Antike, Christentum und neuer Erfahrung mußte in neue Systeme umgegossen werden. Die rein literarische Nachfolge stellte sich mit dem Novellisten *Fiorentino*, dem Altphilologen und Satiriker *Gian Francesco Poggio Bracciolini* (* 1380, † 1459) in Italien relativ bald ein, in Frankreich mit *Christine de Pisan* (* um 1365, † 1429) später. In Deutschland und England kam es zu einer charakteristischen Verschwisterung des neuen Geistes mit den höfischen Kanzleien und deren Aktivitäten, aber auch ersten reformatorischen Tendenzen. *John Wiclifs* (* um 1320/30, † 1384) Bibelübersetzungen und Kommentare gelangten aus England über *Hieronymus von Prag* in den Umkreis der königlichen und kaiserlichen Zentralmacht der Luxemburger. *Johann von Neumarkt,* der 1380 gestorbene große Humanist, machte die neuen Gedanken nördlich der Alpen in der Keimzelle der *Prager Universität* und der höfischen Kultur heimisch, und ein früher Wiener Humanistenkreis nahm an der dort 1365 gegründeten Universität diese Einflüsse auf. Das satirisch-heitere Widerspiel zu Boccaccio war in England der geniale *Geoffrey Chaucer* (* um 1340, † 1400) mit den »Canterbury Tales«, in Frankreich die in Burgund in deutlicher Anlehnung ent-

standende Sammlung der »Cent nouvelles nouvelles«, vermutlich von *Antoine de La Sale* (* um 1388, † nach 1462), etwa ein halbes Jahrhundert nach der um 1412 anzusetzenden ersten französischen Boccaccio-Ausgabe entstanden. Das kongeniale »Heptaméron« der Margarete, Königin von Navarra, entstand erst 1540 bis 1549.
Es war dieser leicht zugängliche Zweig der bis dahin meist kunstvoll gereimten literarischen Produktion, der dem neuen Daseinsgefühl der Renaissance am schnellsten und am nachhaltigsten Verbreitung schuf.

NACHRICHTEN- UND GEDANKEN-AUSTAUSCH – HANDSCHRIFTEN UND BUCHDRUCK

Die Saat fiel auf den günstigsten Boden, denn zwischen Ostsee und Mittelmeer wuchsen überall die Städte, und mit dem Wohlstand festigte sich das Selbstgefühl, festigte sich aber auch der Kulturanspruch einer neuen Schicht, in der Geldleute und Handelsherren bald nur noch die aktivste Gruppe, aber nicht mehr die Überzahl repräsentierten. An die Stelle des persönlich reisenden Kaufmanns, wie wir ihn in *Marco Polo* (* 1254, † 1324) und *Ibn Battuta* (* 1304, † 1377) kennenlernten, ist der schreibende Handelsherr getreten, und auf den Wegen dieser Botschaften reisen bald auch die Briefe der Literaten, die Huldigungsepisteln ausgehaltener Poeten und die Pamphlete, in denen an den Regierungsformen und der herrschenden katholischen Religion Kritik geübt wird. Dem wortkargen Mittelalter mit den auf ihren Maultieren reitenden Klerikern ist ein umfassender, alle Kulturnationen verbindender Nachrichten- und Gedankenaustausch gefolgt, der seine Früchte im Guten wie im Bösen tragen wird, der Anregungen und Kritik von Land zu Land transportiert und der überall verstandenen lateinischen Sprache ein letztes Saeculum völkerverbindender Funktion beschert.
Die Erfindung des *Buchdrucks* mit beweglichen Lettern konnte keinen günstigeren Augenblick finden, um ihre Bedeutung sogleich zu beweisen; sie krönt den im Trecento aufgeflammten *Handschriftenhandel* mit ihren größeren Möglichkeiten und breitet sich so schnell aus, daß die Vielzahl früher Druckorte und Verbreitungszentren eine bis heute nicht völlig beseitigte Unsicherheit über den Erfindungsvorgang selbst nach sich gezogen hat – um so mehr, als natürlich auch das Druckerhandwerk den Wanderburschen kannte und Kenntnisse, Methoden, ja Werkstattgeheimnisse auf diese Weise von Land zu Land reisten.
Wichtiger als die Frage, wer die Buchdruckerkunst nun eigentlich erfunden habe – *Johannes Gutenberg, Laurens J. Coster* oder der geheimnisvolle *Meister der Mainzer Klein-*

Bahnbrechende Erfindung der abendländischen Zivilisation. *Buchdruckerpresse in einer Renaissance-Druckerei (1520). Seit Gutenbergs Erfindung des Drucks mit beweglichen Lettern war ein rationelleres und schnelleres Arbeiten möglich geworden. Neue Pressen erlaubten zudem erstmals den zweiseitigen Druck.*

drucke –, ist für die geistige Kultur des Zeitalters der unerhörte, sich schnell ausbreitende Erfolg der neuen Vervielfältigungsmöglichkeiten, denn er zeigt uns, daß ganz Europa dieses Mediums bereits dringend bedurfte. War der *Mainzer Astronomische Kalender* auf das Jahr 1448 noch von ein oder zwei Kundigen hergestellt worden, deren Namen uns unbekannt geblieben sind, so beschäftigt der 1513 in Nürnberg verstorbene *Anton Koberger* in der zweiten Hälfte des 15. Jahrhunderts bereits hundert Gesellen, die an vierundzwanzig Pressen arbeiten. Daß er schon 1473, also nur fünfunddreißig Jahre nach diesem Kalender, mit einer Boethius-Ausgabe hervortreten konnte, beweist nicht nur die schnelle technische Entwicklung der jungen Kunst, sondern auch die Richtung, die sie genommen hat. Eine Offizin wie die Kobergers durfte sich noch im selben Jahrhun-

›Religiöser‹ und ›weltlicher‹ Mensch in der Renaissance-Plastik. *Links: Der Evangelist Johannes. Marmorfigur von Donatello. Museo di Santa Maria del Fiore. – Rechts: Reiterstandbild des Bartolomeo Colleoni. Bronzeskulptur von Andrea del Verrocchio.*

dert an umfangreiche Aufgaben wagen, an die berühmte *Schedelsche Weltchronik* (1493) oder an die *deutsche Holzschnittbibel* von 1483. Man sieht es den erhalten gebliebenen Exemplaren dieser ehrwürdigen Werke noch heute an, daß sie mehr waren als Bücher. Von allem, was sie bewirkten, waren die reformatorischen Bestrebungen in Deutschland, Frankreich und der Schweiz gewiß der gewaltigste Vorgang; in ihrer Langzeitwirkung aber erwiesen sich die Druckwerke über den religiös-philosophischen Bereich hinaus als das wichtigste Hilfsmittel des Menschengeistes überhaupt, dessen Schöpfungen sie so vollständig bewahrten, wie sich bis dahin nur das künstlerische Ingenium in Gemälden und Bildhauerarbeiten hatte dokumentieren können.

Diese freilich mußte man trotz erster ungefüger Wiedergabeversuche im Holzschnitt noch mit eigenen Augen sehen, um sie zu erleben. Das Trecento wurde zur *Frührenaissance*, aber das war ein Vorgang, der auf Italien begrenzt blieb und der nur auf jene wirkte, die nach Italien reisen konnten wie der Kanzlei-Humanist *Dirk Potter* († 1428), der von dort nicht nur Eindrücke, sondern auch alte und neue Liebesgeschichten mitbrachte. Noch im selben Jahrhundert reiste *Albrecht Dürer* (* 1471, † 1528) nach Venedig,

zum Südpunkt der alten Nürnberger Handelsroute, und viele andere Deutsche taten es ihm nach.

DER KÜNSTLER DER RENAISSANCE

Nach den Malern *Cimabue* (eigtl. *Cenni di Pepo;* * um 1240, † 1302) und *Duccio di Buoninsegna* (* um 1255, † 1319) hatte vor allem die Kunst des großen *Giotto* (*di Bondone*; * 1266, † 1337) deutliche Tendenzen zur Überwindung des Mittelalters erkennen lassen und die Menschen in eine aktuelle und realistische Umwelt hineingestellt, Menschen, die ihre Grenzen, aber auch ihre Möglichkeiten erkennen. *Simone Martini* (* um 1280, † 1344), dessen Wirkungen auf ganz Mitteleuropa ausstrahlten, und *Antonio Pisanello* (*Pisano*; * 1395, † 1455) stehen neben Giotto und Duccio in der Tendenz, das Spätmittelalter durch Eleganz und durch die Entwicklung eines neuen Realismus zu überwinden.

Die großen Meister der anbrechenden Epoche kündigen sich aber erst im sogenannten *Quattrocento*, im 15. Jahrhundert, an, und sie kommen nicht mehr aus den alten Zentren Siena und Neapel, sondern vor allem aus *Florenz* und seiner Umgebung. Bei *Filippo Brunelleschi* (* 1377, † 1446), dem großen Baumeister, bei dem Bildhauer *Donatello* (eigtl. *Donato di Niccolò di Betto Bardo;* * um 1382/86,

† 1466) und dem Maler *Masaccio* (eigtl. *Tommaso di Giovanni di Simone Guidi;* * 1401, † 1428) tauchen die alten Vorzüge Giottos wieder auf, die Ausgewogenheit seiner Konstruktion, der weltzugewandte Rationalismus, die Souveränität in der künstlerischen Bewältigung der Wirklichkeit. Der früh verstorbene Masaccio hatte immerhin noch Zeit, seinen Einfluß auf *Fra Angelico* (eigtl. *Giovanni da Fiesole*) wirken zu lassen, der (nach neuesten Forschungen) etwa gleichaltrig war, aber erst 1455 in Rom starb.
Künstlerisch und menschlich zeigt uns *Lorenzo Ghiberti* (eigtl. *L. di Cione*; * 1378, † 1455) eine erste überzeugende Ausprägung des neuen Menschen, des universell orientierten Künstlers der Renaissance. Er ist uns vor allem als Bildhauer bekannt, doch weiß man, daß er auch anspruchsvolle malerische Aufträge ausführte (Palast Malatestas II. in Pesaro), daß er als Architekt und als Goldschmied Großes leistete. Seine »Kommentare« sind unsere wertvollste Quelle über das Trecento und das erste Werk einer modernen Kunstgeschichtsschreibung.
Die Porträts nicht der Künstler, sondern ihrer zu Reichtum gelangten Auftraggeber aus dem neuen Patriziat erfüllen das reiche Werk des *Gentile da Fab(b)riano* (* um 1370, † 1427), eines vermutlich aus Orvieto stammenden reisefreudigen und fruchtbaren Malers, der uns die Menschen und Paläste dieser Übergangszeit in glanzvollen Bildern festhält. Seine Förderer waren Bankiers, die berühmte Familie Strozzi, standhafte Gegner der Medici in Florenz (charakteristisch das Bild »Die Anbetung der Könige«, heute in den Uffizien).
Es währt nur wenige Jahrzehnte, und die neue Bewegung erreicht mit *Piero della Francesca* (* um 1410/20, † 1492) und mit *Andrea Mantegna* (* 1431, † 1506) den Höhepunkt des Quattrocento, in dem nichts Mittelalterliches mehr nachklingt und die neuen Lehren – die exakte Geometrie, die Umsetzung der Antike – zur Blüte gelangt sind. Die beiden oft gegeneinander ausgespielten Meister sind kaum zu vergleichen. Piero arbeitete viel für den kunstsinnigsten aller Renaissancefürsten, für *Federico II. Montefeltro von Urbino*, interessierte sich stark für die technischen und optischen Errungenschaften der flämischen Malerei und beeinflußte bedeutendste Maler der Epoche wie *Luca Signorelli* (* 1441, † 1523), *Perugino* (eigtl. *Pietro Vannucci*; * 1445/48, † 1523), ja sogar *Raffael* (eigtl. *Raffaello Santi*; * 1483, † 1520). Die Kritik behauptet, daß *Antonello da Messina* (* 1430, † 1479) und *Giovanni Bellini* (* um 1430, † 1516) ihm die Reife und Vollendung ihrer Kunst verdanken.
Gegenüber dem fruchtbaren und beweglichen Piero della

Francesca ist Andrea Mantegna die tragische Gestalt der Epoche, tief veranlagt, vielseitig und kompromißlos-ernsthaft. Er arbeitete zunächst, früh und meist allein, an großen Aufträgen im Norden (Padua, Venedig, Mantua), heiratete in die Künstlerfamilie Bellini ein und absolvierte eine bezeichnende Such- und Ausgrabungsreise an den Gardasee, um antike Vorbilder aufzufinden. Das Schloß von Mantua dekorierte er in völlig neuer Malweise, die *Bramante, Correggio* und *Leonardo* beeindruckte, und arbeitete nicht nur für die *Gonzaga*, sondern auch für die *Medici* und für Papst *Innozenz III.* Bei seinen letzten Arbeiten (für Francesco und Isabella d'Este) kam Mantegnas Vorliebe für die antiken Mythen voll zum Durchbruch (»Parnaß«, 1496/97). Obwohl ein großer Einzelgänger, der keine Schule bildete, beeinflußte Mantegna vor allem die Regionen Padua und Venedig und ist damit, auf dem Umweg über *Morone, Vivarini, Giambellino* u. a., der Maler, der am stärksten nach Norden, vor allem auf und über die deutschen Venedig-Besucher, gewirkt hat.

GRIECHISCHE BEFRUCHTUNG: HANDSCHRIFTEN UND DRUCK DER ARISTOTELES-AUSGABE

Mitten im Quattrocento geschah es, daß das zweite Rom unterging: Im Jahr 1453 wurde Byzanz, auch Konstantinopel genannt, von den Türken erobert. Der Schock für die Kulturwelt war nicht so tief wie gut tausend Jahre zuvor, als der Gotenkönig Alarich Rom eroberte, aber es setzte sich doch eine Welle von kunstsinnigen Griechen und Byzantinern nach Westen zu in Bewegung, in einem Augenblick, da die neue Hinwendung zur Antike das Interesse an griechischer Sprache und Literatur neu belebt hatte. Das also war ein weiterer, von außen kommender wichtiger Anstoß, und es ist vielleicht kein Zufall, daß *Sandro Botticellis* (eigtl. *Alessandro di Mariano Filipepi;* * 1444/45, † 1510) Gemälde von der »Geburt der Venus« zwanzig Jahre später die Liebesgöttin der alten Welt in einer Muschel heransegeln und aus den Wellen an einen italienischen Strand steigen läßt, ein Gemälde, das bis heute als Charakteristikum mit hohem Symbolgehalt gilt.

Was tatsächlich aus dem Osten kam, war freilich nicht so lieblich anzusehen, es waren gebeugte Flüchtlinge, alte Gelehrte, die sich mit den Schätzen ihrer Bibliotheken beladen hatten und das Handschriftenmaterial, auf das sich die italienischen Humanisten stützen konnten, entscheidend vermehrten.

Marsilio Ficino (* 1433, † 1499) übersetzte eifrig griechische Philosophen, vor allem *Platon*, ins Lateinische, aber auch ins Italienische und trat 1462 an die Spitze der von den Medici gegründeten »Platonischen Akademie« in Florenz, und wenig später begannen in Italien die ersten Druckerpressen zu arbeiten, von denen einzelne bald berühmt wurden: *Subiaco* bei Rom soll 1465 der erste Druckort auf der Halbinsel gewesen sein, der wichtigste wurde *Venedig*, wo *Aldus Manutius* (* 1449/50, † 1515) seit 1494 griechische, lateinische und hebräische Schriften druckte. Neben *Johann Froben* (* um 1460, † 1527), der 1491 in Basel seine eigene Druckerei begründete, wird er zum bedeutendsten Drucker des Humanismus und wagt sich schon früh an eine *Aristotelesausgabe* in 5 umfangreichen Foliobänden mit zusammen 3648 Seiten (!).

Die Arbeiten dieser mit großem Können und leidenschaftlichem Engagement geführten Werkstätten versorgten die Gebildeten und die Lernbegierigen mit gut lesbaren Ausgaben jener Klassiker, durch die eine neue Zeit nach dem allgemeinen Aufbruch ihr geistiges Fundament erhalten sollte, mit Werken des *Aristophanes* (* um 445 v. Chr., † um 385 v. Chr.) und *Sophokles* (* um 496 v. Chr., † um 406 v. Chr.), des Historikers *Thukydides* (* um 455 v. Chr., † 396 v. Chr.) und *Herodots* (* um 485 v. Chr., † um 425 v. Chr.), des Redners und Philosophen *Demosthenes* (* 384 v. Chr., † 322 v. Chr.) und *Platons* (* 427 v. Chr., † 347 v. Chr.). Das berühmte Druckhaus *Manutius* erlosch erst 1590, als der Enkel des Begründers die Leitung der vatikanischen Druckerei übernahm.

So gewaltige Erfolge in so kurzer Zeit waren nur möglich, weil die Großen der Epoche, die Fürsten und die Handelsherren und schließlich auch die gebildeten, oft sehr reichen Kardinäle, von all dem Neuen ergriffen wurden, das sich in Kunst und Literatur manifestierte: vom Kult der Jugend, den die italienischen Bildhauer von den altgriechischen übernahmen, vom Kult der Schönheit, wie er immer deutlicher wurde, als sich die Lebensweise der alten Römer aus Funden und Schriften erschließen ließ. Nach den Strozzi und den Medici finden wir in Mailand Mäzene, die aus dem Kriegerstand aufgestiegen sind – die *Sforza* –, aber auch kleine und kleinste Höfe zieren sich mit Malern, Bildhauern und Dichtern.

Selbst der so geschichtsträchtige Boden Italiens wirkt mit, und wenn 1506 die später als geradezu exemplarisch angesehene *Laokoon-Gruppe* entdeckt wurde, so kam sie im richtigen Augenblick zum Vorschein. So manchen Gelegenheitsfund im Umkreis des mittelalterlichen Rom hatte man nämlich nicht als antike Kunst, sondern als heidnisches Blend- und Teufelswerk angesehen und erbost zerschlagen.

TRIUMPH DER RENAISSANCE

Das neue, 16. Jahrhundert, das *Cinquecento*, wird die große Zeit der Renaissance und beginnt mit Triumphen, wie sie die abendländische Kunst seit dem Untergang der Alten Welt nicht mehr erlebt hat: mit dem 1497 vollendeten »Abendmahl« des *Leonardo da Vinci*, mit seiner »Mona Lisa« (1503/06) und der Statue des »David« von *Michelangelo Buonarroti*, dem kühnen Jünglingsakt, der vorher und nachher so nicht möglich gewesen wäre. Unter dem kunstsinnigen Rovere-Papst *Julius II.* (R 1503–1513) entwarf *Donato Bramante* eine neue *Peterskirche* und begann Michelangelo mit den Sixtinischen Fresken.

Damit hat, zweitausend Jahre nach Perikles, ein nur mit dieser goldenen Ära der griechischen Kultur vergleichbarer schöpferischer Impetus eingesetzt, ein Vorgang von so umfassender und beglückender Gewalt, daß man – um ihn zu erklären – das Mittelalter düsterer färbte und die begleitenden Ereignisse der politischen und der Entdeckungsgeschichte überbewertete. Der glückhafte Aufbruch im Geist und in der Kunst verliert nichts von seinem Wert, seiner Größe und seiner Einzigartigkeit, wenn wir ihn als ein in erster Linie lokales Ereignis der italienischen Stadtstaaten verstehen. Denn die Welt war schon so weit, solch eine Blüte nicht nur zu bestaunen, sondern auch zu verstehen, und man reiste schon eifrig genug in Europa, um die Lektion der italienischen Renaissance und des Humanismus rheinabwärts und über die Rhône in die Loire-Schlösser zu transportieren.

Am Vorabend des großen Wandels, der das Gewicht und die Intensität des Welthandels aus dem Mittelmeer hinaus nach Westen verlegen sollte, leuchteten die kleinräumig-intensiv erstarkten Höfe und Stadtrepubliken zwischen Adria und Tyrrhenischem Meer mit einem Glanz, der sich zunächst keineswegs aus Geist und Kunst gespeist hatte: Geld, Handel, Geschick im Export und in der Zollpolitik hatten Städte zu Begriffen werden lassen, die wir heute in erster Linie als Stätten der Kunst verstehen und die den zahlreichen nun auftretenden Begabungen glücklicherweise Betätigungsmöglichkeiten genug boten (wenn sie auch mit dem Rom Papst *Julius' II.* nicht konkurrieren konnten).

Die notwendige Auswahl wird schwer, sobald man über das erste Halbdutzend der Namen hinausgelangt, über das universelle Schöpfertum eines *Leonardo da Vinci* (* 1452 bei Florenz, † 1519 in Amboise/Frankreich), eines *Michelangelo Buonarroti* (* 1475 bei Caprese, † 1564 in Rom), eines *Raffaello Santi* (* 1483 in Urbino, † 1520 in Rom), über die vielseitige Gedankenarbeit eines *Leon Battista Alberti,*

Kirchenbaukunst der Renaissance in Italien
Langhaus und Kuppel

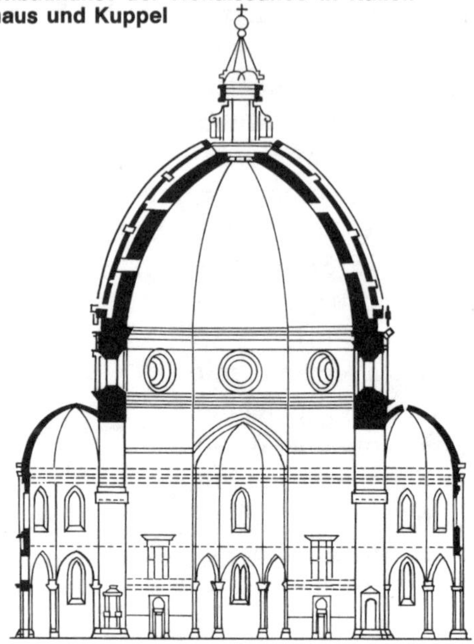

Florenz, Dom. Die das gotische Langhaus bzw. seine Vierung überwölbende Kuppel nach den Entwürfen von Brunelleschi, noch ›gotisch steil‹, aber in ihrer genialen »Zweischaligkeit« Vorbild für spätere Bauten wie z. B. für die Kuppel von St. Peter in Rom.

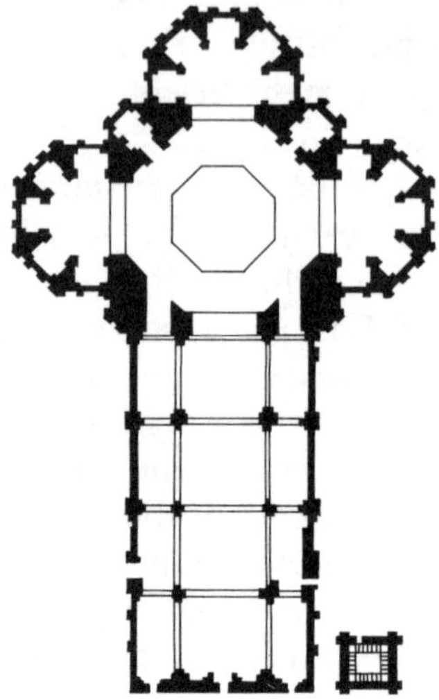

Der Grundriß des Doms zu Florenz (Langhaus mit Dreikonchenchor) offenbart die Kombination von gotischem Langhaus mit dem »Zentralraum« der überkuppelten Vierung als Renaissanceschöpfung.

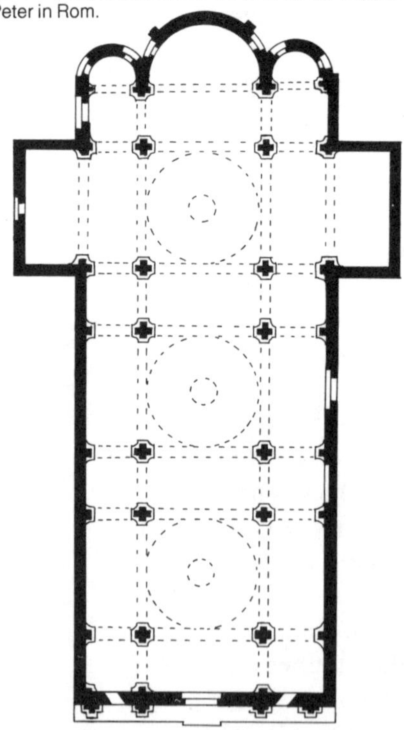

Venedig, San Salvatore (Grundriß). Langhaustypus als Folge aneinandergereihter, überkuppelter Quadrate. Nach Plänen von Lombardi.

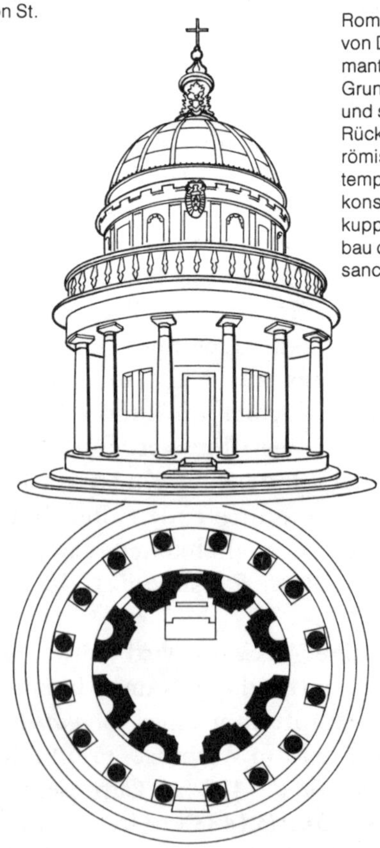

Rom, »Tempietto« von Donato Bramante (Ansicht und Grundriß). Verspielt und streng zugleich, Rückgriff auf den römischen Rundtempel und zugleich konsequenter, überkuppelter Zentralbau der Renaissance.

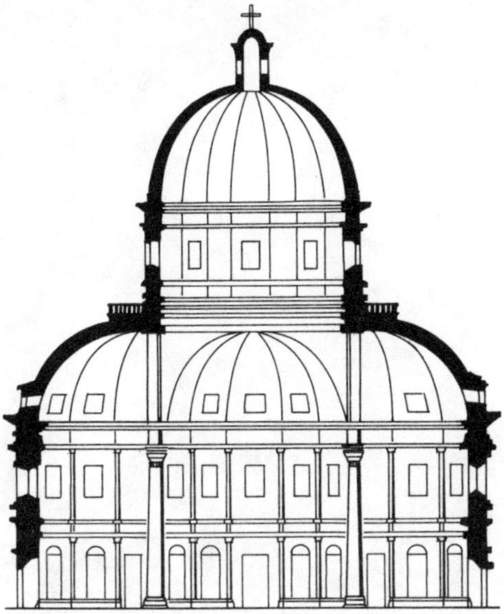

Todi, St. Maria della Consolazione (Querschnitt und Grundriß). Konsequenter Zentralbau mit überkuppeltem Hauptraum in der Bramante-Tradition auf der Basis eines Quadrates, ergänzt um vier Konchen-Anbauten auf der Basis von Halbkreisen.

Zentralbauten

Rom, St. Peter. Höhepunkt der Kirchenbaukunst der Renaissance im Übergang zum Manierismus. Zweischalige Kuppel nach Plänen von Michelangelo.

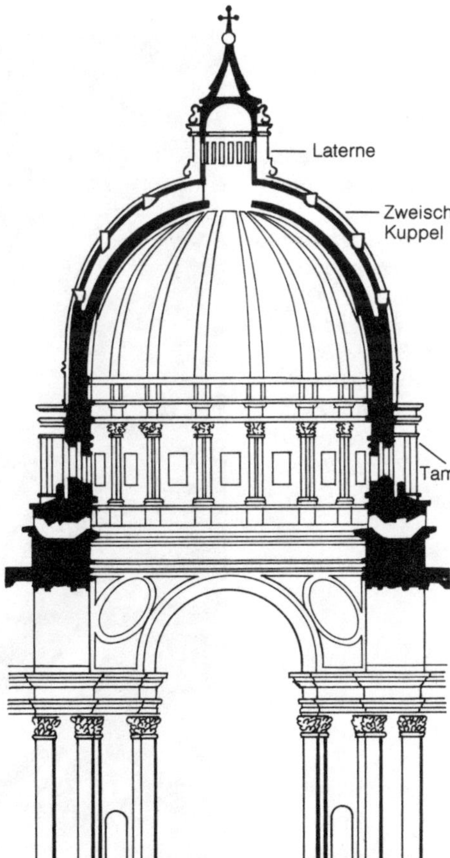

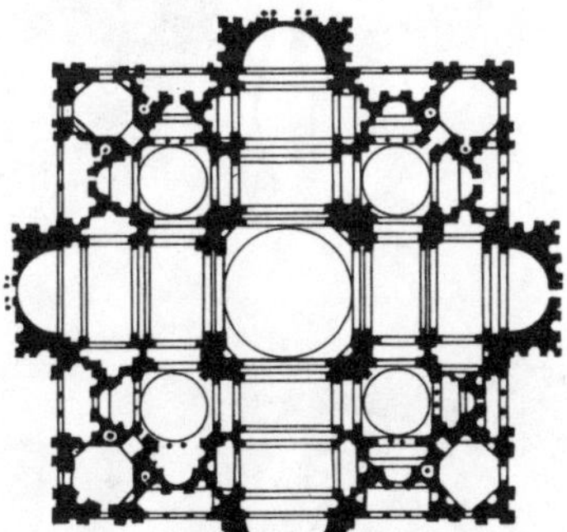

Rekonstruktion des Grundrisses von St. Peter, Rom, nach dem von Bramante gezeichneten Teilgrundriß zum geplanten Zentralbau. Das gleicharmige »griechische Kreuz« wurde – vereinfacht – beibehalten. Die Kuppel wurde in Parabolform überhöht. Die lastenden Kräfte im Gleichgewicht zu halten, war die große statische Leistung. Allerdings mußte der tragende Tambour durch einen Eisenring gesichert werden.

Heidnischer Mythos und christliche Andacht. *Oben: »Geburt der Venus«. Gemälde von Sandro Botticelli. Allegorie, die versinnbildlicht, wie das Schöne als Abglanz des Göttlichen in die Welt kam. Um 1485. Uffizien, Florenz. – Rechts: Pietà aus Marmor von Michelangelo. An antiken Schönheitsidealen orientierte Darstellung. 1497–1500. St. Peter, Rom.*

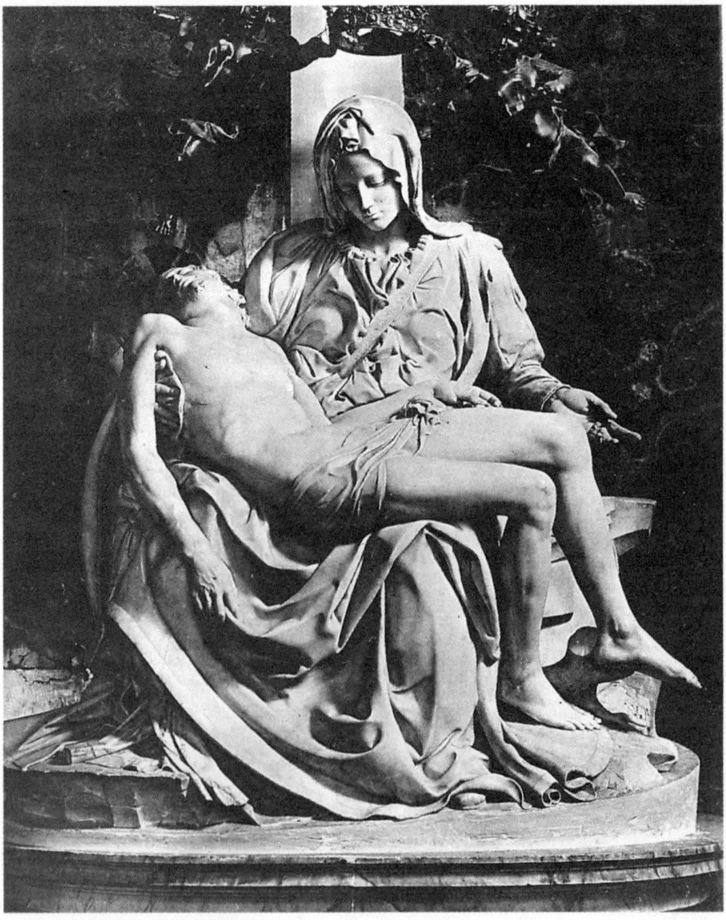

Architekt, Kunstschriftsteller und Humanist (* 1404 in Genua, † 1472 in Rom), eines *Giovanni Pico della Mirandola* (* 1463 auf Mirandola, † 1494 in Florenz), fürstlicher Humanist und Freund des *Lorenzo I. de Medici* (der Prächtige), eines *Niccolò Machiavelli* (* 1469, † 1527), der 1513 sein Buch »Il Principe« (Der Fürst) schrieb, ein Jahr nach dem Scheitern der Republik Florenz und der Rückkehr des Hauses Medici. Das bis heute lesenswerte, 1532 gedruckte Buch setzt das neue Selbstgefühl, wie es die Italiener des Zeitalters erfaßt hat, in einen Aufruf zur Einigung Italiens um, zum Zusammenschluß der einzeln genommen schwachen Stadtstaaten gegen die fremden Herren (Spanien, Frankreich, Deutschland), die Machiavelli unterschiedslos Barbaren nennt. Allein diese Bezeichnung läßt schon erkennen, daß die Renaissance in Italien jenes Überwertigkeitsgefühl neu entstehen ließ, das einst die Römer gegenüber Germanen und anderen Völkern erfüllte.

So große Veränderungen in der Auffassung der eigenen Heimat und im Weltverständnis mußten auch zu neuen Darstellungen der Sitten, der Werteskala und der Geschichte selbst führen. Das Grundlagenwerk über das neue Bild des Hofmannes und damit in gewissem Sinn eine Ergänzung des früher geschriebenen, aber später erschienenen Buches vom Fürsten ist das »Libro del Cortegiano« (Der Hofmann), Gespräche, die den Grafen *Baldassare Castiglione* (* 1478, † 1529) zum Verfasser haben. Eine neue Geschichte Italiens schrieb der Advokat, Historiker und Diplomat *Francesco Guicciardini*, ein Florentiner, der 1540 starb und darum das Erscheinen seines Hauptwerks, der »Storia d'Italia« (1561–1564), nicht mehr erlebte. Obwohl die zwanzig Bände nur die vier Jahrzehnte von 1492 bis 1532 genauer behandeln, wurde das Werk eine der erfolgreichsten Veröffentlichungen der Epoche und hat seinen Reiz – die scharfsinnigen Personencharakteristiken – bis heute bewahrt.

VERGÄNGLICHKEIT DES MENSCHEN – EWIGKEIT DER WERKE

Obwohl auch die Medizin des Humanismus einen deutlichen Aufschwung genommen hat, die Erkenntnisse der Ärzte *Vesalius (Andreas Vesal), Ambroise Paré* und anderer einen großen Fortschritt gegenüber der mittelalterlichen Arzneikunde bedeuten, werden viele der Höchstbegabungen und der Künstler und Geistesgrößen der Renaissance früh hinweggerafft: *Pico della Mirandola, Raffael, Masaccio.* Andere erreichen nur ein mittleres Alter: der Bildhauer, Maler und Goldschmied *Andrea del Verrocchio* (eigtl. *A. del Cione*; * 1435, † 1488), den sein eindrucksvolles

Paläste und Schlösser der Renaissance/Italien und Frankreich

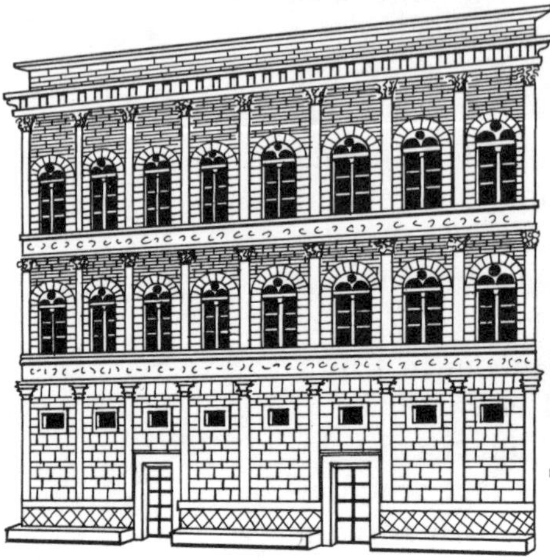

Florenz, Palazzo Rucellai, entworfen von Alberti. Strenges Gleichmaß der Bauelemente, aufgelockert duch Pilaster und römische Bogengliederung.

Florenz, Palazzo Strozzi (Ansicht und Grundriß), nach Plänen von B. D. Maiano. Horizontal betonte, zurückhaltende Gliederung und Einsatz von Rustika-Mauerwerk.

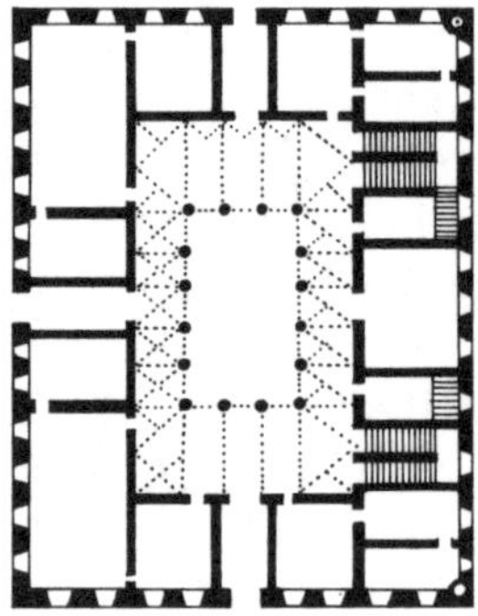

Links: Schloß Chambord/Frankreich (Ansicht und Grundriß), entworfen von Pierre Nepreu. Vollkommen symmetrische Anlage auf der Grenze von der Spätgotik zur Renaissance. Kombination von Burgelementen, phantastischer Verspieltheit und strenger Renaissance-Linienführung.

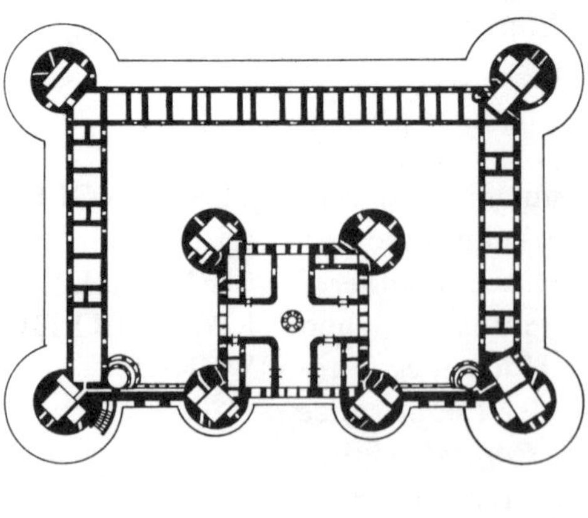

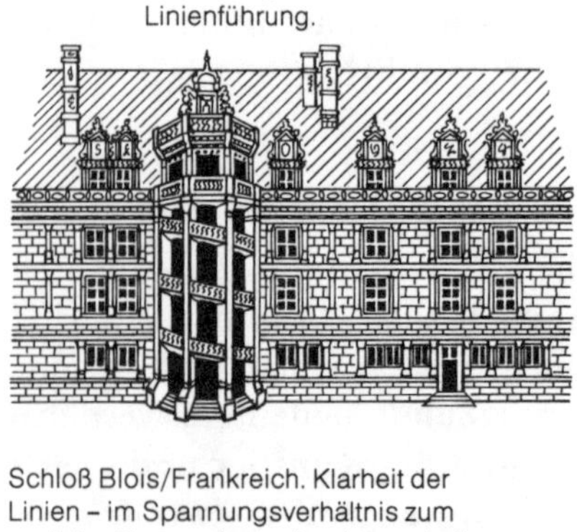

Schloß Blois/Frankreich. Klarheit der Linien – im Spannungsverhältnis zum genialen Treppenbau mit seiner spiraligen Treppe.

Schlösser und Villen der Renaissance/Frankreich, Italien, Deutschland

Schloß Chenonceaux/Frankreich. An Stelle einer Mühle und einer alten Burg an und über den Fluß Cher errichtet. Verwendung von gotischen und Renaissance-Elementen. Diana de Poitiers und Katharina de Medici diente der Bau als pittoreske Kulisse ihrer adeligen Feste.

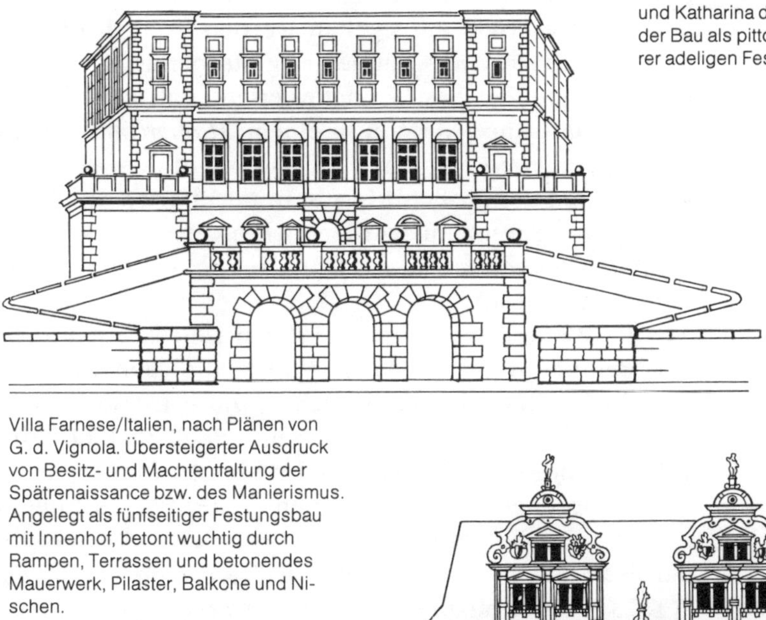

Villa Farnese/Italien, nach Plänen von G. d. Vignola. Übersteigerter Ausdruck von Besitz- und Machtentfaltung der Spätrenaissance bzw. des Manierismus. Angelegt als fünfseitiger Festungsbau mit Innenhof, betont wuchtig durch Rampen, Terrassen und betonendes Mauerwerk, Pilaster, Balkone und Nischen.

Heidelberger Schloß, »Friedrichsbau«, Teil des Heidelberger Renaissance-Palastes der pfälzischen Kurfürsten. In der Nachfolge des Ottheinrich-Flügels (entstanden um 1556/59) stehend, aber erst um 1601–1604 entstanden, zeigt der Bau die schon aufs Barock verweisende starke Vertikalgliederung und die dem Manierismus zugehörige Betonung der Gliederungselemente und figürlichen Ausstattung.

Reiterstandbild des Bartolomeo Colleoni überlebt hat, oder der Dichter *Ludovico Ariosto* (* 1474, † 1533), dessen Versepos »Der rasende Roland« (Orlando furioso) gleich nach Dantes »Göttlicher Komödie« genannt wird und noch Jahrhunderte später eifrig gelesen und rezitiert wurde (unter anderen von Voltaire und von Casanova). Daß Ariosto dieses berühmte Werk schuf, um sich einem ungebildeten Kardinal aus dem Hause Este zu empfehlen, zeigt uns, daß auch die größten Poeten des Zeitalters nicht die souveräne Stellung genossen, wie sie ein Michelangelo, ein Leonardo einnahmen, und daß sie weit davon entfernt waren, ein langes Leben in Achtung und Wohlstand zuzubringen wie der fruchtbarste Könner des Cinquecento, *Tiziano Vecelli* aus Pieve di Cadore (Venetien): Tizians altes Geburtsjahr 1477 ist von der modernen Forschung zugunsten des Ansatzes 1488 aufgegeben worden, freilich ohne andere als stilkritische Argumente; gestorben ist Tizian 1576 in Venedig an der Pest. Er hat es erlebt, daß sich die kraftvolle Renaissance-Malerei in einem *Manierismus* auflöste (*la bella maniera* war das Zauberwort), in dem die Errungenschaften der großen Meister in talentierten Spielereien wieder aufgenommen wurden (wie in den Werken eines *Romano, Beccafumi, Rosso [Fiorentino], Salviati,* der Brüder *Carracci* u. a.).

Mit der Weiterentwicklung der Renaissancekunst ging ihre Ausbreitung Hand in Hand. Von zahlreichen Beispielen sind besonders charakteristisch: *Vittore Carpaccio* (* um 1465, † 1525 in Venedig), denn er unterhielt enge Beziehungen zu flämischen Malern, und man sagt ihm sogar eine Orientreise nach, was für einen Venezianer schließlich nicht ungewöhnlich wäre. Das zweite Beispiel ist der lombardische Maler *Michelangelo Merisi da Caravàggio* (* 1573, † 1610), ein Genie der Spätzeit also, in dem sich die für das Jahrhundertende charakteristische Tendenz, zur Natur zurückzukehren, deutlich zeigt. Seine realistische Poesie hat stark auf Courbet, Manet und Cézanne gewirkt, doch gab es schon, als er noch lebte, Verehrer des Malers in Spanien und Frankreich, in Sizilien und auf Malta, ganz zu schweigen von *Guido Reni* (* 1575, † 1642) und *Peter Paul Rubens* (* 1577, † 1640), von *Adam Elsheimer* (* 1578, † 1610) und *Carlo Sarazeni* (genannt Carlo), die sich emphatisch zu ihm bekannten. Ja, seine Ausstrahlung in dem Augenblick, da das große Cinquecento zur Neige ging, war so bedeutend, daß die Kunstgeschichte heute von einem Caravagismus spricht und seine Spuren in Neapel, Rom, den Niederlanden, Frankreich und Spanien zu finden weiß.

MULTIPLIKATOREN DES GEISTES UND DER KUNST

Damit sind wir bei der Frage nach dem Ideentransport, nach der Aufnahme des neuen Kunstgutes und dem Widerhall der italienischen Schriften jenseits der Alpen. Die Post stak in ihren Kinderschuhen, der Verkehr wickelte sich mit unendlicher Langsamkeit ab; wer schnell vorankommen wollte (der französische Philosoph Montaigne hat es uns beschrieben), der verzichtete auf den Wagen und ritt. In einem für uns unvorstellbaren Maße wurde aber auch zu Fuß gegangen, vor allem von den jungen Leuten, den Studenten und ihren jungen Lehrern, und so dürfen wir als die ersten Stützpunkte des neuen Geisteslebens außerhalb Italiens die *Hohen Schulen*, die frühen Universitäten, ansehen, die in den letzten Jahrhunderten des Mittelalters entstanden waren. Die ältesten außeritalienischen Bildungsstätten dieser Art lagen in Spanien: *Salamanca* (1218), *Palencia* (1208), *Valencia* (1500), *Sevilla* (1502), *Calatayud* (15. Jh.), *Huesca* (1354), *Lerida* (1300) u. a., sowie in Südfrankreich: *Perpignan* (1349), *Toulouse* (1229), *Cahors* (1321), *Montpellier* (1289), *Aix-en-Provence* (1409), *Grenoble* (1339) u. a., wozu 1365 Genf kam und der Bogen der Reichsuniversitäten von *Dôle* (1431) in Burgund über *Prag* (1348) bis *Wien* (1365). Der Blick auf die Karte zeigt, wie eng diese Hohen Schulen in Italien beisammen saßen und wie weit sie im übrigen Europa voneinander getrennt waren. Ähnlich stand es mit den großen *Markt- und Messeplätzen*, auf denen sich Italiener mit Franzosen oder Deutschen zusammenfanden (Pézenas, Beaucaire, Genf, Lyon, Straßburg, Nördlingen, Leipzig, Linz, Breslau, Posen u. a.).

Es waren Durchzugslandschaften wie die Provence, das Elsaß oder Ostösterreich, wo sich Pflanzstätten der Renaissance und Keimzellen für die Verbreitung ihrer Gedanken bildeten, oft beinahe zufällig etwa dadurch, daß die Wiener Universität nach Wiener Neustadt abwanderte oder eine Humanistenschule im kleinen Schlettstadt mehr Ruhe und besseren Boden fand als im betriebsamen Straßburg. Die fernsten Stätten des Widerhalls lagen an der Ostsee, wo im Schutz der Kirche so revolutionäre Gedankengebäude entstanden wie die neue Kosmogonie des *Nikolaus Kopernikus* (*Koppernigk*, * 1473, † 1543); sein Vater war Fernhändler am Handelsweg der Weichsel, sein Oheim Bischof von Ermland. *Johannes Kepler* (* 1571, † 1630) und *Tycho Brahe* (eigtl. *Tyge Br.*; * 1546, † 1601) arbeiten in Prag am Hof jenes zweiten Kaiser Rudolf (R 1576–1612), der freilich noch mehr Mittelalter in seinem Geist mitschleppt als neue Gedanken aus Italien. Und der vermögende Brauer, Astronom und Bürgermeister von Danzig *Hevelius* (eigtl. *Johannes Höwelke*, * 1611, † 1687) baut der neuen Himmelskunde die besten Fernrohre, die es damals gab, und fertigt gestochen scharfe Mondkarten.

Als er stirbt, sind seit *Giovanni Boccaccio* und *Paolo Uccello* zweihundert Jahre vergangen, zwei Jahrhunderte, wie sie unser alter Kontinent nie zuvor und niemals seither erlebt hat, Jahrhunderte, von denen wir heute noch zehren und ohne die es um das Denken und Schreiben, das Malen und Bildhauern, das Bauen und Forschen im Abendland schlecht bestellt wäre. Das neue Licht war so intensiv, daß der Philosoph und Mathematiker *Galileo Galilei* (* 1564, † 1642) darin zu verbrennen Gefahr lief, und das Maß des Neuen war so gewaltig, daß mancher Titanengeist daran zugrunde ging wie der Dominikaner-Philosoph *Giordano Bruno* (* 1548, † 1600) oder der Arzt und Theologe *Miguel Serveto* (*Michael Servet,* auch *Villanovanus*; * 1511, † 1553), die man als Ketzer, als Andersgläubige auf dem Scheiterhaufen verbrannte. Hätten sie tatsächlich eine andere Religion gefunden, tauglich zur Bewältigung der neuen wissenschaftlich erkannten Wirklichkeit, wären sie dem Tod vielleicht entronnen.

Literatur

Berenson, Bernard: Die italienischen Maler der Renaissance, Gütersloh o. J.

Burckhardt, Jacob: Die Kultur der Renaissance in Italien, Basel 1860 (seither mehrfach neu aufgelegt)

Dresden, Sam: Humanismus und Renaissance, München 1968

Herzfeld, Marie (Hg.): Das Zeitalter der Renaissance (Memoiren, Tagebücher, Briefe), Jena seit 1911, Düsseldorf seit 1945

Vasari, Giorgio: Leben der ausgezeichnetsten Maler, Bildhauer und Baumeister. Reprint in 8 Bänden, Darmstadt 1983

JÜRGEN EYSSEN

Europäische Literatur des Humanismus und der Renaissance

»Du sei dein eigener Kaiser und dein Papst.« Vergils Abschiedsworte an Dante in dessen »Divina Commedia« stießen im damaligen Italien auf offene Ohren. Im Unterschied zu Mitteleuropa rissen hier die Verbindungsfäden zur Tradition der Antike nie ganz ab. So konnte der römische Volkstribun *Cola di Rienzo* (* 1313, † 1354) die offizielle Dichterkrönung auf dem Kapitol aus den Tagen des Augustus wieder einführen: Im Jahre 1341 erhielt *Francesco Petrarca* (* 1304, † 1374) den Lorbeer des »Poeta laureatus«. Mit dem hochgebildeten Juristen ehrte man einen der geistigen Gründerväter des Humanismus, der auf zahlreichen Reisen kreuz und quer durch Europa viele verschollen geglaubte Handschriften mit antiken Texten aufspürte.

FORMVOLLENDETE SONETTE UND GEISTSPRÜHENDES VERSEPOS

Vor allem aber galt die Ehrung dem Schöpfer des »Canzoniere« (eigtl. »Rerum vulgarium fragmenta«), jener Sammlung von Liebesgedichten in Gestalt formvollendeter Sonette, in denen (ganz wie einst bei den »Triumvirn der Liebe« im alten Rom) die lebenslange Leidenschaft für eine einzige Frau dem Poeten die Feder führte: die schöne Laura, seine »Donna angelicata«. In der »Volgata«, der Volkssprache, gedichtet, genoß Petrarcas »Canzoniere« wegen des melodischen Flusses seiner Verszeilen und der makellosen Schönheit der Sonette kanonischen Rang für alle folgenden Lyrikergenerationen Italiens bis in unser Jahrhundert hinein.

Ähnliche Bedeutung erlangte für die Prosa *Giovanni Boccaccio* (* 1313, † 1375) mit seinem berühmten »Decamerone« (Zehntagewerk): Zehn Personen, sieben Herren und

Einflußreicher Dichter des modernen Geistes. *Der mit einem Buch unter einem Baum sitzende Francesco Petrarca wird von der Muse mit einem Lorbeerkranz gekrönt. Seine bedeutendsten Inspirationen hatte der Dichter in Vaucluse, wo er sich mit einigen Unterbrechungen von 1337 bis 1353 aufhielt. Hier schrieb er seine wortreichsten Gedichte an seine große Liebe, Laura de Sade.*

drei Damen, flüchten aus dem pestverseuchten Florenz auf ein Landgut und erzählen sich hier an zehn aufeinanderfolgenden Tagen jeweils zehn Geschichten unter einem von Tag zu Tag wechselnden Thema. Vor dem Hintergrund des lauernden Todes feiern die Erzählungen, bald derb, bald feinsinnig, irdische Daseinslust und Lebensfreude, gehört ihr besonderes Augenmerk der »amore« in mannigfaltigster Gestalt. Um originelle Einfälle nie verlegen, weiß Boccaccio seinen Erzählungen in aller Regel eine überraschende Wendung zu geben: das »Decamerone« wird zum Musterbuch der europäischen Novellistik.
Der Versuch einer schrittweisen Wiederannäherung an das Lebensgefühl der Antike bei gleichzeitiger Verwendung neuer künstlerischer Ausdrucksmittel, jener Prozeß der

Wiedergeburt, der »Rinascita« (bei dem der »Canzoniere« und das »Decamerone« wichtige Meilensteine setzten), fand entschlossene Förderung an den vielen kleinen Fürstenhöfen wie dem Hof der *d'Este in Ferrara* oder jenem der *Medici in Florenz.* Unter *Lorenzo il Magnifico* (* 1449, † 1492) entwickelte sich der Florentiner »Musenhof« zu einem geistigen Zentrum der Renaissance. Zu seinen Mitgliedern zählte neben dem Maler *Sandro Botticelli* (* 1444/45, † 1510) auch der Dichter *Angelo Poliziano* (eigtl. *A. Ambrogini*; * 1454, † 1494). In der beseelten Anmut ihrer Ausdrucksmittel – dort die zart beschwingte Umrißlinie, hier der Klangzauber der Verse – mag man, ebenso wie in dem gemeinsam bevorzugten Sujet der antiken Mythologie, ihre geistige Verwandtschaft bestätigt finden.

Aus dem diplomatischen Dienst beim Herzog von Ferrara zog sich 1525 *Ludovico Ariosto* (* 1474, † 1533) zurück, um bis zu seinem Tode an seinem »Orlando furioso« (Der rasende Roland) zu feilen. Das von der ersten bis zur letzten Stanze in funkelnde Ironie getauchte, geistsprühende Versepos erzählt das alte *Rolandslied* in einer ins Märchenhafte erweiterten Version. »Es ist der Tempel«, rühmte Francesco De Sanctis, Italiens Altmeister der Literaturkritik, »der der einzigen Gottheit geweiht wurde, die man in Italien noch wirklich verehrt: der Kunst.«

Die von Ariosto meisterhaft gehandhabte Strophentechnik der achtzeiligen Stanze lieferte auch das formale Konstruktionsschema für das Versepos »Das befreite Jerusalem« (Gerusalemme liberata) des *Torquato Tasso* (* 1544, † 1595). Lebte der »Orlando furioso« jedoch aus der Bejahung einer heiteren, diesseitsbestimmten Weltsicht, so spiegelt sich im Werk des Nachfolgers der hochfliegende Idealismus eines religiösen Wahrheitssuchers. Seine grandiose Vision des Ersten Kreuzzugs mag von den Zeitgenossen als ein Appell an die Christenheit verstanden worden sein, sich gegen die drohende osmanische Gefahr wieder um das Kreuz Christi zu scharen. Am Werk Tassos, dessen Leben in geistiger Umnachtung tragisch an dem Tag endete, an dem er in Rom zum »Poeta laureatus« gekrönt werden sollte, läßt sich übrigens die ganze thematische Spannweite der Renaissance-Dichtung erfahren: die wiederentdeckte unschuldig-naive Daseinsfreude der Schäferpoesie Arkadiens (in der Bühnen-Pastorale »Aminta«) ebenso wie der kriegerische Glaubenseifer der Gegenreformation (im »Befreiten Jerusalem«).

Michelangelo Buonarroti (* 1475, † 1564) schließlich, der geniale Bildhauer, nutzte das Sonett, um seine von bohrendem Selbstzweifel diktierten Fragen nach dem Sinn des menschlichen Lebens (»des Todes sicher, nicht der Stunde wann«) mit sprachlichen Mitteln dichterisch eine ähnlich überzeugende Gestalt zu geben, wie ihm das bei seinen Skulpturen mit dem Meißel gelungen war.

MENSCHENWÜRDE, MACHTDENKEN, KRITISCHE GESCHICHTSSCHREIBUNG

Das neue, individualistisch geprägte Daseinsgefühl äußerte sich nicht nur in Werken der Dichtung und der schönen Künste. Der Philosoph *Giovanni Pico della Mirandola* (* 1463, † 1494) postulierte das Ideal der Menschenwürde als das oberste Ziel der Erziehung: »Ich habe dich mitten in die Welt gesetzt, damit du um so leichter zu erblicken vermögest, was dein ist [. . .]. Du kannst zum Tier entarten; aber du kannst dich auch aus dem freien Willen deines Geistes zum gottähnlichen Wesen wiedergebären.«
Wie ließ sich dies verwirklichen? Graf *Baldassare Castiglione* (* 1478, † 1529), ein weitgereister und welterfahrener Diplomat, entwickelte in seinem Buch »Libro del Cortegiano« (Der Hofmann) den Verhaltenskodex für die Gesellschaft seiner Zeit. In der gelockerten Form einer fiktiven Unterhaltung in geselliger Runde am Hof von Urbino modelliert Castiglione Zug um Zug das Ideal des umfassend gebildeten Kavaliers: ein Mann mit vollendeten Umgangsformen, höflich, nie die Selbstbeherrschung verlierend und mit sicherem Urteilsvermögen in künstlerischen und literarischen Fragen begabt.
Als ein literarisches Gegenstück zu den Lehren des Castiglione mag man *Niccolò Machiavellis* (* 1469, † 1527) Werk »Il Principe« (Der Fürst) bewerten. Denn der Florentiner Staatsmann rechtfertigt hier in einer geradezu diabolischen Beweisführung jedes Verbrechen aus Gründen der Staatsräson, wenn es gelte, eine Fremdherrschaft abzuschütteln. Die messerscharfe Präzision der Gedanken Machiavellis, die kühle Logik und stilistische Perfektion seiner Sätze gehören zu den Höhepunkten der abendländischen Prosa überhaupt. Mit dem Adjektiv »machiavellistisch« charakterisiert man seither in allen europäischen Sprachen eine ausschließlich am Machtdenken orientierte Politik.
Zu den engen Freunden und Schülern Machiavellis zählte *Francesco Guicciardini* (* 1483, † 1540). Von seinem Lehrer übernahm der Florentiner Historiker in seiner »Geschichte Italiens« (Storia d'Italia) dessen nüchterne, illusionslose Schau der Dinge und die daraus resultierende Bewertung der Motive der handelnden Politiker. Sein unbestechlicher Skeptizismus weigerte sich, wie Francesco De Sanctis anmerkt, der Menschheit »Pferdebeine geben zu wollen, wenn sie von Natur aus Eselsfüße hat«.

Humanistisches Engagement in satirischer Dichtung. *– Links: François Rabelais, der als einer der ersten das Lebensgefühl der Renaissance literarisch artikulierte. Kupferstich von Michel l'Asne (17. Jh.). Rechts: Illustration zu Rabelais' Romanzyklus »Gargantua und Pantagruel«.*

FRANKREICH: SONETT, ROMAN, ESSAY

Das Sonett verbreitete sich bald auch nördlich der Alpen. Zu seinen Wegbereitern gehörten in Frankreich neben *Clément Marot* (* 1496, † 1544), dem Hofdichter König Franz' I., mit seinem formprägenden »style marotique« auch die »schöne Seilerin« *Louise Labé* (* um 1525, † 1566), die auf den Spuren Petrarcas in ihren Sonetten die Liebe als eine allesverzehrende Leidenschaft feierte (»Ich leb und sterb, ich brenn und ich ertrinke«), vor allem aber *Pierre de Ronsard* (* 1524/25, † 1585). Als Gründer der Dichterschule »La Pléiade« (Siebengestirn) erträumt sich Ronsard ein neues Arkadien an den Ufern der »blonden Loire« und lenkt mit seinen gedankentiefen Sonetten die französische Dichtung auf die Bahn des Klassizismus. Sein Ruhm verdunkelte sogar die Sonne Petrarcas.

In die Fußstapfen des Boccaccio dagegen trat *Margarete von Navarra* (*Marguerite d'Angoulême;* * 1492, † 1549) mit ihrem »Heptaméron« (Siebentagewerk). Die Schwester des französischen Königs Franz I., die als hochgebildete Renaissancefürstin hofhielt, in der einen Hand »das Evangelium, in der anderen das Decameron und das Wort Platons auf den Lippen«, schuf ihre Novellensammlung für die Damen und Herren der höfischen Gesellschaft.

Ergötzt hat man sich am Hofe von Navarra gewiß auch am »Gargantua und Pantagruel« des *François Rabelais* (* 1494, † 1553). Dieser von sprachschöpferischer Vitalität, drastisch-burlesker Situationskomik und bramarbasierender Erzählfreude geradezu strotzende Roman verwandelt den Stoff eines mittelalterlichen Riesenmärchens in eine weit ausufernde Handlung, in deren Mittelpunkt die Erziehung des jungen Pantagruel zu einem vollwertigen Mitglied der humanistisch gebildeten Gesellschaft steht.

Begriffe

Stanze: Strophe mit 8 Verszeilen, vorwiegend in der Reimfolge ab ab ab cc und mit meist 11 Silben pro Verszeile.
Sonett: Gedicht mit 2 vierzeiligen und 2 dreizeiligen Strophen. Die Reime der insgesamt 15 Verszeilen wechseln meist in der Folge abba abba cde cde, und die Verszeilen bestehen meist aus jeweils 11 Silben. E. B.

An der »Abtei Thelem«, jener von Rabelais ersonnenen Erziehungsstätte für freie und unabhängige Naturen unter der Losung »Tue das, was dir gefällt!«, an der Pantagruel die letzten »Weihen« erhält, hätte man sich auch *Michel Eyquem de Montaigne* (* 1533, † 1592) als Lehrer vorstellen können. Lange Jahre hinter den Mauern seines Schlosses im Périgord mit gelehrten Studien beschäftigt, galt Montaignes Hauptinteresse dem Menschen und dessen widerspruchsvoller Natur. »Die Natur selbst, so fürchte ich, hat dem Menschen eine gewisse Unmenschlichkeit mitgegeben.« Die Maßstäbe seiner kritischen Vernunft durch vorurteilsfreie Selbstbeobachtung immer wieder schärfend und präzisierend, schuf Montaigne mit methodischer Geduld seine berühmten »Essais (de messire Michel)«, denen die gesamte Gattung ihren Namen verdankt.

KULTUR PORTUGALS UND SPANIENS – SEEFAHRER UND SCHELME UND TRÄUMER

Die von der europäischen Renaissance entwickelten literarischen Techniken und Formen fanden ihren Weg auch über die Pyrenäen auf die Iberische Halbinsel. Im Jahre 1572 erschienen beispielsweise die »Lusiaden« des »portugiesischen Vergil« in Lissabon. So nannte man *Luís Vaz de Camões* (* 1524/25, † 1580) als den Schöpfer des Nationalepos in Stanzen, zu dessen Hauptgestalten der kühne Seefahrer Vasco da Gama gehört. Der Autor, den ein Tasso-Schicksal zu sechzehn Jahren Soldatendienst in Indien verbannte, rettete bei einem Schiffbruch schwimmend das Manuskript, indem er die kostbaren Seiten hoch über dem Kopf festhielt.
Im Nachbarland Spanien entstand während dieser Zeit die *Novela picaresca,* der Schelmenroman. Das Werk »Lazarillo de Tormes« eröffnete 1554 den Reigen dieser neuen Gattung, die konsequent die Welt und den Menschen von ›unten‹ betrachtet, gleichsam aus der Landstreicherperspektive. In einer Gesellschaftsordnung, in der Rücksichtslosigkeit gegenüber dem sozial Schwächeren regierte, zeigt

Berühmte Titel des modernen spanischen und portugiesischen Romans. *Links: Porträt des Miguel de Cervantes. – Unten links: Titelblatt der ersten spanischen Ausgabe des »Don Quijote« (1605). Unter der Vignette werden der Verlagsort, der Name des Verlegers sowie der des Buchhändlers, der das Werk vertreibt, genannt. – Unten rechts: Titelblatt des »Amadís de Gaula« von García Rodríguez de Montalvo aus dem Jahre 1508.*

uns das Beispiel der Titelfigur Lazarillo, wie man sich behaupten kann, sofern man die Spielregeln beherrscht und mit List jede sich bietende Chance zur Verbesserung der eigenen Lage rigoros nutzt. So klettert unser Held auf der sozialen Stufenleiter vom Blindenführer über die Dienerrolle bei verschiedenen Herren bis zur Position des »beamteten« Ausrufers in Toledo. Die lange dem Dichter *Diego Hurtado de Mendoza* (* 1503, † 1575) zugeschriebene Verfasserschaft ist mittlerweile umstritten. Der Erfolg dieses Romans wurde seinerzeit nur noch durch den »Don Quijote« übertroffen.

Cervantes lebte, handelte und schrieb als frommer Katholik in einem Lande, das seine Katholizität während der ständigen kriegerischen Auseinandersetzungen mit dem Islam zu einer eruptiven Intensität gesteigert hatte.

Miguel de Cervantes Saavedra *(*1547, †1616). Spaniens Nationaldichter durchmaß in seinem Leben alle Höhen und Tiefen. Der junge Edelmann aus verarmtem Adel ficht als Soldat in der Seeschlacht von Lepanto (1571) mit Bravour, erleidet allerdings eine Verstümmelung der linken Hand. Bei der Rückkehr nach Spanien gerät Cervantes in Gefangenschaft algerischer Seepiraten. Es dauert viele Jahre, bis man das geforderte Lösegeld aufbringt. Als königlicher Steuereinzieher kommt er in Konflikt mit dem Fiskus und landet erneut im Gefängnis. Das Leben hat also dem Glücklosen genügend Gründe zur Verbitterung gegeben. Statt dessen schreibt sich der Autor des »Don Quijote« in die Weltliteratur ein, überwindet der Leidgeprüfte alle Enttäuschungen mit der Geduld seines altersweisen Humors.*
Ursprünglich lediglich als Parodie auf die platten Ritterromane konzipiert, die damals die Köpfe des Publikums vernebelten, verwandelt sich der »Don Quijote« unter der Feder des Autors unversehens aus der vordergründigen Satire in eine tragikomische Menschheitsdichtung von überzeitlichem Rang. Der idealistische Träumer und Titelheld, der (wie Cervantes) in der vertrackten Wirklichkeit aus einer demütigenden Niederlage in die nächste stolpert, bleibt am Schluß der eigentliche Sieger; sein Schildknappe Sancho Pansa hingegen, der im Roman die Rolle des sogenannten »gesunden Menschenverstandes« übernimmt (vom Dichter deshalb mit dem Erfahrungswissen von Hunderten spanischer Sprichwörter ausgerüstet), der genasführte Tölpel. Kaum nötig hinzuzufügen, daß der sich nach Erscheinen des ersten Bandes abzeichnende Erfolg hauptsächlich den vielen skrupellosen Raubdruckern zugute kommt. Auch seine »Exemplarischen Novellen« (Novelas ejemplares) bringen dem Dichter Ruhm, aber wenig wirtschaftlichen Nutzen ein. Als der »Genius Spaniens« 1616 stirbt, teilt er mit seinem »Ritter von der traurigen Gestalt« das gleiche Schicksal: die Armut und – die Unsterblichkeit.

»Spanisches Leben ist bis heute eigentlich nur als Dynamismus möglich gewesen«, äußerte in unserer Zeit einmal der Kulturphilosoph José Ortega y Gasset. Diese ekstatische Frömmigkeit übertrug sich besonders stark auf die Fronleichnamsspiele und die Hymnen der geistlichen Dichtung. So denkt man bei den Verszeilen »Mir aber war zumute / als wenn ich Gott erfühle« des Dichtermönchs *Juan de La Cruz* (*Johannes vom Kreuz;* * 1542, † 1591) unwillkürlich an die visionäre Kraft *El Grecos* (* 1541, † 1614), der mit malerischen Mitteln seine Bilder auf vergleichbare Weise himmelwärts entgrenzen wollte wie Juan de La Cruz seine Gedichte mit den Mitteln der Sprache.

GLAUBENS-STREIT UND SPRACHGE-WALT DER REFORMATION: DEUTSCHLAND

Dieses Zeitalter beinhaltete eben nicht nur den Triumph humanistischer Gelehrsamkeit, wie ihn *Ulrich von Hutten* (* 1488, † 1523) präzisierte (»Oh Jahrhundert! oh Wissenschaften: es ist eine Lust, zu leben!«), sondern es eröffnete auch die erbitterten Auseinandersetzungen in der europäischen Christenheit über den Weg zum rechten Glauben, während derer sich der religiöse Eifer auf beiden Seiten zum blindwütigen Fanatismus steigerte. Mit Ulrich von Hutten wenden wir uns Mitteleuropa und damit der Reformation zu, die geistesgeschichtlich für Deutschland und den Norden Europas eine ähnliche Rolle spielte wie die Renaissance für die romanischen Länder. Unser »Ritter wider Tod und Teufel«, wie man Hutten einmal nannte, durfte den Sieg der Reformation zwar nicht mehr erleben; doch die Anfangszeile aus seinem, aus »Huttens Lied«, das uns der streitlustige Humanist hinterließ, charakterisiert die Entschiedenheit der protestantischen Bewegung: »Ich hab's gewagt, mit Sinne, und trag des noch kein Reu.«
Den Weg in die »Freiheit eines Christenmenschen«, den der Wittenberger Reformator *Martin Luther* (* 1483, † 1546) seine Anhänger lehrte, führte über das Evangelium. Seine *Bibelübersetzung* in ihrem kraftvollen, bilderreichen und wirklichkeitsnahen »Lutherdeutsch« schuf der deutschen Literatur gleichzeitig eine gemeinsame Sprache. Luther begründete aber auch das protestantische *Kirchenlied.* Der Choral »Ein feste Burg ist unser Gott« gilt bis heute als der Schutz- und Trutzgesang des Protestantismus.
Das »Lutherdeutsch« in seiner urwüchsigen Bildkraft kam dem Straßburger Juristen *Johann Fischart* (* 1546, † 1590) zupaß, der sich mit der Eindeutschung des »Gargantua und Pantagruel« plagte. Fischarts sprachschöpferisches Genie stand dem des Rabelais in nichts nach. Seine »Affentheurlich Ungeheurliche Geschichtsschrift« schwoll deshalb auf den dreifachen Umfang des Originals an.

HUMANISTISCHE GELEHRSAMKEIT, RELIGIÖSE UTOPIE UND GESCHLIFFENE ESSAYS: NIEDERLANDE UND ENGLAND

Als die »Wittenbergische Nachtigall« verehrten Martin Luther seine Anhänger wegen der meisterhaften Beherrschung der deutschen Sprache in Vers und Prosa. Sein großer Zeitgenosse *Erasmus von Rotterdam* (* um 1466/69, † 1536), die überragende Verkörperung humanistischer Gelehrsamkeit in Nordeuropa, erhielt dagegen bezeichnenderweise den Beinamen »Lumen mundi« (Licht der Welt), dachte und schrieb er doch auf lateinisch. War der Reformator ein Mann der Kanzel, bevorzugte er im Wortgefecht den direkten Angriff mit schweren Säbeln, so führte Erasmus seine intellektuellen Streitgespräche aus der Zurückgezogenheit seiner Studierstube vom Schreibpult aus, nutzte er die Eleganz seiner Feder wie ein Florett. Seine Waffe war die Satire, seine schriftstellerische Methode die überlegt eingesetzte Ironie, mit der er gegen illusionäre Verblendung zu Felde zog und seine Leser (so in dem in ganz Europa verbreiteten »Lob der Torheit«, 1534) zur Selbsterkenntnis über die Schwächen der menschlichen Natur erzog: »Was ist das menschliche Leben überhaupt anders als eine Komödie oder Schau-Spiel, wo einer in dieser, der andere in einer anderen Larve auftritt und seine Person agiert, bis ihn sein Prinzipal wieder abtreten heißt.«

Zu den geistigen Partnern des Humanisten aus Rotterdam gehörte auch *Thomas Morus* (eigtl. *Th. More;* * 1478, † 1535) in England, ein glänzender Jurist und einer der unabhängigsten Köpfe des ganzen Zeitalters. Als solcher entwarf er das Modell des idealen Zukunftsstaates, genannt »Utopia«. Die erträumte Republik sollte wirtschaftlich auf der Gütergemeinschaft aller Bürger fußen, denen sie Religionsfreiheit garantierte und genügend Freizeit für Lesen, Musizieren und andere geistige Betätigung einräumte. Die Wirklichkeit sah freilich ganz anders aus. Als Thomas Morus, zum Staatskanzler König Heinrichs VIII. avanciert, sich weigerte, dem König den geforderten Suprematseid zu leisten, sprich, ihn auch als Oberhaupt der anglikanischen Kirche anzuerkennen, schickte ihn sein »gnädiger« Monarch kurzerhand aufs Schafott. Toleranz zählte nicht zu den Tugenden des Blaubarts auf dem englischen Thron.

Auch *Francis Bacon* (* 1561, † 1626), den »englischen Montaigne«, trieb sein politischer Ehrgeiz in ein hohes Staatsamt. König Jakob I. berief ihn zum Lordsiegelbewahrer. Doch für die Nachwelt blieb er vor allem der Schöpfer jener »hingeworfenen Betrachtungen«, wie mit typisch britischem Understatement seine Essays im Untertitel heißen. Denn diese liefern in fein geschliffenen Antithesen beherzigenswerte Verhaltensregeln für das Zusammenleben in der Gesellschaft, geprägt vom »common sense«: »Die Tugend ist wie ein kostbarer Stein – am besten in einer einfachen Fassung.«

DER ALLE ÜBERSTRAHLENDE GENIUS

Auch die Dichtkunst stand in Ehren. Der Diplomat *Sir Thomas Wyatt* (* 1503, † 1542) lernte in Italien die Sonette Petrarcas kennen und bürgerte die Gattung in der englischen Lyrik ein; *John Donne* (* 1572, † 1631) füllte sie mit gedankentiefen Metaphern; der Schustersohn *Christopher Marlowe* (* 1564, † 1593) bewies eine bemerkenswerte Begabung als Dramatiker wie der allen Genüssen des Lebens

Programmatische Verherrlichung humanistischer Geisteswelt. *Oben: »Die Schule von Athen«. Vereinigung aristotelischer und platonischer Lehre. Fresko von Raffael. 1509–1511. Stanza della Segnatura, Vatikan. – Unten: »Pädagogische Allegorie«. Fresko von Botticelli aus der Villa Lemmi. Louvre, Paris.*

Das neue Menschenbild der Renaissance: Betonung des eigenverantwortlichen Individuums. *»Die Erschaffung Adams«. Fresko von Michelangelo Buonarroti. Aus den Deckengemälden in der Sixtinischen Kapelle des Vatikanischen Palastes in Rom (1508–1512). Entgegen dem ursprünglichen Auftrag von Papst Julius II., der die Bogenfelder im Gewölbe der Kirche mit den Figuren der zwölf Apostel ausgemalt sehen wollte und für die Decke nur ein einfaches geometrisches Muster wünschte, setzte der Künstler seine eigenen Vorstellungen durch: In viereinhalbjähriger Arbeit gestaltete Michelangelo die gesamte Decke mit Themen aus der Schöpfungsgeschichte und Szenen aus dem Alten Testament. Auf dem abgebildeten Feld ist der Schöpfer im Begriff, Adam zu einem nach seinem Ebenbild geschaffenen, selbständigen Wesen erwachen zu lassen. Der Lebensfunken springt von seiner Hand auf Adam über.*

In Schönheit und Unschuld von Gott beseelt. *Ergriffen vom Empfang des Lebens leuchten die Augen des ersten Menschen. In der von anmutiger Schönheit gekennzeichneten Darstellung des Adam zeigt sich eine der wesentlichen, vom Renaissancehumanismus geprägten Vorstellungen des Künstlers. Ganz im Sinne der neuplatonischen Philosophie wird die menschliche Schönheit als eine Verkörperung der Idee des Schönen verstanden. Im Gegensatz zur mittelalterlichen Auffassung sieht Michelangelo das Irdische nicht als vergänglich und schlecht, sondern als Abbild göttlicher Erhabenheit und Schönheit an. Die Seele des ersten Menschen ist noch rein und frei von Schuld. In einer weiterführenden Deutung ist mit Michelangelos Adam auch der zweite Adam, Christus, gemeint. In der Darstellung Gottes als physisches, kraftvolles Wesen entfernt sich das Bildnis ebenfalls von der Ideenwelt des Mittelalters.*

Verliebtheit des freigewordenen Menschen in sich selbst. – Spiel mit der erotischen Intimität. *Diane de Poitiers, die Geliebte Heinrichs II. von Frankreich. Die streng katholische Mätresse nahm maßgeblichen Einfluß auf die Politik des Königs. Parallel zum Luxus im Leben der fürstlichen Gesellschaft entwickelte sich auch eine gewisse Neigung zur Frivolität. 16. Jh. Schule von Fontainebleau.*

William Shakespeare *(*um 1564, †1616). Über das Leben dieses bedeutendsten Dichters der englischen Literatur sind wir nur bruchstückhaft unterrichtet; um so beeindruckender spricht seine außergewöhnliche Persönlichkeit noch heute aus den 36 Theaterstücken zu uns, mit denen er die Bühnen des »Elisabethanischen Zeitalters« beherrschte. Als Schauspieler und Prinzipal des »Globe-Theaters« war Shakespeare ein Mann der Bühnenpraxis, der sich und den Mitgliedern seines Ensembles Paraderollen schreiben wollte. Aber sein psychologischer Scharfblick durchdringt die »kostümierte Sterblichkeit« seiner Gestalten bis in ihr Herz und stellt Charaktere auf die Bühne, die menschliche Schicksale exemplarisch verkörpern.*

Das beginnt mit den Königsdramen aus der englischen Geschichte mit ihren dort vorgeführten Beispielen herrscherlichen Handelns und Fehlverhaltens: hier der strahlende Heldenjüngling (»Heinrich V.«), dort der abgefeimte Bösewicht (»Richard III.«). Das setzt sich fort in den Historiendramen aus der Antike, in denen Shakespeare die Einsamkeit der Mächtigen dieser Erde und die Gefahr ihrer Verblendung durch die Hybris am Beispiel von Männern demonstriert, die den Gang der Geschichte beeinflußt haben (»Julius Caesar«). In den zauberhaften Komödien (»Wie es Euch gefällt«; »Was Ihr wollt«) läßt die Phantasie und der Einfallsreichtum Shakespeares die Spielhandlung das Unterste zuoberst kehren; der Zufall regiert, Narren sprechen Gedanken tiefer Weisheit, Amor und Fortuna treiben ihren Schabernack. Am Ende triumphiert die Liebe.

In den Charaktertragödien schließlich demonstriert der Dichter seinen Zuschauern, daß eine ins Übermaß gesteigerte Leidenschaft auch eine starke Natur ins Verderben reißen kann: die Eifersucht den »Othello«, die Vaterliebe »König Lear« oder die Machtgier den »Macbeth«.

In seinem dichterischen Testament, dem Märchenspiel »Der Sturm«, schuf sich Shakespeare mit dem altersweisen Magier Prospero eine Bühnenfigur, in der sein eigenes Wesen verkörpert sein mochte und die daher die persönlichen Überzeugungen und geheimsten Gedanken über das Menschengeschlecht preisgibt: »Wir sind aus jenem Stoff gemacht, aus dem die Träume sind.« Die Kunst der Menschenschilderung verbindet sich in Shakespeares Werk mit einer außergewöhnlichen sprachschöpferischen Leistung. Der Bilderreichtum und die Musikalität dieser Sprache, die sich scheinbar mühelos dem Fluß der Verszeilen anschmiegt, befähigt ihn auch zu dem beeindruckenden Zyklus seiner 154 Sonette. Das Shakespeare-Sonett, eine formale Weiterentwicklung des Petrarca-Schemas von zwei je vierzeiligen und zwei dreizeiligen Strophen, erlaubt durch die epigrammatisch zugespitzte zweizeilige Endstrophe die schärfere Akzentuierung der gedanklichen Aussage. Damit faßt es formal wie inhaltlich alle Tendenzen der europäischen Renaissancedichtung zusammen und gibt ihr den krönenden Abschluß:

Erfolgreichster Bühnenautor seiner Zeit. *William Shakespeare. Bildnis von Douglas Hilliard.*

Theaterrundbau und Bühne der Renaissance in England (Shakespeare-Zeit)

Große schauspielerische Leistung bei minimalen Bühnenhilfsmitteln. *Theater der Shakespeare-Zeit. Die Shakespeare-Bühne besteht aus drei Stockwerken: Vorderbühne, schmale, überdachte Hinterbühne und Ober- oder Balkonbühne.*

SONETT LX

Gleichwie die Welle strand- und kieselwärts,
so, ihrem Ende zu, enteilen uns die Stunden.
In steter Mühsal und nach vorne zerrts;
die kommt dahergerollt, und jene ist entschwunden.

Geburt, ins volle Licht gerückt, sie kraucht
zur Reife hin; und so, gekrönt, umglänzt noch eben,
wird sie in schiefe Finsternis getaucht,
und sie, die Zeit, zerstört, was sie, die Zeit, gegeben.

Der Jugend Blust: die Zeit durchbohrt ihn, gräbt
der Stirn der Schönheit ein die Zeilen und die Zeichen;
von allem Seltnen der Natur sie lebt;
und was da bleibt und steht, die Schnittrin wirds erreichen.
Grausam die Hand, die sie, die Zeit, erhoben;
doch er, mein Vers, bleibt stehen, dich zu loben.

Übers.: Paul Celan
Aus: Celan, Gesammelte Werke, Fünfter Band
Übertragungen II
Suhrkamp Verlag, Frankfurt/M. 1983
»William Shakespeare: Sonette LX«

aufgeschlossene *Ben Jonson* (* 1573, † 1637) als Komödiendichter ersten Ranges. Sie alle freilich sahen sich in den Schatten eines überragenden Genies gestellt – in das Shakespeares.

Literatur

Buck, August: Renaissance und Barock, Frankfurt 1972 (Neues Handbuch der Literaturwissenschaft)

Burgess, Anthony: Shakespeare, Berlin 1984 (Ullstein TB)

Byron, William: Cervantes, Frankfurt 1984 (Fischer TB)

Paris, Jean: William Shakespeare in Selbstzeugnissen und Bilddokumenten, Hamburg 1979 (Rowohlt TB)

Propyläen Geschichte der Literatur, Bd. 3 Renaissance und Barock, Berlin 1984

Thomson, Samuel H.: Das Zeitalter der Renaissance, München 1969

JOHANNES GLANZ

Musik im 16. Jahrhundert

War die europäische Musik im Mittelalter zunächst an die kirchliche Liturgie gebunden, so streifte sie doch allmählich die Fesseln ab, öffnete sich unbefangen der Welt und ließ sich dabei gern von Lied und Tanz der uns schriftlich nicht überlieferten »Volksmusik« beflügeln. Die aufregende Neuentdeckung dieses Zeitraumes war die *Mehrstimmigkeit (= Polyphonie)*; sie erst erschloß vielfältige neue Möglichkeiten des Musizierens. Nun setzte ein reges Wechselspiel der schöpferischen Kräfte zwischen den Zentren des geistigen und künstlerischen Lebens ein, das eine europäische Musikkultur ungeahnten Ausmaßes erblühen ließ.

VON DER SPÄTGOTIK ZUR RENAISSANCE

Im hohen Mittelalter gab Westeuropa den Anstoß; Schwerpunkt der Musikpflege waren Klöster und Kathedralen in Frankreich, Spanien und England, ihr Herz die *»Notre-Dame-Schule« zu Paris.* Im 14. Jahrhundert (ital. »Trecento«) begegneten einander die anspruchsvolle, konstruktive »Neue Kunst« Frankreichs und die klangfreudige, weltoffene Musik der Toskana. Der französische Einfluß in *Italien* nahm zu, als der päpstliche Hof aus Avignon nach Rom zurückkehrte. Das 15. Jahrhundert sah *England* als gewichtigen Teilnehmer im europäischen Konzert: *John Dunstable* (* um 1385, † 1453), Mathematiker, Astronom und Musiker, galt auch auf dem Festland als Autorität. Pol der Auseinandersetzung zwischen Nord und Süd wurde am Hofe zu *Florenz* der aus Lüttich stammende *Johannes Ciconia* (* um 1355, † 1411). Er war der erste Große der »Niederländer«, die nun Generationen hindurch das Musikleben in Europa maßgebend beeinflußten. Der niederländisch-französische Grenzraum, unter *Burgund* zu wirtschaftlicher und kultureller Blüte gelangt, wurde zur Wiege musikalischer Talente. Da die meisten von ihnen nicht aus Holland, sondern aus Flandern und dem Hennegau stammten, spricht man von der »franko-flämischen Schule«. An ihr läßt sich der Stilwandel von der Spätgotik zur Renaissance im 15. Jahrhundert verfolgen. Während *Guillaume Dufay* (* um 1400, † 1474) und *Jan Ockeghem* (*Johannes Okeghem*; * 1425, † 1497) ihre sprichwörtlichen »niederländischen Künste« in komplizierten vielstimmigen Sätzen vorstellten, die in ihrem Streben nach jenseitigen Sphären mit gotischen Domen verglichen wurden, stieß *Jakob Obrecht* (*J. Hobrecht*; * um 1450, † 1505) in eine neue Welt vor. Inspiriert von seinem Aufenthalt am Hofe zu *Ferrara*, ließ er in seinen kunstvollen Gebilden Melodien und Harmonien erklingen, die Musik neu hörbar machten.

Bahnbrechend für das 16. Jahrhundert wurde der »große Unsterbliche«, der »Fürst der Musik« *Josquin Desprez* (*J. des Prés*; * um 1440, † 1521). Luther nannte seine Musik »fröhlich, lieblich, nicht an die Regel schnurgleich gebunden, sondern frei wie der Finken Gesang«. Josquin sei der Noten Meister, »die haben es müssen machen, wie er wollte, die anderen Sangmeister müssen machen, wie es die Noten haben wollen«. Mit Josquin begegnet uns der erste große Renaissance-Musiker, ein moderner Komponist, der sich aus den Bindungen der Tradition löste, dem Musik Mittel wurde, sich selber anderen mitzuteilen. Seine Messen, Motetten und Chansons tragen unverwechselbare individuelle Züge. Er vererbte seinen Nachfolgern die Kunst, Ausdruckstiefe mit höchster Könnenschaft in der Verarbeitung musikalischen Materials nahtlos zu verbinden. Josquin steht an der Tür eines Jahrhunderts, das von Musik erklingt wie kaum ein anderes.

VON DER KIRCHLICHEN ZUR HÖFISCH-INDIVIDUALISTISCHEN KUNST

Welche Wandlungen sich nun vollziehen, zeigt ein Bildvergleich. Während im »Engelskonzert« auf dem »Isenheimer Altar« Matthias Neitharts, genannt Grünewald (1515) überirdische Wesen den neugeborenen Erlöser mit himmlischer Musik begrüßen, wird zur gleichen Zeit die Hofkapelle im »Triumphzug Kaiser Maximilians I.« in einer Holzschnittfolge von Hans Burgkmair d. Ä. unter Mitwirkung anderer Künstler, auch Albrecht Dürers, vorgestellt. Auf prächtigen Wagen zelebrieren Sänger und Instrumentalisten eine Festmusik zu Ehren ihres Fürsten, unter ihnen als Autoritäten durch persönliche Züge hervorgehoben:

Begriffe

a cappella: Chorgesang ohne Instrumentalbegleitung nach Art der Kapellchöre (= der im Kirchenraum wirkenden Sänger).
cappa: Reliquie und Aufbewahrungsort des Mantels des hl. Martin, betreut von »cappellani« (= Hofgeistlichen).
cappella: Hofgeistliche, die auch als Sänger wirkten.
Bomhart: Holzblasinstrument. Nachfahre der Schalmei u. Vorläufer der Oboe, auch »Pommer«. Großbaßpommer von 3 m Länge zählt zur »lauten Musik«.
Canti carnascialeschi: Karnevalsgesänge bei Maskenumzügen in Florenz.
Canzona: Auf das Lied einwirkende ital. Dichtung des 13.–16. Jahrhunderts.
Chanson: Mehrstimmiges franz. Lied.
Chromatik: Griech. chroma = Farbe; Tonfolge von Halbtonschritten, die durch Erhöhung oder Erniedrigung der Stammtöne entsteht, gewissermaßen: Einfärbung; ursprünglich griechisches Tongeschlecht der Musik für Saiteninstrumente.
Doppelchor: In zwei kontrastierende, meist vierstimmige Halbchöre geteilter Chor (coro spezzato), auch für Echowirkungen gedacht.
Gambe: Kurzform für »Viola da gamba« (= Beinviola, Kniegeige); beim Spielen von den Knien gehalten, vgl. Cello!
Hofkapelle: Künstlergruppe der Instrumentalisten, Sänger, aber auch Tänzer und Schauspieler.
Instrumentalmusik: Ausschließlich von Instrumenten ausgeführte Musik.
Lamentationen: Vertonungen der Klagelieder des Propheten Jeremias, zur Liturgie der Karwoche gehörend.

der Hoforganist *Paul von Hofhaimer* (* 1459, † 1537) – für seine künstlerischen Leistungen zum Ritter geschlagen –, der junge Hofkomponist *Ludwig Senfl* (* um 1486, † 1542/43), der vom Kaiser hochgeschätzte Blasinstrumentenmacher und Hoflieferant *Hanns Neuschel*.
Wohl war die Musik auch bisher nicht auf den kirchlichen Andachtsraum eingeengt gewesen, doch nie war sie so selbstverständlich für die Welt in Anspruch genommen worden wie jetzt im Zeitalter der Renaissance, der Wiedergeburt künstlerischer Freiheit. Die nach der Theorie des römischen Philosophen *Boethius* (* um 480, † 524) die unterste Stufe einnehmende diesseitige »musica instrumentalis« fühlte sich nun der überirdischen Sphärenharmonie der »musica mundana« schwesterlich verbunden. Fürstenhöfe drängten Kathedralen als Musikzentren in den Hinter-

Madrigal: Mehrstimmiges, solistisch vorgetragenes ital. Lied des 16. Jahrhunderts.
Messe: Hauptliturgie der katholischen Kirche, benannt nach der Entlassungsformel: »Ite, missa est ecclesia!« Geht, ihr seid entlassen!
Motette: Gattung der mehrstimmigen, solistisch wie chorisch vorgetragenen, vorwiegend geistlichen Vokalmusik auf geistliche Texte. Neben dem Madrigal die beliebteste Form der Vokalmusik.
Parodieverfahren: Verbindung von volkstümlichen Melodien mit geistlichen Texten und umgekehrt; Melodien werden dabei rhythmisch, melodisch oder harmonisch umgebildet.
Posaunenchor: Gruppe von Blechbläsern, neben Posaunen auch Hörner u. a.
Rezitativ: Solist oder Chor folgt musikalisch-deklamatorisch dem Sprachrhythmus.
Satztechnik: Vorgehen bei der Komposition mehrstimmiger Tonsätze; z. B. homophoner Satz: die leitende Melodie in der Oberstimme wird von Akkorden begleitet; polyphoner Satz: jede Stimme erhebt Anspruch auf Selbständigkeit und muß entsprechend geführt werden.
Schalmei: Griech. kalamos = das Rohr: einfaches klappenloses Holzinstrument arabischen Ursprungs.
Tonalität: Melodisches und harmonisches Bezugssystem von Tönen und Akkorden auf einen Grundakkord hin.
Virginalmusik: Lat. virga = Stab; kleines englisches Kielklavier mit der Klaviatur an der Breitseite und quer zu den Tasten verlaufenden Saiten.
Zink: Holzblasinstrument mit Kesselmundstück u. Grifflöchern als gekrümmter (schwarzer) oder gerader (weißer, stiller) Zink.

grund; in ganz Europa waren die Hofkapellen Pflegestätten geistlicher und weltlicher Musik, ob in Brüssel, London, Paris, Madrid oder in München, Wien, Prag, Krakau und Ofen.

Aber auch kleinere Residenzen wie z. B. Torgau im Norden oder Ferrara im Süden hatten einen bedeutenden Ruf. In diesen Kapellen sammelte sich die Elite, von hier gingen Impulse aus auf das gesamte Musikleben. Die Fürsten begnügten sich nicht mit der Rolle der Mäzene, sondern spielten selbst Instrumente – König Heinrich VIII. von England war Blockflötenliebhaber – und komponierten getreu dem Idealbild des Renaissancemenschen, in dessen neuem Bildungskatalog die Musik einen hervorragenden Platz einnahm.

Von den Schülern Ockeghems, die überall an den europäi-

Beginn einer neuzeitlichen Musikgestaltung durch die Erfindung des Notendrucks. *Holzschnittillustration zu Nicolaus Faber »Musicae rudimenta admodum brevia atque utilia communi«. Jetzt entstehen neue, aus der Volksmusik abgeleitete, nationale Liedkompositionen. Augsburg, 1516. Bayerische Staatsbibliothek, München.*

schen Höfen im niederländischen Stil komponierten, beherrschte der Flame *Heinrich Isaac* (* um 1450, † 1517) die spätgotische Satztechnik am besten, doch öffnete er sich an der Schwelle zur neuen Zeit auch neuen Ideen, wie er überhaupt in seiner Lebenshaltung schon ganz Renaissancemensch war: Europäer, gewandt und gebildet, Hoforganist Lorenzos de Medici, Hofkomponist Kaiser Maximilians I. Seine geistliche Musik ist meist in Vergessenheit geraten bis auf die »Missa carminum« (= Messe der Lieder), ein treffendes Beispiel für das sogenannte »Parodieverfahren«. Unter den *weltlichen Liedweisen,* die hier *im geistlichen Gewand* auftauchen, finden wir das bekannte »Innsbruck, ich muß dich lassen«. Isaac beflügelte das Musikleben in Deutschland, das wiederum über die Grenzen hinaus wirkte. Die *mehrstimmige Vokalmusik* erlebte eine

Polyphoner Reichtum der niederländischen Schule. *Ausschnitt aus dem Prachtcodex der »Bußpsalmen« von Orlando di Lasso mit Miniaturen von Hans Müelich. Weiße Mensuralnotation, eine Notenschrift, die außer der Tonhöhe auch das Verhältnis der Dauer der Töne erkennen läßt. Um 1570. Bayerische Staatsbibliothek, München.*

Blüte an den Fürstenhöfen in München, Heidelberg, Torgau, Ludwigsburg. Deutsche Musiker rückten in führende Stellungen auf: der Bamberger *Heinrich Finck* (*um 1444/45, †1527), »erster deutscher Großmeister der Musik«, war auch am polnischen Königshof tätig, der Schlesier *Thomas Stol(t)zer* (*um 1475/85, †1526) avancierte zum Hofkapellmeister am ungarischen Hof. Unter der Leitung des Isaac-Nachfolgers *Ludwig Senfl* (*um 1486, †1542/43) wurde die kaiserliche Hofkapelle, die ihren Standort zwischen Innsbruck, Augsburg und Wien wechselte, zum Spitzenensemble in Europa. Senfl begründete auch den Ruhm der Herzoglich Bayerischen Hofkapelle, deren Leitung einige Jahrzehnte später ab 1560 der große *Orlando di Lasso* (auch *Roland de Lassus*; *um 1532, †1594) übernahm.

STADTMUSIKANTEN – ENTFALTUNG DER INSTRUMENTALMUSIK

Auch die Städte unterhielten festbesoldete Instrumentalgruppen, die mit ihren Darbietungen bei der Umrahmung von Feiern und Ausgestaltung von Festlichkeiten ein hohes Niveau erreichten. Ja, die städtische Musikkultur trug wesentlich zur Entfaltung der europäischen Instrumentalmusik bei. Diese hatte sich zwar von der einseitigen Funktion der Begleitung vokaler Werke befreit, begnügte sich aber nicht mit der Nachahmung von Gesangskompositionen, sondern fand Schritt für Schritt zur Selbständigkeit und entwickelte neue Formen, in denen die Eigenart der jeweiligen Instrumente hervortrat. Die Stadtmusiken in Italien beschränkten sich auf Blasinstrumente: Posaunen, Trompeten und »piffari« (= Schalmeien, Querpfeifen und Dudelsäcke). Auch die deutschen »Stadtpfeifer« oder »Ratsmusiker« ließen zu Tafel-, Tanz- und Festmusiken oder Serenaden im Freien Zinken, Schalmeien, Bomharte und Posaunen erschallen, doch gehörten zu ihrem Ensemble auch Streicher.

Vor allem die Tradition von Turmmusiken, geblasen von Posaunenchören, hat sich vielerorts bis heute erhalten.

Trompeten und Pauken gehörten zum Privileg der Hofmusik; doch dieses wurde mit der Zeit durchbrochen: Man kaufte sich frei oder mißachtete es.

Die englischen Stadtmusikanten hießen »waits« (Wächter), weil ihre Vorgänger als Stadtwächter Gefahren mit Hornsignalen angekündigt hatten; auch sie setzten sich jetzt aus Bläsern und Streichern zusammen. Besonders beliebt und geachtet wegen ihres Könnens waren die Londoner »waits«; die zahlreich anfallenden Zeremonien luden ihnen ein umfangreiches Programm auf.

Die wachsenden Erwartungen des Publikums und die erhöhten Ansprüche der Komponisten steigerten auch das Selbstbewußtsein der Sänger und Instrumentalisten. Ein neuer Stand der *Berufsmusiker* stellte sich der Öffentlichkeit vor; zur Wahrung der Standesinteressen schloß man sich zu Bruderschaften, Zünften oder Gilden zusammen. Die Aufgaben dieser Organisationen waren vielfältig: Aufstellung von Ausbildungsrichtlinien und Honorarordnungen, Arbeitsvermittlung, Absicherung der Zunftprivilegien, Regelung von Statutenverletzungen durch eigene Gerichte am »Pfeifertag«.

Die Instrumentenbauer sicherten in ähnlicher Weise ihre Arbeit durch Wahrung des Zunftgeheimnisses. Bis heute hat sich in den Grundzügen die damals ausgebildete Schichtung der gesamten Berufsgruppe erhalten: Kapellmeister, Komponisten, Virtuosen, fest besoldete höfische oder städtische Musiker, Musikhandwerker.

VERVOLL-
KOMMNUNG
DES
NOTENDRUCKS

Die rasche Ausbreitung von nationalen bzw. regionalen Musikkulturen über Ländergrenzen hinweg, der intensive Austausch von Ideen und das dadurch entfachte rege Musikleben in ganz Europa sind nicht erklärbar ohne die Erfindung des Notendrucks. Sie kam sicher wie eine Erlösung, denn selbst die erhebliche Zunahme der Handschriften im 15. Jahrhundert konnte nicht Schritt halten mit dem anschwellenden Bedarf, den die Ausweitung des Musiklebens auf alle Gesellschaftsschichten hervorrief. Die frühesten Drucke lehnten sich dem Verfahren Gutenbergs an: nur die Texte wurden gedruckt, Linien und Noten aber handschriftlich eingefügt. Der eigentliche Notendruck begann mit dem *»Doppeldruckverfahren«*: Zuerst druckte man Text, Linien und Initiale, dann die Noten mit Holztypen. Die ersten Gehversuche dieser Art unternahmen *Conrad Fyninger* 1473 in Esslingen, der Ingolstädter *Ulrich Hahn* 1476 in Rom, *Jörg Reyser* 1481 in Würzburg und *Octavianus Scotus* in Venedig. Die frühesten Drucke waren liturgische Gesänge in der *»Choralnotation«* (= Notenschrift für den Gregorianischen Choral mit quadratischen Notenzeichen). 1498 erhielt *Petrucci* in Venedig ein Privileg für seinen dreifachen Metalltypendruck in getrennten Arbeitsgängen: Text – Linien – Noten. Petrucci war auch der erste, der mehrstimmige Musik in der *»Mensuralnotation«* mit beweglichen Typen druckte, einer Notenschrift, die zeitlich geregelte Notenwerte unterschied. Sein erster großer Geschäftserfolg war die Sammlung mehrstimmiger Chansons und Motetten der großen Niederländer Ockeghem, Obrecht, Josquin, Isaac u.a.

Überall in Europa, in Italien, Deutschland, Frankreich, den Niederlanden und England, wurden nun Notendruckereien eröffnet: *Oeglin* in Augsburg, *Schöffer* in Mainz, *Peutinger* in Nürnberg, *Rhau* in Wittenberg; *Phalèse* in Löwen spezialisierte sich auf Lautenmusik und Tanzmusik, *Susato* in Antwerpen auf Vokalmusik. 1525 erfand *Pierre Haultin* (†1587) in Paris den sogen. *einfachen Typendruck*, der mit dem gleichzeitigen Druck von Linien und Noten die Darstellung von Akkordgriffen und damit die Ausgaben von Orgel- und Klaviermusik ermöglichte: ein Verfahren, das auch *Attaignat* und *Ballard* in Paris übernahmen. In Avignon führte *Briard* 1530 ovale Notenköpfe ein; sie lösten die bisher gebräuchlichen quadratischen bzw. rhombischen Formen ab.

Um diese Zeit wurde Nürnberg Mittelpunkt des deutschen Notendrucks und Verlagswesens durch Veröffentlichungen von Lieder- und Motettensammlungen des Verlages *Ott und Formschneider.*

DIE GRIFFSCHRIFT DER TABULATUREN – VORSTUFE DER PARTITUR

Auch der Aufschwung der Instrumentalmusik ist zu einem guten Teil der neuen Drucktechnik zu verdanken. Vor allem die »Harmonie-Instrumente« Laute und Orgel verlockten immer mehr zum Spiel, seit nun auch »Tabulaturen« gedruckt wurden; dies waren Übertragungen mehrstimmiger Vokalmusik auf Laute oder Orgel, abgestimmt auf die Spielmöglichkeiten (z. B. Tonumfang, Grifftechnik) des jeweiligen Instruments.

Wie beliebt dieses Übertragen (= Intavolieren, Intabulieren) aus dem gesanglichen in den instrumentalen Bereich gewesen sein muß, zeigt das frühe Erscheinen einer gedruckten *Lautentabulatur* 1507 bei Petrucci. Tabulaturen waren nicht in Notenschrift abgefaßt, sondern arbeiteten mit Buchstaben und Zahlen. Die Lautentabulaturen gaben dem Spieler in einer Art *Griffschrift* an, welche Fingerstellungen er beachten, welche Griffe er ausführen sollte; in der Orgeltabulatur wurden mit dieser Zeichennotation bestimmte Töne angezeigt. Mit Recht darf man die Tabulaturen Vorstufen der *Partituren* nennen, denn der Spieler konnte mit einem Blick den Aufbau des ursprünglichen Vokalsatzes erfassen. In welchen Formen aber präsentierte sich diese Vokalmusik?

TEXT, MUSIK, LAUTMALEREI – DIE CHANSON FRANKREICHS

Die kunstvollste Form weltlicher Liedkunst war die französisch-burgundische *Chanson*, eine vom Text inspirierte Komposition, die alle Mittel des vielstimmigen Satzes ausschöpfte und mit differenzierten Ausdruckselementen verband. Jetzt, im 16. Jahrhundert, löste sie sich aus der Eingrenzung auf höfische Kreise, drang in die bürgerliche Kunst ein und trug zu deren Kultivierung bei. Sie folgte der Neigung der französischen Poesie zu einfachem, natürlichem Ausdruck und band sich dabei eng an den Versrhythmus. Je nach den Texten, die alle Lebensbereiche, gern auch das Erotische, einschlossen, bildete sie zwei Typen aus: die melodiös sentimentale und die lebhaft parlierende heitere Chanson. Ein besonderes Vergnügen scheint Sängern wie Publikum die sogenannte »Programmchanson« bereitet zu haben, als deren Meister der königliche Kompositeur *Clément Jannequin* (* um 1485, † 1561) galt. In »La Bataille de Marignan« imitierte er das Schlachtgetümmel mit tonmalerischen Effekten wie Trompetenstößen und Pferdegetrappel, in »L'alouette« wird das Tirilieren der Lerche vorgetäuscht.

Wie beliebt die Chanson in allen Ländern Europas war, beweisen die *Chansonmessen*, in denen die liturgischen Texte nach kunstvoll verarbeiteten weltlichen Melodien erklangen; am häufigsten unterlegte man das Soldatenlied (»L'homme armé«).

Eine Wandlung erfuhr die Chanson in Frankreich, als die humanistisch orientierte Dichtergruppe »La Pléiade« sich auf die *griechische Antike* besann und eine enge *Bindung von Vers und Musik* forderte. Komponisten wie *Claude Goudimel* († 1572) oder *Guillaume Costeley* (* um 1514/1531, † 1606) stellten nun die Musik ganz in den Dienst der Dichtung. Einen Endpunkt erreichte diese Richtung, als die 1570 gegründete »Akademie der Dichtung und Musik« eine auf äußerste Angleichung abgestellte »musique mesurée« anstrebte: Langen und kurzen Silben im Text sollten lange und kurze Notenwerte entsprechen. Vertreter dieses »Manierismus« war vor allem *Claude Le Jeune* (* um 1530, † 1600).

Nachhaltiger wurde die Chanson von der italienischen Vokalmusik beeinflußt. In der Verarbeitung der verschiedenen Elemente behaupteten auch hier die Niederländer ihre führende Stellung, vor allem der Leiter der kaiserlichen Hofkapelle Karls V., *Nicolas Gombert* († 1556), die in Italien wirkenden *Adrian Willaert* (* um 1490, † 1562) und *Jacob Arcadelt* (* um 1500/1514, † 1560/1568), bis die Chanson in *Orlando di Lasso* (* um 1532, † 1594) Höhepunkt und Abschluß fand. Seine Chanson »Samingo« nahm Shakespeare in sein Drama »Heinrich IV.« auf.

ITALIEN: VOM STROPHENLIED ZU DEN »CANTI CARNASCIALESCHI« UND ZUM MADRIGAL

Italien hatte zunächst der Chanson nichts Gleichwertiges entgegenzustellen. Adel und Patriziat begnügten sich mit anspruchsloserer Unterhaltung, vor allem der »frottola« (= musikalische »Frotzelei«), einem Strophenlied, das von Solostimmen mit Instrumentalbegleitung, vorzugsweise Laute, vorgetragen wurde. Text und Musik waren voller Ironie, ungeniert hängte man an einen erotischen poetischen Text einen Gassenhauer an. Diese leichtlebige, parodistische Art spiegeln auch »Villanella« und »canti carnascialeschi« wider, beide derb und obszön, doch völlig verschiedener Herkunft: erstere stammten vom Lande, letztere kamen am Hofe des Lorenzo I. de Medici auf und begleiteten den Aufzug der Masken; in diesem Rahmen stellten sich zum ersten Mal die Figuren der *commedia dell'arte* in Monolog und Dialog vor. Eingängige Melodik und tänzerischer Rhythmus verschafften beiden den Zugang in die gehobenere Sphäre der Kunstmusik.

Als bewußte Reaktion auf diese Tändeleien wurde im Kreise um den Dichter-Kardinal *Pietro Bembo* (* 1470, † 1547) der Typus des literarisch anspruchsvollen *Kunstlie-*

des kreiert: das *Madrigal* – nicht zu verwechseln mit der älteren anspruchsloseren Form gleichen Namens im Liederfrühling des Trecento. Es war ein echtes Kind der italienischen Renaissance, geboren aus dem Geist des Humanismus. Die Anfänge italienischer Dichtung wurden neu entdeckt, *canzona, ballata* und *Sonett* kamen wieder zu Ehren, Leitstern war *Francesco Petrarca* (* 1304, † 1374).
Die neue lyrische Form des Madrigals lehnte sich an die schlichte canzona an. Frei von Bindungen an Strophe, Vers und Reim, bot es völlig neue Möglichkeiten musikalischer Textausdeutung, indem die Musik die Freiheit erhielt, die inneren Bewegungen der lyrischen Sprache mit leidenschaftlichem Ausdruck zu interpretieren. Offensichtlich entsprach die neue Form genau dem Zeitgeschmack, wie die zahlreichen Auflagen der Madrigalsammlungen zunächst in Italien, dann in ganz Europa zeigten.
Vielfach wendete sich das Madrigal als »Huldigung« oder »Widmung« an hochgestellte Persönlichkeiten, vor allem aber an die Dame des Herzens. Wiederum sind es Meister der franko-flämischen Schule, die der neuen Form zu Ansehen verhelfen: *Arcadelt, Verdelot, Willaert* und *Cyprian de Rore.* In dieser ersten Periode in der Geschichte des Madrigals wurden vorzugsweise Texte Petrarcas vertont, dabei die bildhafte Sprache mit modernen Mitteln der Chromatik, die man übrigens der Antike abgelauscht hatte, in die Musik übertragen. Vor allem prägte Adrian Willaert, Kapellmeister am Markusdom zu Venedig, den Madrigalstil mit Harmonien von großer Ausdruckskraft und überraschenden Kontrastwirkungen. De Rore verstand es, ganz im Sinne der dienenden Funktion der Musik gegenüber dem Wort, affektgeladene Textstellen wie Umarmungen, Abschied, Stammeln, Klagen musikalisch nachzubilden.
Nur noch zwei Niederländer begleiteten das Madrigal in seine klassische Blütezeit: wiederum Orlando di Lasso, doch nur mit verhältnismäßig wenigen Beiträgen voller Farbenpracht, und der Hofkapellmeister unter Maximilian II. und Rudolf II. in Wien und Prag, der vielbewunderte *Philipp de Monte* (* 1521, † 1603) mit Kompositionen von weniger dramatischer Geste, aber großer lyrischer Sensibilität. Seine 1100 Motetten füllen 41 Bände!
Die Führung aber übernahmen nun die italienischen Schüler der niederländischen Meister: Sie förderten die Dramatisierung des Madrigals. Der Venezianer *Andrea Gabrieli* (* 1510, † 1586), ein Willaert-Schüler, steigerte den leidenschaftlichen Ausdruck durch Einführung miteinander korrespondierender Doppelchöre, durch Einflechtung von Chorrezitativen und Verdichtung expressiver Chromatik.

Sein Neffe und Nachfolger als Organist am Markusdom – zu dessen Aufgaben auch die Komposition gehörte – *Giovanni Gabrieli* (* um 1554/57, † 1612) führte diese Entwicklung weiter und bewies dabei eine unglaubliche Kunstfertigkeit, großartige Klangsäulen in ein kunstvolles vielstimmiges Geflecht melodischer Bewegungen aufzulösen und daraus erneut Harmoniegebäude zu errichten. Der Drang, eine neue Dimension im vertikalen Aufbau von Tönen zu erschließen, der Weg zur Homophonie (= Gleichklang), bei der die melodische Oberstimme führend hervortritt und nur von Akkorden gestützt wird, tritt nun gegen Ende des Jahrhunderts immer deutlicher hervor, auch wenn die Eigenbewegung der Nebenstimmen nicht völlig unterdrückt wird.

Ganz dem Madrigal widmete sich *Luca Marenzio* (* um 1553/54, † 1599); seine Kompositionen waren so reich an Harmonien, daß man ihren Schöpfer liebevoll »Il piu dolce cigno« (= »allersüßester Schwan«) nannte. Die von dem Willaert-Schüler *Nicola Vicentino* (* 1511, † 1576) vertretene »chromatische Richtung« setzten *Luzzasco Luzzaschi* (* 1545, † 1607), *Giovanni Giacomo Gastoldi* (* um 1550, † 1622), dessen neckische »balletti« (= Tanzliedchen) ganz Europa entzückten, und *Don Carlo Gesualdo, Fürst von Venosa* (* um 1560, † 1613) fort. Gesualdos Madrigale führten schon an die Grenzen der Tonalität; in unserer Zeit war *Igor Strawinsky* (* 1882, † 1971) so beeindruckt, daß er 1959 drei seiner Madrigale auf Instrumente übertrug. Die Madrigale *Claudio Monteverdis* (* um 1567, † 1643) gehören einer neuen Epoche an und weisen mit ihrer dramatischen Gebärde ins Reich der Oper.

KIRCHENMUSIK DER ›GEGENREFORMATION‹ IN ITALIEN UND SPANIEN

In der strengen Welt des gegenreformatorischen Rom erhielten die Madrigale ein geistliches Gewand. Die neuentdeckten Klangwelten wurden gezügelt, hinterließen aber dennoch Spuren in der geistlichen Musik der *Motette* und *Messe.* Nach *Costanzo Festa* (* um 1480, † 1545) und *Giovanni Animuccia* (* um 1514, † 1571) erhielt die »Römische Schule« in *Giovanni Pierluigi da Palestrina* (* um 1525, † 1594) einen unerreichten Meister. Er dämpfte die modischen Farben und führte den traditionellen polyphonen »A-cappella-Stil« (= unbegleiteten mehrstimmigen Chorgesang) in formvollendeter Reinheit und innerer Ausgewogenheit zu klassischer Höhe und schuf so eine Gegenwelt zum Farbenrausch und zur leidenschaftlichen Dramatik der »Venezianischen Schule« der *Gabrielis.* Fünfzehn Päpsten diente Palestrina als Kapellmeister an den großen Kir-

Der »Retter der Kirchenmusik«. *Palestrina überreicht Papst Julius III. seine Werke, die den Forderungen des Trienter Konzils nach einer andachtsvollen Musik besonders angemessen waren. Holzschnitt, 1568. Rom.*

chen Roms: San Giovanni in Laterano, Santa Maria Maggiore und San Pietro (Petersdom), doch seine Ernennung zum Leiter der Sixtinischen Kapelle scheiterte an den Intrigen der Sänger. 1564 stellte eine Kardinalskommission Palestrinas »Missa Papae Marcelli« als Muster einer von weltlichen Einflüssen gereinigten neuen Kirchenmusik vor, die sich fortan nach dem »Palestrina-Stil« ausrichtete. Andrerseits mußte Palestrina dem Druck der Gegenreformation nachgeben und sich von seinen weltlichen Madrigalen durch »Widerruf« distanzieren. Sein Lebenswerk füllt 33 Bände: 93 Messen, 139 Motetten, 2 Bücher geistlicher Madrigale, die erschütternden »Lamentationen« u.v.a. Enge Freundschaft verband ihn mit dem Kastilier *Tomaso Ludovico da Vittoria* (* 1548/1550, † 1613), der ihm auch stilistisch sehr nahe steht und deshalb der »spanische

Palestrina« genannt wurde. Die spanische Musik war mit der »Römischen Schule« eng verbunden: Vittoria hatte in Rom bei seinen Landsleuten *Cristóbal Morales* (*um 1515, †1553) und *Bartolomeo Escobedo* (* um 1515, †1563) studiert, bevor er hier und später in Madrid zum Kapellmeister aufstieg. Den Anstoß zur Entfaltung einer spanischen Musikkultur hatte aber wiederum ein Niederländer gegeben: 1537 war *Nicolas Gombert* († um 1556) als Leiter der kaiserlichen Hofkapelle mit zwanzig Sängern nach Madrid gekommen.
Der ureigene spanische Beitrag zur europäischen Musik wurde von Orgel- und Lautenmeistern geliefert, schöpferischen Virtuosen, die mit ihren Kompositionen Maßstäbe für die weitere Entwicklung der Instrumentalmusik setzten, allen voran der blinde Hoforganist Philipps II., *Antonio de Cabezón* (* um 1500, †1566). Er deutete mit seinen »Tientos« (= Versuchen, Fantasien) neue, kühne Wege an und eilte mit einer erstaunlichen Variationstechnik seiner Zeit weit voraus. *Luis de Milan* (* um 1500, †1561) gab 1536 ein Unterrichtsbuch für die spanische Laute, die Vihuela, heraus, *Diego Ortiz* (* um 1525, †1570?) eine der ältesten Violen-(= Gamben-)Schulen.

AUF DEM WEG ZUR ORCHESTER-MUSIK

Neue Wege für die Instrumentalmusik eröffnete aber auch die »Venezianische Schule«. Hier hatte man die französische Anregung aufgenommen, *Chansons instrumental* zu arrangieren. Aus dieser »canzona francese« wurde mit der Zeit ein reines Instrumentalstück, die »canzona da sonar«; sie gewinnt bald eigenes Profil in Rhythmus und Motiven, die sie der Tanzmusik ablauscht.
Ein Schritt in eine neue musikalische Welt erfolgte, als die Gabrielis den Gesangsgruppen Instrumentalgruppen gegenüberstellen und so die moderne *Trennung von Chor und Orchester* einführten. Neue Klangwelten von ungewohnter Fülle und Farbe überraschten die Hörer. Instrumentalmusik trat nun im repräsentativ-festlichen Rahmen als *Orchestermusik* auf, während die »Kammermusik« sich in die intime Häuslichkeit zurückzog. Hatte die »Römische Schule« den »A-cappella-Stil« zur Vollendung gebracht, wurde hier in Venedig der reine »Orchesterstil« vorgestellt.

NATIONALE ENTWICKLUNGEN

Während in Italien die Weichen für eine Musik der Zukunft gestellt wurden, geriet das übrige Europa in Bewegung. Die niederländische Musik trat in den Hintergrund,

Zunehmende Beliebtheit der Kammermusik. *»Le Concert allemand«. An den deutschen Fürstenhöfen und in den städtischen Bürgerhäusern blühte im 16. Jh. ein reiches Musikleben. Tafelmusik begleitete die festlichen Anlässe. Gemälde eines unbekannten französischen Meisters des 16. Jh.*

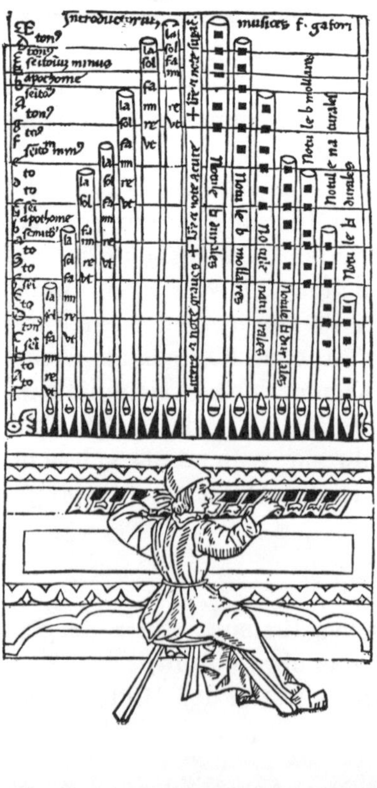

Neue Eigenständigkeit der Instrumentalmusik. *– Links: Frontispitz (Titelverzierung) zur »Musiktheorie« des Franchino Gaffuri, der am Hofe Ludovico Sforzas tätig war. 1492. – Rechts: Lautenspielerin. Im 15.–17. Jh. war die Laute bedeutendes Hausmusik- und Generalbaßinstrument. Österreichische Nationalbibliothek, Wien.*

Italien wurde das große Vorbild. Aber auch nationales Selbstbewußtsein erwachte: ein Assimilationsprozeß zwischen den Völkern und musikalischen Schulen kam in Gang. Noch zwei Bastionen hielten Niederländer: *Philipp de Monte* (* 1521, † 1603) mit seinem Vizekapellmeister *Jacob Regnart* das Musikzentrum *Prag* im Herzen Europas und *Orlando di Lasso* die Herzogsstadt *München*, die nun den Reichsstädten Augsburg und Nürnberg den Rang ablief. Orlando di Lasso, der Gegenpol Palestrinas, vereinte in seinem Riesenopus geistlicher und weltlicher Musik alle Ausdrucksformen seines Jahrhunderts wie in einem Brennspiegel und gab dieses Konzept als Vermächtnis an seine Schüler *Johannes Eccard* (* 1553, † 1611) und *Leonhard Lechner genannt Athesinus* (* um 1553, † 1606) weiter.

Im deutschen Raum äußerten sich nationale Stilelemente vor allem im *Lied*, und zwar nicht nur im weltlichen. *Martin Luthers* Verdienste um die deutsche Musik beruhten auf dem revolutionären evangelischen *Gemeindelied*, doch kam es nicht zum Kahlschlag der traditionellen Kirchenmusik wie in anderen reformatorischen Kirchen. Im Gegenteil, auch im evangelischen Raum war man aufnahmebereit für die Moderne, doch mit kritischer Distanz, während die katholische Gegenreformation z. B. die venezianische Prachtentfaltung gezielt für ihre Zwecke einsetzte. Nördlich der Alpen hat *Jacobus Gallus* (oder *Handl, Händl, Hähnel, eigtl. Jakob Petelin*; * 1550, † 1591), Kapellmeister in Olmütz und Prag, diesen Stil überzeugend weiterentwickelt.

Auch England meldete sich nach längerem Schweigen gegen Ende des Jahrhunderts vernehmlich zu Wort. Die Elisabethanische Epoche schwelgte in Musik; zunächst gab man sich ganz dem italienischen Ideal hin, doch bald durchdrangen stark melodisch und harmonisch ausgeprägte folkloristische Elemente die Musik und führten zum unverwechselbaren englischen Stil, der in den Madrigalen, Songs, der Lauten- und Virginalmusik widerhallt.

Literatur

Adler, Guido (Hg.): Handbuch der Musikgeschichte, Band 1, München 1981[4] (dtv wissenschaft)

Blume, Friedrich (Hg.), u. a.: Epochen der Musikgeschichte in Einzeldarstellungen, 1974 (dtv wissenschaftliche Reihe)

Brockhaus, Heinz Alfred: Europäische Musikgeschichte, Band 1, Berlin 1985

Wörner, Karl H.: Geschichte der Musik. Ein Studien- und Nachschlagebuch, Göttingen 1972

WINFRIED BÖHM

Neue Wege der Erziehung im Geiste von Humanismus und Reformation

Wer Umberto Ecos Roman »Der Name der Rose« gelesen oder die Verfilmung dieses Buches gesehen hat, der wird sich dem Eindruck einer Szene nicht entziehen können: der flammenden Predigt des greisen Mönches Jorge von Burgos über das Kommen des Antichrist. Nicht die Endzeitvision, welche der Prediger dort heraufbeschwört, ist es, die uns hier interessiert, sondern seine wortgewaltige Verurteilung der Hoffart, die über die Brüder der Benediktinerabtei gekommen ist. Während die Arbeit des Ordens und des Klosters – ihr Wesenskern sozusagen – im Studium und in der Bewahrung des Wissens zu bestehen habe, hätten sich einige der Mönche zu der hoffärtigen Meinung verstiegen, ihre Aufgabe sei nicht das getreue Bewahren der einen und offenbaren Wahrheit, sondern das suchende Forschen nach verborgenen Wahrheiten, die uns angeblich noch nicht zuteil geworden seien. Seine Mahnung an die Mitbrüder gründet in den Sätzen: »Ich sage Bewahrung und nicht Erforschung, denn es ist das Proprium, d.h. das Eigentümliche des Wissens als einer menschlichen Sache, daß es vollendet und abgeschlossen worden ist in der Zeitspanne von der Weissagung der Propheten bis zu ihrer Deutung durch die Väter der Kirche. Es gibt keinen Fortschritt, es gibt keine epochale Revolution in der Geschichte des Wissens, es gibt nur fortlaufende und erhabene Rekapitulation [d.h. Wiederholung].«

In diesen Worten begegnet uns jene typisch mittelalterliche Auffassung vom Studium und von der menschlichen Bildung, die auf festen, durch anerkannte Autoren verbürgten Wissensbeständen ruht, welche es weiterzugeben und zu erläutern gilt, an denen aber nicht gerüttelt werden darf (siehe auch Band 5).

***Allegorie des humanistischen Sprachverständnisses:** Turm der Grammatik mit seinen Bauelementen und Ebenen der Sprache und Rede. Das neue Erziehungsideal bestand in der Kürzung der klassisch-scholastischen Disziplinen zugunsten einer Erweiterung der sprachlichen Ausbildung. Valentin Boltz. Holzschnitt, 1548.*

Wie ganz anders nimmt sich dagegen die Methode aus, mit der der Franziskanermönch William von Baskerville die kriminellen Ereignisse in der Abtei aufzuklären sucht, und wie ganz anders ist der Weg, den er bei der Erziehung seines jungen Novizen Adson von Melk geht. Das Aufklären eines Geheimnisses könne nicht auf die Weise gelingen, daß man aus bestimmten Sätzen andere einfach ableitet, auch erweise sich das bloße Sammeln von Einzeldaten, aus denen dann auf ein allgemeines Gesetz geschlossen werden könne, als ungenügend: »Es ist eher so, daß man vor einer Anzahl von Tatsachen steht, die anscheinend nichts miteinander zu tun haben, und nun versuchen muß, sie sich als ebenso viele Einzelfälle eines allgemeinen Gesetzes vorzustellen, eines Gesetzes aber, das man nicht kennt und das womöglich noch nie formuliert worden ist.« So aber, wie die Suche nach Erklärungsgesetzen in den Naturerscheinungen sehr verschlungene Wege geht und mehr mit Vermutungen und als gültig gesetzten Annahmen arbeitet, als daß sie sich auf ein für allemal gesicherte Wahrheiten stützen könnte, so kann auch die Erziehung nicht mehr einfach als die Angewöhnung gewisser Tugenden und als die Einübung bestimmter Denkweisen und Denkschritte verstanden werden, als ob der menschliche »Verstand gleichsam die Vorgehensweise der göttlichen Ratio [Vernunft] übernimmt.«

Adson, Williams Zögling, begreift das neue Denken und die neue Erziehungsweise seines Meisters sehr wohl, wenn er bemerkt: Immer wenn sein Lehrer keine Antwort hatte, stellte er sich verschiedene mögliche Antworten vor. Und was William im Hinblick auf die Aufklärung der Morde in der Abtei sagt, könnte er genauso über die Erziehung des ihm anvertrauten Novizen sagen: »Ich gewann das Spiel, aber ich hätte es ebensogut auch verlieren können.«

EIN NEUES, HUMANISTISCHES PROGRAMM: SITTLICHE, KÖRPERLICHE, INTELLEKTUELLE ERZIEHUNG

Wenn wir ein anschauliches Bild von den neuen Wegen der Erziehung gewinnen wollen, die im Lichte des Humanismus aufscheinen, von dem großen europäischen Humanisten *Erasmus von Rotterdam* (* 1466/69, † 1536) gewiesen und von der Reformation und sog. Gegenreformation gegangen werden, dann drängt sich eine Schrift auf, in der *François Rabelais* (* 1494, † 1553) die »alte« Erziehung mit Spott und Hohn bloßstellt und den Entwurf einer »neuen«, in die Zukunft weisenden Erziehung vorstellt: »Gargantua und Pantagruel«.

Gargantua, der Sohn des sagenhaften Königs Grangola, hatte seine Erziehung durch die besten Lehrer der Zeit erhalten, aber er war ein Träumer und lebensuntüchtig geworden, denn diese Erziehung hatte noch den alten, nämlich vor-humanistischen Geist geatmet. Und es war nichts anderes übriggeblieben, als Gargantua im neuen Geiste noch einmal zu erziehen. Der weise Ponokrates schaffte dieses Kunstwerk, und er bildete Gargantua, indem er ihn alles vergessen machte, was er von seinen (früheren) Lehrern gelernt hatte.

Sein (neues) Erziehungsprogramm setzt sich aus drei Teilen zusammen: sittlicher, körperlicher und intellektueller Erziehung. Die sittliche Erziehung, die einstmals durch das Auswendiglernen frommer Texte bewerkstelligt werden sollte, wird nunmehr von aller Theologie gereinigt und will die natürliche Neigung des Zöglings zum Guten, Wohlge-

Der erste ›freie‹ Schriftsteller humanistischer Prägung: *Erasmus von Rotterdam (lat. Desiderius) als Sechzigjähriger bei seiner Arbeit am Schreibpult – seine Krankheit zwang ihn dazu, im Stehen zu schreiben. In der Linken hält er das Tintenfaß. Bildnis von Albrecht Dürer. Kupferstich, 1526.*

fälligen und Nützlichen wecken. Die körperliche Erziehung besteht aus Spielen und Übungen für das tägliche Leben in der Gesellschaft, z. B. Reiten, Schwimmen, Jagen, Fechten.

Die intellektuelle Bildung legt die Bücher beiseite – freilich ohne sie abzuwerten – und wendet sich den Dingen und der Natur zu, um sie unmittelbar zu studieren.

Als später Pantagruel, der Sohn Gargantuas, nach Paris geschickt wird, um dort seine Erziehung zu erhalten, blickt der Vater ein wenig neidisch auf die Bildungsmöglichkeiten der neuen Zeit, in der »die Straßenräuber, Stallbuben, Waghälse und Henkersknechte jetzt gescheiter sind als die Doktoren« zu seiner Zeit. Und er ermahnt seinen Sohn, nur ja nicht müde zu werden und den ganzen Kreis der ihm gebotenen Bildung auszuschreiten.

»Traue nicht dem Irrsal der Welt. Hänge dein Herz nicht an Eitelkeiten; denn dieses Leben ist vergänglich, aber des Herren Wort bleibt ewig. Sei allen deinen Nächsten gern zu

Diensten, liebe sie wie dich selbst. Ehre deine Lehrer, fliehe die Gemeinschaft derer, denen du nicht willst gleich sein, und die Gaben, die du von Gott empfangen hast, laß sie dir nicht umsonst verliehen sein.« Das Studienprogramm – heute würde man sagen: das Curriculum –, das Gargantua seinem Sohn empfiehlt, ist wahrhaft enzyklopädisch.

Enzyklopädisch, d.h. umfassend, ist auch die Bildung und der Bildungsentwurf des größten europäischen Humanisten Erasmus von Rotterdam. Dieser überragende Mann, »der alles und alle kannte« (Giuseppe Flores d'Arcais), erneuert den antiken Gedanken der enzyklopädischen Bildung in seinem ursprünglichen Sinne: der Mensch muß seinen eigenen Standort in der Welt der Dinge, des Wissens und der Menschen finden und zum Mittelpunkt seines eigenen Denk- und Lebenskreises werden. Das ist notwendig, denn – so heißt es in des Erasmus bekanntestem Buch, dem »Lob der Torheit« – in der Welt ist alles eitel, leer und hohl; das ganze Leben ist nur eine Komödie, in der ein jeder die Rolle spielt, die ihm der Spielleiter zugedacht hat. Die Torheit und ihre Schwester, die Eigenliebe, regieren das menschliche Leben, und ohne Stolz, ohne Ehrgeiz, ohne Eigensinn – was geschähe da schon? Torheit ist die

Das Studium in der Universitätsbibliothek. *Oben: Blick in die 1575 gegründete, noch nach mittelalterlicher Art angeordnete Bibliothek der Universität Leiden mit theologischem Schwerpunkt. Nach Jan Cornelis Woudanus. – Unten: Studierstube: Erasmus von Rotterdam und sein Schreiber Gilbert Cousin (Gilbertus Cognatus).*

Liebe, die Wohltätigkeit und die Freundschaft, Torheit erst recht der Haß, der Geiz und die Zwietracht. Torheit ist selbst das Christentum, und hat nicht Christus selber die Armen im Geiste seliggepriesen? Zum Wahnsinn steigert

sich die Torheit im Krieg: Der Rhein trennt die Franzosen von den Deutschen, aber er kann nicht Christen von Christen trennen; ein schmaler Streifen Meeres trennt Engländer und Franzosen, aber er kann nicht Menschen von Menschen trennen – so heißt es in des Erasmus »Klage des Friedens«. Was kann Bildung angesichts der Torheit bedeuten, und was hat ein Mensch zu lernen, damit er als Gebildeter gelten kann? Die Antwort, die Erasmus gibt, ist verblüffend einfach: Abstand von der Welt und Abstand von sich selbst; Weinen, als ob man nicht weinte; sich freuen, als ob man sich nicht freute; seinen Besitz verkaufen, als ob es kein Eigentum gäbe; die Welt genießen, ohne sein Herz an sie zu hängen...

LUTHER: LERNEN, UM GOTTES WORT ZU VERSTEHEN

Die Grundsätze, die die Reformatoren – *Luther, Zwingli, Calvin* (siehe auch Seite 82 bis 100) – für die neue, eben »reformatorische Erziehung« aufstellen, bewegen sich zwar in unmittelbarer Nähe zu den pädagogischen Gedanken der Humanisten, sie zeichnen sich aber durch eine viel stärkere religiöse Begründung aus und sind in ihrer Kritik an der überkommenen Erziehung noch unerbittlicher und radikaler. Zumindest gilt das für *Martin Luther* (* 1483, † 1546).

Lernen in der Schulstube. *Aushängeschild eines Schulmeisters (1516) von Hans Holbein d. J. Bis ins 18. Jh. waren die Lehrer meist Geistliche oder Künstler, die den Lehrberuf nicht als Lebensaufgabe ausübten. Kunstmuseum, Basel.*

Die Forderung nach einer allgemeinen Volksbildung. *»Laßt die Kinder zu mir kommen und wehret ihnen nicht.« Titelblatt aus Luthers »Sendschreiben«. Die neue Theologie der Reformation ließ die Vorstellung von einer allgemeinen Schulpflicht entstehen.*

Luther hat keine eigene Pädagogik ausgearbeitet, wohl aber läßt sich eine solche aus vielen Anmerkungen und Stellungnahmen zu Erziehungsfragen im nachhinein rekonstruieren. Auf eine einprägsame Formel gebracht, kann man Luthers pädagogisches Anliegen (das natürlich aus seinem theologisch-reformatorischen Anliegen erwächst) darin sehen, daß der Mensch in ein persönliches und bewußtes Verhältnis zu Gott tritt, ein Ziel, auf das hin die Erziehung und der Unterricht für *alle*, d.h. die *allgemeine Schulpflicht*, notwendig wird, denn der Mensch kann dieses unmittelbare Verhältnis zu Gott nur gewinnen, wenn er imstande ist, das Wort Gottes zu verstehen. Dafür ist unerläßlich, daß *alle* zumindest *Lesen* können, aber ein Bürger muß auch *Schreiben* und *Rechnen* lernen und eine *allgemeine Grundbildung*, z.B. Geschichtskenntnisse, erwerben, denn Weisheit, Glaube und Recht sind für Luther nur über eine allgemeine Bildung zu sichern. Die Aufgabe, den Kindern eine solche allgemeine Bildung zu vermitteln, möchte Luther am liebsten den *Eltern* übertragen und weder der weltlichen noch der kirchlichen Obrigkeit überlassen. Im sogenannten »Leisniger Modell« von 1523 entwirft Luther den Gedanken einer »Hausvätergenossenschaft«, wobei mehrere Eltern gemeinsam einen *Hauslehrer* für ihre Kinder nehmen.
Bald aber sieht Luther ein, daß Eltern kein ausreichendes Pflichtbewußtsein gegenüber der Erziehung ihrer Kinder haben, selber ungebildet sind und sich anderen Interessen zuwenden, kaum Zeit und Raum für diese Aufgabe aufbringen können, so daß er sich schon 1524 in seinem Brief an die Ratsherren an die weltliche Obrigkeit wendet und ihr die Erziehungspflicht der Kinder überträgt, weil eben das Genossenschaftsmodell scheitert, nicht zuletzt auch an der mangelnden demokratischen Reife der Bürger.
Sechs Jahre später fügt er als weiteres durchschlagendes Argument für die Schulpflicht den Bedarf an Dienstleistungsberufen hinzu, und er nimmt die weltliche Obrigkeit in die Pflicht, die Kinder zur Schule zu zwingen, »damit Priester, Juristen, Pfarrer, Schreiber, Ärzte, Schulmeister und dergleichen bleiben, denn man kann sie nicht entbehren«.
Luthers reformatorische Pädagogik steht auf zwei Säulen: die Ablehnung der Überlieferung als Autorität und die Zurückstufung des mönchisch-beschaulichen Lebensideals. Das eine führt zum unmittelbaren und persönlichen Umgang mit der Bibel, das andere zu einer Zuwendung zum alltäglichen Leben und zur Berufsarbeit. Den Menschen *erziehen* heißt für Luther, ihn *befreien:* in erster Linie von der

Unterwerfung unter die römische Kirche als notwendige Vermittlerin der Erlösung, von der Bindung an äußere Praktiken, die die Kirche als »gute Werke« vorschrieb, und von der kirchlichen Auslegung der Heiligen Schrift; den äußeren guten Werken stellt Luther die Innerlichkeit des *persönlichen Glaubens* entgegen, der kirchlichen Lehrmeinung die *persönliche* Interpretation des *Wortes Gottes* und den unmittelbaren Bezug des Menschen mit Gott im Glauben und in der *Gnade.*

ZWINGLI: GUTE SITTEN UND CHRISTLICHE ZUCHT IM RAHMEN DER GEMEINDE

Während Luthers Zurückgehen auf diese drei »G's« – Gott, Glaube, Gnade – ihn sehr mißtrauisch gegenüber der menschlichen Vernunft und aller Philosophie macht, sucht der Schweizer *Ulrich Zwingli* (* 1484, † 1531) sein reformatorisches Anliegen eng an die humanistisch-antike Tradition anzuschmieden. Zwingli, der nicht (wie Luther) aus existentieller Betroffenheit und Lebensangst zum Reformator wird, sondern dem es mehr darum geht, *Moral, Sitte, Bildung* und *Wirtschaft* in der reformierten Schweiz zu stärken, wendet sich mit seinen Erziehungsvorstellungen nicht an die Obrigkeit, und er sorgt sich auch nicht so vehement um die personale Begegnung des Menschen mit Gott. Seine Erziehungsschrift »Wie man die Jugend in guten Sitten und christlicher Zucht erziehen und lehren soll« von 1526 richtet sich an alle: *alle in der Gemeinde erziehen alle.*
Zwinglis erzieherische Maßgaben zielen auf das Verhalten in der Gemeinde und auf eine puritanische Lebensführung: Der Heranwachsende soll Laster und Ungehöriges vermeiden; er soll sich benehmen, »wie sich's gehört«; er soll zuhören lernen und nutzloses Geschwätz unterlassen; er soll den Alkohol und jeden Überfluß fliehen; er soll der Prunksucht wehren, dem Geiz widerstehen und sich aller vorehelichen Liebschaften strengstens enthalten; vor allem aber gilt es, dem größten Übel entgegenzuwirken – dem Müßiggang.

CALVIN: »PRÄDESTINATION« UND LEISTUNG IN DER GEMEINSCHAFT

Steht bei Zwingli der Gedanke der »Prädestination«, d.h. der Vorherbestimmung des menschlichen Lebens und der Auserwählung durch Gott, noch nicht so stark im Vordergrund, so gewinnt er entscheidendes Gewicht bei *Johannes Calvin* (* 1509, † 1564), dem dritten großen europäischen Reformator.
Bei Calvin, der von der Theologie kommt und über wissenschaftliche Auseinandersetzungen zum Reformator wird, spielt die persönliche, leibhaftige Glaubenserfahrung eine

noch geringere Rolle als bei Zwingli. Ihm ist alles verdächtig, was nicht der Einheit der Gemeinde dient; jeder einzelne ist aufgerufen, sein Bestes für die Gemeinde zu leisten; höher als Ehemann, Vater, Berufsausüber steht die Rolle des Gemeindemitglieds. Obwohl die Prädestinationslehre eigentlich jede Erziehung überflüssig machen müßte, spricht Calvin der Erziehung eine große Bedeutung zu und nimmt sogar eine wahre Verpädagogisierung des gemeindlichen und kirchlichen Lebens vor. Er bindet nämlich die Heiligung des Menschen an sein Engagement für die Gemeinde und an die Aufgaben, deren Erfüllung ihm die Glaubensgemeinschaft zuweist. Diese Totalisierung der Erziehung läßt die Schule (anders als bei Luther!) zurücktreten und überträgt die Erziehungsaufgabe der ganzen Gemeinde: Sie verteilt die Aufgaben, paßt die Heranwachsenden in ihr gesellschaftliches Gefüge ein – heute spräche man von *Sozialisation* – und überwacht die Arbeit, die Leistungen und das Wohlverhalten ihrer Mitglieder.

ZEIT DER ›GEGENREFORMATION‹ – ABKEHR VON DER AUSSENWELT UND RELIGIÖSE ERNEUERUNG

Wenn man die reformatorische Pädagogik von Luther über Zwingli zu Calvin verfolgt, dann scheint der Gedanke, der an ihrem Anfang steht, immer mehr zurückzutreten: die Befreiung des Menschen zu einem personalen, nur seinem eigenen Gewissen verpflichteten Verhältnis zu Gott. Auf katholischer Seite scheint sich zur gleichen Zeit ein umgekehrter Vorgang abzuspielen.

Das, was man sich im Anschluß an den preußischen (und protestantischen) Geschichtsschreiber *Leopold von Ranke* (* 1795, † 1886) ›Gegenreformation‹ zu nennen gewöhnt hat, hat als innerkirchliche Erneuerungsbewegung seine Ursprünge lange vor Einsetzen der Reformation. Freilich liegen die Anfänge dieser Bewegung weniger in Deutschland und der Schweiz als in Spanien und Italien. Insbesondere die *spanische Mystik* einer *Teresa von Ávila* (*Teresa de Jesús;* * 1515, † 1582), eines *Johannes vom Kreuz* (*Juan de La Cruz;* * 1542, † 1591) und eines *Ignatius von Loyola* (*eigtl. Iñigo Lopez de Realde;* * 1491, † 1556) stellt den Gedanken einer unmittelbaren Begegnung und Zwiesprache des Menschen mit Gott durch Abkehr von der Außenwelt und durch Einkehr in das eigene Innere, in die »innere Burg« (Teresa von Ávila) in den Mittelpunkt.

Zahlreiche, vor allem in Italien neu entstandene religiöse *Orden* und Gemeinschaften widmen sich, wie zuvor schon die Bettelorden, der religiösen Erneuerung, und sie tun dies nun unter ausdrücklicher Hinwendung auf die Erziehung. Der heilige *Hieronymus Aemiliani* (* 1486, † 1537) gründet die Kongregation der *Somasker*, die sich der Sorge um die Waisenkinder annimmt; der heilige *Filippo Neri* (* 1515, † 1595) gründet den Orden der *Oratorianer*, der – ähnlich wie der Renaissance-Humanist *Vittorino da Feltre* (vgl. Bd. 6) – sich um eine fröhliche Schule und um eine spielerisch-heitere Erziehung bemüht; die von dem heiligen *Joseph von Calasanza* (* 1556/57, † 1648) ins Leben gerufenen *Skoloper* gründen Schulen für die Kinder aus den niederen Volksschichten; die vom heiligen *Jean-Baptiste de La Salle* (* 1651, † 1719) zusammengeführten *Christlichen Schulbrüder* bauen diese Volksschulen dann aus; die nach der Regel des heiligen *Karl Borromäus* (* 1538, † 1584) arbeitenden *Oblaten* reformieren die Ausbildung der Priester. Alle diese Gemeinschaften leitet der Gedanke, daß die Erziehung von dem Wort Gottes auszugehen und die Bibel das Herzstück des Unterrichts zu bilden habe.

»GEISTLICHE ÜBUNGEN« UND SELBSTBESINNUNG – IGNATIUS VON LOYOLA UND DER ORDEN DER JESUITEN

Die pädagogischen Zielvorstellungen der sogenannten Gegenreformation werden in einem Buch wie in einem Brennspiegel zusammengefaßt: den »Geistlichen Übungen« des Ignatius von Loyola, dem Gründer des *Jesuitenordens*. Dieses erstaunliche Buch, das seine erneuernde Wirkung auf die Menschen bis heute nicht eingebüßt hat, besteht aus einem (vierwöchigen) Kurs von Meditationen und Selbstbesinnungen, denen sich der Kandidat nach Anweisung eines Lehrers – dem sogenannten »Exerzitienmeister« – zu unterziehen hat. Der Lernende erforscht anhand dieser geistlichen Übungen seine Seele nach Sünden und Verfehlungen, er fühlt sich in Christus und seine Leidensgeschichte ein und gewinnt aus dieser Versenkung die Kraft, sich von seinen Fehlern und Schwächen zu befreien und ein neues Leben zu beginnen. Der pädagogische Erfolg dieser Übungen ist unzählige Male bestätigt worden, und er besteht – ähnlich wie Erasmus von Rotterdam es wollte – darin, daß der Mensch der Welt, ihren äußerlichen Verlockungen und Verführungen absagt, ohne sich aus ihr hinwegzubegeben oder ihr gar zu entfliehen. Indifferenz gegenüber der Welt ist es, was diese Exerzitien vermitteln wollen, wobei dieser Begriff nicht wörtlich mit »Gleichgültigkeit« übersetzt werden darf, sondern eher Gelassenheit und eine tiefe Heiterkeit der Seele meint.

Der von Ignatius gegründete Orden der Jesuiten, dessen Mitglieder sich einem langen Studium – vor allem der Philosophie und Theologie – unterziehen und einer harten persönlichen Ausbildung – zur Weltabkehr bei gleichzeitiger Weltzuwendung und zu einem unbedingten Gehorsam gegenüber den Oberen – zu unterwerfen haben, hat für Jahrhunderte das Schulwesen, vor allem die höheren Schulen und Universitäten in den katholischen Ländern bestimmt und entscheidend geprägt. Der große Erfolg dieser Schulreform bzw. dieser Schulgründungen (in beiden Amerikas, aber auch in Japan und China) beruhte dabei zum einen auf dem außerordentlich hohen Niveau, das die Jesuiten als Lehrer setzten, und zum anderen auf einer sorgfältigen Schul- und Studienordnung, die den Jesuitenschulen eine straffe Organisation, einen klar abgesteckten Lehrplan und ein unverwechselbares geistiges Profil gab.

Freilich konnten diese Schulen und Hochschulen sich genausowenig wie jene der Reformation dem Schicksal aller Erziehungseinrichtungen entziehen, das mit den Vorzügen einer wohl institutionalisierten Erziehung immer zugleich die Gefahr ihrer Erstarrung, ihrer Schematisierung und der Lebensferne mit sich bringt. Andere Erziehungs- und Schulreformer mußten auftreten, die der Erziehung, wenn sie sich wieder auf alte ausgetretene Wege begeben hatte, abermals neue Wege wiesen.

Literatur

Arcais, Giuseppe Flores d': Educazione e pedagogia, Band 2: L'umanesimo antropologico, Mailand 1976

Augustijn, Cornelius: Erasmus von Rotterdam, München 1986

Iserloh, Erwin: Geschichte und Theologie der Reformation im Grundriß, Paderborn 1980

Karg, Hans Hartmut: Reformationspädagogik, Frankfurt 1986

Suchodolski, Bogdan: Anthropologie philosophique de la Renaissance, Warschau 1976

Karriere der Kaufleute und Beginn der Industriewirtschaft. *Links: »Der Goldwäger (Geldwechsler) und seine Frau«. Während sich die in Italien entstandenen Formen des Bankverkehrs in ganz Europa durchsetzten, entwickelten die Geschäftsleute des 16. Jh. eine neue Mentalität, zu der Vorausschau und Genauigkeit gehörten. Gemälde von Quentin Massys. 1514. Louvre, Paris.*
*Unten: Arbeit in einer Kupfermine. Aus einem Gemälde von Heeri met de Bles (*1515, †1550/55). Uffizien, Florenz.*

Antwerpen: Wirtschaftsmetropole und Zentrum des wachsenden Kreditwesens. *Markt in Antwerpen. Geschäftiges Treiben zwischen den Patrizierhäusern der flämischen Stadt, die als weltweit führender Handelsplatz vor allem von dem zunehmenden Überseehandel profitierte. Neben Lyon, Piacenza und Genf gehörte Antwerpen zu den Städten, in denen der Wechselbrief als allgemein übliches Zahlungsmittel einen außerordentlichen Aufschwung nahm.*

Die Niederlande als größte europäische Handelsmacht des 16. Jh.
Nachdem Antwerpen im Jahre 1585 von Alessandro Farnese, dem damals bedeutendsten spanischen Feldherrn, erobert worden war und daraufhin von der Flotte der Republik der Niederlande blockiert wurde, begann der Niedergang der Stadt, aus dem Amsterdam seinen Vorteil zog. Gemälde eines unbekannten Meisters. Ende des 16. Jh. Musées Royaux des Beaux-Arts de Belgique, Brüssel.

Hochburg des Textilgewerbes und »Drehscheibe« des Fernhandels.
Rechts: Tuchmarkt in s'Hertogenbosch (Herzogenbusch). Auch das traditionelle niederländische Textilhandwerk mit seinen bedeutenden Zentren der Tuchproduktion in Leiden und der Leinwandherstellung in Haarlem war auf Grund der geringen Rohstoffvorkommen vom Seehandel abhängig. Um 1530. Anonym. Noordsbrabants Museum, s'Hertogenbosch.
Unten: Hafen und Markt in Antwerpen. Obwohl der Schiffsverkehr infolge der überseeischen Eroberungen um die großen Fernhandelsrouten erweitert wurde, lag das Schwergewicht des Handels noch um 1600 auf den klassischen Routen des Mittelmeeres, der Nord- und Ostsee sowie an der Atlantikküste. Erst im folgenden Jahrhundert sorgten Handelskompanien, organisierte, privilegierte Gesellschaften wie die 1602 gegründete Vereinigte Ostindische Kompanie, für ein Überwiegen des Überseeverkehrs. Anonymer flämischer Maler. Um 1600. Museum Mayer van den Bergh, Antwerpen.

FRANZ-JOSEF TEUFEL

Die Renaissance der Naturwissenschaften

Renaissance der Naturwissenschaften bezeichnet die Phase jener geistigen Revolution, die sich auf den Zeitraum zwischen 1450 und 1630 eingrenzen läßt. Ein entscheidender Wesenszug dieser Epoche äußert sich in ihren Bemühungen, wiederzuentdecken und neu zu lernen, was die Griechen gewußt hatten, die ja die ganze Vielfalt der Natur über ein »ideales System miteinander verflochtener Ideen« hinlänglich erklärten. Die Folgen dieser Wissensaneignung zeigen sich in den hervorragenden Leistungen des 16. Jahrhunderts. Definitorisch knapp lassen sie sich fassen als Etablierung von *Grundlagen* zur Beschreibung und zum Verständnis der Struktur von Naturereignissen als Ergebnis völlig *neuer* naturwissenschaftlicher *Denkweisen* und *Methoden.*

Der tiefgreifende Wandel in der Perspektive, der das Entstehen modernen naturwissenschaftlichen Denkens begleitet, zeichnet sich nach im Grad der Bewertung und Verarbeitung antiken Gedankengutes. Im Jahre 1450 konzentrierten sich die Gelehrten noch darauf, die Entdeckungen der Antike zu *begreifen*, und es herrschte Gewißheit darüber, mehr könne man nicht wissen. Bis zum Jahre 1630 hatte sich die Situation entscheidend verändert. Die wissenschaftlichen Schriften der Griechen lagen in verschiedenen *volkssprachlichen Übersetzungen* vor, ebenso die Werke zeitgenössischer Wissenschaftler, die sich mit jenen Inhalten auseinandergesetzt hatten und, darauf aufbauend oder die antiken Vorgaben weiterentwickelnd, Phänomene in neuem Lichte sahen. Antikes Gedankengut und seine Weiterentwicklungen waren nun, gedruckt in einer allen verständlichen Sprache, nicht nur Gelehrten, sondern auch weniger Gebildeten zugänglich.

In der Folge wurden in zunehmendem Maße die mathematischen, astronomischen, physikalischen und anatomischen Sachverhalte jener Schriften einer größeren Öffentlichkeit zugänglich: Der Buchdruck erleichterte die Verbreitung des Wissens. Durch die Lettern war zudem gute Lesbarkeit garantiert, und die angewandten Verfahren ermöglichten hohe Genauigkeit und gleichbleibende Qualität bei Abbildungen. In der so begünstigten Auseinandersetzung wurde die antike Gelehrsamkeit selbst zunehmend außer Kurs gesetzt. Die Allgemeingültigkeit wissenschaftlicher Lehrmeinungen war nicht länger nur dadurch garantiert, daß sie von anerkannten Autoritäten vertreten wurden. Was im Jahre 1500 neu gewesen war, hatte um 1600 seine Bedeutung verloren. Noch um 1450 war der Naturwissenschaftler entweder ein klassischer Gelehrter, oder er stand dem Magier bedenklich nahe. Um 1630 dagegen war er entweder ein Gelehrter neuer Art oder ein handwerklicher Techniker.

Verändert hatte sich auch die Stellung der Naturwissenschaften innerhalb der gelehrten Welt. Gab es im Jahre 1500 nur wenige naturwissenschaftliche Universitätsposten, so waren bis 1600 an allen größeren Universitäten Lehrstühle für Mathematik eingerichtet. Für gute medizinische Fakultäten erwiesen sich auch Lehrstühle für Anatomie, Botanik, ja auch Chemie als unerläßlich. Mit fortschreitender Institutionalisierung wuchs auch das Ansehen des Naturwissenschaftlers, der früher nur geachtet wurde, wenn er gleichzeitig Humanist war. Auch die Honorierung wissenschaftlicher Leistung und die Möglichkeit der Forschung verbesserten sich wesentlich.

ENTSTEHUNGSBEDINGUNGEN DER NATURWISSENSCHAFTEN

Gegen Ende des 16. Jahrhunderts waren die Naturwissenschaften aus den antiken Grundlagen heraus so weit entwickelt worden, daß sich der Begriff des *Naturgesetzes* sowie des *Experiments* als Basiskategorien wissenschaftlichen Denkens durchgesetzt hatten und so wissenschaftlicher Fortschritt über das Trial- und Error-Verfahren (Versuch- und Irrtum-Verfahren) ermöglicht wurde. Die Erforschung der *Grundlagen* ging einher mit der *Nutzanwendung* zur Lösung praktischer Lebenszwecke. Vor allem die Reproduzierbarkeit (Wiederholbarkeit) wissenschaftlicher Ergebnisse war ein deutlicher Schritt in Richtung auf Objektivierung und Allgemeingültigkeit.

Aus heutiger Sicht sind für das Verständnis von Naturprozessen zwei Komponenten unerläßlich: Die *experimentelle Methode* und *wissenschaftliche Begriffsbildung.* Im 16. Jahr-

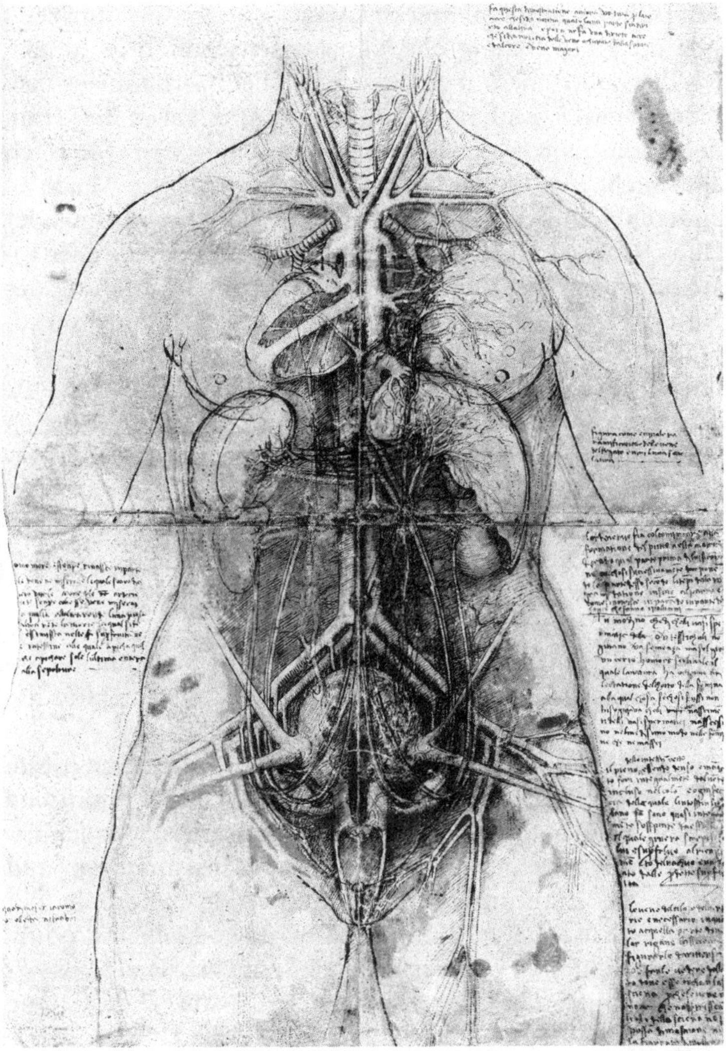

Grundlagen des medizinischen Fortschritts der Neuzeit. *Leonardo da Vinci, Anatomische Zeichnung: Sektion der Hauptorgane und des Arteriensystems der Frau. Um die Rätsel des menschlichen Körperbaus zu erforschen, sezierte Leonardo 1510 zusammen mit einem Anatomieprofessor mehr als dreißig Leichen. Royal Library, Windsor Castle.*

hundert waren beide Bereiche bis zu einem gewissen Maß ausgeformt, liefen aber als unabhängige Strömungen nebeneinander. Zum einen als theorieloses Regelwissen auf der Seite des gehobenen Handwerks sowie als Wissenserweiterung durch Beobachtung von Abläufen, zum anderen in der Form praxisblinder, spekulativer Reflexionen, wie sie institutionalisiert in Klöstern und Universitäten des Mittelalters von den scholastischen ordo-Vertretern der Kirche betrieben wurden. Die Abwertung der Handarbeit gegenüber dem kontemplativen Denken der Philosophen und Gelehrten verhinderte jede Beziehung zwischen geistiger Tätigkeit und der Praxis der Handwerker und Künstler-Ingenieure und begründet den Ausschluß des Experiments aus den traditionellen Wissenschaften. Auch eine Wissenschaft in praktischer Absicht war damit blockiert.

Am frühesten und in ihrer prägnantesten Ausformung zeigt sich die Entwicklung der Naturwissenschaften in Italien, wo die politischen und wirtschaftlichen Verhältnisse zwischen dem 13. und 16. Jahrhundert vor allem in den Handelsstädten am weitesten fortgeschritten waren. Sie blieb aber nicht auf Italien beschränkt, sondern setzte auch in anderen Ländern Europas ein. Mit der Ausweitung der Handelsbeziehungen sowie dem Abbau feudalistischer Eigentumsverhältnisse beginnt dann die Emanzipierung der Naturwissenschaften gegenüber der fest in der scholastischen Tradition (siehe Band 5) verhafteten Form von Wissenschaft. Die Zweifel am Gottesgnadentum und der als göttlich ausgewiesenen sozialen und gesellschaftlichen Hierarchie ist die praktische Voraussetzung für die Verdrängung Gottes aus der Natur durch die Wissenschaft. Die Schöpfung wird wichtiger als ihr Schöpfer und wird zum Objekt geistiger Auseinandersetzung.

TRÄGER DER FRÜHEN NATURWISSENSCHAFT

A) DIE »ARTEFICI«

Drei Gruppen von Intellektuellen setzen wesentliche Impulse: die *Gelehrten*, die *literarischen Humanisten* und die *Künstler-Ingenieure.*

Die »Artefici« oder Künstler-Ingenieure – der bekannteste Vertreter war Leonardo da Vinci – erhielten ihre praktische Ausbildung als Lehrling in den Werkstätten der Zunft-Handwerksmeister. Trotz ihrer Ausbildung innerhalb und durch die Zunftorganisation standen sie außerhalb der Zünfte. Ihre enge Verbindung zur handwerklichen Produktion, die fehlende Universitätsausbildung sowie die Lösung und Erforschung praktisch geleiteter Aufgabenstellung zeigt die Wesensgemeinschaft mit den Handwerkern. Durch das Maß ihrer Innovationsfähigkeit hoben sie sich jedoch ab, da ihre technischen Konstruktionen auf dem Zusammenspiel von Mechanismen beruhten, deren Gang nur durch die Übereinstimmung mit den in ihnen selbst wirkenden Regeln und Gesetzen garantiert ist, womit ihre Konstruktionen weit über die rein mechanische Nachahmung organischer Vorgänge nach dem Modell der Natur hinausgehen. Der Impuls dieser »Artefici« für die neue Wissenschaft liegt eindeutig in der *Entwicklung der Maschinerie.* Aus konstruktiver Gesetzmäßigkeit technischer Geräte folgt jedoch keine wissenschaftliche Begriffsbildung, so daß die »Artefici« durch das Primat der praktischen Erfahrung auch keine prinzipielle, begrifflich-systematische Kritik der grundlegenden Kategorien und Lehrsätze scholastischer Naturphilosophie leisten konnten, obwohl sie den Totalitätsanspruch der traditionellen Wissenschaften

Begriffe

Empirismus, empirisch: Von griech. empeiria = Erfahrung. Erkenntnissuche, ausgehend von Erfahrung und Beobachtung.

Deduktion, deduktiv: Von lat. deducere = ableiten, fortführen. Ableitung des Besonderen vom Allgemeinen. Gewinn spezieller Erkenntnis, aus Allgemeinerkenntnis abgeleitet.

Kontemplation, kontemplativ: Von lat. Contemplatio = Betrachtung. In sich gekehrt, nach innen gerichtet sein. Versenktsein in religiöse Betrachtung und Verinnerlichung des Menschen.

Entelechie-Vorstellung: Von griech. en telei echein = in Vollendung sein, auf Vollendung hin geprägt sein. Nach Aristoteles die Möglichkeit, sich gemäß einer ursprünglich schon vorgegebenen, jedem innewohnenden Form zu entwickeln. Die Entelechie des Leibes ist die Seele.

Ordo-Lehre der Kirche: Gott ist Urheber aller Ordnung in der Welt, indem er allen Geschöpfen ihre Bestimmung gegeben und ihnen ihren Platz im Ganzen des Universums angewiesen hat und so alles nach Maß, Zahl und Gewicht ordnete.

Trial- and Error-System: Engl. = Versuch und Irrtum. Methode, durch probeweises Einsetzen sich verändernder Daten oder Werte das Ziel zu erreichen, ein noch nicht erkennbares System oder eine noch nicht erkennbare Gesetzmäßigkeit (bzw. eine noch nicht vollständig erkennbare Gesetzmäßigkeit) so zu komplettieren, daß sie (es) erkennbar wird. (Auch bekannt als Arbeiten im Black-Box-System – Schwarzer-Kasten-System.)
E. B.

und deren Beweis- und Argumentationsmethode entschieden ablehnten. Trotzdem sind sie durch das Experimentieren und Messen sowie durch Entwicklung quantitativer Regeln – auch wenn diese sozusagen über den Daumen gepeilt waren – Wegbereiter der physikalischen Gesetze moderner Naturwissenschaften. Ihre große Leistung liegt darin, Erkenntnis aus Büchern in ihren praktischen Arbeiten angewandt zu haben.

B) DIE SCHOLASTISCHEN NATURPHILOSOPHEN UND DIE HUMANISTEN

Dominierte bei den »Artefici« der Praxisbezug, so war scholastische Naturphilosophie vor allem Erkenntnistheorie (siehe auch Band 5). Empirische Wirklichkeit – erfahrene, erlebte Einsicht – als Grundlage für Erkenntnis und das Experiment als Erkenntnismittel waren ihr fremd. Ausschließlich *logische* Deduktion ermöglichte ihr den Vorstoß zur Quelle aller Gesetzmäßigkeiten und ihrer strukturellen

Ordnung. Das *Prinzip* der Denktätigkeit wurde durch die Scholastiker zur zentralen Form der menschlichen Natur, und die Materie erfährt eine entscheidende philosophische Geringschätzung. Solcherart orientierte geistige Arbeit bleibt nicht nur statisch, sie wird zu jeder Erklärung unfähig, da jedes Naturding als ein Abbild göttlicher Ideen gesehen wird. Der Erkenntnisprozeß in scholastischer Tradition ist nicht entdeckend, sondern er hat im Sinne eines Zutage-Förderns des in der Natur angelegten göttlichen Gesetzes in erster Linie passiven und rezeptiven (aufnehmenden, empfangenden) Charakter.

Der scholastische Naturphilosoph begreift sich als Teil der Schöpfungsordnung und weiß sich eins mit der Natur. Von daher ist ihm ein von ihm selbst getrennter, ihm objektiv entgegengesetzter Begriff von Natur undenkbar, denn dies setzt wiederum voraus, daß sich der einzelne als isoliertes Individuum, als Subjekt sieht und nicht als Teil einer göttlichen, harmonischen Ordnung der Welt.

Diese Position traditioneller Form von Wissenschaft macht deutlich, daß im 16. Jahrhundert die moderne Naturwissenschaft zu ihrem Fundament nur die Kritik und Auseinandersetzung mit den scholastischen Naturphilosophen finden konnte und daß dies ohne umfassende Destruktion ihrer Philosophie undenkbar war.

Wesentliche Akzente setzte in diesem Zusammenhang der *Humanismus.* Er formierte sich gegen Ende des 14. Jahrhunderts als eine Bewegung, die sich vor allem der klassischen Literatur widmete und der epochalen Bezeichnung »Renaissance der Naturwissenschaft« dadurch am gerechtesten wurde, daß sie Manuskripte griechischer und lateinischer Autoren aufspürte, sie redigierte (bearbeitete) und immer gründlicher und sachkundiger übersetzte. Diese Rückkehr zu den Quellen brachte vor allem eine ernsthaftere Würdigung der philosophischen, naturwissenschaftlichen und medizinischen Arbeiten und wirklichen Aussagen eines *Aristoteles* (* 384 v. Chr., † 322 v. Chr.), *Hippokrates* (* 460 v. Chr., † 377 v. Chr.), *Galenus* (* 129, † 199) und *Ptolemäus* (* um 100, † 170); sie ist vergleichbar mit heutiger Grundlagenforschung. Denk- und Erkenntnisform der Naturwissenschaften und des Humanismus haben wichtige Gemeinsamkeiten: grundsätzlich die Trennung von vernunftgerichteter Suche nach Erkenntnis und dem Streben nach Erkennen des göttlichen Wesens durch innere Anschauung; die Systematisierung empirisch gesicherten Wissens, um dadurch zu gesetzmäßigen Einsichten und Erkenntnissen zu gelangen. Für den Menschen tritt die Zweckbestimmtheit der Natur an die Stelle der göttlichen

Das Bild der Wissenschaften im 16. Jh. *In der kritisch-wissenschaftlichen Auseinandersetzung mit der Antike gelangten die Humanisten zu einer neuen grundlegenden Erkenntnis des Menschen und der Welt. Holzschnitt, 1546. Deutsches Museum, München.*

Vernunft und löst damit das göttliche Gesetz als Erscheinungsform der Natur ab. Die gängige scholastische Entelechie-Vorstellung, die Welt sei ein Jammertal, unser Leben nur kurzes Durchgangsstadium mit dem Ziel der Erfüllung im nicht-irdischen, paradiesischen Jenseits wird ersetzt durch das humanistische Richtziel der Selbstverwirklichung im Diesseits. Die »neue Wissenschaft« legitimiert sich letztlich durch ihre hohe moralische Qualität (siehe auch Band 6).

Eine solche Wissenschaftsauffassung mußte zur Überwindung der scholastischen Autoritäts- und Dogmengläubigkeit führen, und die Rückkehr zu den Quellen mit der Neuerschließung der Originalwerke des klassischen Altertums nahm der kirchlich einseitigen Monopolstellung der scholastischen Aristoteles- und Platoninterpretationen die Grundlage. So gesehen wurde Autorität gegen Autorität ausgespielt; im Kern ging es in diesem Kampf um die geistige Autonomie und Eigengesetzlichkeit der Naturwissenschaft gegen biblische Dogmen und scholastische Buchstabengelehrsamkeit.

DIE KOPERNIKANISCHE WENDE

Im Jahre 1473, dem Geburtsjahr des Domherren und Astronomen *Nikolaus Kopernikus* (*Koppernigk,* † 1543), tasteten die Astronomen in ihren Versuchen, das Universum neu zu erklären, noch im dunkeln. Das Weltbild des Ptolemäus, der, auf Aristoteles gestützt, die Erde als unbewegliches Zentrum des Universums erklärte, schien ihnen unzulänglich. Auch Kopernikus folgte dem humanistischen Prinzip und versuchte, die Autorität des Aristoteles, die für das 16. Jahrhundert das veraltete intellektuelle Vorbild des Mittelalters repräsentierte, durch ein System zu ersetzen, das gleichfalls auf griechischer Autorität beruhte, aber den Vorteil hatte, im Einklang mit den *Platonischen Lehren* zu stehen, die jetzt größere Wertschätzung fanden. Kopernikus fand den Zugang zur Natur in einer Neuinterpretation der Ptolemäischen Astronomie auf der Basis der Pythagoreischen Lehren. Kern des Kopernikanischen Systems sind die Thesen, daß nicht die Erde im Mittelpunkt des Universums steht, sondern die Sonne, und daß als Folge davon die Erde und alle Planeten um die Sonne kreisen. Die Vorstellung, die Erde sei beweglich, kam im 14. Jahrhundert einer Absurdität gleich, zum einen, weil doch die Wahrnehmung zu bestätigen scheint, daß die Sonne und der Mond sich um die Erde bewegen und auf- und untergehen, zum anderen, weil solche Vorstellung ja logische und naturwissenschaftliche Beweisführungen, die sich von Aristoteles und Ptolemäus herleiteten, auf den Kopf stellten: Nach der Aristotelischen Physik fielen Körper zur Erde, weil die Erde das Zentrum des Universums sei. Als Kopernikus diese Erklärung unmöglich machte, blieb die Schwerkraft als mysteriöse, okkulte Kraft zurück, ein Problem, das die nachfolgende Generation beschäftigte. Der wissenschaftliche Disput entzündete sich auch an der These von der Bewegung der Erde; es sei unwahrscheinlich, daß sich ein von Natur so schwerer und träger Gegenstand bewege, auch sei die natürliche Bewegung der irdischen Elemente gradlinig und nur die der himmlischen kreisförmig. Weiter wurde argumentiert, falls die Erde wirklich um ihre Achse rotiere,

Text der Zeit

Aus der Lehre des Kopernikus – Um 1510

Erster Satz. – Für alle Himmelskreise oder Sphären gibt es nicht nur einen Mittelpunkt.
Zweiter Satz. – Der Erdmittelpunkt ist nicht der Mittelpunkt der Welt, sondern nur derjenige der Schwere und des Mondbahnkreises.
Dritter Satz. – Alle Bahnkreise umgeben die Sonne, als stünde sie in aller Mitte, und daher liegt der Mittelpunkt der Welt in Sonnennähe.
Vierter Satz. – Das Verhältnis der Entfernung Sonne–Erde zur Höhe des Fixsternhimmels ist kleiner als das vom Erdhalbmesser zur Sonnenentfernung, so daß diese gegenüber der Höhe des Fixsternhimmels unmerklich ist.
Fünfter Satz. – Alles, was an Bewegung am Fixsternhimmel sichtbar wird, ist nicht von sich aus so, sondern von der Erde aus gesehen. Die Erde also dreht sich mit den ihr anliegenden Elementen in täglicher Bewegung einmal ganz um ihre unveränderlichen Pole. Dabei bleibt der Fixsternhimmel unbeweglich als äußerster Himmel.
Sechster Satz. – Alles, was uns bei der Sonne an Bewegungen sichtbar wird, entsteht nicht durch sich selbst, sondern durch die Erde und unseren Bahnkreis, mit dem wir uns um die Sonne drehen, wie jeder andere Planet. Und so wird die Erde von mehrfachen Bewegungen dahingetragen.
Siebenter Satz. – Was bei den Wandelsternen als Rückgang und Vorrücken erscheint, ist nicht von sich aus so, sondern von der Erde aus gesehen. Ihre Bewegung allein also genügt für so viele verschiedenartige Erscheinungen am Himmel.
Mit diesen Voraussetzungen will ich kurz zu zeigen versuchen, wie gut die Gleichförmigkeit der Bewegungen gewahrt werden kann. [. . .]

Aus: Nikolaus Kopernikus »De hypothesibus motuum coelestium«. Übers.: Fritz Roßmann. In: Gottfried Guggenbühl »Quellen zur Geschichte der Neueren Zeit«, Schulthess Polygraphischer Verlag AG, Zürich 1956

müßten entweder die Atmosphäre oder Wurfgeschosse und Vögel hinter der Bewegung zurückbleiben, und ein vom Turm fallender Stein käme nicht genau am Fuß des Turmes nieder – was ja in der Tat stimmt und Beweis der Bewegung ist. Die Zweifel gipfelten in den rhetorischen Fragen: Wenn die Erde sich nicht im Zentrum befände, wie verhielte es sich dann mit der Würde des Menschen? Hatte Gott nicht das Universum zur Freude des Menschen geschaffen und die Erde zum Beweis in den Mittelpunkt gesetzt? Kann der Mensch, dessen einziger Wohnsitz die Erde ist, als Krönung der Schöpfung und Ebenbild Gottes, aus dem Zentrum des Universums gerückt werden?
Die Wirkung, die diese Argumente heute auf uns haben, läßt uns umgekehrt nachempfinden, daß der Standpunkt des Kopernikus zur damaligen Zeit unhaltbar schien und ans Lächerliche grenzte. Vielleicht können wir so am einfachsten nachvollziehen, welche Schwierigkeiten sich ihm entgegenstellten.

Klassische und neue Lehrsysteme

Pythagoreische Lehre, Pythagoreismus. Auf den griechischen Philosophen und Mathematiker Pythagoras von Samos (* 580 v. Chr., † 496 v. Chr.) und seine politisch-religiöse Schule zurückgehende Lehre, die neben der Vorstellung einer Wiedergeburt der menschlichen Seele insbesondere die Eigenschaften aller Dinge auf mathematische Gesetzmäßigkeiten bzw. auf zahlenmäßige Verhältnisse bezieht. Die Erde bewegt sich nach der Vorstellung des P. um ein Zentralfeuer. Die Umdrehung der Planeten erzeugt Klänge, die sogenannte »Sphärenmusik«.

Platonische Lehre. Nach Platon (* 427 v. Chr., † 347 v. Chr.), der als griechischer Philosoph aus der Schule des Sokrates hervorging und mit Euklid und den Pythagoräern engen Kontakt hatte, steht der rein sinnlichen Wahrnehmung ein begriffliches von der Oberfläche zum eigentlichen Seinskern vordringendes Denken gegenüber. Die begrifflichen Erkenntnisse sind ein Erinnern an die von der Seele in einem früheren Sein schon erfaßten, rein geistigen Wirklichkeiten. Aus den Urbildern, den Ideen, heraus, aus dem Denken und Vorwissen wird erst Erfahrung möglich. Diese Form rationalistischer Erkenntnissicht führte Platon zur Lehre vom Einen und der Unbestimmten Vielzahl sowie zur Gleichsetzung von Ideen und Zahlen. Im Werk »Timaios«, in dem das Mittelalter die christliche Schöpfungsvorstellung vorgeprägt sah, gestaltet der Weltenschöpfer die Materie nach den Mustern der Ideen.

Ptolemäisches Weltsystem. Von dem griechischen Mathematiker, Astronomen und Geographen Claudius Ptolemäus (* um 100, † 170) entwickelte Vorstellung, die als Mittelpunkt des Planetensystems die Erde annimmt. Das Weltsystem besteht zugleich aus Sphären, deren Schalen sich exentrisch um die Erde aufbauen und so den ungleichförmigen Jahreslauf der Gestirne erklären. Auf kleineren Bahnen als den Schalen der sonstigen Gestirne bewegen sich die Planeten. Die Mittelpunkte dieser Planetenbahnen (Epizyklen) bewegen sich ihrerseits auf eigenen Bahnen (Deferenten) innerhalb der Sphären.

Keplersche Gesetze.

1. Die Bahnen der Planeten sind Ellipsen, in deren einem Mittelpunkt die Sonne steht.
2. Die Geschwindigkeit eines Planeten hängt von seinem Abstand von der Sonne ab, und zwar so, daß dieser Abstand (Fahrstrahl) in gleichen Zeiten gleiche Flächen überstreicht.
3. Die Umlaufdauer eines Planeten ist durch die große Halbachse einer Ellipsenbahn bestimmt. Die dritten Potenzen der großen Halbachsen der Planetenbahnen verhalten sich wie die Quadrate der Umlaufzeiten.

E. B.

Die Revolutionierung des alten Weltbildes. *Das Kopernikanische und das Ricciolische Weltsystem auf der Waage. Allegorische Darstellung. Das Hauptwerk des italienischen Astronomen Giovanni Battista Riccioli (*1598, †1671) war sein »Almagestum novum« (1651). Kupferstich, 1651. Deutsches Museum, München.*

Die Leistung von Kopernikus liegt nicht darin, daß er die Astronomie revolutionierte, sondern im methodischen Weg, nämlich eine andere philosophische Grundlage, das Pythagoreische System, zu benutzen, um zu einem zutreffenderen physikalischen Bild vom Universum zu gelangen, als es das des Ptolemäus war. Der Rahmen des ptolemäischen Universums blieb derselbe, nämlich ein von der Sphäre der Fixsterne begrenzter; doch die innere Struktur hatte sich geändert. Das Ziel des Kopernikus war es nicht, einen neuen Himmel und eine neue Erde zu schaffen, sondern das Wesen des alten, bekannten Universums genauer zu erklären.

Galileo Galilei. *Italienischer Mathematiker, Physiker und Astronom (*1564, †1642), Begründer moderner empirischer Physik. Insbesondere durch Beobachtung der Gesetzmäßigkeiten von Pendelbewegungen, durch Aufstellung der Fallgesetze, Entdeckung von astronomischen Erscheinungen und Gesetzen (Sonnenflecken, Jupitermonde, Mondberge, Phasengestalten der Venus) hervorgetreten. Wegen Bekenntnis und Beweisführung zum heliozentrischen Weltsystem des Kopernikus (nicht die Erde, sondern die Sonne steht im Mittelpunkt des Planetensystems) als Ketzer angeklagt und zum Widerruf gezwungen.* *E. B.*

DIE BEDEUTUNG DER MATHEMATIK

Mit ein Grund für die Tragfähigkeit des Kopernikanischen Systems lag in seinen mathematischen Grundlagen, sie boten ein Berechnungsschema und eine Methode, die das Ptolemäische Weltbild außer Kurs setzen konnten. Die Ablösung des geozentrischen Weltbildes mit der Erde als Mittelpunkt auf der Basis Pythagoreischer Lehren ergibt sich auch aus der Bewertung der Mathematik. Platon hatte ihre Bedeutung für die Naturwissenschaften wie die Philosophie unterstrichen: Weil sie sich mit der Welt vollkommener, unabwandelbarer abstrakter Ideen beschäftigte, spiegelte sie auch die unwandelbare Realität hinter der Unsicherheit der Sinnenwelt wider, womit sie zum Schlüssel für naturwissenschaftliche Erkenntnis wird. Gleichzeitig boten die praktischen Belange/Fragen/Probleme der Lebenswelt eine Fülle von Anwendungsbereichen für die Mathematik. Ihre fortschreitende Popularisierung zum einen und die bessere Verständlichkeit wissenschaftlicher Erkenntnisse wie auch die wachsende Klarheit über technische Zusammenhänge und Notwendigkeiten steigerten zudem auch das Interesse an angewandter Mathematik. Mathematiker werteten die neuentdeckten Methoden aus und machten sie auch den Nichtgelehrten zugänglich, sei es im Festungsbau der Landvermessung und dem Gebrauch von Karten sowie im Ingenieurwesen. Sie lehrten den Kaufmann die Berechnung seiner Gewinne und leisteten dem Instrumentenbauer Hilfe bei den Skalen der Meßinstrumente.

Die Malerei hatte das Problem der *Perspektive* gelöst und Methoden gefunden, auf einer zweidimensionalen Leinwand die Illusion von drei Dimensionen zu schaffen. Das umgekehrte Problem, die sphärische Oberfläche der Erde in genauer Entsprechung auf Seekarten zu übertragen, wurde durch das Verfahren der *Projektion* möglich. Diese war über standardisierte Tabellen jedem Kartenzeichner zugänglich.

Maßgebliche Wegbereiter der modernen Naturwissenschaften. *– Oben links: Nikolaus Kopernikus. Sein großes Werk »De revolutionibus orbium coelestium«, das eine neue geistige Epoche der Menschheit einleitete, wurde erst kurz vor seinem Tod (1543) veröffentlicht. Zeitgenössisches Gemälde. Oben rechts: Johannes Kepler, der die Gesetze der Planetenbewegung entdeckte und mathematisch formulierte. – Unten: Galileo Galilei, der die Beweisführung der heliozentrischen Lehre des Kopernikus antrat, gilt als Begründer der modernen, auf Erfahrung und Experiment beruhenden Physik. Zeitgenössisches Gemälde.*

KEPLER, DER KOPERNIKANER

Harmonie und Ordnung des Universums faszinierten den deutschen Astronomen *Johannes Kepler* (* 1571, † 1630) seit seinen frühesten Jahren als astronomischer Denker. Die Harmonien der Bewegungen am Himmel sah er als Zusammenspiel von mathematisch-physikalischen Beziehungen, das für ihn jedoch nur dann eingelöst war, wenn es sich auch in der genauen Beobachtung bestätigte. Damit hatte Kepler sich das alte pythagoreische Problem zur Aufgabe gestellt, über die Mathematik die vollkommenen Strukturen hinter dem augenfälligen Erscheinungsbild offenkundig zu machen.

Das Universum, das sich aus seinen Entdeckungen ergab, war höchst fremdartig, es stand der traditionellen Astronomie nicht so nah wie das des Kopernikus: Im Zentrum befindet sich die Sonne, um die eigene Achse rotierend, strahlt sie Licht und magnetische Kraft aus; an der äußeren Peripherie finden sich die Fixsterne, umgrenzt von der Sphäre, die alles umschließt. Dazwischen verstreut die Planeten, die auf ihrer Bahn nicht durch materielle Sphären gehalten werden, sondern durch das Gleichgewicht zwischen bewegenden Kräften und magnetischer Anziehung. Sie umlaufen die Sonne in *Ellipsen*! – Die altehrwürdige Auffassung von der Notwendigkeit vollkommener Kreisbewegung ließ Kepler fallen und brach mit einer Übereinkunft, die seit Platon bestand. – Die Geschwindigkeiten der Planeten werden durch die mathematischen Verhältnisse des Flächengesetzes und des Harmoniegesetzes definiert, wobei die Größe der Ellipse als Funktion der Umlaufzeit einerseits und der harmonischen Verhältnisse zwischen allen Teilen des Universums andererseits bestimmt ist. Obwohl Kepler außerhalb des Hauptstroms der zeitgenössischen wissenschaftlichen Entwicklungen stand, erwiesen sich seine Entdeckungen als das, was spätere Naturphilosophen brauchten. Nach 1665 waren Keplers Gesetze bekannt und wurden akzeptiert, dennoch gab erst die erfolgreiche Anwendung durch den englischen Mathematiker und Physiker *Isaac Newton* (* 1643, † 1727) ihnen schließlich den Status wissenschaftlicher Gesetze.

GALILEO GALILEI

Um 1610 verlor die große Debatte um die Weltbilder an Kraft, in sechzig Jahren waren die Argumente verschlissen, lediglich neue Beweise konnten die Diskussion wieder beleben – und diese brachte die Verwendung des Fernrohres in der Astronomie. Gleichzeitig damit verlagerte sich die Kontroverse, die bislang im Bereich der Mathematik geführt wurde, in die Physik. Über die rein wissenschaftlichen Argumente hinaus eskalierte die Auseinandersetzung an der Person des italienischen Physikers, Mathematikers und Astronomen *Galileo Galilei* (* 1564, † 1642) zu einem neuen großen Prinzipienstreit: um das Recht des wissenschaftlichen Astronomen, frei zu denken und seine Gedankengänge in Freiheit mitzuteilen. Wenn er für sich dieses Recht vor der Inquisition auch verlor, so errang er es doch für die Nachfolgenden. In seinen astronomischen und medizinischen Schriften tritt Galilei offen gegen die Autorität des Aristoteles auf. Seine Kritik ergibt sich daraus, daß er nicht wie Aristoteles den *Sinn* von Naturerscheinungen verfolgt, sondern deren *Ursachen*. Damit setzt sich Galilei auch methodisch von der scholastischen Wissenschaftstradition ab, die nach seinen Worten den Bauplan dem fertigen Gebäude anpassen wollte, statt das Gebäude der Wissenschaften nach dem Plan der Natur zu errichten.

Galileo Galilei versucht daraus eine Synthese, indem er naturphilosophische Spekulation *und* empirische Praxis in methodisch geleitetes Vorgehen führt, die spekulative Ausgangsbasis geht in die *sachlich begründete Hypothese* über, an Stelle unmittelbarer Erlebniswirklichkeit und handwerklicher Fertigkeit tritt das *Experiment.* Auf dieser Grundlage ergibt sich ein Erfahrungsbegriff, der durch das Experiment vermittelt ist und der entscheidend zum Bruch mit dem Aristotelismus führt. Daß die Natur so ist und sich so verhält, wie sie sich dem Auge darbietet, war der Trugschluß der aristotelischen Physik. Galilei führt seine Versuche auf der Grundlage von Prämissen unter bestimmten Bedingungen durch und schafft damit eine ideale Realität, in der die Naturprozesse frei vom Schein der Wahrnehmung erkannt werden können. Unter dem Postulat ihrer Berechenbarkeit werden die Zusammenhänge als mathematische Beziehungen ausgedrückt. Mathematik ist der Transmissionsriemen, Naturprozesse funktional-begrifflich zu erfassen und darstellen zu können.

Literatur

Boas, Maria: Die Renaissance der Naturwissenschaften 1450–1630, Darmstadt 1965 = Das Zeitalter des Kopernikus (Geschichte und Kosmos), hg. von A. Rupert Hall, Gütersloh 1978

Dudek, Peter: Naturwissenschaften und Gesellschaftsformation, Frankfurt/Main 1978

Tomberg, Friedrich: Bürgerliche Wissenschaft, Frankfurt/Main 1973

Zilsel, Edgar: Die sozialen Ursprünge der neuzeitlichen Wissenschaft, hg. von W. Krohn, Frankfurt/Main 1976

WERNER DETTELBACHER

Europäische Wirtschaft im Wandel
Handel und Gewerbe im 16. Jahrhundert

Die Hanse, der norddeutsche Städtebund auf der Basis gemeinsamer Fernhandelsinteressen und auf seinem Höhepunkt rund zweihundert Städte zwischen Flandern und Estland umfassend, befand sich seit dem 15. Jahrhundert auf dem Rückzug, weil vor allem die Städte des Binnenlandes sich unter dem Druck ihrer Territorialherren von ihm trennen mußten. Dazu wurde die Hanse (siehe auch Band 6) auch auf ihren Haupthandelsplätzen im Ausland in die Verteidigung gedrängt. Als Stadt und Fürstentum *Nowgorod* zum Großfürstentum Moskau gekommen waren, wurde 1494 der hansische »St. Petershof«, der Zentralmarkt für Pelze, geschlossen, so daß der schwunghafte Fernhandel mit den Fellen von Zobel, Hermelin, Bär, Wolf und Eichhörnchen in die Messestädte des Rheinlandes nahezu zum Erliegen kam.

NIEDERGANG DER HANSE – AUFKOMMEN DER NIEDERLÄNDER

Der Handel mit Wachs, Honig und Pech, vor allem mit Schiffbauholz lief jetzt über die aufstrebenden Handelsplätze *Riga, Reval* und *Dorpat*, die ihr Gastrecht zugunsten der Niederländer und zu Lasten Lübecks, der hansischen Vormacht, vergaben. Bald stellten die Holländer über 60 Prozent der Seehandels-Fahrer durch den Sund, was Dänemark begünstigte, während die Hansen noch lange Zeit in Travemünde umluden. Im Gegensatz zu früher wurden nun die Hansen zu Frachtfahrern und Kommissionären der Holländer, die als Unternehmer den Hauptgewinn einsteckten. Finanziell erholten sich die hansischen Handelsunternehmen etwas, als beim Abfall der Niederlande von Spanien enorme Getreidezufuhren für die Truppen aus Holstein, Mecklenburg und Pommern nötig wurden. Aber bald übernahmen die Niederländer den Getreidehandel auf sogenannten *Hulken*, Kähnen, die leichter und kleiner, vor allem jedoch schneller als die Koggen waren, und benutzten Häfen wie *Emden*, die nicht der Hanse angehörten. Die Getreidefahrten nach Italien, wegen der Hungersnöte am Anfang und Ende des 16. Jahrhunderts ein großes Geschäft, wurden ebenfalls von den Niederländern übernommen, die schon den Handel mit Portugal und Spanien in ihrer Hand hatten.

KONKURRENZ DER ENGLÄNDER UND SKANDINAVIER

Ebenso hart verlief der Kampf um die Privilegien der Hanse in England. Direkte Gegner waren hier die »Merchant Adventurers«. Während die Hanse ihre vertraglichen Zollvorrechte verlor, besaßen jene weiterhin das Monopol der Tuchausfuhr nach den Niederlanden, Friesland und Hamburg. Die Krone unterstützte wegen ihrer nationalen Zollpolitik diese größte Kaufmannsgilde des Landes, die bis zu 4000 Mitglieder hatte. In einem Freibrief von 1564 anerkannte Königin Elisabeth I. diese mächtige Korporation. Im gleichen Jahr gingen sie zum Angriff über und legten ihren Stapel (Warenlager) auch nach Emden und errichteten 1567 gar eine Niederlassung in der Hansestadt Hamburg. Zwar erreichten die Hansestädte auf dem *Reichstag von 1582,* daß die Engländer aus dem Reichsgebiet verwiesen wurden, doch haperte es an der Ausführung, denn Kaiser Rudolf II. (R 1576–1612) unternahm nichts, da er englische Repressalien gegenüber den habsburgischen Niederlanden fürchtete. Obwohl Danzig, das gut vom Getreidehandel lebte, eindringlich davor warnte, kam es 1597 erneut zu einem Ausweisungsmandat gegen die Engländer. Elisabeth I. beantwortete die Herausforderung mit der Schließung des »Stalhofes«, der Niederlassung der deutschen Kaufleute in London. Damit war der deutsche Handel sehr gelähmt, während die Engländer von Stade, Emden und Hamburg aus handeln konnten.

Am längsten behauptete die Hanse ihre Stellung in Norwegen. Zwar mußte im *»Vertrag von Odense«* 1560 die Hanse auf Vorrechte verzichten und die »Brücke« in Bergen, den großen Fischumschlagplatz, jetzt auch mit Holländern teilen, doch wurde der Platz erst 1763 von Lübeck, Hamburg und Bremen aufgegeben. Lübeck büßte nicht nur seine Vormachtstellung in Schweden ein, es mußte auch erleben, daß König Johann III. (R 1569–1592) von Dänemark Hanseschiffe kaperte und behielt, als Lübeck die Einhaltung ihrer Rechte aus dem *»Stettiner Vertrag«* von 1570 verlangte.

Als die oberdeutschen Kaufleute erkannten, daß der Handel mit den westeuropäischen Handelsnationen einträglicher als der Osthandel war, ließ das Geschäft mit den Hansestädten nach. Die Fugger stellten den Handel mit Danzig, Thorn, Königsberg, Krakau und schließlich Breslau schrittweise ein. Als auch die wichtigen Handelsstädte Köln und Danzig ausscherten, kamen 1604 zum Hansetag nur noch vierzehn beitragzahlende Städte.

DER DEUTSCHE UND UNGARISCHE SILBER- UND KUPFERBERGBAU

Wichtiger als der Eisenerzabbau in Schweden, an der Sieg und in der Steiermark war im Spätmittelalter und der Renaissancezeit für den europäischen Handel der Bergbau auf Silber und Kupfer, Erze, die zumeist zusammen vorkommen und mit Blei verhüttet (gesaigert) werden mußten. Die ergiebigsten Fundstätten lagen in *Tirol*, wo kurz nach 1400 der Abbau am *Falkenstein bei Schwaz* begann. Die Förderung schnellte 1480–1490 auf das Zweieinhalbfache und sank erst 1535 ab. Die *ungarischen Gruben* um *Neusohl* wurden vor 1500 durch die polnische Familie *Thurzo* erweitert, ehe sich die *Fugger* mit dieser Familie verbanden und das Monopol errangen.
In *Böhmen* erreichte das *Kuttenberger Revier* nach 1490 seine größte Ausbringung, während die reichen *Joachimsthaler Gruben* im Erzgebirge ab 1516 ausgebeutet wurden. An der sächsischen Seite des Erzgebirges ließen die Funde um *Freiberg* nach, dafür stiegen sie im *Schneeberger Revier*. Seit 1492 waren die Gruben um *Annaberg* im Erzgebirge eröffnet, was bereits vier Jahre später zur Gründung der gleichnamigen Stadt führte. Seit 1537 fiel die Ausbeute langsam, seit 1577 rapide ab.
Im *Oberharz* konnten neben den alten Gruben in *Goslar* und *Clausthal* nach 1500 neue in *St. Andreasberg* betrieben werden. Das Revier bei *Mansfeld* im Harzvorland wurde seit 1450 ausgebaut und erreichte seine höchste Förderung 1521–1537.
Dieser seit 1470 ansteigende ›Bergsegen‹ regte bergbaufremde Privatleute an, die Gruben zu finanzieren. Die Namen der Schneeberger Zechen – »Ritterzeche«, »Kaufleutezeche«, »Gesellenzeche«, »Fleischhauerzeche« – bezeichnen die Wirtschaftskreise, die Anteile (»Kuxe«) zeichneten. Hier gab es die Möglichkeit, durch Fleiß und Sparsamkeit aufzusteigen. Der Bauernsohn *Hans Luther*, der Vater des Reformators, war zunächst einfacher »Häuer« (Bergmann) bei Mansfeld. Schon 1491 beutete er in Gemeinschaft mit anderen als »Gewerke« (Teilhaber) einen Schacht aus und hatte einige Hüttenfeuer gepachtet. Um

Erzbergbau als wirtschaftlicher und politischer Faktor. *Einfahren in den Schacht: A per Leiter, B per Förderseil, C auf dem Leder, D auf Treppen. Holzschnitt aus G. Agricolas 1556 in Basel erschienenem Buch »De re metallica libri XII«, das einen Überblick über den damaligen Stand der Technik gibt.*

1511 war er zumindest an sechs Schächten und zwei Hütten beteiligt. Seinen Erben hinterließ er 1534 ein Vermögen von 1250 fl. (siehe Kästchen), wobei nicht alle Aktiva verzeichnet waren.

Nach 1520 waren solche Aufstiege nicht mehr möglich. Die Tieferlegung der Schächte, vor allem die kostspieligen *Saigerhütten* (siehe Seite 268) ruinierten die kleinen Gewerke. Große Handelshäuser und *Kapitalgesellschaften* kauften die Kuxe billig zusammen und leisteten die erforderlichen Zuschüsse. Im Mansfelder und sächsischen Kupferrevier stiegen die Nürnberger *Welser* ein, in Tirol und

Begriffe

Apanage: Von lat. Ad panis = Zu-Brot, Ausstattung. Franz. = Erbteil, Leibgedinge. Sicherung eines standesgemäßen Unterhaltes von regierenden Fürsten oder deren Verwandten (oder auch innerhalb anderer Familien und Unternehmerdynastien etc.) durch finanzielle, territoriale oder andere Zuwendungen im Rahmen dynastischer oder staatlicher Einnahmen.
Pfennwerthandel: Von »Pfennigwert«. Kleinhandel, Verkauf im Kleinen, insbesondere auch im Eisenhandel früherer Zeiten.
Regal: Von lat. regalis = königlich, Königsrecht. Ursprünglich das dem König vorbehaltene Recht oder Privileg (später auf staatliche und auch private Stellen übergegangen), wirtschaftlich nutzbare Hoheitsakte auszuüben wie z. B. die Münzprägung, Postbeförderung, Zoll- und Steuereintreibung, Handel mit Salz und Alkohol u. a.). Dem Regal-*Recht* stand die *Pflicht* gegenüber, eine ordnungs- und gesetzmäßige Handhabung zu garantieren.
Saigerhütten (auch Seiger-H.): Von der bergmännischen Bezeichnung für lot- oder senkrecht abgeleiteter Begriff: Metall saigern bedeutete, Metall aus Erzen auszuschmelzen, indem man im Saigerherd auf einer schrägen Unterlage das Erz erhitzte und schmolz, bis das Metall nach unten ausfloß und sich vom Gestein etc. trennte (saigern ist identisch mit dem Wort sickern).
Zubuße: Entweder allgemein ein finanzieller Zuschuß oder (ursprünglich) in Bergwerksunternehmen der auf das einzelne Gesellschaftsmitglied entfallende prozentuale Verlustanteil. E. B.

Ungarn wurden die *Fugger* die Großgewerken. In Tirol mußten sie das Geschäft zunächst mit anderen Augsburger Firmen teilen, um die Kufsteiner *Paumgartner* hinauszudrängen. Die Fugger, die 1522 ihre ersten Kuxe in Tirol kauften, konnten ihre Vorherrschaft im Silber- und Kupfergeschäft erwerben, weil sie als Darlehensgeber den Habsburger Kaisern und Territorialherren unentbehrlich wurden. Je mehr Anleihen die Fürsten erhielten, desto geneigter wurden sie, einzelnen Gesellschaften Monopole zu verschaffen, wie den *Thurzo* und *Fuggern* in Ungarn, oder die Bildung von Kartellen im Metallgeschäft zu erlauben.
Die *Fürsten* waren mit mehreren Kuxen an der Ausbeute beteiligt, mußten allerdings keine Zubuße wie die anderen Gewerken zahlen. Als Landesherren stand ihnen der Bergzehnt zu, der öfter auf den 15. oder 20. Teil reduziert war.

Als Inhaber des Bergregals konnten sie für ihr Münzmetall Silber zu einem festen Preis weit unter dem Marktpreis beziehen. Machten sie davon keinen Gebrauch, so stand ihnen der Schlagschatz (Münzgewinn) zu, der um 1500 knapp über 1 fl. pro Mark Silber betrug.
Metallhändler wie die Fugger lebten nicht nur vom Handelsgewinn, sondern behielten auch den Bergzehnten zur Tilgung und Verzinsung ihrer Anleihen ein. Als die deutsche Silberförderung nach 1560 zurückging und um 1580 völlig versiegte, verloren nicht nur die Händler, sondern auch Fürsten und Städte wesentliche Einnahmen.
Die zahlreichen Bergleute, Metallscheider, Schmiede und die vielen ungelernten Arbeiter, die meistens in zwei Schichten tätig waren, konnten aus den benachbarten Dörfern und Kleinstädten nicht ernährt werden. Daher lieferten die Unternehmer Nahrung im *Pfennwerthandel* (siehe Kästchen). Schließlich drängten sie den Arbeitern Naturalien zu festgesetztem Preis als Lohnanteil auf, so daß ein großer Teil der Löhne sofort in ihre Kassen zurückfloß. Diese starke Abhängigkeit vom Geld- und Naturallohn, die miserablen Unterkünfte, die wechselhafte Ernährung, die gesundheitsschädliche Arbeit und die Trunksucht machten Knappen und Hüttenarbeiter zu unruhigen Elementen.

DER AUFSTIEG DER OBERDEUTSCHEN HANDELSHÄUSER

Die bedeutendsten Handelsgesellschaften und Handelsherren saßen in Augsburg, einige in Nürnberg, also an der wichtigen Handelsstraße von Venedig in den Norden. Auch als der Gewürzhandel von Venedig und Genua nach Lissabon und schließlich nach Antwerpen abwanderte, wurde der Zwischenhandel in Augsburg und Nürnberg nicht berührt, da die Händler die Ware an den neuen Stapelplätzen übernahmen. Sie lieferten jetzt Silber, Kupfer und Messing sowie Metallprodukte dorthin zur Belieferung Afrikas und Indiens.
Der größte Teil der Augsburger Kapitalisten und Handelshäuser kam aus dem Handwerkerstand. Die *Fugger* und *Höchstetter* waren Weber gewesen, die *Herbrot* Kürschner, die auch mit Luxuswaren und Kunstgegenständen gehandelt hatten, die *Grander* und *Manlich* waren Faktoren (Kontorvorstände) anderer Häuser gewesen, die Vermögen erheiratet und sich selbständig gemacht hatten. Sie handelten nicht als einzelne Kaufleute, sondern nur als *Familiengesellschaften*, wobei die Gesellschafter ihre Haftung auf ihre Einlage beschränkten. Während die *Welser* auch eingeheiratete Faktoren aufnahmen, konnten bei den Fuggern nur Angehörige im Mannesstamm Gesellschafter werden.

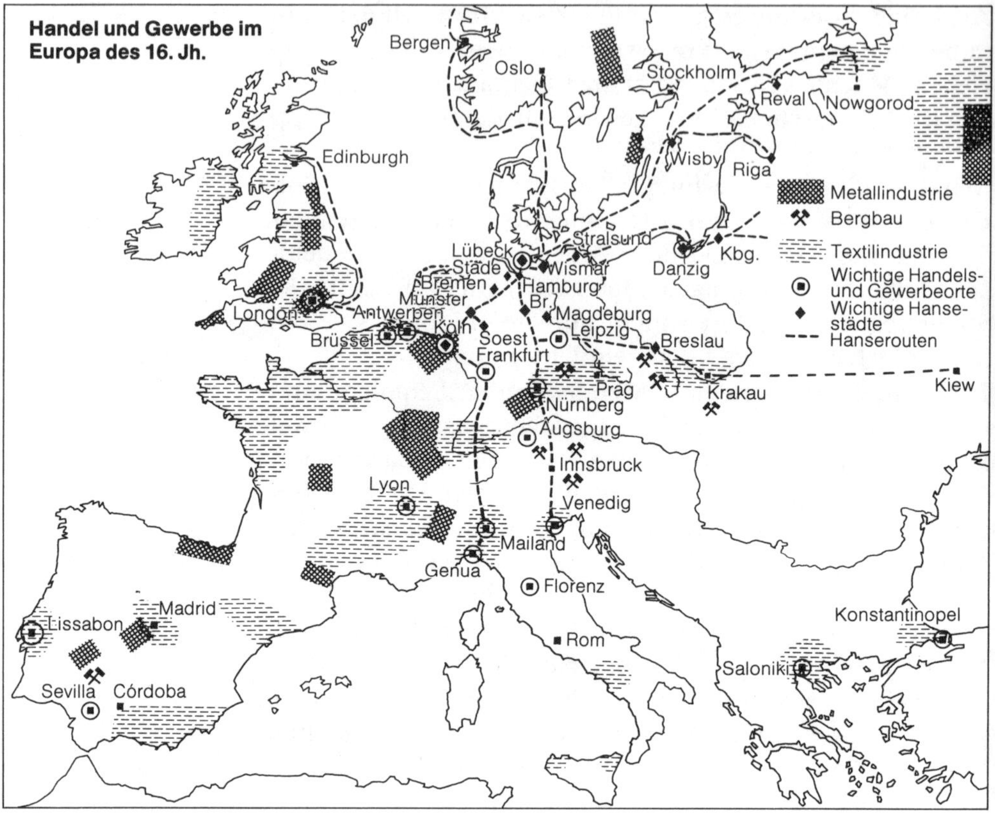

Handel und Gewerbe im Europa des 16. Jh.
Bergen
Oslo
Stockholm
Reval
Nowgorod
Edinburgh
Wisby
Riga
Metallindustrie
Bergbau
Textilindustrie
Wichtige Handels- und Gewerbeorte
Wichtige Hansestädte
Hanserouten
Stralsund
Lübeck
Stade
Wismar
Danzig
Kbg.
Bremen
Hamburg
Münster
Br.
London
Antwerpen
Magdeburg
Brüssel
Köln
Soest
Leipzig
Breslau
Frankfurt
Kiew
Prag
Krakau
Nürnberg
Augsburg
Innsbruck
Lyon
Venedig
Mailand
Genua
Florenz
Madrid
Konstantinopel
Lissabon
Rom
Saloniki
Sevilla
Córdoba

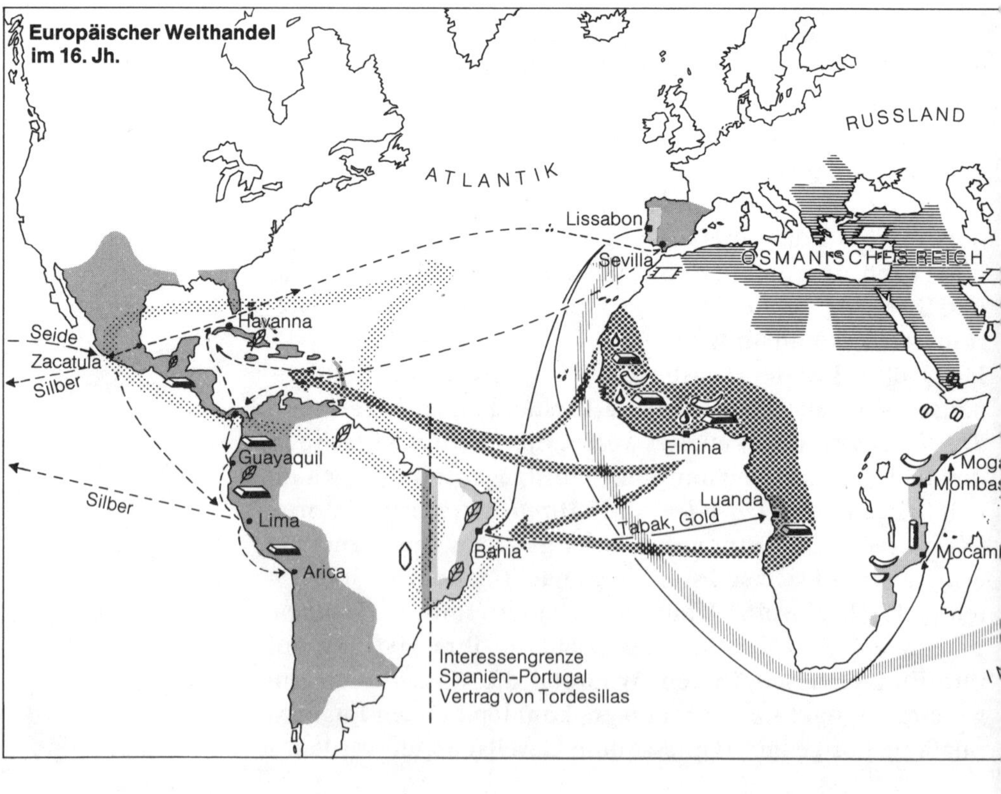

Europäischer Welthandel im 16. Jh.
RUSSLAND
ATLANTIK
Lissabon
Sevilla
OSMANISCHES REICH
Havanna
Seide
Zacatula
Silber
Elmina
Guayaquil
Silber
Luanda
Tabak, Gold
Lima
Bahia
Arica
Interessengrenze Spanien–Portugal Vertrag von Tordesillas

Die Geschäftskapitalien der Augsburger stiegen in ungeahnte Höhen. Als der Florentiner Handelsherr und Bankier Cosimo Medici der Alte (* 1389), berühmt als Kunstmäzen, 1464 starb, verfügte er als reichster Mann seiner Zeit über 270 000 fl., die Fugger damals über 10 000 fl. Die »Ravensburger Gesellschaft« besaß im Jahr 1500 ein Kapital von 140 000 fl. Die Bilanz nach dem Tode *Jakob Fuggers des Reichen* (* 1459, † 1525) wies die Aktiva mit 2,8 Millionen fl. aus, davon 1,65 Millionen fl. Außenstände. Bei der Bilanz von 1546 wurden die Aktiven mit 7 Millionen fl. beziffert.
Während das Handelshaus der *Höchstetter* auch Einlagen bis 10 fl. hinab annahm, die allerdings allesamt in einer mißratenen Quecksilberspekulation untergingen, nahm Jakob Fugger nur verschwiegen Fremdkapital in die Firma herein. Ohne die Vermögenseinlagen des Bischofs von Schleswig oder des Kardinalbischofs Melchior Meckau von Brixen hätte sich Fugger nie am ungarischen Metallhandel beteiligen können. Als 1509 Papst Julius II. den Schuldschein des verstorbenen Kardinals präsentierte, geriet das Haus Fugger in eine heftige Krise; die Summe konnte nur mit langen Fristen zurückgezahlt werden.
Der mit der Familie Thurzo gegründete »Gemeine Ungarische Handel« erforderte eine funktionierende *Absatzorga-*

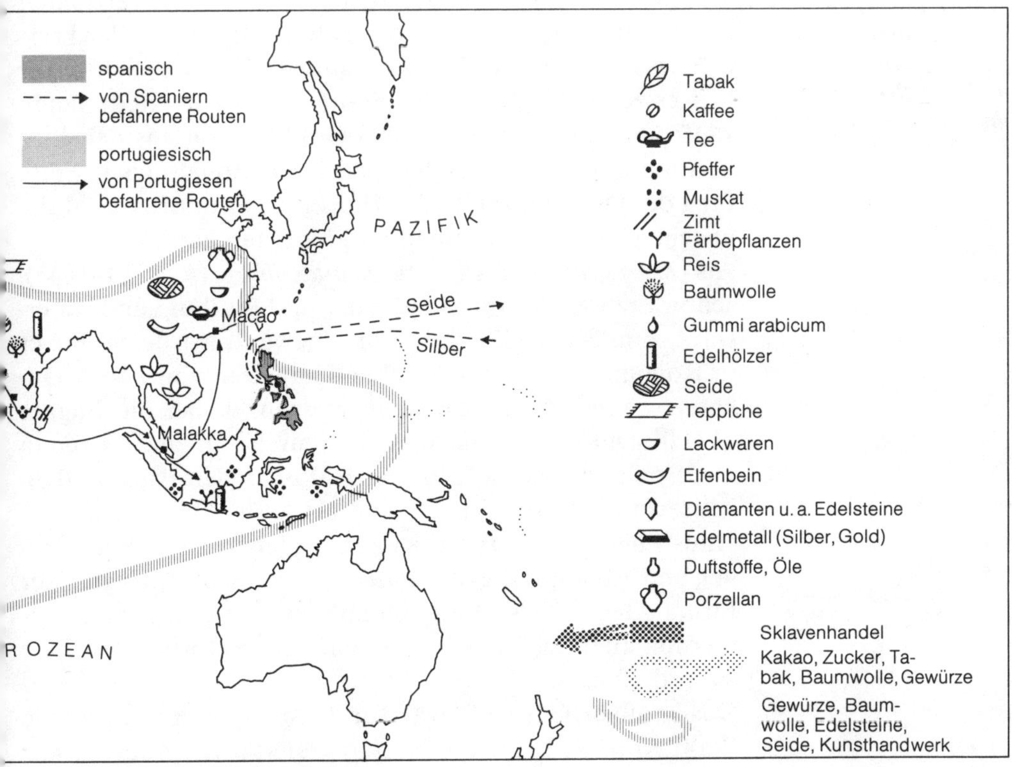

Die großen ›Privatkapitalisten‹ und ihre Finanzmacht. *Oben links: Jakob Fugger II., genannt der Reiche (* 1459, † 1525), der die Weltstellung und den Reichtum des Hauses schuf. – Oben rechts: Bartholomäus Welser, unter dem die Patrizierfamilie Stützpunkte in Amerika und eine eigene Flotte unterhielt. Stich von G. Ch. Eimart.*

nisation. Silber und Kupfer gingen nach Venedig und Genua, den Umschlagplätzen am Mittelmeer, aber auch nach Stettin und Danzig, um von dort nach Antwerpen verschifft zu werden. Das Haus Fugger organisierte einen konkurrenzlosen *Giroverkehr* mit den Stützpunkten Venedig und Antwerpen. Als König Heinrich VIII. von England Kaiser Maximilian I. Hilfsgelder schicken wollte, zeigte sich 1516 das Haus *Frescobaldi* in Florenz als so zahlungslahm, daß Maximilian auf geplante Unternehmungen verzichten mußte; die Fugger stellten die Zahlungsfähigkeit der Frescobaldis wieder her. Die Königinwitwe Maria, Schwester Kaiser Karls V., erhielt als Statthalterin der Niederlande 1535 eine Apanage von 12000 Golddukaten aus den Einkünften der Krone aus Neapel. Drei Monate nach Empfang der Dukaten zahlte das Haus Fugger in Brüssel 74 flämische Groschen für einen Golddukaten aus.

Als *Markgraf Albrecht von Brandenburg* (R 1514–1545), schon Erzbischof von Magdeburg und Bischof von Halberstadt, zum Erzbischof von Mainz gewählt wurde, mußte er in Rom außer den ordentlichen Gebühren von 12000 Dukaten weitere 10000 Dukaten erlegen, wobei die Fugger 21000 Dukaten vorschossen. Durch einen *Ablaß* in Deutschland, dessen Erlös zur Hälfte an den Papst und an Albrecht ging, sollte der Kredit getilgt werden. Damit das Haus Fugger nicht zu kurz kam, begleitete den Dominikaner und Ablaßprediger *Johann Tetzel* ein Beauftragter der Firma. Gegen diese Verquickung wandte sich Martin Luther mit aller Schärfe (siehe Beginn der Reformation, Seite 80 und 104).

Das größere Geschäft war für Jakob Fugger jedoch die Wahl *Karls V.* 1519 zum Kaiser. Damit nicht König Franz

Die gängigsten Geldsorten

1 Dukaten, eine ursprünglich in Venedig geprägte Goldmünze, die seit 1325 in Ungarn und seit 1559 als deutsche Reichsmünze umlief und bis 1871 in Süddeutschland geprägt wurde. 67 Dukaten entsprachen der 22⅔karätigen Mark (Gewicht: 3,49 g, fein 3,44 g).
1 fl. = 1 Gulden (Florin), ursprünglich wie der Dukaten 22⅔ Karat. Schleichende Abwertung, bis 1419 1 fl. rh. (rheinisch) nur noch 18 Karat hatte, also nur noch ¾ Dukaten wert war. Der fränkische Münzverein lehnte 1454 die notwendige Abwertung ab, weshalb 1 fl. fr. (fränkisch) auch weiter einem Dukaten entsprach.

I. von Frankreich zum Kaiser gewählt wurde, mußte der Habsburger die unerhörte Summe von 850 000 fl. aufbringen, von der die Fugger fast 550 000 fl., die Welser rund 150 000 fl., den Rest italienische Geldhäuser aufbrachten. Obwohl Karl V. trotz der Verpfändung seiner Einkünfte aus Spanien und Tirol noch immer 200 000 fl. Schulden bei Jakob Fugger hatte, schrieb ihm dieser die berühmte Mahnung, daß »Eure kaiserliche Majestät die Römische Krone ohne meine Hilfe nicht hätte erlangen können«.
Die folgenden Kriege gegen die Franzosen und Türken, später der »Schmalkaldische Krieg« (siehe auch Seite 95), forderten immer neue Kredite von den Fuggern, die in ihrer Bilanz von 1577 bei 6½ Millionen fl. Aktiven allein 5 Millionen fl. in Spanien festliegen hatten. Bei den Staatsbankrotten König *Philipps II. von Spanien* 1557 und 1575 und denen seiner Nachfolger 1607, 1627 und 1647 büßten die Fugger ihr Geldvermögen ein, nicht jedoch den Landbesitz, den Jakob Fugger als *Grafschaft Kirchberg, Herrschaft Weißenhorn* u.a. von Karl V. gekauft hatte. 1530 in den Reichsgrafenstand erhoben, existieren heute noch mehrere Linien dieser Familie.
Im Gegensatz zu ihnen beteiligten sich die *Welser* schon früh an der portugiesischen Indienfahrt, schlossen 1528 mit der spanischen Krone Verträge ab, nach denen sie gegen hohen Gewinn deutsche Bergleute zu verpflichten, Negersklaven zu liefern, Metallschmelzen anzulegen und Venezuela zu erschließen hatten. Da die spanische Verwaltung diese wirtschaftlichen Entwicklungen aber blockierte, mußten sich die Welser mit hohen Verlusten aus Venezuela zurückziehen. Nach weiteren Verlusten meldeten die Augsburger Welser 1614 den Bankrott an.

Das Secret werd genennet ich//
Mein Her: kainem vertrawet mich/
Weil er sein sach ghaim helt bey sich.
SECRETORVM LIBER.
INVENTARIVM.
Dise Schreibstuben hie benanndt
Verwalt das Vnter Cassier
Was ring vnd gmaine außgab
Wirt durch dise verricht allein.
IVDICI VEL DE LECTVS.
Vernünfftig sein ganz wol bedechtig
Schaft grosn nuz im hädel mechtig.
Der Handel begert solche Leut/
Bey denen sey Auffrichtigkeit
Inn wort vnd werck: dz wol vernim/
Auch herz vnd mund zusamen stim.
Auß dem Zornal ins
Darzu ins Capus
Zur lincken hand den
Zur rechten ghört der
INTEGRITAS.
Dem vil vertraut ist zuuerwalten/
Der sols verschwigen bey sich halten.
Weil nun mir ist befolhen vil/
Halt ich es in gehaimb subtil.
Das ist der Cassier
Darauff man zelt
Was in den
Das man andern
TACITVRNITAS.
Opes mutantur.
Das Glück zaigt hie die Kugel an/
Darauff der welt Reichthum thuet stan/
Das bricht gar bald vnd nimpt behendt/
Mit dem Todt hie all ding ein endt;
Drumb nim dis rauchs war mit dem wind
Sey frum/ fürcht Got/ zur Büs dich find.
Wer Glück im handel haben wil/
Frembd Gelt nemb er auff sich nit vil:
Darzu laß er nit wachsen lang
Den Interess/ sunst wirt Im bang:
Für bösen schulden soll er sich/
Vorauß hütten fürsichtigklich.
Welcher
Nit wais sein
Auch wie er mit eim
Vnnd was er
Deßgleichen auch mit
Der mag fleissig
Das er nichts auff
Sonnder bey seinen
Vnnd alle ding
Sonst wirt sein

Gewinnorientiertes Unternehmertum der Kaufleute. *Allegorie des Handels und des Finanzwesens in Deutschland. Als Eigenschaften, die den erfolgreichen Kaufmann auszeichnen, werden die Redlichkeit (integritas), die Verschwiegenheit (taciturnitas) und die Freiheit (libertas) herausgestellt. Die in einzelne Szenen gegliederte Darstellung veranschaulicht die verschiedenen Bereiche der Welt des Geschäftsmannes, zu der neben Geldwechsel, Schuldenverbuchung und Kalkulation auch Kistenvernageln und Ballenbinden gehören. Ausschnitt aus einem Holzschnitt von Jost Amman, 16. Jh.*

PORTUGAL ALS HANDELS- UND KOLONIAL-MACHT

Prinz Heinrich der Seefahrer (* 1394, † 1460), der die Entdeckungsfahrten an der Westküste Afrikas organisierte (siehe auch Seite 23), gründete 1444 die »Lagosgesellschaft«, die bereits 1450 sechsfachen Gewinn ausschütten konnte. Die Portugiesen lieferten Stoffe, Sättel, Messingringe und Silber nach Westafrika und handelten dafür Elfenbein, Gold und Sklaven ein. Nachdem der portugiesische Seefahrer *Bartolomëu Diaz* (* 1450, † 1500) das Kap der Guten Hoffnung 1486 erreicht hatte, gelang es *Vasco da Gama* (* 1469, † 1524) mit drei Schiffen und arabischen Lotsen, *Calicut* in Indien zu erreichen. Da er mehr als die Araber für Gewürze zahlte, konnte er 1499 seine Fracht mit hohem Gewinn absetzen, da Venedigs Gewürzhandel durch einen Türkenkrieg lahmgelegt war. Konsequent schalteten die Portugiesen die Zwischenhändler des venezianischen Handels aus. 1509 besiegten sie eine Flotte der Mamluken, der Herrscher Ägyptens, dann 1538 und 1542 Flotten der Türken, ihrer Nachfolger in Ägypten. Ab 1510 drangen sie wegen der Perlenfischerei von ihrem Handelsmittelpunkt *Goa* nach *Ceylon* vor und zu den *Molukken*, den Lieferanten von Pfeffer, Muskatnuß, Gewürznelken. Erst 1607 wurden sie von den Niederländern verdrängt.

Die portugiesische Krone, die den Gewürzhandel monopolisiert hatte, mußte um des Absatzes willen und aus Kapitalnot zuerst die Welser, dann die Fugger und italienische Häuser an der einträglichen Indienfahrt teilnehmen lassen. Ausgeführt wurden vor allem Kupfer, Blei, Quecksilber (aus Idria/Slowenien), Zinnober, dazu Gold- und Silberdukaten. Seit 1520 lieferte die Krone ihre Gewürze direkt nach Antwerpen, wo nach festgelegten Preisen verkauft wurde. Trotzdem blieb der Gewürzhandel, vor allem der mit Pfeffer, spekulativ, brachte Vermögen ein und zerstörte anderes.

Die Venezianer konnten die Verlagerung des Gewürzhandels nach Westen nicht mehr wettmachen, besorgten aber weiterhin den Handel in die Levante bis Persien. Um den Transithandel nach Deutschland zu behalten, bauten sie z. B. den abgebrannten »Fondaco dei Tedeschi«, das deutsche Handelszentrum in Venedig, auf Staatskosten wieder auf.

Auf einer Reise nach Indien hatte *Pedro Alvarez Cabral* (* 1467/68, † 1526) den Kurs zu weit westwärts genommen und entdeckte 1500 ein Land, das 1511 nach seinem Exportartikel Brasilholz *Brasilien* benannt wurde. Als die Bäume, die einen begehrten Rotfarbstoff hergaben, weiter im Landesinneren geschlagen werden mußten und als seit 1538 Zuckerrohrplantagen angelegt wurden, kam es zur

Versklavung von *Indianern*, die als billige Arbeitskräfte eingesetzt werden konnten. Da manche flohen und viele der schweren Arbeit nicht gewachsen waren, wurden *Negersklaven* eingeführt. Um 1600 lebten 40000 Portugiesen im Land, hatte sich die Plantagenwirtschaft vom Amazonas bis zum heutigen Rio de Janeiro ausgebreitet. Die durchwegs portugiesischen Besitzer der Zuckerplantagen bildeten die Aristokratie Brasiliens.

DIE SPANISCHE KOLONIALMACHT

Als Christoph Kolumbus 1492 in Mittelamerika landete (siehe auch Seite 26 bis 30), suchte er nach Gold und Gewürzen, die er weder auf der ersten noch der zweiten Reise fand, sieht man von etwas Eingeborenenschmuck ab. Seinen Mißerfolg kaschierte er, indem er ein Schiff mit Sklaven nach Spanien schickte. Dies empörte Königin Isabella, die Indianer zu Christen bekehrt haben wollte. Ein geringer Trost in allen Enttäuschungen waren die Perlenbänke vor der Küste *Venezuelas* und das Waschgold in *Veragua*, das die spanischen Entdecker übertreibend »Goldkastilien« nannten. Erst als *Hernando Cortés* 1519–1522 *Mexiko* und *Francisco Pizarro* 1532–1535 das Reich der Inka in *Peru* brutal zerschlugen, kamen sie an das gehortete Gold der Azteken und der Inka heran, von dem die Krone ihren Anteil bekam. Dieser einmalige Raub schuf keine Dauereinnahme. Sie kam erst seit 1545, als bei *Potosí* im jetzigen Bolivien die größten Silbervorkommen der Welt entdeckt wurden. Auch in Mexiko konnte man kleinere Silbergruben ausbeuten. Seit 1558 gelang es, reines Silber durch Scheidung mit Quecksilber zu gewinnen. Da das 1564 bei *Huancavélica* in Peru gefundene Quecksilber für Potosí nicht ausreichte, mußte weiterhin dieses flüssige Metall aus Almadén in Spanien hinübergeschafft werden.
Die Kolonien Spaniens gehörten alleine der Krone Kastilien, weshalb nur Kastilianer sie nutzen und besiedeln sollten. Moriskos und Marannen, zwangschristianisierte Mauren und Juden, waren davon bis in die vierte Generation ausgeschlossen. Unter Kaiser Karl V. wurde allerdings auch kein Aragonier mehr an Handel und Niederlassung gehindert, wurde Venezuela den Welsern überlassen, wurden z. B. deutsche Bergleute verpflichtet. Zur Sicherung der Kroneinkünfte und des Nachschubs in den Kolonien hatte man in Sevilla die »Casa de la Contratación« (das Handelshaus) gegründet. Damals trug die Flut noch alle Schiffe bis Sevilla und vor die Casa, die Handelsamt, Handelsgericht und Steueramt in einem war. Hier wurde nicht nur verladen und gehandelt, hier wurde auch von allen Importen

Oben: ***Erfinder des Systems der doppelten Buchführung.*** *Der italienische Mathematiker Luca Pacioli. Gemälde eines unbekannten Malers.*

das Fünftel für den König eingezogen, vor allem von Edelmetallen. Diese hohe Abgabe begünstigte den Schmuggel, der von Offizieren und Matrosen betrieben wurde.

NEGERSKLAVEN UND SILBERSCHIFFE

Im Unterschied zu Portugal hatte die Krone Kastilien den Handel mit (West-)Indien nicht monopolisiert; der einzige Staatsbetrieb blieb die peruanische Quecksilbergrube. Um eine Ansiedlung zu ermöglichen, mußten erst europäische Pflanzen und Tiere eingeführt und akklimatisiert werden. Die Siedler waren auf die Arbeitskraft der Indianer angewiesen, die trotz schützender Gesetze zahlreich dahinstarben. Einmal wagten es die Kolonialbehörden nicht, gegen Zwangsarbeit einzuschreiten, da nur mit ihr die Forderungen der Krone zu erfüllen waren, zum anderen erlagen die Indianer den eingeschleppten Blattern und dem Typhus. So erging schon 1510 der Befehl an die Casa, 50 Neger zu kaufen und auf die Zuckerplantagen zu schaffen. Beim Indienrat forderten 1517 an: Hispañola (Haiti) 1400, Kuba 700, Jamaica 500, Mexiko 600, Mittelamerika 500 Negersklaven. Die Welser lieferten laut Vertrag in vier Jahren 4000 Sklaven direkt aus Afrika, wobei die Schiffe mit dem Erlös auf der Rückreise Sevilla anlaufen mußten. Die Re-

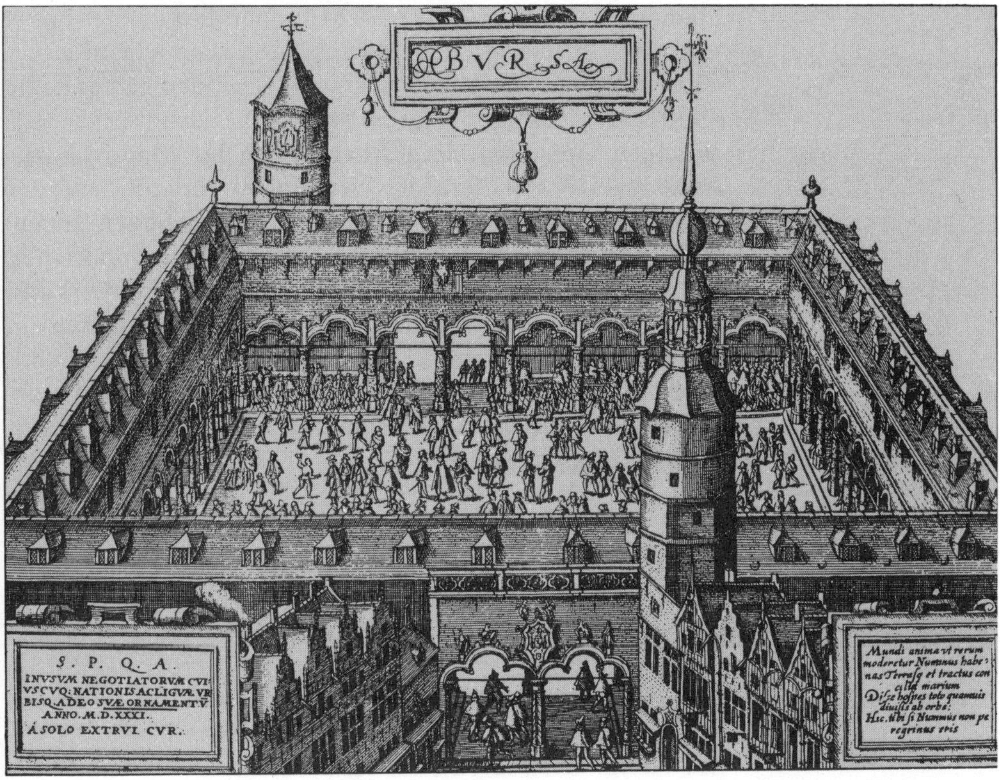

Schaffung eines weltweiten Handelsmarktes. *Ansicht der 1531 eröffneten neuen Börse von Antwerpen, die gemäß ihrer lateinischen Inschrift für die Geschäftsleute aller Sprachen und Nationen dasein sollte. Anonym. Kupferstich, 1531.*

gierung setzte schließlich Höchstpreise fest und verordnete, daß mit zwei Sklaven auch eine Sklavin geliefert werden mußte, um ihre Nachzucht sicherzustellen.

Während die Portugiesen auf dem Indienweg immer wieder *Faktoreien* anlaufen konnten, mußten die Spanier von und nach Westindien ohne Stützpunkte auskommen. Die *Silberschiffe* fuhren, um sich vor den französischen, holländischen und englischen Piraten zu schützen, im Geleitzug, begleitet von Galeonen, die außer ihren Kanonen auch Ladung aufnahmen. Die Piraten mieden in der Regel den Konvoi und griffen Nachzügler und die Hafenstädte bei der Silberübernahme an. Nur dreimal wurde eine ganze Silberflotte aufgelöst, 1628 von den Holländern, 1656 und 1657 von den Engländern.

Der Silberstrom ging zum großen Teil nur durch Spanien ins Ausland, so für Getreide und Tuch nach Holland, für Metallwaren nach Frankreich, für Leinen nach Sachsen und Schlesien. Am Handel verdienten erst die französischen Händler und Handwerker, dann die Handelsgesellschaften in Antwerpen, später in Amsterdam und Hamburg. Der Reichtum der Kolonien verhinderte nicht, daß der Staat im 16. Jahrhundert dreimal seinen Bankrott erklären mußte.

Spanien, das um 1540 nur 7,5 Millionen Einwohner hatte, war nicht imstande, seine Bevölkerung ausreichend zu ernähren. Selbst in den fruchtbarsten Gegenden gab es keine Dreifelderwirtschaft, folgten Saat und Brache direkt aufeinander. Viel anbaufähiges Land blieb der Weide der *Merinoschafe* vorbehalten, die im Sommer zu Millionen auf ›Straßen‹ nach Norden, im Winter in den Süden zogen. Nur ein kleiner Teil der Schur wurde im Lande verarbeitet, die *Rohwolle* wurde zumeist nach England, Flandern und Florenz ausgeführt. Ähnliche Zustände herrschten in Unteritalien und Sizilien, die 1504 bzw. 1479 unter spanische Herrschaft geraten waren. Die ruinierten Kleinpächter flohen in die Städte oder zur Armee, die der Schrecken Mitteleuropas werden sollte.

BILANZEN – BANKEN – BÖRSEN

In Italien gelangte man zuerst über die Ordnung in Einzelkonten zur *Doppelten Buchführung*, die alle Geschäftsvorgänge systematisierte und sofortigen Überblick über Aktiva und Passiva erlaubte. Der Mathematiker *Fra Luca Pacioli* (* 1445, † 1518) brachte 1494 das erste Lehrbuch heraus, das jahrhundertelang unverändert in Gebrauch blieb. Bis dahin hatten die Kaufleute die römischen statt der arabischen Ziffern benutzt und ihre Aufzeichnungen nicht in Bücher eingetragen, sondern auf Zetteln an die Wand gespießt. Die »reichmachende Kunst«, wie sie der fuggersche Oberbuchhalter *Schwarz* nannte, setzte sich nur langsam durch: In Freiburg i. Br. z. B. wurden Schuldbücher noch 1520 nur dann als beweiskräftig anerkannt, wenn die Summen nicht mit »neuen« Ziffern angegeben waren. In der führenden Handelsstadt Antwerpen setzten sich arabische Ziffern erst Ende des Jahrhunderts durch, weil sie leichter zu fälschen waren.

Die älteste Bank Europas ist die »Casa di San Giorgio« in *Genua*; sie entstand Anfang des 15. Jahrhunderts aus einem Konsortium von Staatsgläubigern. Ihre Guthaben und die aus Steuern entrichteten Zinsen und Tilgungen verwendeten sie für den Giroverkehr unter sich. Zwei Monate im Jahr blieb diese Bank geschlossen, um Bilanz zu ziehen. Als halbstaatliche Einrichtung folgte ihr der »Banco di Rialto« 1586 in *Venedig* (ab 1619 »Banco del Giro«) und 1593 der »Banco di San Ambrosio« in *Mailand*. Um den Wechselverkehr zwischen den Handelszentren zu beschleunigen, wurde 1600 die »Amsterdaamsche Wisselbank« gegründet. (Das scharfe Vorgehen der katholischen Kirche gegen Wechsel und hohe Zinsen behinderte in den katholischen Staaten den Waren- und Geldhandel auf Wechsel.) Erst

Die Ausweitung des osmanischen Herrschaftsbereiches in Europa. *Rechts: Musiker des Janitscharenkorps, der aus christlichen Kriegsgefangenen und Söhnen christlicher Untertanen bestehenden osmanischen Elitetruppe. Die alttürkische Militärmusik mit ihren Perkussionsinstrumenten – große und kleine Trommeln, Kesselpauke, Becken, Triangel und Schellenbaum – fand seit dem 18. Jh. auch Einzug in die bis dahin schlagzeuglosen europäischen Hof- und Militärorchester. Miniatur aus einem türkischen Trachtenbuch. Um 1600. Kunstbibliothek, Berlin. Unten: Süleiman II., der Prächtige, schlägt die Ungarn am 29. August 1526 in der Schlacht bei Mohács. Mit dem Tod König Ludwigs II. von Ungarn, der nach seiner Niederlage auf der Flucht ertrank, zerbrach auch die letzte Hoffnung auf ein geeintes und unabhängiges Ungarn: Das Land geriet für 150 Jahre unter die Herrschaft der Osmanen. Miniatur. 1571. Österreichische Nationalbibliothek, Wien.*

__Türkische Machtentfaltung in der Blütezeit des Osmanischen Reiches.__ – Süleiman II., der Prächtige, nach der Schlacht bei Mohács. Seine Regierungszeit gilt als das goldene Zeitalter der osmanischen Geschichte. Topkapi Saray Museum, Istanbul. – Rechts außen: Mahl beim osmanischen Sultan. Die Lebenswelt am osmanischen Hof aus der Sicht des Freiherrn Johann Ludwig von Kuefstein auf seiner Botschafterreise nach Istanbul, 1628. Schloß Greillenstein bei Horn, Niederösterreich.
Unten: Aufriß der Stadt Konstantinopel zwischen 1580 und 1592 (Ausschnitt). Der mit der türkischen Eroberung 1453 in Istanbul (Istambul; neugrch. »is tim bolin«: »in die Stadt«) umbenannte Ort blieb fast 500 Jahre lang bis zur Abschaffung des Sultanats und der Gründung der türkischen Republik (1923) Hauptstadt des Osmanischen Reiches. Österreichische Nationalbibliothek, Wien.

A
N
Q
Q

Szenen aus dem Alltagsleben der osmanischen Gesellschaft. *Türkischer Harem (oben) und Brautzug (unten). Das Verhalten des einzelnen wurde vom »hadd«, einer persönlichen »äußeren Grenze«, bestimmt. Gouachemalereien des Freiherrn J. L. von Kuefstein von seiner Botschafterreise nach Istanbul, 1628. Schloß Greillenstein, Niederösterreich.*

1619 wurde die »Hamburger Girobank«, erst 1621 die »Nürnberger Girobank« gegründet.
Bis zum Ende des »Hundertjährigen Krieges« zwischen Frankreich und England (1339–1453) war Frankreichs Außenhandel von den *Messen in Genf* abhängig. König Ludwig XI. (R 1461–1483) verbot 1462 den Besuch der Genfer Messe, um das Geld im Lande zu halten, und wandelte den *Tuchmarkt in Lyon* in einen *Wechselmarkt* um. Seinen Aufschwung verdankt er vor allem den Florentiner Bankiers und Nürnberger Geschäftsleuten, darunter *Hans Kleeberger* († 1546), der nicht nur König Franz I. (R 1515–1547) bei Pavia das Leben rettete, sondern ihm auch mehrfach in finanziellen Klemmen beistand. Die Messebankiers verrechneten ihre Konten gegenseitig und glichen nur die Spitzen in bar aus. Hier wurden je nach Angebot und Nachfrage die Geldwechselkurse nach den verschiedenen Hauptplätzen (Venedig, Florenz, Mailand, Antwerpen usw.) festgelegt. Hier nahm die französische Krone Anleihen zum Kriegführen und zur Anwerbung von Schweizern auf, hier legte 1555 der Kardinal-Erzbischof von Lyon den »Grand Parti« auf, die erste öffentliche *Staatsanleihe* auch für kleine Sparer.
Die Habsburger Kaiser besorgten sich ihre Anleihen in *Antwerpen*, das seit 1530 vom Warenhandels- zum *Börsenplatz* geworden war. Während zuvor in Brügge und Venedig die einzelnen Nationen getrennt gehalten wurden, konnten jetzt in Antwerpens Börse Kaufleute jeglicher Sprache und Nation unbehindert handeln. Als Kaiser Karl V. während des »Schmalkaldischen Krieges« (siehe Seite 95) die Protestanten von diesem Börsenmarkt ausschließen wollte, protestierte seine Schwester Maria, Statthalterin der Niederlande, erfolgreich, weil sie den Zusammenbruch des Geldmarktes fürchtete.
Die Bankiers gerieten in diesen Jahrzehnten mit ihren Staatsanleihen zunehmend in die Hand ihrer fürstlichen Schuldner. So ließ König Philipp II. von Spanien (R 1556–1598) bei seinem ersten Staatsbankrott 1557 in Antwerpen 570000 fl. der Fugger beschlagnahmen, die dort Silber einer spanischen Flotte kaufen wollten. Antwerpens Wohlstand und Börse wurden aber nicht durch diesen Übergriff, sondern durch andere Ereignisse ruiniert: Tausende der tüchtigsten Bürger fielen seit 1567 der Verfolgung durch die Ketzergerichte zum Opfer oder wurden nach England und Holland vertrieben. 1576 und 1585 plünderten die spanischen Truppen die Stadt Antwerpen restlos aus.
Schließlich sperrten die Holländer die Scheldemündung

und erhoben so hohe Zölle, daß die Handelsschiffe fortan Amsterdam anliefen.

DER ABFALL DER NIEDERLANDE VON SPANIEN UND DIE FOLGEN

Ausschlaggebend für die Entscheidung der sieben nördlichen niederländischen Provinzen, sich in der »Utrechter Union« (1579) der Fremdherrschaft zu entziehen und sich förmlich von Spanien und dem Hause Habsburg loszusagen (1581), waren die Ketzerverfolgungen, die *Albas* (siehe Seite 154ff.) Soldaten mit großer Grausamkeit durchführten, die Furcht vor der Bildung neuer Bistümer und vor der Einführung der Inquisition; doch spielte auch der finanzielle Druck durch Steuern und Einquartierungen eine Rolle. In den Niederungsgebieten Hollands und Seelands kamen alle spanischen Niederwerfungsfeldzüge zum Stehen, weil die Einheimischen ihr Land lieber überfluteten und damit hohen Schaden trugen, als sich zu ergeben. Die traditionelle Acker- und Viehwirtschaft wurde ohnehin in den östlichen Provinzen des Staatenbundes (»Generalstaaten«) betrieben, während die Hauptmasse der 1,5 Millionen Einwohner in den zahlreichen Kleinstädten Hollands und Seelands von Handel und Handwerk lebten. Die Flüchtlinge aus Flandern und Brabant brachten mit ihrem Kapital und Können auch die Erfahrungen im Westhandel mit. *Amsterdam*, bis dahin mit der Massenfracht des Ostseehandels groß geworden, konnte nach dem Untergang Antwerpens das portugiesische Gewürzmonopol brechen und selbst in die Gewürzländer (Molukken) vordringen. Mitten im Krieg gegen das spanische Weltreich konnten die Vereinigten Niederlande dank der Überlegenheit ihrer Flotte ihre Wirtschaftsmacht begründen. Bis zu den 1664 und 1667 eingeführten merkantilistischen Tarifen des französischen Politikers und Finanzministers *Jean-Baptiste Colbert* (* 1619, † 1683) war der größte Teil des französischen Außenhandels in den Händen der Holländer, die zu den Frachtführern der westlichen Welt aufgestiegen waren. Selbst der Mittelmeerhandel wurde mit ihren Schiffen abgewickelt. Am meisten verdienten sie am Handel mit Getreide für Portugal, Spanien und Italien, dazu mit englischer Wolle und deutschem Leinenzeug dorthin und mit der Rückfracht Rohseide, Seidenstoffe, Alaun und feine Lederwaren. Geschädigt wurden die Schiffs- und Frachteigner bisweilen durch die *»Barbaresken«*, die Piraten der nordafrikanischen Küste, weshalb in Amsterdam die ersten *Schiffs- und Lebensversicherungen* abgeschlossen wurden; die Auslösung der in die Sklaverei verkauften Matrosen konnte mit einer Versicherung leichter erfolgen.

ENGLAND SASS AUF DEM WOLLSACK

Neben etwas Leder, Blei und Zinn führte England vor allem Wolle und zunehmend Dreiviertelfabrikate aus, die in Flandern und Deutschland dann verfeinert wurden. Im 16. Jahrhundert stieg die Wollproduktion gewaltig an, denn immer mehr Ackerland wurde für die Schafzucht eingehegt, zahlreiche Gemarkungen verschwanden zugunsten der Schafherden, die vom Landadel, aber auch von Kaufleuten und Tuchfabrikanten gehalten wurden, die bei der Aufhebung der Klöster durch König Heinrich VIII. (R 1509–1547) günstig an große Areale gekommen waren. Die Tucherzeugung nahm zu, als der Export von Rohwolle verboten wurde. Der Versuch König Jakobs I. (R 1603–1625), die Ausfuhr ungefärbten Tuches zu verbieten, scheiterte, weil englische Färber den Qualitätsstandard des Festlandes nicht erreichten. Erst im 18. Jahrhundert konnte England dank einer Einwanderungswelle mit gefärbten Tüchern gegen die holländische Konkurrenz antreten.

Literatur

Baasch, Ernst: Holländische Wirtschaftsgeschichte, Jena 1927
Haussherr, Hans: Wirtschaftsgeschichte der Neuzeit, Köln/Wien 1981[5]
Müller, Karl Otto: Welthandelsbräuche 1480–1540, Wiesbaden 1962
Nordmann, Claus: Oberdeutschland und die deutsche Hanse, Weimar 1939
Strieder, Jakob: Levantinische Handelsfahrten deutscher Kaufleute des 16. Jahrhunderts, Berlin 1919

Die Türken auf dem Gipfel ihrer Expansionsmöglichkeiten im Westen.
Türkisches Feldlager vor Wien in dem vom Pascha von Belgrad kommandierten Angriffsbereich. Das Scheitern dieser ersten Belagerung Wiens (27. 9.–15. 10. 1529) bestimmte den weiteren Verlauf der Südosteuropa-Geschichte. Federzeichnung (Ausschnitt) mit dem Titel »Vienna Obsessa a Solimanno a. D. 1529« von Barthel Beham.

Im Zeichen des Islam

Vorstoß aus Kleinasien

Die Eroberung Konstantinopels – Istanbul in der Tradition zweier Welten – Besetzung der Peloponnes und Vorstoß auf dem Balkan – Vor Belgrad – Mehmed II.: Glanz und Niederlagen – Die Herrschaft Bajezids II. – Konfrontation mit den Safawiden – Selim I. – Eroberung des Mamlukenreichs – Süleiman II., der Prächtige – Eroberung von Rhodos – Die Türken in Budapest – Zum ersten Mal vor Wien – Siebenbürgen – Ungarn geteilt – Kämpfe um die Vorherrschaft im Mittelmeer – Selim II. – Elitetruppe der Janitscharen – Aufeinandertreffen christlicher und islamischer Macht: Die Seeschlacht von Lepanto – Hoffnungsvolle Erkenntnis: die Osmanen sind besiegbar.

KARL KUNZE

Der Aufstieg der osmanischen Türkei zur Weltmacht 1453–1571

Der 29. Mai des Jahres 1453 – der Tag, an dem *Konstantinopel* (Byzanz), die altehrwürdige Hauptstadt des Oströmischen Reiches, von den Türken erobert wurde – gilt als einer der schwärzesten Tage in der Geschichte der Christenheit. Trauer und Bestürzung herrschten in Rom und Venedig sowie am Kaiserhof in Wien; Furcht und Schrecken ergriffen die Balkanvölker und die Bewohner der Inseln in der Ägäis, als sich die Schreckensnachricht verbreitete.

»Schon schwebt das Schwert der Türken über unserem Haupte. [. . .] Schon ist die Walachei in ihrer Gewalt. Von dort werden sie nach Ungarn und nach Deutschland eindringen«, schrieb *Enea Silvio de Piccolomini* (* 1405, † 1464, der spätere Papst Pius II.), seit 1442 Berater Kaiser Friedrichs III., an Papst Nikolaus V.

Der unaufhaltsame Siegeslauf der Türken war in der Tat beängstigend. In kaum hundert Jahren war aus einem unbedeutenden turkmenischen Fürstentum in Kleinasien unter seinem Führer Sultan *Osman I.* (R 1299–1326) und dessen Nachfolgern auf den Trümmern des Byzantinischen Reiches und des Reiches der Rum-Seldschuken (siehe auch Band 6) ein mächtiges Staatsgebilde entstanden. Um die Mitte des 14. Jahrhunderts hatten die Türken unter der Herrscherdynastie dieser Osmanen die Meerenge überschritten und ihre Hauptstadt nach *Adrianopel* verlegt. Sie eroberten *Thessaloniki, Sofia* und *Nisch* und zwangen Byzanz und viele andere Balkanstaaten zu hohen Tributzahlungen.

Wo immer christliche Heere ihr Vordringen aufhalten wollten, erlitten diese vernichtende Niederlagen. Die osmanischen Krieger schienen unbesiegbar zu sein.

ISTANBUL – DAS ERNEUERTE KONSTANTINOPEL

Die Eroberung Konstantinopels war dann der wichtigste Schritt auf dem Wege zur türkischen Großmacht. Sultan *Mehmed II.* (*Mehemmed, Mohammed;* R 1451–1481) – nun *Fatih*, d. h. Eroberer, genannt – war hinfort nicht nur Sultan der Türken und Vorkämpfer der islamischen Welt, sondern zugleich Nachfolger der oströmischen Kaiser. Er erhob Konstantinopel unter dem Namen *Istanbul* zur neuen Hauptstadt seines Reiches und bemühte sich, sie in ihrem alten Glanz wiedererstehen zu lassen. Er ließ alle geflohenen Einwohner zurückrufen und sicherte ihnen Leben, Eigentum und freie Religionsausübung zu. Um die Stadt zu bevölkern, ließ er mehrere Jahrzehnte lang einen Teil der Bewohner von Städten, die er erobert hatte, in die Hauptstadt umsiedeln. Aber auch freiwillig zogen Türken, Griechen und Juden aus allen Teilen des Reiches in die Hauptstadt.

Schon kurz nach der Eroberung ließ Sultan Mehmed II. von den wenigen in der Stadt verbliebenen Priestern den Mönch *Gennadios* zum Patriarchen (R 1454–1456, 1462–1463, 1464–1465) wählen und erwies ihm die gleichen Ehren, die byzantinische Kaiser dessen Vorgängern entboten hatten. Weil die Hagia Sophia inzwischen in eine Moschee umgewandelt worden war, wies er ihm die *Apostelkirche* als Amtssitz an. Wie die Griechen, so erhielten auch die armenische und die jüdische Gemeinde unter ihren geistlichen Oberhäuptern eine weitgehende Selbstverwaltung. Zum Großrabbiner erwählte Mehmed II. den ebenso frommen wie gelehrten *Mosche Kapsali.*

Die Türkei, die den Juden ein Leben ohne Diskriminierung oder wirtschaftliche und persönliche Beschränkungen ermöglichte, muß den Juden in anderen Ländern als ein wahres Paradies erschienen sein. So rief 1454 der in Deutschland geborene *Isaak Safarti* in einem Rundschreiben seine Glaubensgenossen im Reich auf, die »große Folterkammer« zu verlassen und in die so viel tolerantere Türkei auszuwandern.

Wenn auch die Eroberung des Byzantinischen Reiches eine tiefe Zäsur in der Geschichte Osteuropas bedeutet, so darf doch nicht übersehen werden, daß seine Kultur und seine Kirche im Osmanischen Reich weiterlebten. Die Türkei wurde mehr und mehr ein Vielvölkerstaat, dessen Gesicht nicht nur von türkischem und arabischem Erbe geprägt war, sondern auch von byzantinischer und slawischer Tradition. Seit Beginn der Neuzeit wurde die Türkei ein Faktor in der Politik der europäischen Staatengesellschaft und ein geschätzter Bundesgenosse Frankreichs im Kampf gegen das Haus Habsburg.

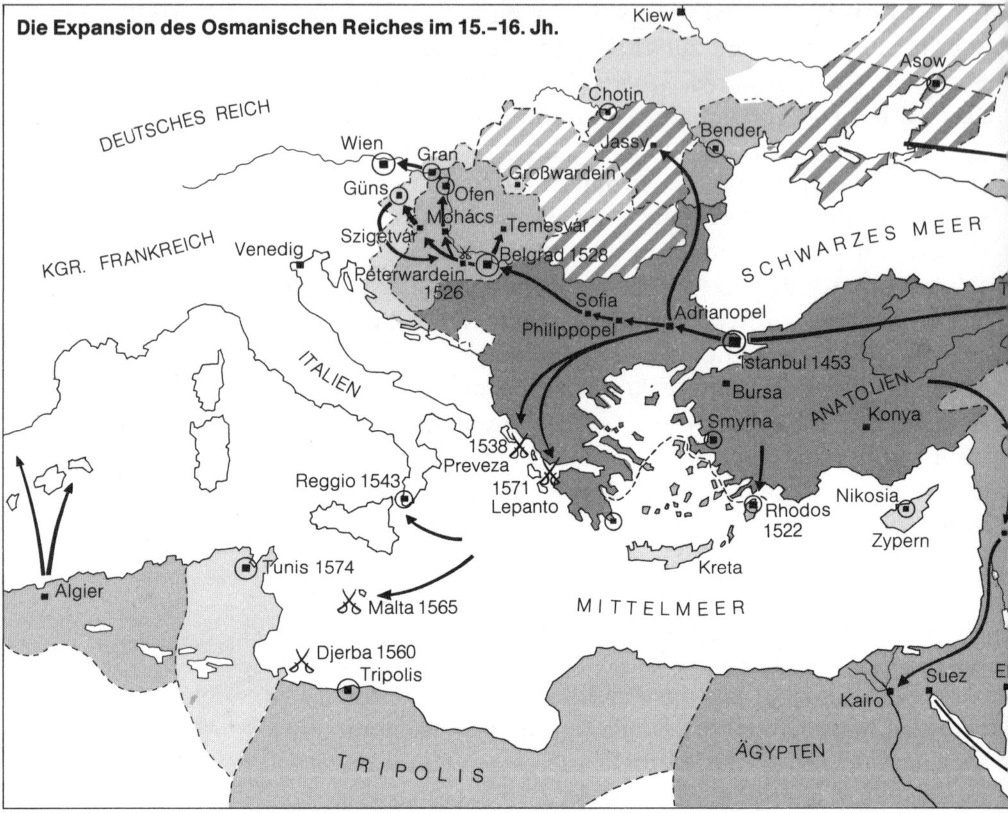

BESETZUNGEN IN DER ÄGÄIS – VORSTOSS AUF DEM BALKAN

Die Jahrzehnte, die auf die Eroberung Konstantinopels folgten, waren durch ein unaufhaltsames Vordringen der Türken in der Ägäis und auf dem Balkan gekennzeichnet. Die Uneinigkeit der christlichen Welt erleichterte es ihnen oder forderte sie dazu heraus. Auf der *Peloponnes* bekriegten sich die beiden Brüder des letzten byzantinischen Kaisers um die Herrschaft in *Morea.* Beide endeten als Flüchtlinge, *Thomas* am päpstlichen Hof in Rom, *Demetrius* als Mönch in einem Kloster. Ihr Land wurde türkisch, ähnlich wie die *Fränkischen Fürstentümer* in Athen, auf Lesbos und Naxos oder die Besitzungen der *Genuesen* auf der Krim und an der Küste des Schwarzen Meeres oder die *Venezianer* auf Negroponte (Euböa).

Auch das letzte christliche Reich weit im türkischen Hinterland, das *Kaiserreich von Trapezunt (Trabzon)* – ein »irdisches Paradies«, wie der gelehrte *Kardinal Bessarion* (* 1403, † 1472) seine Heimatstadt nannte – gewann Mehmed II. ohne größere Schwierigkeiten, weil dem letzten Kaiser aus dem Geschlecht der *Komnenen* (siehe auch Band 4) mehr an der Rettung seines Lebens und seiner Reichtümer lag als an der Verteidigung seiner wehrhaften und wohlversorgten Stadt. Wenige Jahre danach gelang

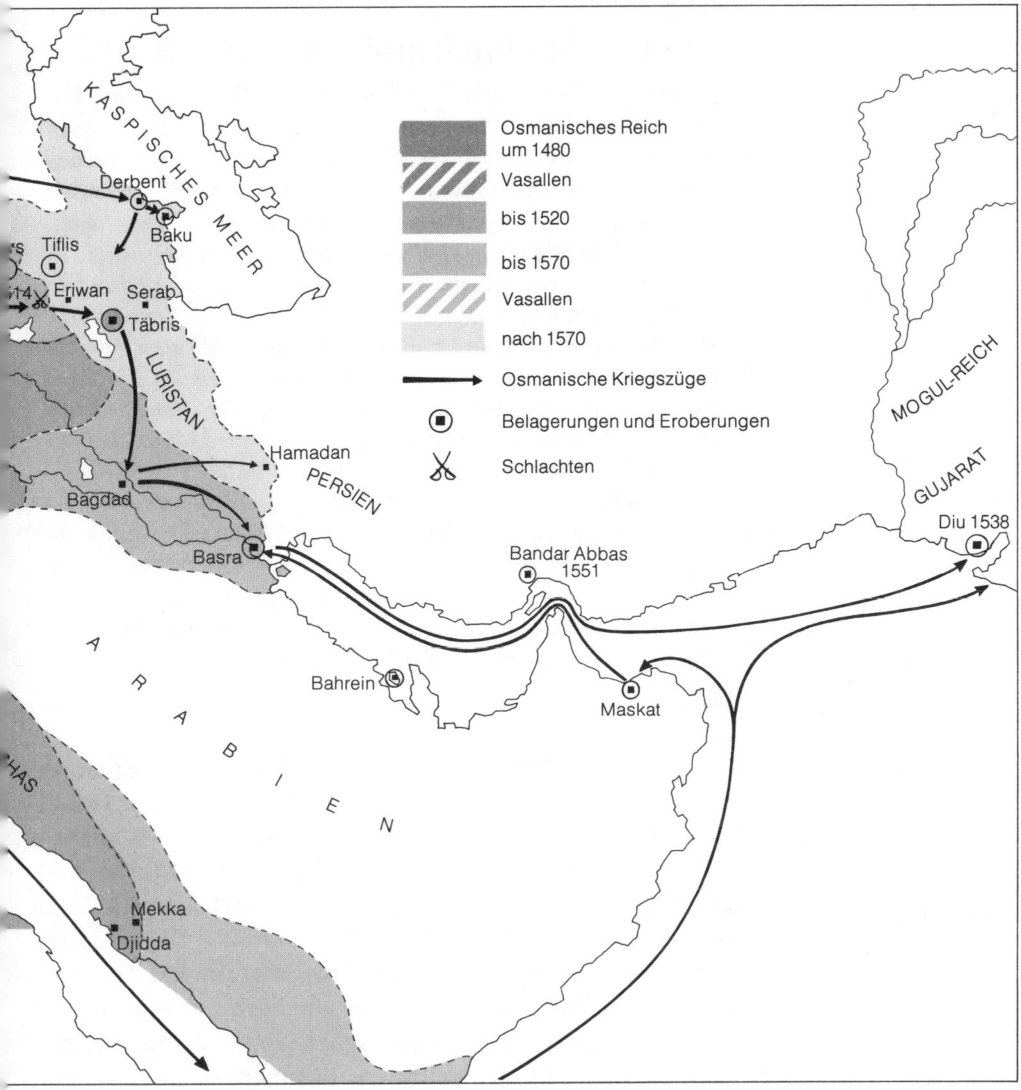

dem Sultan die Niederwerfung *Usun Hasans* (*Uzun H.;* R 1454–1478), des Fürsten von *Karaman*, des letzten islamischen Konkurrenten in Kleinasien, der mit dem Kaiser von Trapezunt und mit Venedig verbündet war.
Auch auf dem Balkan versuchte Mehmed II. weiter vorzustoßen. Mit einem großen Heer und der modernsten Artillerie seiner Zeit belagerte er 1454 die Festung *Belgrad*. (Fast alle Geschützgießer und Bedienungsmannschaften der Kanonen und Belagerungsmaschinen waren übrigens Christen, meist Ungarn, Deutsche oder Italiener.) Aber trotz der Überlegenheit an Menschen und Material scheiterte die Belagerungsarmee an der Tapferkeit der Verteidiger und des Entsatzheeres, das *Johann Hunyadi*, ungarischer Feldherr und Reichsverweser, herangeführt hatte.

Fränkische Fürstentümer auf der Peloponnes. *Nach Einfall der Normannen in Griechenland (Robert Guiscard 1080, Bohemund 1084, Roger 1146/47) nahmen auch fränkisch-französische Ritter während des »Lateinischen Kaiserreichs« (nach 1204) sich griechisches Land. Herrschaften schufen sich u. a. Bonifatius von Montferrat (Thessaloniki, Athen, Theben, Euböa) und sein Nachfolger Demetrius (1212 von Griechen vertrieben). Ritter Otto Delaroche begründete 1205 ein Herzogtum, das im 14. Jahrhundert an Venedig fiel. Wilhelm von Champlitte machte sich nach 1205 zum Fürsten von Achaia, das in Teilen unter Nachfolgern bis ins 15. Jahrhundert existierte. Besonders die Familie der Villehardouin konnte sich relativ lange behaupten, bis Sultan Murad II. 1446 die fränkischen Territorien besetzen und unterwerfen konnte. (Die Insel Naxos, die Kykladen und die Ägäischen Inseln wurden erst Ende des 15. Jahrhunderts den Venezianern durch die Türken abgenommen, Kreta und die Ionischen Inseln blieben im Besitz Venedigs.) An die fränkischen Ritterherrschaften erinnern noch heute auf der Peloponnes Burganlagen und u. a. die beeindruckende Ruinenstadt Mistra (Mystras).* *E. B.*

Die christliche Welt atmete erleichtert auf; der Sieg wurde im ganzen Abendland gefeiert, und *Papst Kalixt III.* (*Calixtus, Kallistos,* R 1455–1458) pries ihn »als das glücklichste Ereignis seines Lebens«. Auch der legendäre Volksheld Albaniens, der »Skanderbeg« (eigtl. Georg Kastriota, auch Iskenderbeg oder Fürst Alexander genannt, * 1405, † 1468), kämpfte gegen die türkischen Truppen mit Erfolg. Aber nach dessen Tod wurde *Albanien* wie vorher schon *Serbien* (1459) und *Bosnien* (1463) türkisches Gebiet. Scharen türkischer Reiter – die gefürchteten »Renner und Brenner« – wagten sich seit 1469 bis nach Österreich, Kärnten, Krain und in die Steiermark, ja bis in Sichtweite Venedigs vor und töteten, raubten und plünderten. Das Abendland aber war uneinig, die Kreuzzugsaufrufe der Päpste verhallten ungehört. So verpaßten die christlichen Mächte alle günstigen Gelegenheiten, die türkische Offensive erfolgreich abzuwehren.

MEHMEDS NIEDERLAGEN UND TOD

Aber auch Sultan Mehmed II. mußte erkennen, daß er die Grenzen seiner Macht erreicht hatte. Die Landung in *Apulien* und die Einnahme von *Otranto*, das Brückenkopf für die Eroberung Italiens werden sollte, erwiesen sich als Fehlschlag, noch mehr aber der Versuch, die *Johanniterritter* von der Insel *Rhodos* zu vertreiben. Etwa 600 Ritter und

Der berühmteste muslimische Herrscher aus europäischer Sicht. *Porträt Sultan Mehmeds II. von Gentile Bellini. Nach der Eroberung Konstantinopels war es Mehmeds wichtigstes innenpolitisches Ziel, die Stadt zum Zentrum des nunmehr mächtigsten islamischen Reiches zu machen. Um 1479. National Gallery, London.*

einige Tausend Soldaten und bewaffnete Stadtbewohner unter der Führung des Großmeisters *Pierre d'Aubusson* leisteten der etwa 100000 Mann starken und mit schwerster Artillerie und modernstem Belagerungsgerät versehenen Streitmacht der Türken so heldenhaften Widerstand, daß ihr Admiral *Mesih-Pascha*, ein zum Islam übergetretener Christ aus vornehmster Familie, nach furchtbaren Verlusten seiner Streitkräfte unverrichteter Dinge abziehen mußte. Als der Sultan im Frühjahr des Jahres 1481 wieder ein großes Heer sammelte, starb er überraschend. Die Vermutung, daß er vergiftet wurde, liegt nahe. Ob Venedig oder sein Sohn *Bajezid* hinter dem Anschlag steckte, läßt sich nicht sicher sagen.

Kurz vor seinem Tod war auf seine Bitte hin der berühmte Maler *Gentile Bellini* aus Venedig nach Istanbul gekommen und hatte ihn porträtiert. Das Bild zeigt den Eroberer als einen von den Strapazen der Feldzüge und von Krankheit früh gealterten Mann. Seine scharf geschnittenen Züge verraten Energie und Tatkraft. Der Künstler hat uns keinen orientalischen Tyrannen dargestellt, sondern eher einen Renaissancefürsten, wie ihn Niccolò Machiavelli später beschrieben hat. Sicher hat Bellini damit das Wesen dieses Herrschers treffend gekennzeichnet.

DIE NACHFOLGER MEHMEDS II. – BAJEZID II. UND SELIM I.

Die Regierungszeit von Sultan *Bajezid II.* (*Bayazet;* R 1481–1512) ist weniger durch Erweiterung als durch Konsolidierung der osmanischen Macht gekennzeichnet. Bajezid galt als fromm und weise und umgab sich gern mit Gelehrten. Er legte aber auch durch den Ausbau der Flotte den Grundstein zur osmanischen Seemacht und vertrieb

Text der Zeit

Griechische Chronik:
Die Türken erobern Mothoni (Modon) – 1499

Bayezid zog vor die Burg Mothoni, die gleichfalls den Venezianern gehörte, und belagerte sie Tag und Nacht mit Bombarden und Mörsern. Diese Mörser sind kurze Bombarden mit weiten Mündungen, wo man das Pulver und das Geschoß hineinsteckt; sie stehen senkrecht, und das Geschoß fliegt in die Höhe, und wenn es wieder herabfällt, zermalmt es die Häuser und Menschen und was immer es trifft. Diese Burg Mothoni also belagerte er mit Waffen aller Art, mit Bogen und die Janitscharen mit Flinten. Die Mauern von Mothoni sind hoch und stark, und drinnen lag eine starke Besatzung. Er konnte also die Burg nicht einnehmen und wollte schon aufgeben und abziehen, aber da kam ihm der Zufall zu Hilfe:
In den Hafen vor der Burg liefen drei venezianische Galeeren ein, mit Lebensmitteln, wie Zwieback, Mehl und Wein, und mit Pulver und anderem Bedarf, um der Burg zu helfen. Als die Mothonäer diese Galeeren sahen, machten sie sich allesamt auf – Kinder, Weiber und auch die Männer, die zur Wacht oben auf den Mauern standen – und liefen voller Freude zum Meer, um die Lebensmittel auszuladen. Der Morgen graute gerade, als die Galeeren eintrafen, und da sahen nun die Türken, die draußen vor der Burg standen, daß die Mauern verlassen und menschenleer waren. Sogleich legten sie Leitern an und schlugen auf jener Seite, wo die Mauern am schwächsten und niedrigsten waren, starke Haken ein; zuerst erstiegen die Janitscharen die Mauern und pflanzten kleine Fahnen, die sie mit sich führten, ringsum auf der Mauer auf. Die armen Mothonäer, die da am Ufer im Hafen zusammengelaufen waren, wußten noch nicht, daß die Janitscharen bereits die Mauern erstiegen hatten, in die Burg eingedrungen waren und ihre Fahnen aufgepflanzt hatten; da vernahmen sie plötzlich das Geschrei, das die Türken erhoben, und nun liefen sie hin mit ihren Waffen, aber wo sie hinkamen, stießen sie auf die Übermacht der Türken, und diese machten alles nieder und schleppten Weiber und Kinder hinweg. Die armen Mothonäer erschlugen oder fesselten und schleppten sie fort, gebunden wie Schafe.

Aus: »Osmanische Geschichtsschreiber«, Band 6: »Leben und Taten der türkischen Kaiser«. Anonyme vulgärgriechische Chronik. Codex Barberinianus Graecus 111 (Anonymus Zoras). Hg. u. Übers.: Richard F. Kreutel. Verlag Styria, Graz/Wien/Köln 1971

die Venezianer aus ihren letzten Stützpunkten auf der Peloponnes.
Sein Sohn *Selim I. Yavuz, d. h. »der Gestrenge«* (R 1512 bis 1520), erwies sich seinem Großvater Mehmed II. ähnlicher als seinem Vater. Um eventuelle Machtkämpfe innerhalb der Familie auszuschließen, ließ er seine beiden Brüder, deren sieben Söhne sowie vier seiner eigenen fünf Kinder umbringen, so daß nur der begabte *Süleiman* als Nachfolger übrigblieb.
Zur Zeit Selims I. war die osmanische Macht nicht nur mit dem Westen konfrontiert, sie mußte auch Entwicklungen im Osten beobachten.

Das Reich der Safawiden im Iran. *Unter den schwachen Nachfolgern des Mongolen-Khans Timur (Tamerlan, Timur Läng; R 1360–1405) erlebte Persien im 15. Jahrhundert eine Epoche der Wirren und Unsicherheit. In dieser Zeit gewann ein schon 1301 von Safi al-Din gegründeter schiitischer Mönchsorden in Ardabil (Nordpersien) nicht nur religiösen, sondern zunehmend auch politischen Einfluß. Scheich Dschunaid (R 1447–1460) und sein Sohn Haidar nutzten den Kampfgeist der militanten Derwische und formierten eine schlagkräftige Armee aus ihnen, die nach den eigenartigen Kopfbedeckungen, die sie trugen, »Kyzylbasch« (Rotköpfe) genannt wurden. Mit ihnen unternahm Haidar anfangs Raubzüge gegen die Christen des Kaukasus und wandte sich dann gegen die sunnitische turkmenische Horde des »Weißen Hammel«. Dabei erlitt er zwar eine schwere Niederlage, die ihn das Leben kostete, aber der Orden selbst überdauerte.*

Von 1500 an setzte der jüngste Sohn Haidars, der erst siebzehnjährige Schah Ismail I. (R 1502–1524), den Kampf fort und eroberte innerhalb weniger Jahre mit seinen »Rotköpfen« weite Teile Persiens. Als er sich dann nach Westen wandte, um gegen die Osmanen zu kämpfen, erlitt er allerdings 1514 in der Schlacht bei Tschaldyran eine schwere Niederlage. Ismail führte in Persien eine straffe Verwaltung ein und zwang die Bevölkerung, das schiitische Bekenntnis anzunehmen. Er wurde zum Begründer der Dynastie der Safawiden (Saffawiden, Safaviden, Sefewiden), die bis 1736 über Persien herrschte. Sein Sohn Tachmasp I. (R 1524–1576) setzte das Werk des Vaters fort und festigte die religiöse Macht der Schiiten. Im Kampf gegen die Osmanen verbündete er sich zeitweilig mit den Habsburgern.

Den Höhepunkt ihrer Macht erreichten die Safawiden bereits unter Abbas I., dem Großen (R 1587–1629). Er war gleichermaßen ein militärisches Genie wie ein hervorragender Organisator. Aus Europa holte er sich militärische Berater, die für ihn eine neuartige, treu ergebene Truppe organisierten, mit deren Hilfe er die Provinz Chorasan und den heutigen Irak eroberte und die Grenze gegenüber den Osmanen endgültig sicherte. Für Kunst und Wissenschaft zeigte er sich aufgeschlossen. Isfahan (Isphahan, Esfahan) erlebte unter seiner Herrschaft eine glanzvolle Bauepoche, deren Zeugnisse noch heute zu bewundern sind. Seinen Willen allerdings setzte er mit eiserner Härte und Grausamkeit, ohne Rücksicht auf Menschenleben durch.

Unter seinen Nachfolgern setzte im 17. Jahrhundert ein allmählich fortschreitender Niedergang ein. *H. P.*

Der religiös wie auch militärisch äußerst expansive persische Staat unter der schiitischen Dynastie der Safawiden wirkte durch seine schiitischen Wanderprediger auch nach

Osmanisches Militärwesen. – Nebenstehend: Türkischer Fahnenträger. Holzschnitt, 1576. – Rechts: Süleiman II., der 13 Feldzüge anführte und dem Osmanischen Reich eine neue innere Organisation gab. Zeitgenössische Miniatur. Bibliothèque Nationale, Paris.

Anatolien (Türkei) hinein und gewann einen großen Anhang. Selim I. betrachtete diese Entwicklung als eine Gefahr für seinen Staat, besonders für seine sunnitische Dynastie, und ließ alle Schiiten in seinem Land verfolgen und ausrotten. Auf einem Feldzug drang er tief nach *Aserbeidschan* vor und fügte *Schah Ismail* 1514 eine schwere Niederlage bei. Er ließ zahlreiche Gelehrte, Künstler und Handwerker aus den eroberten Gebieten nach Istanbul umsiedeln und schuf so die Voraussetzungen für den Glanz des »Goldenen Zeitalters« des Osmanenreiches.
Weniger schwierig, aber wirtschaftlich wie religiös und kulturell bedeutungsvoller war die Eroberung des *Mamlukenreichs* in Syrien und Ägypten. Im Jahre 1516 schlug er dessen Armee bei *Aleppo*, im Jahr darauf bei *Kairo.* Damit hatte Selim I. nicht nur sein Reich um das Doppelte vergrößert, sondern auch die Staatseinnahmen. Überdies hatte er damit auch *Mekka* und *Medina*, die heiligsten Stätten des Islam, gewonnen und das alte islamische Kerngebiet unter seine Herrschaft gebracht.
Auch aus Syrien und Ägypten kamen Gelehrte, Künstler und Verwaltungsbeamte nach Istanbul und prägten dem Vielvölkerstaat islamische Züge ein.
Als Sultan Selim nach nur achtjähriger Regierung unerwartet starb, waren alle Voraussetzungen erfüllt, daß sein Sohn das Reich auf den Gipfel seiner Macht führen konnte.

SÜLEIMAN – DIE TÜRKEN IN UNGARN UND VOR WIEN

Sultan *Süleiman II.* (*Süleyman,* türk.: S. I., R 1520–1566) – in der islamischen Welt der »Gesetzgeber«, im Abendland der »Prächtige« genannt – setzte die Eroberungspolitik im Mittelmeer wie auf dem Balkan fort. Schon ein Jahr nach

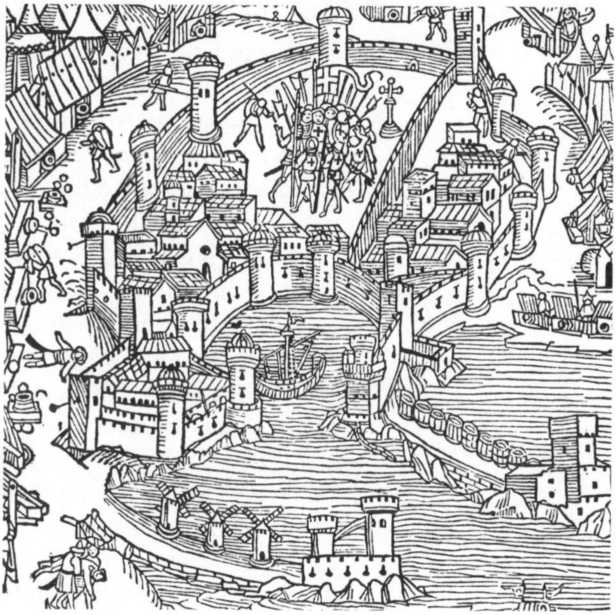

Regierungsantritt glückte ihm 1521 die Eroberung *Belgrads.* Knapp ein weiteres Jahr später setzte er mit Hunderten von Schiffen nach *Rhodos* über und belagerte die Hauptstadt. Nach 145 Tagen heldenmütiger Verteidigung gewährte der Sultan den Rittern und allen Stadtbewohnern die es wünschten, einen ehrenvollen Abzug. Mit der Insel Rhodos hatte Süleiman die Schlüsselposition im östlichen Mittelmeer gewonnen und *Venedigs Levantehandel* empfindlich getroffen. Bald darauf fiel der Sultan wieder in *Ungarn* ein. Sein sieggewohntes Heer schlug 1526 bei *Mohács* die Ungarn, deren junger König auf der Flucht umkam. Erzherzog *Ferdinand I.* (seit 1526 König von Ungarn und Böhmen, 1556–1564 Kaiser), der Schwager des Ungarnkönigs und Bruder Kaiser Karls V., trat sein schweres Erbe an.

Türkische Eroberungsfeldzüge. *Oben: »Die Angreifer Wiens im Jahre 1529«. Kupferstichblatt von Hans Guldenmundt. – Mitte links: Belagerung Wiens. Illustration des »Hüne-Nameh«, 1588. Topkapi Saray, Istanbul. – Mitte rechts: Belagerung von Rhodos, 1480. Zeitgenössischer Holzschnitt.*

Die Türken drangen weiter vor und besetzten *Buda und Pest*; der Weg nach Mitteleuropa war frei. 1529 erschien Sultan Süleiman II. mit einem Heer von 200 000 Mann vor *Wien*. Er ließ die Stadt einschließen und befahl nach mörderischem Artilleriefeuer und Minensprengungen, die schwer beschädigten Befestigungswerke zu stürmen. Doch die Verteidiger unter der Führung des siebzigjährigen, kriegserfahrenen *Niklas I. Graf zu Salm-Reifferscheid* (* 1459, † 1530) schlugen die Angreifer immer wieder zurück. Nach wenigen Wochen und nach Verlust eines großen Teiles seines Heeres mußte Süleiman die Aussichtslosigkeit seines Unternehmens einsehen und mit seinem Heer abziehen.

Die Habsburger wurden nun für mehr als zweihundert Jahre die Hauptgegner der Türken in Europa; Wien wurde zum Bollwerk der Christenheit gegen den Islam. Zunächst konnte König Ferdinand nur einen schmalen Teil Nordungarns zurückgewinnen, während der Sultan den habsburgfeindlichen *János Szápolyai (Johannes Zápolya)*, den Fürsten von Siebenbürgen, als Vasallenherrscher in Ungarn einsetzte (König 1526–1540). Nach dessen Tod kam es zu einer vertraglichen Regelung zwischen König Ferdinand und dem Sultan, die fast eineinhalb Jahrhunderte Gültigkeit behielt: Der größte Teil Ungarns wurde dem osmanischen Staat eingegliedert *(Türkisch Ungarn)*, *Siebenbürgen* blieb unter seinem Fürsten türkischer Vasallenstaat, ein etwa 100 Kilometer breiter Landstreifen im Westen und Teile der Slowakei im Norden verblieben bei Habsburg *(Kaiserlich Ungarn)*.

Friede herrschte an der Grenze nur selten. Immer wieder fielen türkische Reiterscharen in das habsburgische Gebiet ein und plünderten und verwüsteten Dörfer und Städte, bis es den Habsburgern gelang, serbische und kroatische Flüchtlinge zu günstigen Bedingungen an der Grenze anzusiedeln, die als Bauernmiliz das Gebiet, das sie nun bewirtschafteten, wirksam schützten.

KÄMPFE IM MITTELMEERRAUM

Im Mittelmeer waren die Türken weiterhin erfolgreich. Sultan Süleiman nahm dem türkischen Korsaren *Cheir ed-Din »Barbarossa« (auch Chaireddin oder Hayreddin)*, der sich in Algier festgesetzt hatte, als Generalkapitän in seine Dienste und gewann so 1515 die Herrschaft über die Küsten Nordafrikas, d.h. Algerien, Tunesien und Tripolis wurden Vasallenstaaten des Osmanischen Reiches. Im Jahre 1538 gelang es Cheir ed-Din, vor *Prevesa* eine spanisch-päpstlich-venezianische Flotte unter *Andrea Doria* zu schlagen und

Janitscharen *(türk. yeni çeri = neue Truppe) waren die Elitetruppe des türkischen Heeres. Sie bestand aus ehemaligen Christenknaben slawischer, albanischer oder griechischer Herkunft, die bei einer sogenannten Knabenlese ihren Eltern weggenommen und in einer Art von Kadettenanstalten zu fanatischen Kämpfern für den Islam erzogen wurden. Verpflichtet zur Ehelosigkeit und zum ausschließlichen Waffendienst, waren sie Sklaven des Sultans und bildeten seine Leibgarde. Bei besonderer Bewährung konnten ehemalige Janitscharen bis in die höchsten Ämter des Reiches aufsteigen. Ihr Führer, der Janitscharenaga, war Mitglied des Diwan, d. h. des Staatsrates, und übte oft großen politischen Einfluß aus. In Friedenszeiten waren die Janitscharen strengstem militärischen Drill unterworfen; trotzdem kam es immer wieder zu Meutereien. Unter Mehmed II. gab es etwa 12 000 Janitscharen, Süleiman I. erhöhte die Zahl auf etwa 40 000. 1826 ließ Sultan Mahmud II. wegen einer Revolte gegen eine Reform des Heeres nach europäischem Vorbild etwa 20 000–30 000 Janitscharen von regierungstreuen Truppen niedermetzeln (nach anderer Überlieferung nur die Anführer) und löste das Janitscharenkorps auf (bzw. verbannte die meisten Janitscharen).*

Raubzüge an den Küsten Italiens zu unternehmen. *Malta,* das Kaiser Karl V. 1530 den heimatlos gewordenen Johannitern zugewiesen hatte, konnten die Türken nicht einnehmen. Der Großmeister *Jean de la Valette* verteidigte 1565 die von den Rittern erbaute Festung drei Monate lang gegen eine vielfache Übermacht, bis ein Entsatzheer in höchster Not die Rettung brachte.

An der östlichen Front war Süleiman ebenfalls erfolgreich. Er führte persönlich drei Feldzüge gegen die Safawiden, und es gelang ihm die Eroberung *Bagdads* und des gesamten *Zweistromlandes.* Aber die Safawiden konnten sich in Persien als die zweite islamische Großmacht neben dem Osmanenreich behaupten. Unter Schah Abbas I., dem Großen (R 1587–1629), erlebte dieses Reich mit der Hauptstadt Isfahan eine kulturelle Blütezeit, die bis weit nach Europa hinein strahlte (siehe auch Kästchen Seite 299).

Mit Sultan Süleimans Tod 1566 brach die Reihe hervorragender Persönlichkeiten auf dem Sultansthron ab. Der Nachfolger *Selim II.* (R 1566–1574) erhielt den Beinamen »Trunkenbold«. Die ersten Anzeichen eines Niederganges zeigten sich. Korruption, Ämtermißbrauch, Intrigen einzelner Gruppen gegeneinander, Übergang der Macht des Sultans an den Großwesir, Rebellionen der »Janitscharen« und wirtschaftliche Schwierigkeiten waren die Folge der

Unwilligkeit und Unfähigkeit der Sultane, ihren Herrscherpflichten zu genügen. Unter dem tüchtigen *Großwesir Mehmed Sokoll Pascha* (R 1565–1579), einem geborenen Kroaten, gelang es dem Osmanischen Reich, seine militärische Stärke zu behaupten und den Venezianern die Insel *Zypern* trotz tapferer Gegenwehr zu entreißen.

Die unglaublich rasche und unaufhaltsame Machtentfaltung des Osmanenreiches erschien den Zeitgenossen unfaßbar und unheimlich. »Sollten die Türken eine Strafe Gottes für die sündige Christenheit sein?« so fragte man sich. Die wichtigste Triebfeder beim Aufbau dieser Weltmacht war sicherlich die islamische Auffassung vom »Heiligen Krieg« und die Verpflichtung des Moslem, die Welt der Herrschaft des Islam zu unterwerfen. Auf dieses Ziel hin waren alle politischen, administrativen, wirtschaftlichen und sozialen Einrichtungen ausgerichtet. An der Spitze des straff organisierten Staates stand der *Sultan*, dessen Macht praktisch unbeschränkt war. Die grauenvolle Sitte des Bruder- und Verwandtenmordes schützte das Reich vor Thronstreitigkeiten. Eine ununterbrochene Reihe von bedeutenden und zielbewußten Herrscherpersönlichkeiten von Osman bis Süleiman sicherten Erfolg und Kontinuität beim Werden eines Weltreiches. Mit den *Janitscharen* verfügten die Herrscher über eine fanatische und todesmutige Fußtruppe, deren Kriegsverluste sich jederzeit ergänzen ließen. Das *Lehnswesen* bildete die Grundlage für die hervorragende *Reitertruppe* der »Sipahis«. Eine zum Teil nach byzantinischem Vorbild organisierte *Finanzverwaltung* und die Ausbeutung der eroberten Länder sorgten für einen schier unerschöpflichen Staatsschatz. *Religiöse Toleranz* gegenüber der unterworfenen christlichen Bevölkerung und die Aufstiegsmöglichkeiten für alle Tüchtigen machten die besten Kräfte im ganzen Machtbereich für den Staat nutzbar. Dazu kam noch die Uneinigkeit der christlichen Staaten und ihre Unfähigkeit, günstige politische Situationen zu nutzen.

DIE SEESCHLACHT VON LEPANTO (1571) – EIN WENDEPUNKT?

Der Erfolg der türkischen Flotten im Mittelmeer bedrohte die Machtstellung Spaniens ebenso wie die Venedigs. Venedig hatte fast alle Stützpunkte in der Ägäis, Spanien fast alle in Nordafrika verloren. Kein christliches Schiff konnte ungefährdet Handel treiben; die Überfälle auf Küstenstädte in Spanien, Italien und dem Balkan mehrten sich. Ungezählte Christen wurden als Sklaven verschleppt oder als Galeerensklaven auf türkischen Schiffen verwendet. Da gelang es *Papst Pius V.* (R 1566–1572), mit Venedig und

Text der Zeit

Aus dem Bericht des Johanniter-Ritters Romegas über die Schlacht von Lepanto – 1571

Am 6. Oktober, zur Zeit der zweiten Wache, brach die Flotte von ihrem Hafen auf, der 15 Meilen von Lepanto entfernt war; dort befand sich die der Türken, die in derselben Nacht aufbrach; und am Morgen begegneten sich die beiden Flotten bei der Insel Curzolari. Die christliche nahm Schlachtordnung ein und rückte langsam gegen den Feind vor; das Admiralschiff löste einen Kanonenschuß und hißte die Kampfstandarte, deren eine das Bild des Gekreuzigten, die andere die heilige Jungfrau zeigte; auf der dritten waren die Wappen der Mitglieder der Liga. Als Don Juan d'Austria die ganze Flotte in rechter Schlachtordnung erblickt hatte, bestieg er eine Fregatte und besuchte alle Galeeren, die er zur Stunde erreichen konnte, um einem Jeden Mut zuzusprechen: dann kehrte er auf sein Admiralschiff zurück. [...]

Der Wind war zunächst den Christen ungünstig, wendete sich aber allmählich zu ihrem Vorteil, und gegen Mittag begann die Schlacht, zunächst auf dem linken Flügel der Christen; sowie sich aber die beiden Admiralschiffe bemerkt hatten, griffen sie einander heftig an, und ebenso alle die anderen in ihrer Gefolgschaft. Es entstand ein schwerer und schrecklicher Kampf, der drei Stunden dauerte; und ganz überraschend bemerkte man, daß die Christen den Sieg errungen hatten, vom linken Flügel des Kampfes ausgehend. Daraufhin wendete sich Don Juan d'Austria zum rechten Flügel und unterstützte die Christen, wo es nötig war. Und der Sieg wurde verfolgt bis zum Einbruch der Nacht. [...]

Don Juan d'Austria ließ am folgenden Morgen die Zahl der eroberten und versenkten Schiffe feststellen; sie stieg an bis auf 230. Der Feind verlor über 30000 Mann und eine ansehnliche Zahl von Gefangenen sowie 12000 befreite Christensklaven. [...] Die beiden Paschas des Heeres und der Flotte fielen in der Schlacht. [...]

Übertr.: G. Geißler

Spanien die »Heilige Liga« zum Kampf gegen den »Erzfeind der Christenheit« zu bilden. Die drei Mächte versprachen, eine große Flotte von über 200 Galeeren und 50000 Mann auszurüsten. Der Oberbefehl wurde 1568 dem Halbbruder König Philipps II. von Spanien, dem erst vierundzwanzigjährigen Sohn Kaiser Karls V. und der Regensburger Bürgerstochter Barbara Blomberg, Don *Juan d'Austria* (*Johann von Österreich,* * 1547, † 1578), anvertraut, der nicht nur eine strahlende Erscheinung war, sondern sich auch als ein ebenso mutiger wie taktisch geschickter Flottenführer erwies. Vor Messina trafen sich die Flotten.

Die Venezianer sandten 106 Galeeren und 6 große Galeassen unter ihrem Generalkapitän *Sebastian Venier*; das päpstliche Kontingent umfaßte 12 Galeeren und 2000 Fußsoldaten; Don Juan kam mit etwa 90 spanischen und neapolitanischen Galeeren sowie etwa 19000 Söldnern.

Bei *Lepanto (Naupaktos)* im Golf von Patras traf die christliche Flotte auf eine etwa gleichstarke türkische und stellte sie zum Kampf. Die Schlacht selbst war eigentlich eher eine auf See verlegte Landschlacht. Die gegnerischen Schiffe wurden geentert, und dann entspann sich ein mörderischer Kampf Mann gegen Mann. Den »Janitscharen« standen die spanischen »Tercios«, die besten Soldaten ihrer Zeit, gegenüber. Während die Artillerie keine entscheidende Rolle spielte, erwiesen sich die Handfeuerwaffen der Christen als äußerst wirkungsvoll. Stundenlang wurde auf den Decks der beteiligten Schiffe gekämpft. Endlich gelang es den christlichen Admiralsschiffen, das türkische Flaggschiff zu erobern und so die Schlacht zu entscheiden. Groß war die Beute: 117 Galeeren und viele Transportschiffe; groß waren aber auch die Verluste. Etwa 30 000 gefallenen oder gefangenen Türken standen 9000 tote christliche Streiter gegenüber.
Die militärischen und politischen Folgen des Sieges waren erstaunlich gering. Voltaire schrieb spöttisch, es scheine, als ob die Türken die Schlacht gewonnen hätten. Tatsächlich konnte infolge der einsetzenden Herbststürme und der großen eigenen Verluste der Feind nicht weiter bedrängt werden. Außerdem waren die Spanier nicht an einem Machtzuwachs ihres venezianischen Verbündeten interessiert, sondern richteten ihr Augenmerk vielmehr auf die Niederwerfung der rebellierenden Niederlande (siehe auch Seite 154). So mußte Venedig 1573 einen wenig ehrenvollen Frieden mit dem Sultan schließen.
Und doch war der Sieg der christlichen Mächte von weltgeschichtlicher Bedeutung. Der spanische Dichter Cervantes, der bei Lepanto verwundet worden war, nannte die Schlacht eine glänzende Widerlegung des furchtsamen Glaubens an die Unbesiegbarkeit der Osmanen.

Literatur

Babinger, Franz: Mehmed der Eroberer und seine Zeit. Weltenstürmer einer Zeitenwende, München 1987[2]

Grunebaum, Gustave Edmund von: Der Islam II. Die islamischen Reiche nach dem Fall von Konstantinopel, Frankfurt a. M. 1971 (= Fischer Weltgeschichte, Bd. 15).

Peters, Richard: Die Geschichte der Türken, Stuttgart 1961

Schweizer, Gerhard: Die Janitscharen. Geheime Macht des Türkenreiches, Salzburg 1984

Türkische Kunst und Kultur, Ausstellungskatalog, Bd. 1, Recklinghausen 1985

Südasien – Tradition und Neuerung

Wer waren die Moguln? – Bezug auf die Mongolen-Herrscher Tschingis Khan und Timur – Herrschaftsgründung in Nordindien – Die Rolle der Portugiesen in Indien – Von Babur bis Akbar: die Könige und Kaiser der Mogul-Dynastie – Toleranz und Achtung fremder Religionen – »Haus der Religionen« – Die Sikhs – Die Marathen – Prachtentfaltung der Mogulherrschaft – Selim und Jahangir – Aurangseb und die Portugiesen – Europäische Kolonialherrschaft – Mogul-Kunst mit persischen Wurzeln – Schönheit der Mogul-Architektur und Gartenkunst – Wasser und das Grün der Vegetation: Sinnbilder des Paradieses – Die großen Mausoleen – Taj Mahal – Farbenpracht der Miniaturmalerei.

GERHARD STEINBORN

Indien zur Mogulzeit

Im 16. bis 18. Jahrhundert stellten die Europäer die Mogul-Herrscher Indiens, deren Name von persisch *mughul* (»Mongole«) kommt, in eine Reihe mit den »Welteroberern aus den großen Steppen«: *Tschingis Khan, Timur (Tamerlan),* Marco Polos *Kubilai Khan (Kublai Chan)* in China und dem spätantiken *Attila (Etzel),* dem Hunnenkönig.

Dieses Erklärungsmuster für Eroberungen und Überschichtungen wurde im 19. Jahrhundert auch auf die Vor- und Frühgeschichte des Orients übertragen, wobei man in das hypothetische Geschichtsbild des Nahen Ostens vermutete Eroberer aus der arabischen Wüste (nach dem Muster der islamischen Expansion) einfügte. Erst als eine genauere Chronologie dieses schematische Geschichtsbild in immer mehr Einzelfällen widerlegte, konnten sich andere Deutungen historischer und kulturhistorischer Umbrüche durchsetzen (siehe auch Band 3, Anhang).

Der Kunsthistoriker Daniel Schlumberger sah vor einigen Jahrzehnten überall – vom Mittelmeer bis nach Indien – Einflüsse der »ritterlichen Parther« (bzw. Nachwirkungen ihrer Kultur). Auch dies war ein Mißverständnis. Die von Schlumberger behandelten Gemeinsamkeiten beruhten auf dem internationalen Karawanenhandel. Eine Klasse von Großgrundbesitzern am Rande der Karawanenrouten, die meist zugleich Stammesführer waren, kassierte »Schutzgelder« oder beteiligte sich am Handel. Mit den Einnahmen stieg ihr Einfluß; schließlich gehörten sie zu den Großen der antiken Reiche oder waren Anführer von Stammesföderationen. Parther, Sassaniden, Römer und Kalifen mußten sich mit diesem ›Karawanenadel‹ arrangieren, dessen Rivalitäten zu Kriegen und Bürgerkriegen führten. Die Ver-

Linke Seite: ***Islamische Dynastie turkomongolischer Herkunft.*** *Türkische Stämme schlachten im Lande Argun-Kun die Stammesbevölkerung ab, aus der einst auch Tschingis Khan kam. Der als Nachkomme Timurs mütterlicherseits weitläufig von Tschingis Khan abstammende Reichsgründer Babur war ein Osttürke. Das Osttürkische (Tschagatai) war – neben Persisch und Arabisch – Landessprache.*

lierer in diesen Auseinandersetzungen zogen sich in vielen Fällen über Afghanistan nach Indien zurück und gingen in der Hindu-Gesellschaft (wie die Rajputen/Radschputen) auf oder gehörten später zu den Gründern islamischer Sultanate (siehe auch Band 6).

Zu dieser ethnisch sehr gemischten Krieger-Schicht gehörten auch die Vorfahren der Mogul-(oder Moghul-)Kaiser: *Timur*, mit dem Beinamen *Läng (Tamerlan)*, dessen offizieller Stammbaum auf einen Sohn Tschingis Khans zurückreichte, war ein iranisierter Tschagatai-Türke, der die Mongolen bekämpfte, bis er selbst zum Führer einer mongolischen Stammesgruppe wurde. Seine Nachkommen, die in Indien die Mogul-Herrschaft begründeten, waren kulturell (und überwiegend der Abstammung nach) Perser.

DIE BEGRÜNDUNG DER MOGUL-HERRSCHAFT

Nach einem Kriegszug Timurs in den Jahren 1398/99 waren die meisten nordindischen Sultanate seine Vasallen geworden. In *Delhi* setzte er *Khizr Khan Sayyid* als Vizekönig ein (Sultan von 1414–1421). Dessen Sohn *Mubarak* übernahm den Sultantitel und versuchte, sich unabhängig zu machen. Mubaraks Neffe und Adoptivsohn *Muhammad* (R 1434–1444) verbündete sich mit *Bahlol Lodi*, dem Statthalter von *Sarhind*, gegen die rebellischen Großen seines Reiches und gab ihm nach dessen Sieg über Sultan *Mahmud von Malwa* die eroberten Gebiete als Lehen. Der letzte Sayyiden-Herrscher dankte 1451 zugunsten Bahlols ab.

Die Lodi-Dynastie konnte nach und nach ihre Herrschaft über den größten Teil Nordindiens ausdehnen. Als *Ibrahim Lodi* aber unzuverlässige Offiziere und Beamte gefangensetzte, riefen die Emire *Babur* (auch *Baber, Babar* oder *Zahir uddhin Mohammed,* * 1483, † 1530), einen Nachkommen Timurs, zu Hilfe. Dieser war aus Samarkand vertrieben worden und schuf sich nun von Kabul aus mit seiner Kavallerie und Artillerie in Indien ein neues Reich.

WECHSELNDE INDISCHE STAATEN

Die meisten islamischen Staaten Indiens waren von Eroberern gegründet worden, zu den Ausnahmen zählte das 1392 von *Muzaffar Khan,* dem Sohn eines zum Islam bekehrten Rajputen, gegründete *Sultanat von Gujarat (Gudscharat)*, das häufig Krieg gegen das benachbarte Malwa führte. *Mahmud I.* (R 1458–1511) besiegte schließlich mehrere hinduistische Kleinstaaten, machte deren Heiligtümer dem Erdboden gleich und zwang die Rajas, sich zum Islam zu bekehren.

Ein anderes islamisches Reich war das *Sultanat von Dekan*

Indien zur Mogulzeit

1414–1451	Herrschaft der Sayyiden in Delhi
1498	Ankunft der Portugiesen
1510	Niederlassung der Portugiesen in Goa
1526	Babur gründet das Mogulreich
1556	Akbar wird Großmogul
1599	Gründung der Ostindien-Kompanie
1605–1627	Mogul-Kaiser Jahangir (Dschahangir)
1628–1658	Mogul-Kaiser Shah Jahan (Schah Dschahan)
1658–1707	Mogul-Kaiser Aurangseb (Aurangsib)

(Dekhan, Deccan), in dem 1347 die *Bahmani-Dynastie* an die Macht kam. Es war häufig in Auseinandersetzungen mit *Vijayanagar (Widschajanagara),* dem stärksten Hindu-Reich verwickelt, das sich nach Norden ausdehnte. Ende des 15. Jahrhunderts spalteten sich die Fürstentümer *Bidar* (1498), *Bijapura* (*Bijapur,* 1498), und *Golkonda* (*Golakonda, Golconda,* 1518) vom Dekan-Reich der Bahmani ab.

DIE PORTUGIESEN IN INDIEN

Die Portugiesen wollten das Monopol der muslimischen Gewürzhändler sprengen. Sie errichteten befestigte Stützpunkte, um den Gewürzhandel in *Java* und auf den *Molukken* zu kontrollieren und der Konkurrenz den Weg von Südindien nach Ägypten und zum Persischen Golf abzuschneiden. Seit 1505 war *Francisco de Almeida* (R 1505–1510) erster portugiesischer Vizekönig von Vorderindien. *Afonso de Albuquerque,* Vizekönig in Ostindien (R 1509–1515), eroberte 1510 *Goa* an der Westküste Indiens, das durch die Privilegien der portugiesischen Krone einen großen Aufschwung nahm.
Die Portugiesen eroberten zwar nur relativ kleine Gebiete, gewannen aber großen Einfluß auf die Geschichte Indiens zu Beginn der Neuzeit: Dem Dekan-Staat der Bahmani wurde durch den Verlust von Goa der Nachschub an Pferden und Waffen blockiert. Dessen Lage wurde zusätzlich verschlechtert, als sich Vijayanagar mit den Portugiesen verbündete. (Aus der Mischbevölkerung der portugiesischen Stützpunkte in Indien gingen übrigens die *Luso-Inder* [Goaner] hervor, die als katholische Händler und Facharbeiter heute über ganz Indien verbreitet sind.)
Als sich die Spannungen zwischen den Dekan-Sultanaten und Vijayanagar zuspitzten, kam es zur Schlacht von *Tali-*

kota (1565), in der eine Million Soldaten erbittert gegeneinander fochten. Das Heer von Vijayanagar wurde geschlagen, das hinduistische Südindien zerfiel ebenso wie der Norden in viele Kleinstaaten, und hinduistische Herrscher spielten für zweihundert Jahre keine Rolle mehr. Der Ausdehnung des Mogulreiches stand nichts mehr im Wege.
Zu einer zusätzlichen politischen Machtverschiebung kam es, als auf einer Fahrt zu den Malediven ein portugiesischer Kapitän zufällig nach *Ceylon* gelangte. Der König von Kotte *Parakrama Bahu VIII.* (R 1484–1509) lud die Fremden an seinen Hof und schloß 1505 mit ihnen einen Allianzvertrag gegen die Bedrohung durch die islamischen Staaten Indiens. Die Portugiesen errichteten einen Flottenstützpunkt und erhielten einen jährlichen Tribut an Zimt.

VON BABUR BIS AKBAR – AUFSTIEG DES MOGUL-REICHES

Babur war nicht nur ein fähiger Feldherr und Staatsmann, sondern auch ein literarisch und wissenschaftlich gebildeter Mann. Seine Memoiren sind bis heute eine wertvolle Quelle der Geschichte Asiens. (Beim Sieg über die Rajputen 1527 erbeutete er übrigens in Agra den berühmten Diamanten *Kohinor.*) 1530 starb Babur in Agra an einem Fieber.
Baburs Söhne teilten sich das Reich: *Humayun* (*Humájún,* R 1530–1539 und 1554–1556), der Älteste, erhielt das Sultanat von Delhi, *Kamran* Afghanistan und den Punjab (Pandschab), *Askari* das Gebiet der Rajputen. Humayun war ein in ritterlichen Traditionen aufgewachsener persischer Edelmann, der die Jagd liebte und seine Feinde statt – wie es zeitgemäß war – mit der Artillerie lieber mit spektakulären Reiterangriffen besiegen wollte. Er hatte Erfolge in den Kriegen gegen *Mahmud Lodi* in Jaunpur und *Bahadur Shah* von Gujarat, aber er feierte jedesmal so ausgiebig seine Siege, daß sich die Feinde erholen konnten; und da er großzügig die Beute (Gold und Waren aus Europa) an seine Günstlinge verteilte, ohne sich andrerseits genügend um die Besteuerung der besetzten Länder zu kümmern, so fehlte ihm bald das Geld für eine schlagkräftige Armee.
Die afghanischen Adligen scharten sich um *Sher Khan Sur* (*Scher Scháh* oder *Schirkhan,* * 1452, † 1545), einen Offizier Baburs, der sich in *Bihar* unabhängig machte und Bengalen eroberte. Da dadurch Humayun seine Macht von Osten her bedroht sah, griff er Sher Khan an, der zuerst jeden Zusammenstoß vermied, dem Heer Humayuns die Versorgung abschnitt und es dann vernichtete. Humayun floh zum Schah von Persien, da ihm sein Bruder in Kabul kein Asyl gewährte.

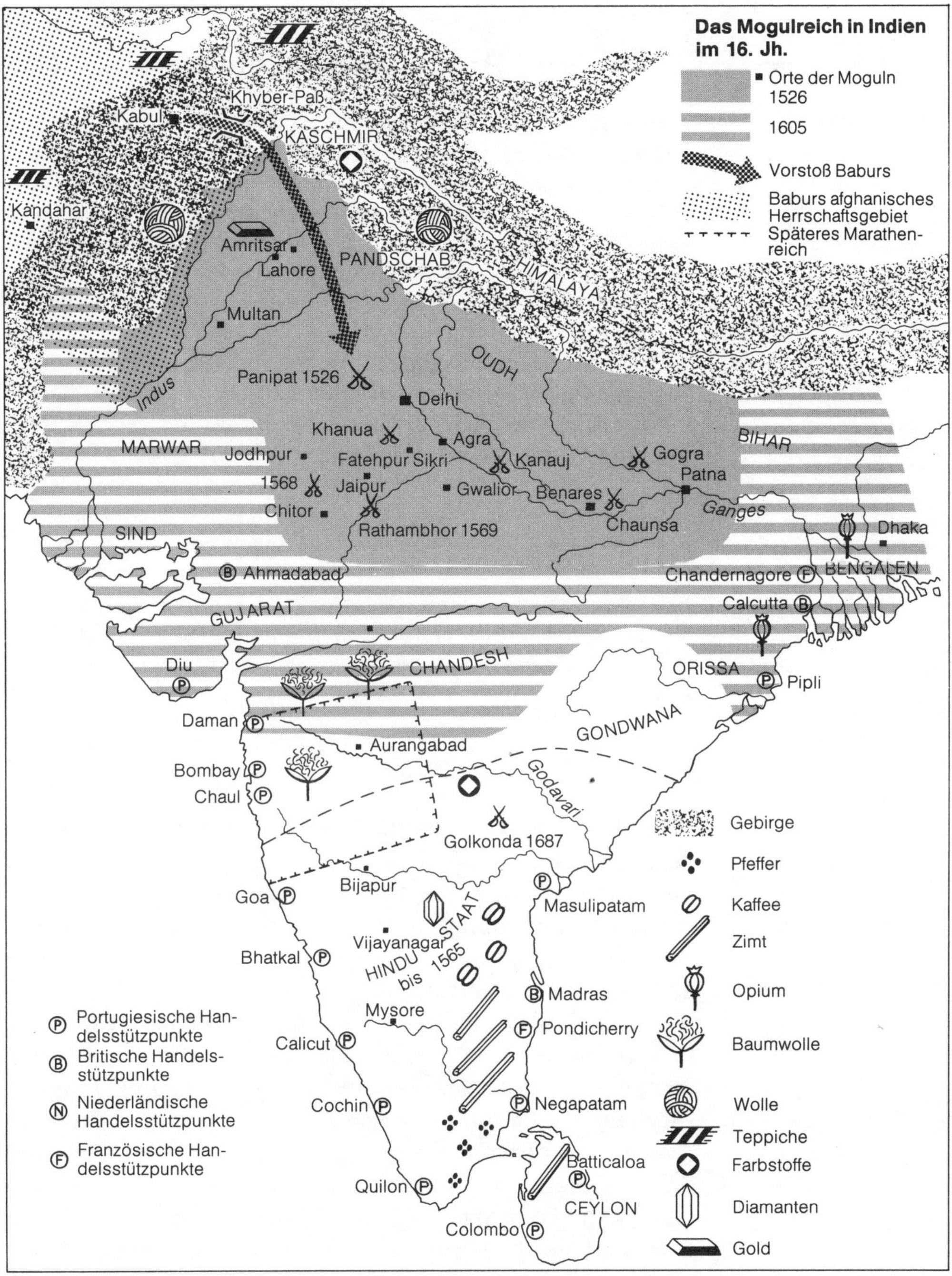

Sher Khan regierte von 1540–1545 in *Delhi* und schuf eine zentralisierte Verwaltung, die von Hindu-Beamten geleitet wurde. Er schaffte die drückendsten Steuern ab, begünstigte den Handel durch die Aufhebung von Zöllen und schuf ein weitverzweigtes Straßennetz mit Nachtquartieren für die Reisenden. Die Provinzen wurden in leichter zu kontrollierende Kreise aufgeteilt. In seinem Staat sollten

Begriffe und Namen

Bhakti-Bewegung: Hinduistische, aus Südindien seit dem 9. Jahrhundert nach Norden sich ausbreitende Sekte, die Hingabe und Liebe zu einem Gott lehrt (aus dem Sanskrit von bhakti = Liebe, Hingabe). Besonders verbreitet in Bengalen. Vor allem die Liebe zu den sogenannten »Gnadengottheiten« (Shiva, Vishnu u. a.) soll neben den Wegen der Erkenntnis und der erbrachten Werke einen weiteren Zugang zur Erlösung bringen.

Sufis: Mitglieder einer asketisch-mystisch orientierten islamischen Gemeinschaft mit Bruderschaften und Orden (Derwisch-O.), die durch ekstatische Erregung oder mystische Versenkung nach Überwindung der Trennung von Gott suchen. Indische Religionsinhalte und philosophische Ideen der griechischen Welt (Neuplatonismus) hatten Einfluß auf die Sufis, die nach ihrem weißen Wollgewand (sufi = weiß) benannt wurden. Viele Sufis werden als Heilige verehrt.

Synkretismus: Von griech. synkretizein = verbinden. Die Verbindung oder Verschmelzung unterschiedlicher Religionen oder von religiösen Elementen oder philosophischen Lehren. E. B.

sich alle Religionen und Kulturen entfalten können. Diese Reformen waren die Grundlage für die Macht und Größe des späteren Mogulreiches, das erst, als man von seinen Grundsätzen abging, zerfiel. Dieser fähige Staatsmann wurde bei der Belagerung von Kalingar durch ein explodierendes Geschütz getötet.

Der von Sher Khan besiegte und nach Persien geflohene Humayun nutzte die Entwicklung und fiel mit einer vom Schah von Persien überlassenen Armee von 10 000 Mann in Afghanistan ein und besiegte dort seinen Bruder Kamran. Wegen der Thronwirren unter den Nachkommen Sher Khans gelang es ihm auch, Delhi und Agra wieder in seinen Besitz zu bringen. Als er kurz darauf in seinem Palast eine steile Treppe hinunterfiel und starb, wurde am 14. Februar 1556 sein vierzehnjähriger Sohn *Akbar* (R 1556–1605) auf den Thron gesetzt. Dessen Herrschaft wurde zu einem Höhepunkt der Mogulzeit.

DER ERSTE »GROSS-MOGUL«

Von der kommenden Größe und Macht war bei der Thronbesteigung noch nichts zu erkennen. Zahlreiche Vasallen erklärten ihre Unabhängigkeit, und die verbliebenen Ge-

Aus der Chronik eines der größten indischen Herrscher. *Akbar, bewundert als Bezwinger des wilden Elefanten Hawai (nicht im Bild). Eine der Jugendtaten des Mogulkaisers, der seinem Biographen anvertraute, er habe mit Absicht gefährliche Elefanten bestiegen, um sich der Gnade Gottes zu überlassen. Miniatur aus dem »Akbar-Nameh«, Victoria & Albert Museum, London.*

biete um Delhi und Agra wurden Akbar noch im gleichen Jahr von *Hemu (Himun)*, einem ehemaligen Jaina-Minister der Nachfolger Sher Khans abgenommen; er nahm den Titel eines Raja (Radscha) an. Der junge König Akbar wollte daraufhin nach Afghanistan fliehen, aber sein Vormund *Bairam Khan* (R 1556–1560), ein Offizier Humayuns, besiegte Hemu.

Das Mogul-Territorium erstreckte sich nun wieder vom Indus bis Bihar; und einige vorgeschobene Festungen lagen im Gebiet der Rajputen (Radschputen, siehe auch Band 6). Um sich mit diesen zu verständigen, heiratete Akbar 1562 eine Rajputen-Prinzessin. Von der Geburt (1569) seines Sohnes *Jahangir* (*Dschahangir,* R 1605–1627), der Mogul und Rajpute zugleich war, erhoffte er den Beginn einer neuen Ära.

Die Sikhs. *Die Lehren und Bestrebungen der indischen Bhakti-Bewegung und der Sufis wiesen viele Gemeinsamkeiten auf und näherten sich einander an. Beide Gemeinschaften glaubten an die Notwendigkeit einer mystischen Vereinigung mit Gott (Brahma) unter der Anleitung eines pir (bzw. guru), die Liebe galt als Basis des Verhältnisses zu Gott. Frühe Wegbereiter oder Vertreter dieser religiösen Bewegung waren der Dichter Kabir (*1440, †1518), der in Benares lebte und sich als »Kind Allahs und Ramas« bezeichnete, sowie der Reformer Nanak Sadhu (*um 1469, †1538/39). Nanak schloß sich den Sufis an, wanderte durch Indien und soll sogar in Mekka gewesen sein. Seine synkretistische Lehre ist im heiligen Buch »Adi Granth« enthalten. Im Jahr seines Todes gründeten die muslimischen und hinduistischen Anhänger (vor allem Handwerker, Bauern und Gelehrte) seiner Religionslehre die Gemeinschaft der Sikhs.*

Die Sikhs glauben an einen allmächtigen Gott, der die Welt geschaffen hat und allen Menschen Heil bietet. Propheten und hinduistische Inkarnationen sind von ihm gesandt. Ferner glauben die Sikhs an die Seelenwanderung, das Nirvana und die Vereinigung mit Gott, zu der Glauben, Liebe und ein untadeliger Lebenswandel führen (siehe auch Band 6). Im Einklang mit der Forderung nach sozialer Gleichheit tragen alle Sikhs den Familiennamen Singh. Die Sikhs erfreuten sich der Sympathie Kaiser Akbars, der ihnen in Amritsar ein großes Grundstück schenkte, auf dem Ende des 16. Jahrhunderts der »Goldene Tempel« errichtet wurde.

In der Regierungszeit von Akbars Sohn Jahangir (Dschahangir = pers. »Eroberer der Welt«, R 1605–1627) war der Führer der Sikhs, der Guru Arjan Mal, in eine Revolte verwickelt. Er wurde hingerichtet. Daraufhin gaben sich die Sikhs unter Guru Govindh Singh eine militärische Organisation und gründeten im 17. Jahrhundert einen eigenen Staat, der zu einer Bedrohung für das Mogul-Reich wurde. Im heutigen Indien sind viele Sikhs Offiziere und reiche Geschäftsleute. Noch heute gibt es starke Tendenzen zu einer Autonomie. Bei der Bekämpfung nationalistischer Sikh-Extremisten wurde der Goldene Tempel durch indische Unionstruppen besetzt, was Anlaß für die Ermordung der indischen Premierministerin Indira Gandhi 1984 war.

Aber die Kämpfe gingen auch nach der Eroberung von *Chitorgarh (Chizor)*, der Hauptstadt der Rajputen-Föderation (1568), weiter, erst 1573 waren auch die Rajputen des Himalaya unterworfen. Die Rajas mußten ihre Töchter in Akbars Harem schicken. Die Kinder bildeten später einen neuen Misch-Adel.

Um sein Reich zu verwalten, zu dem seit 1575/76 auch Bengalen gehörte, umgab sich Akbar mit fähigen Beamten so-

Grausamer Feldherr und Verehrer des Schönen: Babur, der erste Mogulkaiser in Indien. *Lesender Babur. Der Kenner und Liebhaber der Literatur, der mit seinem Sieg über die Lodi-Dynastie in der Schlacht bei Panipat (21. 4. 1526) den Weg zur Gründung des Mogulreiches ebnete, war selbst ein begabter Dichter: Seine Autobiographie stellt das berühmteste klassische Werk tschagatai-türkischer Prosa dar. Miniatur des Hofmalers Bishan Das. Samarkand. British Museum, London.*

Indien unter dem Einfluß islamischer Lebensgewohnheiten: Die Pflege der Gartenkultur. *Babur überwacht die Gestaltung eines seiner geliebten Gärten (bagh), die zumeist auf rechteckigem Grundriß (charbagh) angelegt und in der Regel stark befestigt wurden. Die Zwischenfelder der von Wasserkanälen durchkreuzten Grünfläche bepflanzte man mit Tulpen, Narzissen und Hyazinthen. Spätes 16. Jh. Staatsmuseum für Orientalische Kunst, Moskau.*

Akbar der Große: Bemühung um eine Verschmelzung des Islam mit dem Christentum. *Die Jesuitenpatres Rudolf Aquaviva und Francis Henriquez diskutieren mit moslemischen Gelehrten vor Akbar in der 'Ibadat-hana seines Palastes zu Fatehpur Sikri. Der Mogulkaiser versuchte, die Gegensätze im Innern seines Reiches durch eine Einheitsreligion (Din Ilahi) aufzuheben. Miniatur von Nar Sing in einer Akbar-Nameh-Handschrift. 1605. Chester Beatty Library, Dublin.*

Jahangir: Mogulkaiser mit zwiespältiger Persönlichkeit. *Jahangir umarmt Schah Abbas von Persien, ein Traum des Mogulherrschers anläßlich der Eroberung Kandahars durch die Safawiden. Um seinem Kaiser zu gefallen, stellte der Maler Abu'l Hasan den siegreichen Schah als eher schwächlich dar. Mit Hinterlist läßt er ihn auf einem Schaf stehen, das von Jahangirs kräftigem Löwen einen Schubs ins Mittelmeer erhält. Um 1618–1622. Freer Gallery of Art, Washington.*

wohl islamischen als auch hinduistischen Glaubens. 1564 waren die den Hindus auferlegten Sondersteuern abgeschafft worden. Sie durften wieder Tempel bauen und ungehindert ihre Religion ausüben.
Von seiner persischen Mutter hatte Akbar die Abneigung gegen jeglichen Fanatismus übernommen. Seine liberale und tolerante Haltung fand ihren Ausdruck in der Errichtung des 1575 fertiggestellten »Hauses der Religionen« in *Fatehpur Sikri* (bei Agra). Dort versammelte der Kaiser muslimische Theologen, Jainas (Dschainas), Brahmanen, Parsen und portugiesische Missionare aus Goa um sich und schuf mit ihnen die synkretistische Religion *»Din-i Ilahi«* (Göttlicher Glaube), deren Oberpriester *Shaik Mubarak* wurde. Von den Parsen (siehe auch Band 6) übernahm er die Anbetung der Sonne und des Feuers und verband sie mit Riten der Sufi, Hindus (siehe auch Band 6), Jainas und Christen. Die Islam-Gelehrten (Ulemas) wurden ihrer Ämter enthoben. Diese neue Religion ging nach Akbars Tode wieder unter, erhalten blieb aber die ebenfalls von Akbar geförderte Religion der Sikhs, in der gleichfalls Traditionen des Islam und des Hinduismus verschmolzen.

REFORMEN UND PRACHTENTFALTUNG

Akbar schuf während seiner Herrschaftszeit einen hoch wirksamen Verwaltungsapparat mit einer Hierarchie von 33 Stufen: Die Provinzen wurden von Gouverneuren regiert, die Bezirke von einem Militärbefehlshaber und einem Finanzbeamten verwaltet. Auch Städte und Häfen unterstanden einer besonderen Verwaltung. Es gab Minister, Schreiber und umherziehende Aufsichts-Beamte (Revisoren). Die Ländereien wurden in einen Kataster eingetragen, die Höhe der Abgaben hing vom Ernteertrag ab. Zum Heer gehörten spezialisierte Verbände, darunter ein Pionierkorps und die Artillerie.
Am Mogul-Hof versammelten sich Adelige, Maler und Dichter. Die Hofsprache war Persisch. Aus ihrer Vermischung mit nordindischen Dialekten entstand *Urdu*, heute die Staatssprache Pakistans.
In der Kunst wie auch in der Tracht wurden unter den Mogul-Kaisern persische, indo-islamische, rajputische und europäische Formen bzw. Traditionen verschmolzen. Elefanten-Rennen, Ring- und Faustkämpfe sorgten für Unterhaltung. Europäische Besucher staunten über den Prunk des Hofes und die Prachtbauten wie das *Taj Mahal (Tadsch Mahal)*, das Grabmal für Shah Jahans (Dschahans) Gemahlin Mumtaz Mahal († 1631), die *Perl-Moschee in Agra* und die *Kaiserpaläste in Agra, Delhi* und *Lahore* mit reich

Marathen. *Das Volkstum der Marathen entstand (so wie bei uns die Franken, vgl. Band 4) in einer Periode des Zerfalls staatlicher Macht in Indien vor und zu Beginn der Mogul-Zeit aus einem Zusammenschluß hinduisierter Bauern- und Hirtenstämme der West-Ghats. Der Name bedeutet in der marathischen Sprache »tapfere Krieger«. Die ersten Marathen waren Söldnertruppen, die seit ca. 1600 für Hindu-Fürsten kämpften. Der Söldnerführer Shagi Bhonsle erhielt ein großes Lehen in Bujapur. Sein Sohn Shivaji (Schiwadschi, *1627, †1680), dessen Mutter aus dem Hindu-Adel stammte, wurde ein mächtiger Fürst, der Handelsbeziehungen zu Indonesien und China unterhielt sowie 1659 das Heer des Großmoguls Aurangseb (Mohammed Muhi Ad din Aurangseb Alamgir I., R 1658–1707) schlug. Er schuf eine starke Flotte, die sogar der Kolonialarmee der Engländer eine Niederlage beibrachte. Sein Sohn Sambuji (Sambudschi, R 1680–1689) wurde nach erneuten Kämpfen mit dem Mogul-Kaiser Aurangseb gefangengenommen und hingerichtet. Nach dem Fall dieser Dynastie begannen die Marathen einen lang andauernden Guerillakrieg gegen die Mogul-Herrschaft sowie gegen die eindringenden europäischen Kolonialmächte. Im 18. Jahrhundert wurden die Marathen immer mehr in Auseinandersetzungen zwischen England und Frankreich verwickelt. Sie erhielten französische Waffen und Ausbilder. Nach der Niederlage Napoleons zerbrach die Marathen-Föderation. Ohne das Eingreifen der Engländer gäbe es heute auf indischem Boden mehrere Nationalstaaten, darunter einen der Marathen und einen der Sikhs.*

bemaltem, vergoldetem und mit Halbedelsteinen besetztem Marmor. In den Kaiserpalästen waren ganze Wände mit Gold- und Silberblech ausgeschlagen.

THRONWIRREN UND VERFALL

Akbars Sohn Salim, der 1601 einen Aufstand gegen den Kaiser führte, nahm nach seiner Thronbesteigung 1605 den Namen *Jahangir* (*Dschahangir,* »Eroberer der Welt«, R 1605–1627) an und mußte sich sogleich einer Rebellion seines Sohnes *Khusrau* erwehren.

Der launische Jahangir, dem Alkohol und dem Opium zugetan, freundete sich mit dem 1608 an seinen Hof gekommenen englischen Captain *Hawkins* an und erlaubte 1613 die Eröffnung einer ständigen Niederlassung der »Ostindien-Kompanie« (East India Company) in *Surat.* Bei seinem Tode kam es zu einem Bürgerkrieg, aus dem Khusrau, der als Statthalter des Dekan den Namen *Jahan (Dschahan)* angenommen hatte, als Sieger hervorging.

Obwohl am Beginn der Herrschaft *Shah Jahans* (*Scha-*

Errichtung einer Stätte des religiösen Ausgleiches. *Als Teil der Festlichkeiten zur Geburt seines Sohnes läßt Akbar I. die Residenz Fatehpur Sikri erbauen. Die neben Delhi und Agra dritte Mogulhauptstadt, in der bedeutende Bauwerke entstanden, wurde 1585 wegen Wassermangels verlassen. Miniatur aus einem »Akbar-Nameh«-Manuskript. Um 1590.*

dschahans, R 1628–1658) Persien die Schwäche des Mogul-Reiches ausnutzte, um Kandahar (Qandahar) zu erobern, entfaltete das Reich unter seiner Herrschaft nochmals seine ganze Pracht und dehnte sich zugleich weit nach Süden aus.

In der weiteren Reichsentwicklung wurde das Hofzeremoniell immer komplizierter, der Kaiser mehr und mehr von der Außenwelt isoliert, die Masse des Volkes wurde immer schlimmer ausgesogen. Statthalter und Distriktbeamte wirtschafteten in die eigene Tasche, und die Macht der Mogul-Kaiser, die ihr Heer nicht mehr regelmäßig bezahlen konnten, schwand. Für Paraden liehen sich die Offiziere gegenseitig Mannschaften, Pferde und Waffen aus. Da es keine feste Thronfolge gab, gab es in den einzelnen Sultanaten grausame Nachfolgekriege.

Der letzte große Mogulkaiser. *Aurangseb im hohen Alter bei der Lektüre des Korans. Der strenggläubige Moslem betrieb eine antihinduistische Religionspolitik und ließ in einer Zerstörungsaktion 1669 zahllose hinduistische Tempel vernichten. Sein Tod leitete den Niedergang des Mogulreiches ein. Miniatur, 18. Jh.*

AURANGSEB UND DIE EUROPÄISCHE KOLONIALPOLITIK

Mohammed Muhi Ad din Aurangseb Alamgir I., wie sein voller Name lautet, Aurangzeb oder Aurangsib, wie er allgemein genannt wird, ein Sohn Jahans, provozierte während seiner Herrschaft (R 1658–1707) mit seiner religiösen Intoleranz und Unterdrückung die Erhebung ganzer Provinzen. Er führte Krieg gegen die *Rajputen* und vor allem gegen die *Marathen* (siehe auch Kästchen). Nach deren Überfall auf den Stützpunkt der East India Company in Surat (1624) erhielten die *Engländer* die Erlaubnis, eine eigene ständige Streitmacht aufzustellen. Seit 1718 durfte die Ostindien-Kompanie in ganz Indien Handel treiben, eigenes Geld prägen und Territorien erwerben.

Die Portugiesen verloren zur Zeit Aurangsebs und seiner schwachen Nachfolger in Indien und Südostasien an Einfluß. Nachdem auf *Ceylon* der König von *Kotte* abgedankt hatte (er setzte den König von Portugal zum Nachfolger ein), kam es zu einem andauernden Krieg mit dem benachbarten Königreich *Kandy*, der, wie der Historiker de Cautao schrieb, »allmählich alle Einkünfte, die wir in Indien erzielen, verschlingt«.

Im Jahre 1636 schloß der König von Kandy einen Bündnisvertrag mit den *Niederländern,* die den Portugiesen einen Stützpunkt nach dem anderen entrissen, weil diese nach der zeitweiligen Annexion Portugals durch Spanien (seit 1580) nicht mehr in der Lage waren, den Kampf fortzusetzen. Die Niederländer hatten nach ihrer erfolgreichen Revolte gegen Spanien ihre Handelsflotte nach Asien geschickt – auf der Suche nach den Quellen des Gewürzhandels. Sie etablierten sich u. a. auf *Java (Batavia)* und errichteten eine Kette von Stützpunkten über *Ceylon* und das *indische Festland* (mit Faktoreien bis hinauf nach Agra) bis *Kapstadt*, wobei sie mit den Engländern und auch mit den Franzosen konkurrierten, deren erste Kolonial-Kompanie 1664 von *Jean-Baptiste Colbert* (* 1619, † 1683) gegründet worden war. Die wichtigste französische Kolonie in Indien (zeitweilig niederländisch und britisch besetzt) war seit 1674 *Pondicherry* an der Küste von Madras. Auch die Dänen hatten Niederlassungen in *Trankabar*.

Die Inder glaubten, sie könnten die verschiedenen Europäer gegeneinander ausspielen und von deren Fertigkeiten und Handelsbeziehungen profitieren. Aber das in einem Chaos rivalisierender Vasallenstaaten (häufig von Abenteurern beherrscht) versinkende Indien wurde eine leichte Beute des europäischen Macht- und Profitstrebens. Erst als britische Kolonie wurde Indien wieder geeint.

Literatur

Aubert, Hans J.: Sri Lanka (Reiseführer mit Landeskunde), Berlin 1984

Behr, Hans G.: Die Moguln, Düsseldorf 1979

Gascoigne, Bamber: Die Großmoguln, München 1973 und Gütersloh 1987

Schorowsky, Michael: Die Engländer in Indien, Bochum 1978

Thapar, R./Spear, P.: Geschichte Indiens, Zürich 1966

GERHARD STEINBORN

Vielfalt der Mogul-Kunst – Gewachsen aus persischen Wurzeln

Es war die Mogul-Dynastie, die persische Kunst und Kultur in Indien heimisch machte, wo sie sich mit indischen Traditionen verband und zu einer neuen Form fand. Schon vor der Mogul-Zeit waren fast alle Invasoren Nordindiens (Araber, Afghanen, Türken) von der persischen Kultur beeinflußt worden. Am Beginn standen politische Entwicklungen.

Wegen der unsicheren Verhältnisse in Nordwestindien und der iranischen Hochebene waren viele unternehmungslustige junge Männer bereit, sich Babur (siehe Seite 310) und seinen Nachfolgern anzuschließen und im Mogul-Reich zu Rang und Ruhm zu gelangen. Als Babur von Delhi nach Agra vorstieß, ließ er sogleich einen Garten im persischen Stil anlegen. Persisch wurde die Landessprache – und durch die Partnerschaft des Mogul-Kaisers Akbar (siehe Seite 314) mit dem Rajputen gebrauchte bald auch der Hindu-Adel diese Hofsprache. Akbar ließ Sanskrit-Werke ins Persische übersetzen, auch die Priester begannen Persisch zu lernen. Noch bis zum Ausbruch des Zweiten Weltkrieges wählten Hindustudenten in Delhi meist Persisch als eines ihrer Promotionsfächer!

Nach der Sprache hatte die persische *Architektur* den größten Einfluß auf Indien. Die ältesten Bauwerke wie das *Mausoleum Humayuns in Delhi* (aus dem Jahre 1560) wurden in einem fast rein persischen Stil errichtet: weite offene Hallen, Pavillons und Kuppeln, überzogen mit leuchtenden glasierten Kacheln.

Unter Akbar setzte eine rege Bautätigkeit ein. Es entstanden *befestigte Residenzen* mit großen *Palastkomplexen*, in denen eine umfangreiche Dienerschaft und eine starke Leibgarde untergebracht wurden, ferner *Moscheen, Mauso-*

leen und gepflegte *Gartenanlagen* mit künstlichen Teichen, Kanälen und Marmor-Springbrunnen (z. T. auch innerhalb der Bauwerke als ›Klimaanlagen‹). Die Kachelmosaiken wurden durch solche aus mehrfarbigem Sandstein, Marmor und Schiefer abgelöst. Indische Elemente (Säulen, Balkone, Vordächer) bezeugen den Einfluß der Hindu-Architektur von Gujarat (Gudscharat). Von dort stammten viele indische Künstler, die für Akbar arbeiteten. Auch die persische Gartenkunst nahm nun indische Elemente auf.
Unter Shah Jahan (Schah Dschahan, siehe Seite 322) begann die »klassische Phase« der Mogul-Architektur. Die Ziegelbauten wurden wieder mit mehrfarbigen *Kacheln* überzogen. Der »mittlere Mogul-Stil« (der kaiserliche Stil, 17. Jahrhundert) brachte besonders kostbare Bauten aus weißem Marmor und rotem Sandstein hervor mit persischen Bauelementen, indischen Schmuckmotiven, vergoldeten oder versilberten Decken, mit *Einlegearbeiten* aus Halbedelsteinen, *Steingittern* aus Marmor, silberbeschlagenen Türen, *Spiegelzimmern* usw. – inmitten geometrisch angelegter Gärten. Aus dieser Stilepoche stammt u. a. das *Taj Mahal (Tadsch Mahal).* Der »späte Mogul-Stil« (18.–19. Jahrhundert) mit seinem barocken Übermaß an Dekorationen, bemaltem Stuck, eingelegten Spiegeln und Glasmosaiken fand auch beim Bau von Hindu- und Sikh-Tempeln Verwendung. In der englischen Kolonialzeit verschmolzen die viktorianische »Gotik«, Renaissance- und klassizistische Elemente mit dem Mogul-Stil.
Das in vorislamischen Traditionen wurzelnde sakrale Herrschertum des Iran verband sich in Indien mit der Reichsidee der Hindu-Kaiser des Altertums (siehe auch Band 1). Dementsprechend wurde auf Mogul-Gemälden das Haupt des Kaisers häufig mit einem *Nimbus* (Heiligenschein) geschmückt. Die britische Königin Viktoria knüpfte im 19. Jahrhundert bei ihrer Proklamation zur Kaiserin von Indien an diese Mogul-Mystik an.
Indien erbte mit dem persischen Kaisertum auch die persische Verwaltung. Sogar die Marathen (siehe Kästchen Seite 322), die gegen die Moguln kämpften, nahmen persische Namen an und gebrauchten persische Verwaltungsbegriffe.

SCHÖNHEIT DER MOGUL-GÄRTEN

Die Großmoguln verbrachten die Sommermonate mit Vorliebe im Tal von *Srinagar* (Kaschmir), in dem sie prachtvolle Gärten anlegen ließen, die die iranisch-persische Gestaltung mit indischen kosmologischen Vorstellungen verband. Am berühmtesten ist der 1619 von Kaiser Jahangir

***Vollkommenste Schöpfung der indo-islamischen Architektur: Das Taj Mahal.** Der »Diadem-Palast« (1630–1648), das berühmteste Monument Indiens, gilt auf Grund seiner harmonischen Proportionen als eines der Meisterwerke der Baukunst aller Zeiten. Die Fassade mit der Kuppel ist rein persischen Stils.*

(Dschahangir) geplante *»Shalimar«*: In seiner Mitte steht ein Pavillon aus schwarzem Marmor, umgeben von Fontänen. *»Nishat Bagh«* (»Garten der Freude«) ist vor einer schroffen Felswand am Dal-See angelegt und wird von einem Kanal durchströmt, der in Kaskaden von Terrasse zu Terrasse abfällt. *»Nasim Bagh«* (»Garten der Morgenbrise«) mit mächtigen Schenar-Bäumen liegt am anderen Ufer des Sees auf einer Anhöhe und bietet einen herrlichen Rundblick. Er stammt aus der Zeit Akbars. *»Chasma Shehi«* (»Königliche Quelle«) ist der kleinste Mogul-Garten von Srinagar. Er wurde von Shah Jahan angelegt.

Von der Terrasse auf der Flußseite des Festungspalastes in *Agra* hatten die Bewohner einen herrlichen Blick auf den *Jamuna-Fluß* und das *Taj Mahal (Tadsch Mahal)* mit seinen Gartenanlagen. Auf einem freien Platz zwischen den Festungsmauern wurden Elefanten und Tiger zum Kampf aufgehetzt. Die Erde für den »Traubenpark« wurde aus Kaschmir herbeigeschafft, ringsumher lagen die Harems-Gemächer. In einem größeren Garten an der Ostseite des Jamuna erhebt sich das *Mausoleum* der Eltern Nur Jahans (der Gemahlin Jahangirs/Dschahangirs). *»Ram Bagh«*, ein Mogul-Garten nördlich von Agra, gilt als Vorbild der *Shalimar-Gärten* in *Srinagar* und in *Lahore* (Pakistan).

BERÜHMTE MAUSOLEEN

Als die zweite Frau des Großmoguls Shah Jahan (Schah Dschahan), *Mumtaz Mahal,* bei der Geburt des vierzehnten Kindes starb, ließ der Kaiser ihr in *Agra* ein unvergleichbares Mausoleum errichten. Am Bau dieses *Taj Mahal (Tadsch Mahal)* waren 20 000 Arbeiter und berühmte Baumeister und Künstler aus Persien, der Türkei und sogar aus Italien beteiligt. Überwölbt von einer riesigen Kuppel und flankiert von vier Minaretten, spiegelt sich das Grabmal in einem zypressengesäumten Kanal. Im Innern dieses wohl bekanntesten Bauwerks Indiens sieht man zwei Prunksarkophage, die aber nur Scheinsarkophage, sogenannte Kenotaphe, sind. Die Gruft mit den Gräbern befindet sich unter dem Mausoleumsbau. Neben dem Zentralbau wurden eine Moschee und eine Unterkunft für die Gäste der regelmäßigen Trauerfeiern errichtet. Nach dem Vorbild des Taj Mahal ließ Aurangseb 1710 auch ein Mausoleum für seine Frau *Rabia Daurani* in *Aurangabad* errichten.
Das *Mausoleum Akbars* (9 km außerhalb von Agra) erinnert an eine Stufenpyramide. Die drei unteren Stockwerke sind aus dunkelrotem Sandstein errichtet, das oberste aus weißem Marmor.
Humayuns Grabmal östlich von Delhi inmitten eines weiten Gartens war das erste große Bauwerk der Mogul-Zeit und das Vorbild für die Bauten der späteren Herrscher.

PALÄSTE – FESTUNGEN UND PAVILLONS

Das »Rote Fort«, der Mogul-Palast von *Delhi* (erbaut unter Shah Jahan/Schah Dschahan) gehört zu den großen Sehenswürdigkeiten Indiens. Der »Musikpavillon« *(»Naqar Khana«)* bildete den Eingang zum Palastkomplex, dem sich nur der Kaiser selbst zu Pferde nähern durfte, alle anderen mußten zu Fuß gehen. Von den oberen Stockwerken verkündeten Herolde mit Fanfaren und Trompeten seine Ankunft.
Hinter dem »Musikpavillon« steht die *Audienzhalle* (»Diwan-i-Am«). Die Gemächer der Mogul-Herrscher lagen an der Flußseite des Forts. Der *»Bunte Palast«* war wahrscheinlich der Wohntrakt der Kaiserinnen. Im *»Mumtaz-Mahal«* wohnten vermutlich die Prinzessinnen. *»Khas Mahal«* war der Privatpalast des Kaisers, der im *»Diwan-i-Khas«* seine Kabinettsitzungen abhielt. Alle Bauten waren vom *»Paradieskanal«* durchflossen, der im Sommer für Kühlung sorgte. An kälteren Tagen wurden die offenen Säulenhallen durch Teppiche und Seidenvorhänge verschlossen.
Die seit 1571 von Akbar erbaute und sechzehn Jahre später wegen Wassermangel wieder aufgegebene Stadt *Fatehpur*

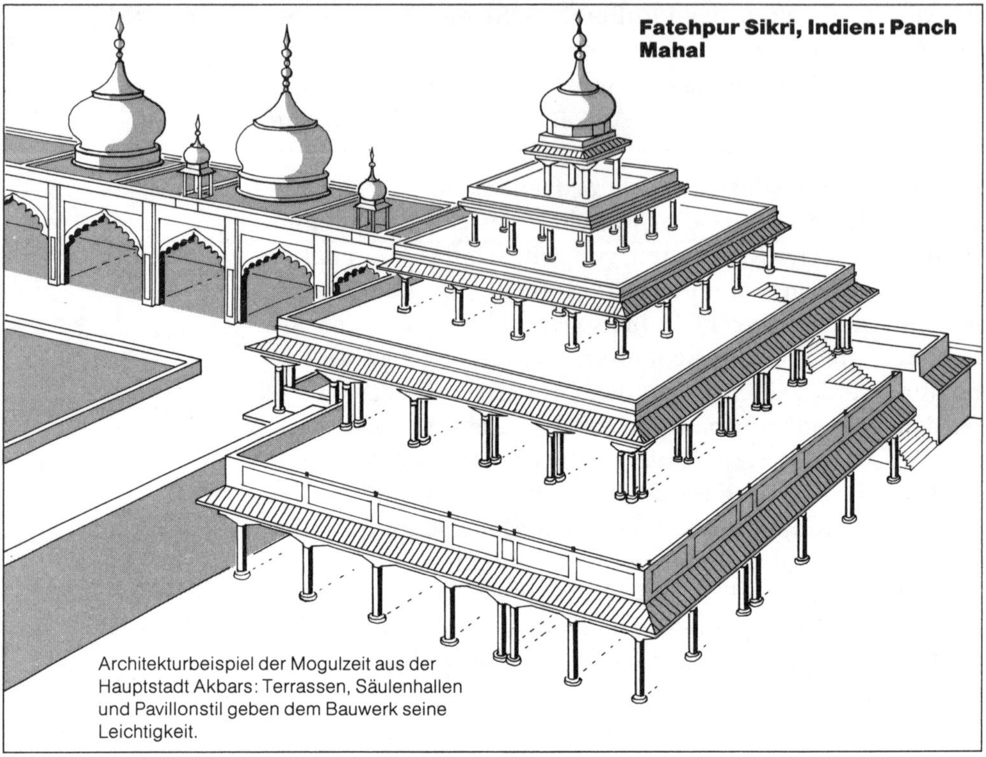

Fatehpur Sikri, Indien: Panch Mahal

Architekturbeispiel der Mogulzeit aus der Hauptstadt Akbars: Terrassen, Säulenhallen und Pavillonstil geben dem Bauwerk seine Leichtigkeit.

Sikri ist ein einzigartiges architektonisches Dokument, da sie nie umgebaut oder durch Kriege zerstört wurde. Der interessanteste Teil dieser Museums-Stadt ist der *Palastbezirk* mit dem *»Panch Mahal«*, einem fünfstöckigen pyramidenartigen Bau mit offenen Säulenhallen am *»Pachisi-Hof«,* wo einst die Würdenträger ein schachähnliches Spiel (mit schönen Sklavinnen als lebenden Spielfiguren) spielten. Im *»Diwan-i-Khas«* (»Ibadat Khana«) hielt Akbar vermutlich seine Privataudienzen und theologische Diskussionen ab, sein Thron stand, wie einige Gelehrte annehmen, im Zentrum der von einer zentralen Säule getragenen Galerie. In *»Ankh Michauli«* lebte der Hofastrologe. Das *»Khas-Mahal«* an der Südseite des Pachisi-Hofes war das Schlafgemach des Kaisers, von dort aus führten gedeckte Gänge zu den Gemächern seiner Lieblingsfrauen.

Das *Fort in Agra* zählt neben dem »Roten Fort« von Delhi zu den schönsten Festungspalästen. Zu ihm gehörten ca. 500 Bauten, von denen die meisten durch Kriege zerstört wurden. In der *»Diwan-i-Am«-Säulenhalle* hielt der Kaiser, auf dem berühmten Pfauenthron sitzend, Audienz. Der Großwesir an seiner Seite nahm Bittschriften und Beschwerden entgegen. Die Privataudienzen wurden im *»Diwan-i-Khas«* erteilt, dessen Doppelsäulen mit stilisierten

Indische Malerei im persisch geprägten Mogul-Stil. *Hochzeitsszene. Die Darstellung alltäglicher Ereignisse in höfisch-vornehmen Kreisen war eines der Hauptthemen der Hofkunst unter dem prunkliebenden Shah Jahan. Miniatur. Österreichische Nationalbibliothek, Wien.*

Blüten aus roten Karneolen geschmückt waren. »*Khas Mahal*« war die eigentliche Residenz. »*Sish Mahal*« (»Spiegelpalast«) nannte man die kaiserlichen Bäder, deren Decken mit Spiegeln geschmückt waren. Im »*Jasmin-Turm*« (oder nach anderen Angaben im achteckigen Turm) verbrachte Shah Jahan seine letzten Jahre als Gefangener seines Sohnes Aurangseb.

MINIATURMALEREI VON LEUCHTENDER FARBKRAFT

Unter der Herrschaft der *Timuriden* (der Vorfahren der späteren Mogul-Kaiser Indiens, siehe Band 6) lernten die persischen Maler die *chinesische Naturmalerei* kennen und übernahmen von ihr einerseits das Prinzip der übereinander liegenden Malebenen zur Darstellung der Perspektive, andrerseits Fabeltiere wie Phönix und Drachen. Die Tier- und Pflanzenwelt Persiens belebte historische und literarische Szenen, die ähnlich wie bei den chinesischen Vorbildern mit *Kalligraphie* (Schriftkunst) verbunden wurden. Nach der Ablösung der Timuriden durch die *Safawiden* (*Sefewiden*, 1502–1736; siehe auch Seite 299) wurde *Täbris* ein neues Kunstzentrum. Die Maler konzentrierten sich auf Darstellungen des Hoflebens: Feste, Konzerte, Bankette, Liebesszenen, Empfänge von Fürsten, Jagd und Krieg.

Dies waren u. a. auch wichtige Themen der Mogul-Malerei. Unter Humayun, der aus seinem Exil bei Shah Tahmasp persische Maler mitbrachte, entstanden in Indien die ersten Miniaturen im persischen Stil. Zuvor hatte es im indischen Mittelalter zwei Malschulen gegeben: eine östliche (buddhistische) und eine westliche (der Jaina-Handschriften). Auch Akbar holte persische Maler an seinen Hof und ließ sie Hindu-Künstler ausbilden. Auch christliche Gemälde und Drucke, die Jesuiten-Missionare aus Goa an den Hof Akbars mitbrachten, beeinflußten die überwiegend im persischen Stil gehaltene *Mogul-Malerei*. Die indischen Maler setzten sich in der Behandlung von Tieren und Pflanzen durch, die blühenden Büsche und schlanken Zypressen wichen einer üppigen indischen Vegetation. Der europäische Einfluß zeigt sich in einem Hang zur Perspektive und in der Anwendung leichter Schlagschatten.
In den kaiserlichen Werkstätten arbeiteten islamische und hinduistische Künstler gleichberechtigt nebeneinander. Neben höfischen Themen und Porträts schufen sie sorgfältige Studien von Tieren und Pflanzen. Als Aurangseb in religiösem Eifer zahlreiche Kunstwerke vernichten ließ, suchten viele Künstler an den Rajputen-Höfen Zuflucht. So entstanden mehrere Schulen der *Rajput-Malerei*, die ihrerseits die Mogul-Malerei mit indischen (vor allem Jaina-)Traditionen verband. In der Thematik dominieren Kampf- und Jagdszenen neben Andachtsbildern des Krishna-Glaubens (siehe auch Band 6).
Nach dem Untergang des Mogul-Reiches flohen viele Künstler in den *Pandschab (Punjab)* an die dortigen Fürstenhöfe. Die Malerei der lokalen Schulen dokumentierte das höfische Leben und illustrierte lyrische Liebesgeschichten mit mystisch-symbolischer Bedeutung.

Literatur

Fischer, Christa-M. F. und Klaus: Indische Baukunst islamischer Zeit, Baden-Baden 1976

Fischer, Klaus/Jansen, Michael/Pieper, Jan: Architektur des indischen Subkontinents, Darmstadt 1987

Gascoigne, Bamber: Die Großmoguln. Glanz und Größe mohammedanischer Fürsten in Indien, München 1973 und Gütersloh 1987

Lévèque, Jean-Jacques/Ménant, Nicole: Die Islamische und Indische Malerei, Lausanne 1968

Welch, Stuart Carry: Indische Buchmalerei unter den Großmoguln, München 1978

Allgemeine Literaturhinweise

Während uns in den Literaturübersichten der Bände 4 bis 6 wiederholt die gleichen grundlegenden Werke begegneten, ergibt sich nun eine deutliche Zäsur. Gerade für den Beginn der Neuzeit liegt eine Reihe wichtiger Bücher vor, die hier erstmals genannt werden. Auch sie enthalten durchwegs ausführliche Hinweise auf weitere Literatur, insbesondere fremdsprachliche Titel, die hier nicht alle aufgeführt werden konnten. Sie erleichtern eine vertiefte Beschäftigung mit Einzelfragen.

Brentjes, Burchard: Die Araber. Teil 2: Chane, Sultane und Emire, Wien/München o. J. (1975)

Chastel, André: Der Mythos der Renaissance 1420–1520, Genève 1969

Chastel, André: Die Krise der Renaissance 1520–1600, Genève 1968

Dickmann, Fritz (Hg.): Geschichte in Quellen, Bd. III: Renaissance, Glaubenskämpfe, Absolutismus, München 1966

Diwald, Hellmut: Anspruch auf Mündigkeit, Berlin 1975 = Propyläen Geschichte Europas Bd. 1

Dülmen, Richard van: Entstehung des frühneuzeitlichen Europa 1550–1648, Frankfurt 1982 = Fischer WG 24

Durant, Will: Die Renaissance. Eine Kulturgeschichte Italiens von 1304–1576, Bern/München 1955

Durant, Will: Das Zeitalter der Reformation. Eine Geschichte der europäischen Kultur von Wicliff bis Calvin, Bern/München 1959

Fassmann, Kurt (Hg.): Die Großen der Weltgeschichte Bd. IV (Boccaccio bis Palladio), Zürich 1974

Fassmann, Kurt (Hg.): Die Großen der Weltgeschichte Bd. V (Calvin bis Huygens), Zürich 1974

Franke, Herbert (Hg.) u. a.: Saeculum-Weltgeschichte Bd. VI: Die Entdeckung der Welt durch Europa, Freiburg 1971

Friedell, Egon: Kulturgeschichte der Neuzeit, München 1927 (u. ö.)
Großer historischer Weltatlas, Bd. 3: Neuzeit, München 1957
Hassinger, Erich: Das Werden des neuzeitlichen Europa, Braunschweig 1966²
Hay, Denis (Hg.): Die Renaissance, München 1968
Heer, Friedrich: Die Dritte Kraft. Der europäische Humanismus zwischen den Fronten des konfessionellen Zeitalters, Frankfurt 1960
Lutz, Heinrich: Reformation und Gegenreformation, München 1979
Mann, Golo/Nitschke, August (Hg.): Weltkulturen. Renaissance in Europa, Berlin/Frankfurt 1964 = Propyläen Weltgeschichte, Bd. 7
Mann, Golo/Nitschke, August (Hg.): Von der Reformation zur Revolution, Berlin/Frankfurt 1964 = Propyläen Weltgeschichte, Bd. 7
The New Cambridge Modern History. Vol. I–Vol. III, Cambridge 1957ff.
Pertsch, D. (u. a.): Kleines Lexikon der Reformation, München 1983
Pleticha, Heinrich (Hg.): Deutsche Geschichte, Bd. 6: Reformation und Gegenreformation 1517–1618, Gütersloh 1984
Romano, Ruggiero/Tenenti, Alberto: Die Grundlegung der modernen Welt. Spätmittelalter, Renaissance und Reformation, Frankfurt 1963 = Fischer WG 12
Rößler, Hellmuth: Europa im Zeitalter von Renaissance, Reformation und Gegenreformation, München 1956
Rößler, Hellmuth: Größe und Tragik des christlichen Europa, Frankfurt 1955
Seibt, Ferdinand: Revolution in Europa. Ursprung und Wege innerer Gewalt. Strukturen, Elemente, Exempel, München 1984
Thomson, S. Harrison: Das Zeitalter der Renaissance, München 1969
Vajavec, Fritz (Hg.): Übergang zur Moderne, Bern/München 1957 = Historia Mundi, Bd. 7
Vajavec, Fritz (Hg.): Die überseeische Welt und ihre Erschließung, Bern/München 1959 = Historia Mundi, Bd. 8
Zeeden, Ernst Walter: Hegemonialkrieg und Glaubenskämpfe, Berlin 1977 = Propyläen Geschichte Europas, Bd. 2
Zeeden, Ernst Walter: Das Zeitalter der Gegenreformation, Freiburg 1967

Anhang

Kultur und Geschichte: Geographische Mythen

Glossar

Übersicht identischer Personen- und Ortsnamen

Sach- und Namensregister

Abbildungsnachweis

GERHARD STEINBORN

Geographische Mythen

Durch die Wirren der Völkerwanderungszeit und die Aufteilung des Mittelmeerraumes in einen islamischen und einen christlichen Teil verengte sich der Horizont der Menschen im Mittelmeerraum und im übrigen Europa. Fremde Länder kannte man fast nur noch aus Büchern (überwiegend aus Berichten antiker Autoren, für die fremde Völker immer mythischer wurden, je ferner ihre Heimat von Griechenland und Rom war). Hundsköpfe, Pferdefüßler usw. bevölkerten die Landkarten und wurden z. B. in den »Chansons de Geste« als Hilfstruppen islamischer Heere genannt.

1. Wundervölker

Diese Wundervölker wurden *»Portenta«* genannt. Zu ihnen gehörten auch die *»Astomi«* (»Mundlosen«), die an den Ufern des Ganges leben und sich vom Duft der Blumen und Früchte ernähren sollten. Die *»Blemmyer«* in Afrika wurden kopflos dargestellt und *»Akephalen«* genannt, Augen und Mund saßen auf der Brust. Die *»Großlipper«* sollten ihre Unterlippe als Sonnenschirm benutzen können, die fünf Meter großen *»Fanesier«* (angeblich auf einer Insel im Kaspischen Meer beheimatet) sich in ihre Riesenohren einwickeln.

Je weiter die Erforschung fremder Länder fortschritt, in desto entlegeneren Gegenden siedelte man diese Fabelwesen an, die zum Repertoire der mittelalterlichen Geographie gehörten. In den Landkarten neu entdeckter Regionen wurden die altbekannten Vorstellungen (z. B. von den *Amazonen* und der *Quelle ewiger Jugend*) auf die *»Terra incognita«*, die noch unbekannten Weltteile, projiziert. Je weniger erforscht eine Gegend war, desto bunter erscheint sie auf alten Karten!

Alles Wünschenswerte und alles, was man als Bedrohung ansah, auch die abstruseste Phantasie, wurden geographisch lokalisiert, stellte eine Herausforderung für den Reisenden dar: märchenhafte Schätze, Abenteuer und Gefahren, die es zu bestehen galt. Die phantastische Welt altfranzösischer und spanischer mittelalterlicher *Ritterromane* wurde in die außereuropäischen Länder verlagert. Man suchte Verbündete gegen die islamischen Staaten wie z. B. das sagenhafte *Reich des »Priesters Johannes«*.

Bereits die Ägypter und Griechen siedelten das *»Totenreich«* und die *»Inseln der Seligen«* in der fernen Sonnenuntergangs-Region jenseits des Weltmeeres an. Kolumbus kannte diese Überlieferungen, glaubte aber, daß der Ferne Westen zugleich der Ferne Osten Asiens sei. Die Entdecker sahen häufig nur das, was sie sehen wollten, was sie zum Antritt der Reise bewegt hatte, und der Kampf z. B. gegen die heidnischen Kulte in Afrika, Asien und Amerika war eine Fortsetzung der Kreuzzugsideologie. Auch viele Touristen erfahren heute von einem Land

nicht mehr, als sie vor Antritt der Reise schon darüber wußten oder zu wissen glaubten. Die Entdeckungsgeschichte spielte sich in einem Spannungsfeld phantastischer Erwartungen und realer Erfahrungen ab.
Die Berichte der Entdecker und Eroberer schwanken zwischen einer *Idealisierung* (»Gute Wilde« in einem »irdischen Paradies«, einem »wiedergefundenen Garten Eden«, man verglich die Verhältnisse mit dem »Goldenen Zeitalter«) und *abwertender Entstellung* (»nackte Wilde«, »nicht mehr als Tiere«, »grausame Heiden«).

2. Mythische Länder

Die Reisenden waren sich z. T. gar nicht bewußt, Länder entdeckt zu haben, die ihrem Kulturkreis zuvor unbekannt waren (so auch Kolumbus!). Sie suchten die veränderte Weltkarte mit ihrem jeweiligen Weltbild in Einklang zu bringen. Dies trifft nicht nur auf die Europäer zu, die in Afrika und in der Südsee auf den Spuren von *»König Salomon«* zu wandeln glaubten (daher u. a. die Benennung der Salomonen), sondern auch auf chinesische Seefahrer, die Inseln im Pazifik mit mythischen Orten identifizierten. Mehrere chinesische Kaiser sandten Expeditionen aus, um das *daoistische »Paradies der Unsterblichen«* zu finden. Zur geographischen Mythologie der Araber gehört die Inselgruppe Waq-waq (Wak-wak) im indischen Ozean, wo ein gleichnamiger Wunderbaum mit sprechenden Früchten wachsen solle. Arabische Geographen übertrugen diesen Namen u. a. auf Sumatra.
Auf fast allen frühen Weltkarten sehen wir *mythische Inseln* (z. B. »St. Brendans Glücksinsel oder die sagenhafte Insel der sieben Städte«, auf die sich ein portugiesischer Bischof vor den Sarazenen flüchtete). Da man diese sagenhaften Zufluchtsstätten auf der anderen Seite des Ozeans vermutete, nannte man sie *»Anti-Ilia«,* daraus wurde der Name Antillen, mit dem man später eine reale Inselgruppe benannte. Die »Insel der sieben Städte« wird u. a. in einem Brief Toscanellis an Kolumbus erwähnt! So beflügelten Mythen und Sagen die Phantasie und Neugierde.
Bei der Namengebung des *Amazonas* standen antike Sagen Pate. Der spanische Konquistador Francisco de Orellana benannte den Strom nach langhaarigen kriegerischen Indianern, die sein Floß vom Ufer her mit Pfeilen beschossen und die er – ob zu Recht oder zu Unrecht ist umstritten – für Frauen hielt. Und der Jesuitenmissionar Joseph Lafiteau sah in der von ihm bei den Irokesen vermeintlich entdeckten Frauenherrschaft einen Beleg für deren Abstammung von den kleinasiatischen Lykiern des Altertums!
Das Wort *Brasilien* kommt von *Brasil-Holz* (verschiedene Sorten in Indonesien und im Äquatorgebiet Südamerikas). Dieser Name des Herkunftslandes der Edelhölzer ist in Europa seit dem 9. Jahrhundert belegt. Allerdings suchte man das Land Brasil (Brazil, Braçil), wie alte Karten belegen, an vielen verschiedenen (z. T. geographisch völlig abwegigen) Orten. Der italienische Kartograph Pizigano trägt diese Bezeichnung z. B. 1367 auf derselben Karte an drei Stellen ein – darunter in der Nähe von Irland und Cap San Vicente! Der ältere Name für den Osten Südamerikas *»Terrae Sanctae Crucis«* wurde Anfang des 16. Jahrhunderts durch *»Brasilie Regie«* ersetzt.
Wo Amerika lag, war vielen unklar. Auf dem Jagiellonen-Globus aus dem 16. Jh. wird eine bei Madagaskar gelegene Insel als »America noviter reperta« bezeichnet!
Andere mythische Länder wurden nicht aus alten Überlieferungen auf die Landkarten projiziert, sie entsprangen Mißverständnissen – so z. B. das vielgerühmte *»El Dorado«.*
»El Dorado« (»der Vergoldete«) war die Bezeichnung für einen Häuptling, der bei seinem Amtsantritt mit Goldstaub eingerieben wurde und mit goldenen Opfergaben auf einem Floß zur Mitte des Guavita-Sees in Kolumbien fuhr, wo er diese versenkte. Die Phantasie der spanischen Eroberer machte daraus ein reiches Land, ein irdisches Paradies, eine goldene Stadt, die auch Manoa genannt wurde. Der Konquistador Gonzalo Jiménez de Quesada ließ sich mit dem Titel eines »Gouverneurs des Dorado« belehnen und ging 1569 auf Schatzsuche. Ihm folgten bis in die Gegenwart viele Abenteurer. Nichts konnte die Schatzsucher davon überzeugen, daß sie einem Traumbild nachjagten.

3. Kannibalen-Faszination

Was die Europäer bei fremden Völkern besonders befremdete, war der Kannibalismus. Er übte eine Faszination des Grauens auf sie aus.

Abgesehen von einzelnen Fällen eines Hunger-Kannibalismus gab es zwei Hauptverbreitungsgebiete des wirklichen Kannibalismus, bei dem man sich *Eigenschaften des Opfers durch das Verspeisen seines Körpers anzueignen* suchte: Teile Afrikas und Ozeaniens. (Ein kulturhistorischer Zusammenhang zwischen beiden neolithischen Kulturkreisen ist umstritten.) Daneben kam das Verzehren von Menschenfleisch gelegentlich als Begleiterscheinung von Menschenopfern vor: z. B. bei den Azteken. Allerdings handelte es sich hier bei den Geopferten und Verspeisten um *Inkarnationen von Gottheiten.* Derartige Riten erinnerten an das christliche Abendmahl und wurden als dessen teuflische Perversion angesehen. Der Streit zwischen Lutheranern, Calvinisten und Katholiken über die *wahre* Substanz des *Abendmahls* gab dem Kannibalismus-Thema eine theologische Brisanz.

Der aus Hessen stammende Büchsenschütze Hans Staden, der auf portugiesischen Schiffen an zwei Fahrten nach Brasilien teilgenommen hatte, schildert in seinen Erinnerungen detailliert die kannibalischen Opferfeiern der Tupinamba, deren Gefangener er war. Amerigo Vespucci nannte als erster die Bewohner der Neuen Welt »nackte Kannibalen«.

Auf Karten, Kupferstichen, in Reisebeschreibungen und geographischen Handbüchern finden wir Kannibalen in vielen Ländern, wo es sie in Wahrheit nie gegeben hat, u. a. in Indien, Südostasien und weiten Teilen Amerikas. Diese Kannibalen sind *my-*

Von den ›Kulturvölkern‹ verbreitete Legende.
Phantasiedarstellung von de Bry: »Mit was Zeremonien sie ihre Feinde tödten und essen.«

thische Gestalten. Sebastian Münsters Karten zeigen ab 1540 sogar am Nordpol Kannibalen, die ihre Opfer verspeisen! Was steckt dahinter?
Man hat diese fiktive Verbreitung des Kannibalismus z. T. darauf zurückgeführt, daß der vorgebliche Kampf gegen diese grausame Sitte eine Rechtfertigung für koloniale Eroberungen und die Unterdrückung der Eingeborenen sein sollte. Dies mag in einigen Fällen zutreffen. Aber das erklärt nicht die generelle Assoziation des Zustandes von »Wildheit« mit dem Phänomen des Kannibalismus. Auffällig ist, daß die Kannibalen überall auf der Welt nackt oder fast nackt dargestellt werden. Dies weist auf eine wichtige irrationale Komponente der europäischen Kannibalen-Faszination hin, wobei man sich die Denkweise der Europäer im Zeitalter der Entdeckungen vergegenwärtigen muß: Das von den Kannibalen verzehrte Fleisch war für sie die »verbotene Frucht«. Kannibalismus wurde zur Chiffre für »Fleischeslust«. Im Zusammenhang mit dem geographischen Mythos des allgegenwärtigen Kannibalismus konnte man das *Tabu-Thema »Sex«* in Wort und Bild behandeln. So sehen wir auf den Kannibalen-Bildern häufig auch »abartige sexuelle Praktiken« und Ausschweifungen. Vor allem oraler und Gruppen-Sex wurden als kannibalisch-barbarische Praktiken angesehen.
Beides kommt in *tantrischen Ritualen* Asiens vor und wird auf hinduistischen, z. T. auch auf buddhistischen Tempelbildern dargestellt (siehe auch Band 6). Indische, südostasiatische und altamerikanische Kulte mit erotischen Komponenten sowie die Sitten der Südsee-Insulaner wurden möglicherweise als »kannibalisch« diffamiert, um ihre Attraktivität für die europäischen Seeleute zu mindern! Die kultisch-rituelle »Fleischeslust« wurde mit dem Kannibalismus gleichgestellt oder identifiziert.
Aus dieser Fehldeutung des Kannibalismus entsprangen auch *Vampirismus-Vorstellungen.* Selbst der Kannibalismus-Begriff der Psychiatrie orientierte sich teilweise am geographischen Mythos.
Der wirkliche, völkerkundlich erforschte Kannibalismus hat mit Sexualität nichts zu tun und wurzelt in kulturgeschichtlich älteren Weltbildern. Die Verbindung von Religion (bzw. Ideologie) mit Sex und Politik ist typisch für die historische Neuzeit.
In Indien begann die Neuzeit (siehe auch Glossar: »Neuzeit«, siehe unten) mit dem Kampf der *Bhakti-Sekten* gegen die islamische Fremdherrschaft. Das große *»Tantraraya-Tantra«* versuchte eine Synthese der indischen Religionen, was zugleich einer emanzipatorischen Bewegung entsprach, die Überwindung der Kastenschranken sowie Gleichberechtigung von Mann und Frau anstrebte. Die Tantriker-Gurus der Geheimsekten vereinigten sich in ihren Ritualen oft sexuell mit einer »Unberührbaren« und nannten sie ihre Göttin. So etwas mißfiel nicht nur den Muslimen und den Christen, sondern auch den orthodoxen Hindus.
Der Umstand, daß Kannibalismus- bzw. Vampirismus-Vorwürfe z. B. auch gegen europäische »Hexen« erhoben wurden, deutet darauf hin, daß auch für europäische Häretiker ähnlich wie in Asien sexuelle Freizügigkeit eine emanzipatorische Funktion hatte, die von ihren Gegnern diffamiert wurde. Die Gemeinsamkeit all dieser »Kannibalen« existierte nur in der Phantasie ihrer Verfolger!

Glossar

Der Begriff der Neuzeit

Dieser Begriff wurde zuerst von den Humanisten des 15. Jahrhunderts für ihre Zeit verwendet, da sie einen Bruch mit der Vergangenheit bemerkten. Dieser war durch die beginnende Ablösung einer alten Elite durch eine neue bedingt (siehe auch Band 5).
Die alte Elite hatte **Bildung** weitgehend als

Selbstzweck verstanden, Bildung diente höchstens einem Prestigestreben, jetzt aber, unter der neuen Elite, wurde sie zweckgerichtet und anwendungsorientiert. Die alte Elite hing an symbolischen und rituellen Ordnungen, mit dem Aufstieg der neuen entstand eine Zweckrationalität und schuf neue Ordnungen der Wirtschaft, Technik und Politik. Die seit dem 15. Jahrhundert in Italien übliche Diplomatie mit ihren Gesandtschaftsberichten wurde zur Grundlage einer rationalen Machtpolitik. Handel und Gewerbe wurden durch die Einführung der arabischen Ziffern und die doppelte Buchführung rationalisiert. Es entstand eine dynamische Geldwirtschaft. Zeit und Geld waren die Maßstäbe bürgerlicher Tüchtigkeit. Das Gewicht regionaler Machtstrukturen verstärkte sich zu Lasten übernationaler Staats- bzw. Reichsideen.

Der frühe **Nationalismus** galt meist der Abwehr einer Fremdherrschaft, aber auch der Durchsetzung einer kollektiven Selbstbestimmung, die der individuellen den Weg bahnte. Diese Entwicklung förderte auch die Entfaltung der neuen Kräfte des aufstrebenden städtischen Bürgertums.

Frankreich wurde durch den Kampf gegen England im 14. Jahrhundert der erste europäische Nationalstaat. Der niederländische Staat entstand im Kampf gegen die Spanier, die Schweizer Eidgenossenschaft in der Abwehr der Machtansprüche der Habsburger. Der Sieg der nationalistischen Kräfte bedeutete zugleich den Aufstieg neuer Schichten, neuer Eliten.

Befreiungsbewegungen, die sich nicht nur gegen äußere Feinde wandten, sondern auch neue Ideen durchzusetzen suchten, organisierten sich in Europa ebenso wie in China und Indien als *»Geheimgesellschaften«* und *religiös-politische »Sekten«*. In diesem Zusammenhang sind Übereinstimmungen selbst des europäischen *»Hexen«-Wesens*, das wir nur aus der Sicht der Verfolger kennen, mit den indischen und chinesischen Bewegungen und schiitischen Gemeinschaften aufschlußreich. Unter islamischen (vor allem schiitischen) Gelehrten findet man schon sehr früh ein Streben nach geistiger Freiheit.

Die *enzyklopädische Wissensvermittlung* der islamischen Hochschulen Spaniens und Süditaliens beeinflußte auch die europäischen Gelehrten. Die *Humanisten* wandten die analytisch-kritische Betrachtung auch auf die Textkritik der Bibel an. Auch in China und Korea gab es parallel zu den ersten Enzyklopädien eine kritische Auseinandersetzung mit der überlieferten Bildung. In Europa wie in Asien entstand ein neues Welt- und Menschenbild.

Die geschilderten politischen, sozialen und kulturellen Tendenzen setzten sich in den einzelnen Staaten und Kulturen zu unterschiedlichen Zeiten durch. Es gibt also *kein einheitliches* und verbindliches Datum für den *Beginn der Neuzeit.* Es handelt sich hier vielmehr um eine langandauernde Entwicklung mit regionalen Varianten, zu deren Merkmalen Nationalismus, Emanzipation des Bürgertums und Verwissenschaftlichung vieler Lebensbereiche gehören. Überall, wo wir diese Kräfte und Tendenzen finden, sprechen wir von einer Neuzeit – z. B. in China zur Zeit der Vertreibung der Mongolen –, auch wenn sie sich nicht oder nur teilweise durchsetzen konnten (wie im China der Ming-Zeit, wo sich eine alte Elite regenerierte und Politik und Kultur weitgehend kontrollierte – siehe Band 6).

Durch die europäischen Entdeckungsreisen und die Kolonisation wurden die Tendenzen der Neuzeit auch in ferne Kulturen hineingetragen, deren eigene Entwicklung nicht zu neuzeitlichen Denkweisen und Ordnungen tendierte. Oberflächlich betrachtet, scheint heute die ganze Menschheit in der Neuzeit zu leben, doch muten uns manche politische Ordnungen und Ideologien nicht von ungefähr mittelalterlich oder altertümlich an. G. St.

Übersicht identischer Personen- und Ortsnamen

(einschließlich heutiger Ortsnamen)

Alba	Toledo, Fernando Alvarez de
Alcázar	Al Kasr
Aleppo	Halab
	Haleb
Al Madinah	Medina
Ambrogini, Angiolo	Poliziano, Angelo
Angelico, Fra Angelico	Fiesole, Giovanni da
Ardabil	Ardäbil
	Erdebil
Aserbeidschan	Adarbaygan
	Aserbaidschan
Atahualpa	Atawalchpa
Athesinus	Lechner, Leonhard
Attila	Atli
	Azzilo
	Etzel
Aumale	Albemarle
Aurangseb	Aurangsib
	(Mohammed Muhi Ad din Aurangzeb Alamgir)
	Aurangzep
	Aurangzib
Avila, Theresia von	Jesús, Teresa de
Babur	Babar
	Baber
	Zahir uddhin (uddin) Mohammed
Bakuba	Bushongo
	Kuba
»Barbarossa«	Chair ad-Din
	Chaireddin
	Cheir ed-Din
	Hayreddin
Batavia	Djawa
	Dschawa
	Java
Battista, Giovanni	Rosso Fiorentino
Bayezid	Bajasid
	Bajesid
	Bajazet
	Bajezet
	Bajezid
	Bayazid
Bijapura	Bijapur
Bockelson, Jan	Leyden, Johann Beuckels von
Brahe, Tycho de	Brahe, Tyge de
Byzanz	Istanbul
	Konstantinopel
	Stambul
Cabot, John	Caboto, Giovanni
Cagatai	Dschagatai
	Tschagatai
Cajamarca	Caxamarca
Calicut	Kalikat
	Koylikota
	Kozhikode
Calixtus	Kalixt
	Kallistos
Calvin, Johannes	Caulvin, Jean
Cáo, Diego	Cam
	Camus
Carlo	Sarazeni, Carlo
Ceylon	Shri Langka
	Sri Lanka
Chalif	Kalif
	Khalif
Cheir ed-Din	»Barbarossa« Chair ad-Din
	Chaireddin
	Hayreddin

Chitorgarh	Chitor
	Chizor
Chubilai	Kubilai Chan
	Kubilai Khan
	Kublai
Cimabue	Pepo, Cenni di
Cingiz-Han	Dschengis Chan
	Dschingis Chan
	Dschingiz Khan
	Temudschin
	Tschingis Chan
	Tschingis Khan
Cione, Andrea del	Verrocchio, Andrea del
Cione, Lorenzo di	Ghiberti, Lorenzo
Copernicus	Coppernicus
	Kopernik
	Kopernikus, Nikolaus
	Koppernigk
Cortéz, Hernando	Cortés, Hernando
	Cortez, Hernán
Cruz, Juan de la	Kreuz, Johannes vom
Cuzco	Cusco
Dekan	Deccan
	Dekkan
	Dekhan
Delhi	Dehli
Desprez, Josquin	Després, –
	Prés, J. des
	Prez, J. des
Djawa	Batavia
	Dschawa
	Java
Don Quijote	Don Quichotte
	Don Quixote
Dschagatai	Cagatai
	Tschagatai
Dschahan, Schah	Jahan, Sha
Dschahangir, Schah	Jahangir, Sha
Dschaina	Jaina
Dschingiz Khan	Cingiz-Han
	Dschengis Chan
	Dschingis Chan
	Temudschin
	Tschingis Chan
	Tschingis Khan
Eck, Johann Dr.	Maier, –
Erdebil	Ardabil
	Ardäbil
Esfahan	Isfahan
	Isphahan
Etzel	Atli
	Attila
	Azzilo
Fabriano, Gentile da	Fabbriano, –

Fiesole, Giovanni da	Angelico, Fra Angelico
Fra Angelico, s. o.	
Gallus, Jacobus	Handl
	Hendel
	Petelin, Jacob
Getto	Ghetto
Ghiberti, Lorenzo	Cione, Lorenzo di
Golkonda	Golakonda
	Golconda
Grünewald	Nithardt, Mathis
	Nithart, Mathis Gothart
Gujarat	Gudscharat
Haleb	Aleppo
	Halab
Hayreddin	»Barbarossa«, –
	Chair ad-Din
	Chaireddin
	Cheir ed-Din
Hemu	Himun
Hendel	Gallus, Jacobus
	Handl
	Petelin, Jacob
Hevelius	Höwelke, Johannes
Hobrecht, Jakob	Obrecht, –
Humayun	Humájún
Isfahan	Isphahan
	Esfahan
Istanbul	Byzanz
	Konstantinopel
	Stambul
Jahan, Sha	Dschahan, Schah
Jahangir, Sha	Dschahangir, Schah
Jaina	Dschaina
Jaunpur	Jaonpur
Java	Batavia
	Djawa
	Dschawa
Jesús, Teresa de	Avila, Theresia von
Kalif	Chalif
	Khalif
Kalingar	Kalinga
Kalixt	Calixtus
	Kallistos
Kandahar	Qandahar
Kohinor	Kohinoor
Kolumbus, Christoph	Columbus, Christoph(er)
Konstantinopel	Byzanz
	Istanbul
	Stambul
Kopernikus, Nikolaus	Copernicus
	Coppernicus
	Kopernik
	Koppernigk

Kozhikode	Calicut
	Kalikat
	Koylikota
Kreuz, Johannes vom	Cruz, Juan de la
Kuba (Volk der)	Bakuba
	Bushongo
Kubilai-Khan	Chubilai Chan
	Kubilai Chan
	Kublai Khan
Lasso, Orlando di	Lassus, Orlandus
	Lassus, Roland de
Lechner, Leonhard	Athesinus
Lepanto	Naupaktos
Leyden, Johann Beuckels von	Bockelson, Jan
Loyola, Ignatius von	Realde, Inigo Lopez de
Magalháes	Magellan
	Magellanes
Mahmud	Machmud
Maier, Johann Dr.	Eck, –
Majrita	Madschrit
Mamluken	Mamelucken
	Mameluken
Marathen	Mahratta
Medina	AL Madinah
Mehmed	Mahomed
	Mehemmed
	Mehmet
	Mohammed
Mekka	Makkah
	Mecca
Melanchthon, Philipp	Schwarzerd, –
Melinde	Malindi
Mistras	Mistra
	Mystras
	Mystrás
Mogul	Moghul
Mohammed Muhi Ad din Aurangzeb Alamgir	Aurangseb
	Aurangsib
Montezuma	Moctezuma
	Motecuhzoma
	Motecuzoma
	Xocoyotzin
More, Thomas	Morus, –
Motecuhzoma	s. Montezuma
Mothoni	Modon
Muhammad	Mahomed
	Mehmed
	Mehmet
	Mohammed
	Muhammed
Namucci, Pietro	Perugino, Il Perugino
	Vannucci, Pietro
Naupaktos	Lepanto
Nithardt, Mathis	Grünewald
	Nithart, Mathis Gothart
Obrecht, Jakob	Hobrecht, –
Occam, Wilhelm von	Ockham, –
Ockeghem, Jan	Okeghem, Johannes
Osman	Uthman
Pachacutis	Pachacutec Yupanqui
Pepo, Cenni di	Cimabue
Perugino, Il Perugino	Namucci, Pietro
	Vannucci, Pietro
Petelin, Jacob	Gallus, Jacobus
	Handl
	Hendel
Pisanello, Antonio	Pisano, –
Poliziano, Angelo	Ambrogini, Angiolo
Prevesa	Prebesa
	Preveza
Punjab	Pandschab
	Panjab
Qandahar	Kandahar
Radschputen	Rajputen
Raffael	Santi, Raffaello
Raja	Radscha
Realde, Inigo Lopez de	Loyola, Ignatius von
Rosso, Rosso Fiorentino	Battista, Giovanni
Safawiden	Safaviden
	Saffawiden
	Sefewiden
Sambuji	Sambudschi
Santi, Raffaello	Raffael
Sarazeni, Carlo	Carlo
Sassaniden	Sasaniden
Schwarzerd, Phillip	Melanchthon, –
Serveto, Miguel	Servet, Michael
	Villanovanus
Sher Khan Sur	Scher Schah
	Schirkhan
Shivaji	Schiwadschi
	Sivaji
Sri Lanka	Ceylon
	Shri Langka
Srinagar	Shrinagar
Stambul	Byzanz
	Istanbul
	Konstantinopel
Stoltzer, Thomas	Stolzer, –
Süleiman	Soliman
	Sulaiman
	Süleyman
Szápolya, János	Szápolyai, –
	Zapolya, Johannes

Täbris	Tabriz
Taj Mahal	Tadsch Mahal
Temudschin	Cingiz-Han
	Dschengis Chan
	Dschingis Chan
	Dschingiz Khan
	Tschingis Chan
	Tschingis Khan
Timur	Tamerlan
	Timurläng
	Timur-Leng
	Timur-Lenk
Toledo, Fernando Alvarez de	Alba
Trapezunt	Trabzon
Tschagatai	Cagatai
	Dschagatai
Tschingis Khan	Cingiz-Han
	Dschengis Chan
	Dschingis Chan
	Dschingiz Khan
	Temudschin
	Tschingis Chan
Usun Hasan	Uzun Hasan
Uthman	Osman
Vannucci, Pietro	Namucci, Pietro
	Perugino, Il Perugino
Verrocchio, Andrea del	Cione, Andrea del
Vesalius	Vesal, Andreas
Vijayanagar	Vidschajanagara
	Widschajanagara
	Widschajanara
Villanovanus	Servet, Michael
	Serveto, Miguel
Wiclif, John	Wycliffe, –
	Wyclif, –
Widschajanara	Vidschajanagara
	Vijayanagar
	Widschajanagara
Xocoyotzin	Moctezuma
	Montezuma
	Motecuhzoma
	Motecuzoma
Zahir uddhin (uddin) Mohammed	Babar
	Baber
	Babur
Zapolya, Johannes	Szápolya, János
	Szápolyai, –
Zwingli, Ulrich	–, Huldrych

Sach- und Namensregister

Kursiv gesetzte Ziffern verweisen auf Abbildungen bzw. Bildunterschriften, **halbfette** auf ausführliche Behandlung.

Abbildungsnachweis

Farbe: Archiv für Kunst und Geschichte, Berlin (5); Bertelsmann Lexikon Verlag, Gütersloh (3); Bildarchiv Preußischer Kulturbesitz, Berlin (2); Giraudon, Paris (1); Robert Harding Picture Library Ltd., London – The British Library (1) – Freer Gallery of Art, Washington (1) – Chr. Gascoigne/G. Rainbird Ltd. (1) – Pieterse-Davison Int. Ltd. (1); Jürgens Ost + Europa-Photo, Köln (2); laenderpress, Düsseldorf – Lessing (4); MAS, Barcelona (3); Müller und Schindler, Stuttgart (1); Musée des Beaux Arts, Dijon (1); Musées Royaux des Beaux Arts, Brüssel (1); National Portrait Gallery, London (1); Österr. Nationalbibliothek, Wien (2); Rijksmuseum, Amsterdam (1); SCALA, Antella (5); Service photographique de la Réunion des Musées Nationaux, Paris (2); Topkapi Saray Museum, Istanbul (1).

Schwarzweiß: Archiv für Kunst und Geschichte, Berlin (33); Artothek, Planegg (1); Bayer. Staatsbibliothek, München (1); Bertelsmann Lexikon Verlag, Gütersloh (26); Bibliotheca Medicea Laurenziana, Florenz – Pineider (4); Bibliothèque Nationale, Paris (2); Bibliothèque publique et universitaire, Genf (1); Bildarchiv Preußischer Kulturbesitz, Berlin (12); The British Museum, London (1); Deutsches Museum, München (2); Werner Forman Archive, London – Barbara Heller (1); Archiv Gerstenberg, Wietze (2); Giraudon, Paris (1); Robert Harding Picture Library, Ltd., London (1); Historia-Photo, Hamburg (4); Historisches Museum der Stadt Wien (1); Mansell Collection, London (1); Bildarchiv Foto Marburg, Marburg (1); MAS, Barcelona (1); Müller und Schindler, Stuttgart (1); Musées Royaux des Beaux Arts, Brüssel (1); Musée Municipal, Madrid (1); Museo di S. Maria del Fiore (1); National Gallery, London (2); National Portrait Gallery, London (1); Österr. Nationalbibliothek, Wien (5); RCS Rizzoli Libri, Mailand – Nationalmuseum, Stockholm (1); Roger-Viollet, Paris (1); Hans Roßdeutscher, Bielefeld (2); Royal Library, Windsor Castle – Cooper (1); SCALA, Antella (3); Dr. Peter Simons, Köln (2); Peter Schäfer, Gütersloh (1); Staats- und Stadtarchiv, Augsburg (1); Staatsarchiv Siena (1); Topkapi Saray Museum, Istanbul (1); Victoria & Albert Museum, London (1).